ein Ullstein Buch

ein Ullstein Buch
Nr. 20431
im Verlag Ullstein GmbH,
Frankfurt/M – Berlin – Wien
Berechtigte Übertragung aus dem
Norwegischen auf Grund der Übersetzung
von Thyra Dohrenburg
Herausgegeben von
Wolf-Heinrich von der Mülbe
Der Originaltitel des Werkes lautet:
Vaaren

Ungekürzte Ausgabe

Umschlagentwurf:
Hansbernd Lindemann
Umschlagfoto: Henner Klingelhöfer

Taschenbuchausgabe mit Genehmigung
der Verlagsgruppe
Langen-Müller/Herbig, München

Printed in Germany 1984
Druck und Verarbeitung:
Ebner Ulm
ISBN 3 548 20431 7

Juli 1984

CIP-Kurztitelaufnahme
der Deutschen Bibliothek

Undset, Sigrid:
Frühling: Roman / Sigrid Undset.
[Berecht. Übertr. aus d. Norweg. auf
Grund d. Übers. von Thyra Dohrenburg]. –
Ungekürzte Ausg. – Frankfurt/M; Berlin;
Wien: Ullstein, 1984.
(Ullstein-Buch; Nr. 20431)
Einheitssacht.: Vaaren <dt.>
ISBN 3-548-20431-7
NE: GT

Sigrid Undset

Frühling

Roman

ein Ullstein Buch

ERSTES BUCH

I

Axel ging vor dem Bankhaus auf und ab und wartete auf seinen Bruder.

Unablässig fiel ein feiner Regen nieder. Über den Häusern ragte der Bergrücken mit seiner Nebelkappe auf. Es war die Hauptstraße der Stadt; meist zweistöckige Holzgebäude, die sauber in hellen, fahlen Farben, graugelb, grauweiß oder in dünnem, kaltem Schokoladenbraun gestrichen waren. Ein Steinhaus drüben an der Brücke stach kalkweiß von der Häuserreihe ab, nackt und armselig stand es mit seiner roten Brandmauer da, eine trübe Erinnerung an wirkliche Städte. »Wenn die Sonne schiene, würde ich es vielleicht idyllisch finden«, dachte Axel und sah nach der Uhr. Er wartete jetzt eine Viertelstunde.

Plötzlich sprang ihm der kleine rote Jagdhund seines Bruders zwischen die Beine, machte kehrt und war mit einem Satz wieder bei seinem Herrn. Torkild grüßte:

»Entschuldige bitte, daß ich dich habe warten lassen.«

»Ich hätte allerdings gedacht, daß ihr Bankleute wenigstens pünktlich aufhörtet«, sagte Axel. Torkild lachte:

»Du mußt wirklich versuchen, wieder zu deiner Muttersprache zurückzukehren, mein Junge, du sprichst ja das reinste Dänisch!«

»Das ist wohl auch meine Muttersprache«, sagte Axel nachdenklich.

Sein ganzer Mißmut schien sich plötzlich und mit aller Gewalt zu Widerwillen und Verdruß verdichtet zu haben. Warum, in aller Welt, war er eigentlich hergekommen? Und plötzlich sprach er es aus, worüber er den ganzen Tag hindurch gegrübelt hatte:

»Hör einmal, Torkild, glaubst du, es ginge an, ich meine Vater gegenüber, daß ich eine kleine Reise aufs Land machte – ins Hochgebirge zum Beispiel?«

»Selbstverständlich. Wie du dir denken kannst, erwartet Vater nicht, daß du den ganzen Sommer über in diesem Nest umherläufst.«

»Nein«, sagte Axel erleichtert. »Ich trete meine Stellung ja erst in sechs Wochen an.«

»Gott bewahre. Sechs Wochen hier zu sitzen, wenn man es nicht nötig hat – das fällt doch keinem Menschen ein.«

Sie bogen in den Torweg des Hotels ein. Als sie ihre Mäntel abgelegt und sich an einem Fenster des dunklen ungemütlichen Speisesaals niedergelassen hatten, wußte keiner der Brüder recht, wovon er reden sollte. Sie blickten auf die Straße in den Regen hinaus, bis Axel das Schweigen brach: »Rose Wegner kommt also morgen?«

»Ja.« Torkild wurde plötzlich ein wenig rot. Axel aber lächelte und sagte:

»Sie war schön als Kind, soweit ich mich erinnere. Man könnte sich vielleicht die Zeit damit vertreiben, ihr ein bißchen den Hof zu machen. Wenn sie nicht etwa ›anderswo engagiert‹ ist?«

»Ja, das weiß ich allerdings nicht. Übrigens glaube ich, du wirst sie nicht amüsant genug dazu finden.«

Axel hatte das Gefühl, als spräche Torkild ungern über dieses Thema. Da ihm aber nichts anderes einfiel, fuhr er fort:

»Frau Wegner ist ja jetzt tot –«

»Ja, sie ist vor mehreren Jahren gestorben.«

Das Essen kam. Eine Weile aßen sie schweigend, dann ergriff Torkild sein Glas:

»Dein Wohl! Nett, daß du schließlich doch wieder heimgekehrt bist. – Es ist sicher auch für Vater eine große Freude gewesen«, fügte er kurz darauf hinzu.

»Wirklich?« Axel blickte auf. »Glaubst du das im Ernst?« Torkild nickte. »Vater hat doch auch schwer darunter gelitten.«

Aber Axel antwortete nicht. Jetzt, da er sozusagen einen Anlaß hatte, mit dem Bruder über die Verhältnisse im Vaterhaus zu sprechen, merkte er, daß er nicht dazu imstande war.

Er hatte sich gefreut, als Torkild morgens vorgeschlagen hatte, sie sollten sich nach Schluß der Bank treffen und zusammen essen gehen. Er hatte geglaubt, der andere habe denselben Wunsch wie er, sich auszusprechen – und auch den Wunsch, daß sie einander kennenlernten. Herrgott – sie waren doch Brüder.

Er hatte doch auch einmal ein Vaterhaus gehabt, vor langer Zeit – hatte in all den heimatlosen Jahren die Erinnerung daran mit sich herumgetragen – die Erinnerung an das Heim, so wie es gewesen. Er hatte Hellerud niemals vergessen können.

Wie deutlich er sich des Hofplatzes auf Hellerud entsann. Des weißen Wohnhauses mit der Treppe auf den Hof, des gelben Hauses, wo der Pächter wohnte, des Lattenschuppens und der roten Nebengebäude, der hohen gemauerten Brücke zur Scheune mit der Esche davor, um deren Stamm die Stangen zum Trocknen des Grases aufgestellt waren. Mitten auf dem Hof stand ein großer Ahorn; Axel erinnerte sich seiner im Herbst, wenn die Krone in der Abendsonne rot und gelb zu brennen schien. Das Dorf, das sich unterhalb der Äcker und Wiesen hinzog, lag dann schon im Schatten, und das Erlengebüsch am Fluß stand noch in sommerlichem Grün. Er entsann sich der gelben Blätter, die auf den Hofplatz niederflatterten und im Schlamm des Oktoberregens versanken. Er entsann sich des Baumes im Lenz, wenn unter seiner Krone die gelben Blüten rings über das feine, glänzende junge Gras verstreut lagen. Ach ja, der kurze, niedergetretene, abgenagte Rasen auf dem Hof. Es war ihm, als kennte er dort fast jede Pflanze, das Nesselgebüsch drüben am Ferkelstall, die Wege, die von Tür zu Tür getreten waren. Auch den Abhang, der immer mit Heu, Abfällen und Scherben übersät war, konnte er sich deutlich vorstellen. Er war wohl damals so klein gewesen, daß seine Augen es nah zur Erde hatten, und so jung, daß etwas Absonderliches in jedem Nesselgestrüpp zu entdecken war.

Auf den Garten besann er sich weit weniger deutlich. Nur darauf, daß er verwildert und verwahrlost gewesen war und daß Apfelbäume darin gestanden hatten, deren knorrige Zweige von Flechten gelblich schimmerten. Er war wohl nur selten darin gewesen.

In den Stuben des Pächters, dem Kuhstall und der Scheune, den Ställen und der Schmiede – dort würde er jeden Dachbalken wiederkennen, jede Schwelle und jede Diele im Fußboden. Aber auf die Zimmer seines Vaterhauses besann er sich eigentlich nicht genau. Er erinnerte sich an Marius und Even, die Kinder des Pächters, an den Pächter selber und seine Frau, an Anton, den Hofknecht und Emilie, das alte Milchmädchen, viel deutlicher als an seine Eltern und Geschwister.

Sollte er ehrlich sein – so hatte er im Grunde keinerlei Zuneigung für einen von ihnen empfunden. Er war wohl ein wilder Junge gewesen, der sich lieber unten am Fluß zwischen den tiefen, welligen Lehmhügeln herumtrieb oder im Wald gegenüber dem Hof, als daheim zu bleiben.

Das Vaterhaus war kaum besonders anziehend gewesen – der Instinkt des Kindes hatte wohl die innere Auflösung gewittert, die zu jener Zeit, auf die er sich besinnen konnte, begonnen hatte. Soweit das überhaupt ein Heim gewesen war, wo sein Vater und seine Mutter zusammen wohnten, hatten die Eltern jedenfalls nur selten Muße gefunden, an die Kinder zu denken, so stark hatten sie jeder ihr eigenes fieberhaftes Leben gelebt.

Torkild und Doris waren damals für ihn nur die »Kleinen«. Er war meistens wütend, wenn er sie mitnehmen sollte, er und die Jungen des Pächters schlichen sich am Zaun entlang und versteckten sich vor Torkild im Wald, – während der kleine Bruder heulte und jammerte und nach ihnen schrie. Es tat ihm leid, als er jetzt wieder daran dachte. Und plötzlich trank er seinem Bruder zu:

»Weißt noch, Torkild, wie Marius Hansen und ich dir immer wieder auskratzten und dich nicht mitspielen lassen wollten? Du kannst mir glauben, daß ich das oftmals bereut habe!«

Torkild schüttelte den Kopf. »Ich entsinne mich nicht.«

Beim Zusammenbruch des elterlichen Heims war Axel elf Jahre alt gewesen. Man hatte ihn zum Großvater nach dem Hindevadhof geschickt. Dort hatte er sich heimatlos gefühlt, noch heimatloser bei dem Onkel in Kopenhagen, und nur immer einsamer später auf der Schule in Hannover und in der Fabrik in Berlin. Es war schließlich zu einer fixen Idee bei ihm geworden, eine Stellung in Norwegen anzunehmen und nach Hause zurückzukehren. An dem Tag, als es wirklich soweit war, hatte er an seinen Bruder geschrieben – er wurde jetzt verlegen bei dem Gedanken an diesen Brief, nun er diesem Bruder, der ihm ein Fremder war, von Angesicht zu Angesicht gegenübersaß. Aber er hatte sich nach diesem Bruder und nach der Schwester in all den Jahren der Verbannung gesehnt – schließlich sogar nach dem Vater. Obgleich er seinen Vater jahrelang gehaßt, hatte er draußen schließlich anders über ihn denken gelernt und sich eingeredet, daß sein Vater vielleicht sozusagen ein Recht gehabt hätte, sich sein Dasein so zu gestalten, wie er es getan. Er kannte ja die Familie seiner Mutter so gut, jetzt als Erwachsener konnte er sie besser beurteilen, und es wurde ihm nicht schwer, Entschuldigungen für seines Vaters Verhalten zu finden.

Während sie beim Kaffee saßen, trat eine Anzahl Herren aus der Stadt ein. Sie begrüßten Torkild, und ein kleiner, dicker, roter Mann mit buttergelben Haaren trat an seinen Tisch:

»Teufel auch, sind Sie hier, Christiansen, das ist ein seltener Anblick! Was treiben Sie denn eigentlich den ganzen Tag, sitzen Sie zu Hause und machen Kanevasstickereien, was?«

»Ja, meistens«, sagte Torkild und lachte.

Axel wurde den Herren vorgestellt. Es waren einige Ingenieure, ein Bürovorsteher und ein Disponent. Was für schreckliche Kerle, kritisierte Axel für sich. Er hätte gern gewußt, ob das Torkilds Freunde waren. Übrigens fiel es ihm gerade jetzt auf, wie verschieden der Bruder von diesen Leuten und überhaupt von den meisten Menschen war, die er kannte. Torkilds Schlankheit und Blässe schienen ihm im Augenblick fast etwas Degeneriertes zu haben; die Hände mit den spitzen, langen Fingern waren von krankhafter Blässe.

Alles kam ihm mit einmal so sonderbar unwirklich vor. Daß er sich in diese norwegische Provinzstadt, die er nie in seinem Leben gesehen, hinaufverirrt hatte, um unter Wildfremden sich eine Heimat und Familie zu suchen – denn Vater und Geschwister, zwischen denen er plötzlich vor acht Tagen aufgetaucht war, waren ja in Wirklichkeit wildfremde Menschen für ihn – eine acht Tage alte Bekanntschaft, die er als seine nächsten Angehörigen anzusehen versuchte, sagte er zu sich selbst. Als jetzt diese fürchterlichen, provinziellen, nichtssagenden Kavaliere sich als zum Milieu gehörig einfanden, war das Ganze in seinen Augen nur ein törichter, übereilter Gedanke.

»Du bist wohl im Grunde nicht eben begeistert für unsere Stadt«, meinte Torkild, als sie durch den Regen heimwärts gingen.

»Ich begreife nur nicht, wie ihr es aushaltet«, antwortete Axel.

»Tja. Doris spricht davon, daß sie diesen Winter nach Kopenhagen will. Ich wollte mit Vater einmal darüber reden. Sie ist zu Onkel Holgers eingeladen – aber ich weiß nicht recht. Nicht gerade, weil – ich kenne diese Menschen ja kaum. Aber ich habe mir überlegt, sie könnte da unten auf eine Haushaltungsschule gehen. Ich habe mich um einen Posten in Kristiania beworben, den ich sicher bekomme. Die Bank ist an der Firma interessiert und empfiehlt mich.«

»Dann bleibt Vater allein«, sagte Axel.

»Man hat gar keine Aussichten, wenn man hier bleibt.«

Eine Weile gingen sie schweigend weiter. Jeder wartete darauf, daß der andere sprechen sollte. Schließlich sagte Torkild:

»Er wird übrigens nicht viel einsamer sein, als er es schon ist.«

Axel sah seinen Bruder an.

»Ja. Bei uns ist es immer so, wie du es in diesen Tagen gesehen hast«, sagte Torkild.

»Ich habe euch kein einziges Wort mit Vater sprechen hören – außer über Musik.«

Torkild lächelte:

»Das muß übrigens wenig unterhaltend für dich sein; du sagst ja, du wärst nicht musikalisch. Seltsam eigentlich, da Mutter doch auch durch und durch musikalisch war.«

»Das war wohl auch das einzige, was die Eltern verband«, sagte Axel. »Ja – und dann wir.«

»Wir.« Torkild verzog sein Gesicht zu einem schiefen Lächeln.

»Uns haben sie niemals gehabt – nur bekommen – und

dann laufen lassen. Vater machte sich nichts aus uns – und Mutter konnte nicht –.«

»Ach nein, das Unglück kam wohl hauptsächlich daher, daß sie in vieler Beziehung einander zu ähnlich waren.«

II

Doktor Christiansen kam zum Abendessen herein. Es wurde diesmal nicht von Musik gesprochen, aber es wurde überhaupt nicht viel geredet. Sobald er gegessen hatte, stand der Vater auf, wünschte gesegnete Mahlzeit und ging in sein Zimmer.

Das Mädchen räumte den Tisch ab. Axel trat ans Fenster und blickte hinaus:

»Was für ein niederträchtiges Wetter ihr hierzulande habt!«

»Puh, so ein Schmutzwetter!« meinte Doris. »Wenn es schön gewesen wäre, hätten wir heute abend auf den Fjord hinausfahren können.«

Torkild sah hinaus:

»Es ist jetzt Ostwind, morgen wird es klar.«

»Ja, weil Rose dann kommt«, sagte Doris und lachte. »Ich will dir nämlich was verraten, Axel, Rose ist Torkilds große Liebe.«

Der Bruder wandte sich heftig um.

»Was weißt *du* denn davon?«

»Ach, das ist aber ärgerlich«, lachte Axel. »Ich hatte nämlich gehofft, daß ich mich möglicherweise so ein bißchen in Rose verlieben könnte.«

»Du – nie in deinem Leben! Nein, das kann ich mir gar nicht vorstellen, daß Rose dein Geschmack sein könnte. Nein – nie.«

»So–o? Heute vormittag hast du mir doch selbst erzählt, wie hübsch und nett sie ist.«

»Ach ja, aber sie paßt nicht zu dir, davon bin ich überzeugt, so eine Edeljungfrau. Nein, ich weiß eine – soll ich dich mit ihr bekannt machen?«

»Vielen Dank – man könnte sie sich jedenfalls mal ansehen.«

»Eva Mönichen – in die verliebst du dich einfach ganz

toll! Glaubst du nicht, Torkild? Torkild kann sie nämlich nicht ausstehen. Sie ist aber pikant bis dort hinaus. Und leidenschaftlich! Weißt du, Axel, was ich glaube, du bist sicher Vater schrecklich ähnlich.«

Torkild, der drüben am Fenster stand, wandte sich um:

»Ich habe dir schon einmal gesagt, Doris, ich wünsche diesen Ton nicht.«

»Ich werde dich gerade fragen – hüten werde ich mich.« Doris saß auf dem Eßtisch und schlenkerte mit den Beinen.

»Hört mal, wollen wir nicht irgend etwas anfangen«, sagte Axel.

»Wir lassen im Wohnzimmer die Vorhänge herunter«, schlug Doris vor, »und zünden die Lampe an – dann spielen wir Karten, machen es uns behaglich und tun, als wäre es Winter.«

»Ich habe Whisky«, sagte Torkild. »Ist Selterswasser im Eisschrank, Doris?«

»Nothing. Aber es ist Wasser in der Leitung.«

»Wir können zu mir hinaufgehen und unseren Whisky oben trinken. Kommt nur.«

»Du hast wirklich eine gemütliche Höhle«, sagte Axel und blickte sich in des Bruders Zimmer um.

»Torkilds Stube ist die einzig behagliche im ganzen Haus.«

Doris kuschelte sich in die Sofaecke und zog die Beine unter dem Rock hoch.

»Dein Zimmer könnte ganz genauso gemütlich sein, wenn du dir die Mühe machtest, hin und wieder aufzuräumen«, sagte Torkild.

»Aber pfui, Doris, dein Jungfernstübchen sollte doch –«

»Pah, Jungfernstübchen«, unterbrach sie ihn. »Nein, Junggesellenstuben – ich schwärme geradezu für richtige Buden – auch für Whisky! Prosit, Jungens.«

Torkild saß bequem zurückgelehnt im Schaukelstuhl. Er beobachtete die Schwester – strich die Asche von seiner Zigarette, und lachte dann etwas gezwungen:

»Du bist dir wohl darüber klar, daß du nicht nach Dänemark kommst, solange du einen derart kindlichen Geschmack hast. Es ist das beste, du wartest, bis du etwas trockener hinter den Ohren geworden bist.«

Doris' Stimme wurde plötzlich weich:

»Ach, Torkild! Du weiß sehr gut, daß ich nur albere. Axel! Kannst du nicht verstehen, daß ich mich manchmal fürchterlich langweile? Und dann macht es mir Spaß, Torkild zu reizen, denn es ist greulich, wie er immerzu erziehen will. Er kann auch ganz gemütlich sein, aber – ach nein, Torkild, du hättest Pfarrer werden sollen, du wärst sicher nie in Versuchung gekommen.«

»Doris!« Torkild erhob sich. Auch Axel zuckte zusammen.

Die Schwester blickte trotzig von einem zum anderen und brach plötzlich in Tränen aus:

»Ach! Ich finde es hier scheußlich, so scheußlich!«

Sie stürzte zur Tür. Torkild lief hinter ihr her. Axel hörte, wie sie draußen auf dem Gang hysterisch schluchzte und der Bruder beruhigend auf sie einsprach. Nach einiger Zeit kehrten sie zurück. Doris kroch wieder auf das Sofa – putzte sich ein paarmal die Nase und trocknete sich mit einem zerknüllten Taschentüchelchen die Augen.

»Dein Wohl, Doris«, sagte Torkild. Auch Axel ergriff sein Glas und trank ihr zu.

Jetzt lächelte sie, und sie lächelte auch, als Torkild ihr die Zigarettenschachtel hinschob.

»Im Grunde ist Torkild ein lieber Junge, Axel.«

Axel sah sich im Zimmer um. Mit einer Kopfbewegung wies er auf die Floretts an der Wand:

»Fichst du?«

»Ich habe es eine Zeitlang eifrig getan. Vor einigen Jahren war ein Leutnant Moberg hier in der Stadt – wir haben ziemlich viel miteinander gefochten.«

»Früher war ich ein recht guter Fechter – willst du es einmal mit mir probieren?«

»Ich bin jetzt ganz aus der Übung gekommen, aber es würde mir Spaß machen, es wieder einmal zu versuchen.«

»Du bist überhaupt ein gewaltiger Sportsmann«, sagte Axel. »Jäger mit Leib und Seele.«

»O nein, nicht von Jagd reden, Jungens«, jammerte Doris. »Sport ist mir geradezu verhaßt!«

Aber die anderen waren froh, daß sie etwas gefunden

hatten, wovon sie ohne Pause und ängstliches Suchen sprechen konnten.

Doris trank Whisky und Wasser, rauchte und gähnte dazwischen.

»Ach, ich finde euch langweilig! Denk nur, Rose macht es Spaß, mit Torkild über Jagd zu reden. Im vorigen Jahr glaubte ich wirklich manchmal, sie sei doch in ihn verliebt, weil sie immer dasaß und ihm zuhörte.«

»Du mußt übrigens ins Bett!« Torkild sah nach der Uhr, »sonst bist du noch nicht auf, wenn sie hier ist.«

»Gleich – bitte noch einen Tropfen Whisky.«

»Nein, jetzt hast du wirklich genug.«

»Nur noch *einen* Tropfen!«

Torkild schenkte ihr zögernd noch ein wenig ein. Doris trank.

»Ist es nicht eigentlich merkwürdig, Torkild, wie ähnlich Axel unserem Vater ist? Er hat auch braune Augen. Er ähnelt uns nicht die Spur.«

»Großvater fand, ich gliche Mutter«, sagte Axel.

»Nicht im geringsten. Nein, ich gleiche ihr, nicht wahr, Torkild?«

»Ja«, Torkild nickte. Etwas zögernd fügte er hinzu: »Darum eben will ich, daß du ein wenig vorsichtig sein sollst – in jeder Beziehung.«

»Du ähnelst ihr auch«, sagte Doris.

»Ja.« Torkild nickte wieder. Und ebenso leise wie vorher setzte er hinzu: »Nur mit dem Unterschied, daß ich es weiß.«

Sie schwiegen alle drei, bis Torkild sagte:

»Nun mußt du aber zu Bett, Doris.«

»Und ihr?«

»Wir gehen auch gleich.«

»Ist Doris nicht ziemlich nervös?« fragte Axel, als sie gegangen war.

»Hysterisch«, sagte Torkild. Er wippte mit dem Schaukelstuhl. Dann sagte er, als wäre es das Resultat einer längeren Überlegung: »Aber das wird natürlich nicht besser, wenn sie hier bleibt.«

»Nein.« Axel spielte mit den Sofakissen, die mit Rosen

in Perlenstickerei auf Kanevas verziert waren. Er fragte lachend: »Ist es wahr, daß du stickst?«

Torkild brach in Lachen aus. Axel sah überrascht auf; die frische, knabenhafte Munterkeit des anderen wirkte ansteckend, und er lachte auch, und beide hatten das Gefühl, sie seien einander nähergekommen.

»Nun, ich weiß ja nichts von euch allen«, sagte Axel. »Aber du willst vielleicht ins Bett?«

»Nein, bleib ruhig sitzen – das ist gerade gemütlich. Ich gehe immer spät schlafen.«

»Es ist behaglich hier. Mit deinem eigenen Klavier –«

»Es gehörte Mutter. Das sind alles ihre Möbel von zu Hause.« Torkild schwieg. »Dies war nämlich Mutters Zimmer.«

»Starb sie hier drinnen?« fragte Axel leise.

Torkild nickte.

Axel flüsterte noch leiser:

»Sie hat es selbst getan – nicht wahr?«

Torkild senkte zustimmend den Kopf und griff hart um die Stuhllehne.

»Ich glaubte übrigens, du wüßtest es.«

»Ich dachte es mir, Onkel Holger machte einmal eine Bemerkung. Ich ahnte den Zusammenhang und merkte, daß sie es vor mir verheimlichen wollten. Sie versuchten ja überhaupt, alles vor mir geheimzuhalten, was die Verhältnisse zu Hause anging.«

»Das ist eigentlich ziemlich sonderbar. Du warst doch damals achtzehn Jahre alt.«

»Es war wohl auch eine Art Rücksichtnahme gegen Vater«, sagte Axel. Er trank einen Schluck aus seinem Glas und blickte zu seinem Bruder hinüber.

»Im darauffolgenden Sommer, als ihr auf dem Hindevadhof waret, sehnte ich mich eigentlich sehr danach, mit dir zu sprechen. Nachdem – nun ja, du verstehst. Ich fühlte mich dort unten immer so allein. Aber du weißt ja – in dem Alter – ist man scheu – schüchtern meinetwegen.«

Torkild beugte sich vor und stieß mit seinem Glas an das des Bruders. Sie tranken schweigend aus.

Axel fuhr fort.

»Ich habe noch nie mit dir über Mutter sprechen können.

Es ist übrigens eine Schande, aber ich besinne mich kaum auf sie. Ich war doch zwölf Jahre alt, als ich von Hause wegkam. Aber als ich weg war, sehnte ich mich nach ihr – oder ich bildete mir wenigstens ein, mich nach ihr zu sehnen. Jeden Sommer, wenn Großvater an sie schrieb, sie möchte doch nach Hause kommen, und sie dann nicht wollte, war ich wieder ganz verzweifelt. Eigentlich sonderbar – man sollte doch glauben, daß sie sich während der traurigen Zeit in Kristiania danach gesehnt haben müßte, in ihre eigene Heimat zurückzukehren – mit euch – und sich auszuruhen – nicht wahr?«

»Sie wagte wohl nicht. Vielleicht wollte sie auch nicht, daß die Verwandten drüben das ganze Elend sehen sollten.«

»Daß sie –?«

»Ich meine das Morphium. Im Anfang war es ja nur Morphium. Was dann dazukam, verschlimmerte sich noch, nachdem wir wieder zu Vater zurückgekehrt waren. Das ist wohl bei Morphium immer eine Begleiterscheinung. Aber als wir in der Theresenstraße wohnten, war sie manchmal lange Zeit ganz normal.«

»Es war also –« Axel tastete über das Sofakissen – »sehr schlimm?«

»Sie versuchte, den Verfall aufzuhalten. Arme Mutter. – Ich glaube übrigens nicht daran, daß Vater ihr hätte helfen können. Auch wenn er das Verhältnis mit Frau Ritter gelöst hätte. Mitunter schloß sie sich eine ganze Woche oder länger ein.«

»Und das sahet ihr mit an, Doris und du?«

»Ja – manchmal, wenn es ihr besser ging, sprach sie mit mir – dann spielte sie auch. Den letzten Winter übrigens kaum noch. Ja, ich entsinne mich eines Tages gleich nach Weihnachten. Ich saß hier drinnen bei ihr, und sie spielte eine Ballade von Chopin, als Vater hereinkam und fragte: Darf ich hierbleiben und dir zuhören, Regitze? Ich habe das behalten, weil ich ihn ihren Vornamen nicht hatte nennen hören, seit – ja seit wir hierher zurückgekehrt waren. Dann bat er mich, ein Weilchen hinauszugehen. Seitdem war sie eine Zeitlang gesund. Und dann war es völlig aus – sie war – für immer – krank.«

Sie saßen eine Zeitlang still. Bis Torkild fortfuhr:

»Ich denke mir, sie hat den letzten Versuch gemacht. Und gemerkt, daß es nichts nützte. Sie konnte das Gift nicht entbehren. Darum erschoß sie sich auch.«

Axel starrte in Torkilds blasses Gesicht.

»Ich schlief in dem Zimmer quer über den Gang, wo du jetzt wohnst. Ich war gerade im Begriff, mich auszuziehen. Da hörte ich es. Die Tür war verschlossen, aber ich lief hinunter und kletterte über das Dach der Veranda zum Fenster hinein. Da lag Mutter drüben auf dem Bett. Sie starb erst am nächsten Tage, kam aber nicht mehr zum Bewußtsein –« Torkild erhob sich und trat zum Fenster.

»Sie war nüchtern, als sie es tat. Denn eine Stunde vorher war sie bei mir und fragte mich – ich glaube, ob ich Strümpfe zum Stopfen hätte oder so etwas. Dann meinte sie, ob ich nicht zu Bett gehen wollte. Ich saß nämlich auf und las. Ich sagte ja, und dann wollte sie mich küssen.«

Er schwieg. Axel erhob sich und ging auf den Bruder zu, blieb aber wieder stehen und lehnte sich an das Klavier. Torkild preßte die Stirn gegen das Fensterkreuz und unterdrückte ein Schluchzen.

Nach einer Weile richtete er sich auf. Axel sah nur den schlanken, dunklen Schatten an der Scheibe.

»Ich hatte Mutter in den letzten Monaten nicht geküßt. Wenn sie es tun wollte, so stellte ich mich, als sähe ich es nicht. Einmal bat sie darum – und da berührte ich nur eben ihre Wange. Da nahm sie meinen Kopf in ihre Hände, und ich – du darfst nicht, Mutter, sagte ich. Oh, Herrgott, Mutters Augen. Wie habe ich es bereut, daß ich es ihr nicht gesagt habe. – Aber ich war sechzehn Jahre alt – du weißt, wie man dann ist.«

»Ja. In dem Alter kann man unbarmherzig sein.«

»Ach nein, du. Das war es auch nicht. Ich hatte – eine Krankheit bekommen. Aber es Mutter sagen –«

Sie schwiegen beide. Als Torkild wieder sprach, konnte Axel in seiner Stimme etwas wie ein wehes Lächeln hören:

»Vater entdeckte es eine Woche nach Mutters Tod. Er fand irgendeine Medizin –«

Sie standen einen Augenblick still. Dann trat Axel ans Fenster. Die Wolken trieben in Fetzen vor dem Ostwind daher – an dem fahlblauen Himmel hing wie eine weiße Flocke der abnehmende Mond.

»Du scheinst recht zu behalten. Es wird morgen klares Wetter.«

»Es sieht ganz so aus.«

»Jetzt fängt es schon an, hell zu werden«, sagte Axel. »Die Nächte sind hier noch kürzer als in Dänemark.«

Torkild sah nach der Uhr.

»Ja. In zwei Stunden kommt die Sonne. Du gehst wohl jetzt zu Bett?«

»Ja. Du mußt außerdem Fräulein Wegner um acht Uhr abholen.«

»Ich werde mit Doris hinüberfahren und sie holen.«

»Rosa Wegner habe ich sicher nicht gesehen, seit sie zehn Jahre alt war«, sagte Axel gedankenvoll. »Nun, gute Nacht also.«

»Gute Nacht.«

Torkild begleitete ihn bis zur Tür. Axel legte plötzlich eine Hand auf seine Schulter:

»Ich danke dir, daß du mir das alles erzählt hast – von Mutter.«

Sie drückten sich ein wenig verlegen die Hände.

»Gute Nacht denn.«

»Gute Nacht.«

Torkild löschte die Lampe und setzte sich aufs Fensterbrett. Die Morgenluft schlug um ihn zusammen wie ein frisches Seebad, kühl und rein, gesättigt von dem Duft der Kaprifolien, die sich wie ein grüner Teppich über das Verandadach unter seinem Fenster breiteten. Ihm war, als spüle die Morgenfrische das dumpfe Unbehagen nach all dem Whisky und Tabak weg und auch das in seinem Innern nagende, unbehagliche Gefühl, daß er vielleicht einmal bereuen würde, zuviel gesagt zu haben.

Der Himmel war jetzt fast klar und beinahe weiß. Hoch oben segelten die letzten tiefblauen Wolkenfetzen; draußen im Osten über dem Fjord stand eine Nebelbank, die schon rostfarben aufglühte vom Schein der dem Aufgang nahen Sonne. Die See wogte noch immer schwer, grau und unruhig, vom Strand her drang ihr Brausen durch das Sausen der Laubkronen im Garten, das Rascheln der Eschenblätter am Gitter und das Tröpfeln der Regentropfen in allen Zweigen. Alle Farben schienen jetzt vor Sonnenaufgang noch zu schlummern. Draußen war es ganz hell, aber die Wiesen waren graugrün, das Gebüsch schwarzgrün und die Berggipfel graublau – und die Häuser auf Rokke, an der anderen Seite des Fjords, mit ihren roten, gelben und weißen Farben lagen glanzlos da.

Wenn sie schlief, sah ihr Antlitz gewiß so still, kühl und frisch aus wie das morgendliche Land da draußen.

Rose, ich will in deinen Armen schlafen, Rose, klagte er in das Morgengrauen hinaus.

In wenigen Stunden sollte er sie wiedersehen. Diese durchwachte Nacht, in der er in Erinnerungen gewühlt hatte, die immer seine Nerven erzittern ließen, schien ihm eine Vorbereitung für das Wiedersehen. Sein ganzes Wesen bebte vor Sehnsucht nach ihr und vor Spannung, was die Sommertage bringen würden, denen er jetzt entgegenging.

Und doch erwartete er ja nicht, daß sich irgend etwas ereignen sollte. Trotz allem, was sie zusammen erlebt hatten – zwischen ihnen war nichts geschehen. Nichts hatte sich ereignet, außer dem, was in ihm selber vorging.

Jeder der Tage, die jetzt kamen, würde für ihn voller Ereignisse sein; doch für sie würden die Tage vorübergleiten mit ihrem Sonnenschein und ihrem Regen, und nachher würde sie sich nur an Seebäder, Blaubeerensuchen und Ausflüge zum Fischen, mit Feuermachen und Kaffeekochen auf den Inseln erinnern. Er würde von diesen Fahrten ihr Bild mit sich nehmen, wie sie ausgesehen hatte, als sie bis an die Hüften mit ausgestreckten schmächtigen Armen in den Himbeeren stand und pflückte; und aus den Sommernächten draußen auf den kleinen Inseln würde er sich ihrer ruhigen Augen entsinnen, mit denen sie über das stille Meer geschaut hatte, und des fernen Ausdrucks in ihrem Antlitz; es würde ihm in Erinnerung bleiben, wie der Feuerschein ihr blankes Haar gerötet hatte, und er würde an sie denken, wie sie mit Doris durch den Garten gekommen war und ihr das starke Haar, dunkel vom Seewasser, schwer und strähnig über dem schlanken Rücken hing. Und dann würde er sich daran erinnern, wie sein eigenes Herz stumm in ihm gepocht hatte, immer, immer, immer, bei Tag und bei Nacht und ihn getrieben: Wirf dich nieder und bitte um Zuflucht in ihren Armen.

Jede schlaflose, durchwachte Nacht würde er denken – morgen vielleicht. Morgen kann ich es vielleicht sagen. Irgend etwas könnte sich ereignen, so daß ich ihr alles sagen kann. Aber nichts wird sich ereignen. Mild und frisch, klar wie ein Sommermorgen wird sie sein, schwesterlich gut und freundlich. Sie weiß, ich liebe sie, denn ich habe es nicht lassen können, es ihr zu sagen – so viele, viele Male. Aber, wenn sie nicht ahnt, was das bedeutet, zu lieben . . .

Er hatte gesagt, ich liebe dich. Aber da sie nicht verstand, was das war, widerstrebte es seiner inneren Schamhaftigkeit, es ihr zu erklären. Sein Verlangen nach ihr, die so war, wie er hatte sein wollen, ohne doch jemals den Frieden dazu gefunden zu haben – konnte er ihr nicht begreiflich machen. Solange er sie gekannt, hatte Rose alles besessen, wonach er sich so innig und hoffnungslos sehnte. So war diese Sehnsucht schließlich zu einer Sehnsucht nach *ihr* geworden, und zu der Stunde, wo er sie in seine Arme nehmen dürfte, würde es ihm scheinen, als umfinge er alles, was er so verzweifelt, so hartnäckig begehrt hatte in all den langen Jahren seiner Jugend voller Einsamkeit, Verzweiflung und Demütigung.

Unten im Erdgeschoß schlug eine Uhr drei. Drei Stunden blieben ihm noch zum Schlafen. Er erhob sich.

Das Zimmer sah in dem hellen Morgen widerlich aus – mit der leeren Whiskyflasche und den schmutzigen Gläsern auf dem besudelten Tisch. Überall, sogar auf den Klavierleuchtern und auf dem Fußboden, lagen Zigarettenstümpfchen und Asche umher. Er war nicht imstande, hier zu Bett zu gehen.

Er ergriff seine Mütze. Tösa, die im Schaukelstuhl geschlafen hatte, ließ sich herunterfallen und sprang an ihm hoch. Torkild beruhigte den Hund und schlich leise die Treppe hinab, aus dem Haus hinaus.

An den Rainen der Äcker lagen Büschel von Glockenblumen und Labkraut, vom Regen niedergeschlagen. Der erste Sonnenstreifen vergoldete die Spitze des Bergrückens hinter dem Hofe. Es war still und frisch. Im Walde klang ihm leises Vogelgezwitscher entgegen. Der Regen hatte die Nadeln zu kleinen Häuflein quer über dem Wege zusammengetrieben, und Moos und Heidekraut bedeckten blank und schwellend von Nässe den Boden. Er riß eine Handvoll Blaubeeren ab – sie schmeckten gut und frisch nach dem Tabak und Whisky. Tösa sprang um ihn her und schnupperte nach allen Richtungen. Als er am alten Kohlengrund angelangt war, schimmerte die Sonne auf den Tannenwipfeln.

Er dachte an seine alte Freude, die stolze, entsagende Freude, die er in all diesen Jahren großgezogen hatte.

Konnte er nicht dennoch glücklich sein über das, was bestand: Daß sie so war, wie sie war, daß er ihr Wesen verstand, und daß er sie liebte. In einigen Stunden sollte er sie wiedersehen, ihr nahe sein, ihrer Stimme lauschen, ihre Hände berühren, sie sehen, die für ihn das Herrlichste auf Erden war.

Es würde sich nichts ereignen. Ja doch, gewiß würde etwas geschehen. Das Wichtigste von allem auf der Welt würde sich für ihn ereignen – wenn auch nicht das, was er wünschte. Was zwischen ihnen vorgegangen war, bedeutete ihr vielleicht jetzt wenig – aber eines Tages könnte das anders werden. Für ihn war es in seinem Leben dasjenige, dessen er sich in seiner Todesstunde erinnern würde.

Torkild schloß einen Augenblick die Augen. In trotzigem Jubel sog er die Süße der alten Erinnerungen in sich ein. Jener Frühlingsabend droben in Frau Wegners kleinem Wohnzimmer in der Steinstraße, mit einer letzten goldgelben Flut von Sonnenlicht über den blutroten Pelargonien im Fenster, über den kleinen weißen Empiremöbeln, deren zerschlissene, verblichene Bezüge einst grüngestreifte Seide gewesen waren. Überall im Zimmer ein herber, frischer Duft von Lenzlaub und Blumen in Schalen und Vasen. Eine große Schüssel mit Veilchen auf dem Nähtisch am Fenster, wo Rose im Lehnstuhl ihrer Mutter sitzt. Oh, wie er sich der milden, goldenen Abendsonne auf ihrem leuchtenden Haar und in dem feinen Flaum längs der kindlichen runden Linie der Wange entsann, ihrer Lippen, die vom Sonnenschein durchleuchtet waren wie klare Himbeeren, der Augen, die

die Lichtstrahlen an sich saugten wie stille Wasser. In dem glatten, dunklen Straßenkostüm war ihr Körper so unendlich jungfräulich erschienen, zart und weich, ein wenig mädchenhaft eckig.

Sie hatten nachmittags miteinander einen Spaziergang am Gaustabach entlang gemacht und Blumen gepflückt. Es war trübes Wetter gewesen, und ab und zu waren noch ein paar Regentropfen gefallen. Die Anemonen standen wie ein zartgrüner, weißgesternter Teppich zwischen den grauen Erlenstämmen am Bach entlang und zogen sich an den fahlgelben Hügelhängen hinauf.

Sie hatte gesprochen, während sie dahinschritten – wie sie mitunter zu sprechen pflegte –, nur zu ihm, das wußte er. Nur er kannte diese Unruhe, diese Ungeduld, die sie unter ihrem ruhigen, sanften Wesen verbarg. Es war wohl der Frühling gewesen und das Wetter, der mattgraue Himmel, die bleichen, frierenden Lenzblumen im Regengeriesel, der schwere Brodem von all dem Wachsen und Blühen, was an jenem Tag die Traurigkeit in ihr wachgerufen hatte. Es war ihre ewige Angst um die Zeit, die hinging, um die jungen Kräfte, die sie in sich fühlte, ohne sie gebrauchen zu können. Es war wohl einfach ihr gesunder Körper, der sich gegen die Untätigkeit auflehnte – gegen den langen Arbeitstag, an dem ihre Finger über die Tasten der Schreibmaschine tanzten und ihr Gehirn unablässig arbeiten mußte, während die Muskeln dazu verurteilt waren, zu ruhen, und das Blut schwerfällig und träge durch ihren untätigen Körper rann. Gerade das hatte er damals gefühlt, daß ihre Schwermut nur die Auflehnung ihrer Gesundheit, die seinige aber die hoffnungslose Schwermut eines Kranken war. Schweigend war er neben ihr gegangen und hatte gelauscht – in ohnmächtigem Verlangen, dieselbe Sehnsucht zu haben, wie sie. Während sie heimwärts wanderten, lichtete sich der Horizont, die Wolken hoben sich, und unter ihrem grauen Rand leuchtete die sinkende Sonne. Ihm schien, als überfluteten die schrägen goldenen Strahlen Rose wie eine geheimnisvolle Taufe. Als sie in ihr Zimmer traten, war es voller Licht, und während sie dort saßen, Rose am Fenster mitten im Sonnenschein, er drüben im Schatten auf dem Diwan, hatte er, einer plötzlichen Eingebung folgend, ihr dasselbe erzählt, wie in dieser Nacht seinem Bruder.

Als er geendet, hatten sie eine Weile still dagesessen. Mit der Frühlingsluft, die zu den offenen Fenstern hereinstrich, drang von der Straße ein feuchter Staubgeruch und der Lärm spielender Kinder ins Zimmer. Plötzlich war sie aufgestanden. Sie ging zu ihm, nahm seinen Kopf in beide Hände und küßte ihn, erst auf die Stirn und dann plötzlich auf den Mund.

Sie sprach nicht, und auch er schwieg. Er ließ sich auf den Boden niedergleiten und kniete vor ihr, den Kopf an ihre Hüfte gelehnt.

Dann hörte er, wie Frau Wegner den Schlüssel in die Flurtür steckte und erhob sich rasch.

Roses Mutter trat ein, sagte guten Abend und fragte, ob er zum Tee bleiben wollte. Torkild dankte, er müßte nach Hause und arbeiten. Doch er wußte selber kaum, was sein Mund sprach. Wie eine Erscheinung, zeitlos und raumlos, wie ein Wahrzeichen für sein ganzes Leben erschienen ihm diese beiden Frauen, die dort Seite an Seite in dem dämmerigen Zimmer standen – die eine, die er seine ganze Kindheit hindurch geliebt, und die andere, die er, wie er wußte, als Mann sein ganzes Leben lang lieben würde.

Dieser Abend – diese Stunde – ihm war, als sammelte sich alles in ihr, was er je erlebt hatte und als würde sie von nun an sein ganzes Leben bestimmen. Er war sich dessen mit dem Hochmut der ersten Jugendjahre gegen das, was man als sein Schicksal fühlt, bewußt geworden und hatte kindisch an seine Kameraden von der Handelsschule gedacht – was sie wohl sagen würden, wenn sie es wüßten. Sie würden finden, daß es gar nichts gewesen sei, denn etwas so Unschuldiges wie den schwesterlichen Kuß einer Jugendfreundin rechneten sie nicht als Abenteuer. Torkild aber war seinem Schicksal begegnet, hatte es erkannt und anerkannt. Und jetzt, wo er erwachsen war, stand dieses Erlebnis noch immer in der gleichen Beleuchtung als ein Schicksal vor ihm. Wenn Rose einst ihm gehörte – im Grunde hatte er nie am Kommen dieses Tages gezweifelt –, so würde das nur die Erfüllung dessen sein, was an jenem Abend seinen Anfang genommen hatte. Am Ende seines Lebens würde es ihm dann wohl scheinen, als bedeutete der Tag, da er der ihrige wurde, mehr als jener, da sie sich ihm zu eigen gegeben hatte.

Daß Torkilds Sinne so früh – zu früh erwacht waren, lag vielleicht hauptsächlich daran, daß der Knabe zu ewigen Grübeleien über das Verhältnis der Eltern gezwungen gewesen war. Er entsann sich seiner Knabentage und Knabensünden als eines Alpdrucks von Wollust und Reue, von Vorsätzen, Niederlagen und Schande. In jenem Sommer vor dem Tod seiner Mutter war er auf dem Heimweg von einer Wanderung mit einigen älteren Kameraden durch Kristiania gekommen. Eines Abends hatten sie viel getrunken und waren dann mit Mädchen heimgezogen.

Schon damals hatte er sein Gefühl für Rose Verliebtheit genannt. Er träumte von ihr, er dichtete Gespräche und Situationen, aber alles Körperliche blieb seinen Phantasien fremd. Gerade das Unkörperliche war für ihn Liebe – von seiner dämmerig blauen, wehmütigen Traumwelt, in der er Rose anbetete, hielt er leidenschaftlich die Triebe fern, die das Elend in der Welt seiner Kindheit und das Elend in seinem Körper verursacht hatten. Ja, ihm schien, als würde dieses Traumparadies, das alles umfaßte, was er von Glück und Schönheit kannte, hoffnungslos verlorengehen und in den Schmutz getreten werden, wenn er sie in Gedanken nur ein einziges Mal anders berührte als mit den ehrfürchtigen Fingerspitzen oder mit einem ganz behutsamen Kuß auf ihre Hände oder Wangen.

Er war krank geworden, er hatte geglaubt, es sei aus mit ihm, und war überzeugt gewesen, daß er seinem Elend genau wie die Mutter ein Ziel setzen würde – etwas früher oder später. Sein Leben, seit er es mit Bewußtsein gelebt hatte, war eine Reihe häßlicher und brutaler Unglücksfälle gewesen – dieser letzte bedeutete für ihn das Ende. Rose lebte in einer anderen Welt, zwischen ihnen klaffte ein bodenloser Abgrund, und er konnte sich nur auf ihre Seite träumen.

Dann hatte sie ihn geküßt. In der einzigen Sekunde, als er ihren Mund an seinen Lippen spürte, hatte es ihn wie eine Flamme durchzuckt. Kein Abgrund trennte sie, sie hatte seinen Kopf in ihre Hände genommen, er hatte ihren Körper an dem seinigen gefühlt. In dem Augenblick, als er vor ihr kniete, hatte er begriffen, daß sie in der gleichen Welt lebten, daß er sie, die für ihn Schönheit und Reinheit, Frische und Frieden verkörperte, in seine Arme fassen und umschlingen konnte. Ihr warmer elastischer Mädchenkörper war herrliche, lebende Wirklichkeit und barg alles, wonach er sich sein ganzes Leben lang gesehnt hatte.

An jenem Abend ging er nicht nach Hause. Er wanderte noch einmal die Wege, die sie am Tage zusammen gegangen waren. Die Nacht wurde klar und kalt; am Himmel, der wie grünlich goldener Rheinwein leuchtete, zeichneten sich die zackigen Tannenwipfel der Bergrücken schwarz und scharf ab, hier und da streckte ein kahler Laubbaum seine Krone empor, die wie Filigran aussah. Torkild ging den Bach entlang, der zwischen den Hügeln hinfloß. Wenn er sich seinen Weg durchs Gebüsch bahnte, schlug ihm das junge, nasse, nach herbem Saft duftende Laub ins Gesicht – es taute hier unten am Bach stark. Durch die naßkalte Luft drang der Geruch von verbranntem Waldboden, von Humus und jungem Gras, er spürte ihn durch die Kleidung bis auf die Haut wie ein Bad, das ihm wieder Reinheit und Gesundheit verhieß. Oben auf dem Abhang warf er sich nieder, preßte sein Antlitz in den Anemonenteppich und drückte die Lippen auf den feuchten Erdboden. Ihm war, als hätte er nie daran gedacht – daß alle Schönheit des Lebens ja gerade der Leib und die Sinne waren, die erobern mußten. Die Seele konnte keine himmlischen Träume erdenken ohne den Körper, die Sinne, die den Stoff sammelten – des Himmels Blumen mußten nach ihren Vorbildern, die auf der Erde blühten, geschaffen werden, die Engel mußten nach der Musik singen, die sich die Menschen auf der Erde gemacht, aller Offenbarungen Pracht, der Straßen Gold und der Pforten Perlen, der Grundfesten Amethyste und Chrysoprase und kostbare Steine hatten die Menschen von ihrer häßlichen, herrlichen Erde in ihren Himmel gebracht.

Seine Sinne waren es ja eben, mit denen er die unsagbare Frische und reine Schönheit dieser Frühlingsnacht in sich trank, die Wohlgerüche der Luft, die Süßigkeit der Blumen, die schöne Klarheit des Himmels, das Flöten der Singdrossel unten am Fuß des Hügels, auf dem er lag. Und sie, die er liebte, ihre Schönheit, ihre Güte, ihre Frische waren ebenso irdisch und wirklich wie alle Häßlichkeit seines Lebens. Seite an Seite schritten sie über die gleiche Erde, so nahe beieinander, daß ihre Lippen sich in einem Kuß begegnen konnten.

Als er zum Strand hinunterkam, lag das Sonnenlicht breit und weiß über dem Fjord. Torkild riß sich die Kleider herunter, dehnte sich einen Augenblick nackt im Sonnenschein und ließ sich dann langsam ins Wasser gleiten, mit dem Rücken auf dem glatten Felsengrund liegend. Der Tang schlang sich kribbelnd um seine Beine, er ließ sich ganz in ihm versinken. Hier draußen vor dem Rande des Felsenbodens breitete sich eine ganze Wiese von schönen, goldbraunen Seepflanzen aus. Er streckte sich einen Augenblick in ihnen aus, ehe er dem Sonnenschein entgegenschwamm.

III

Torkilds Erinnerungen an Rose begannen mit einem Sommertag, als er und Doris mit der Mutter einen Besuch bei Wegners gemacht hatten. Er wußte allerdings, daß er schon früher mit ihr zusammen gewesen war. In einem der letzten Jahre vor der Trennung von ihrem Mann war Frau Christiansen einen Sommer mit allen drei Kindern in Dänemark gewesen. Torkild erinnerte sich genau, wie seine Tante Karen eines Tages gesagt hatte, sie dürften mit nach Nyborg fahren, um ein kleines norwegisches Mädchen zu besuchen, »so ein süßes kleines Mädchen«, hatte sie gesagt. Er bildete sich ein, daß er sich von diesem Besuch her des alten Handelshauses am Schloßgraben entsänne, – der winkligen, sonnendurchglühten Straße am Kanal entlang, wo die Zweige der Bäume drüben auf der Schloßinsel in das grüne, dicke Wasser niederhingen, auf dem Schwäne durch blühendes Schilf glitten, und des großen Hofplatzes bei Vogelius, zwischen dessen Pflastersteinen das Gras wucherte, und wo es unzählige Verstecke in Ställen, Lagerräumen und Torfschuppen, auf Böden und in Hühnerställen gab. Aber an Rose erinnerte er sich nicht von damals, als er vom Hindevadhof hineinkutschiert war, um sie zu besuchen –

mit zwei dicken Braunen vor dem Wagen und blank beschlagenem Geschirr.

Die erste Erinnerung an sie stammte aus der Zeit, als er und Doris mit der Mutter in der Theresenstraße gewohnt hatten. Im vorhergehenden Herbst waren sie von Hellerud weggezogen. Er erinnerte sich an den Aufbruch von dort wie an einen verworrenen, schrecklichen Traum. Was sich eigentlich um sie herum ereignete, verstanden die drei kleinen Geschwister nicht. Torkild aber hatte jedenfalls gemerkt, daß es etwas Fürchterliches sein mußte, und er war in Todesangst gewesen zu erfahren, was es war. Vom Fenster des Kinderzimmers aus hatte er das Milchmädchen unten auf dem Hofplatz zu anderen Leuten sagen hören: »Die armen Würmer. Ach Gott, ach Gott, daß Leute auch so was tun können.« Da war er vom Fenster weg und auf den Gang hinausgelaufen, um nichts mehr zu hören. Er bebte vor Angst, wenn ihn jemand so teilnehmend ansah, wie es damals alle taten – oder wenn die Leute in so behutsamem, fast jämmerlichem Ton zu ihm und seinen Geschwistern sprachen, wie das Kindermädchen, auch wenn es sie nur zum Essen rief. Er empfand ein Grauen, ungefähr wie wenn er an einem dunklen Abend vom Kinderzimmer in das erste Stockwerk hinuntergehen sollte und sich mit der Hand an den Wänden des stockdunklen Ganges entlangtastete, immer in der Angst, der Erdboden könnte plötzlich aufhören und er kopfüber die Treppe hinunterfallen, wie es ihm einmal als kleinem Jungen passiert war.

Eines Tages erzählte man den Kindern, ihr Vater sei weggereist. Er kam nicht wieder, und niemand gab Antwort, wenn Doris nach ihm fragte. Torkild fühlte, daß er nicht fragen dürfe. Einige Zeit darauf wurden sie plötzlich morgens ins Eßzimmer heruntergeholt – der Großvater war gekommen. Dort saß er, die Märchengestalt aus der Zeit festlicher Sommerbesuche in Dänemark, und vor ihm auf dem Tisch lagen Geschenke – aber trotzdem ahnte Torkild, daß seine Ankunft Schlimmes bedeutete. Ja, Torkild kam es unheimlich und schrecklich vor, wenn der Großvater und die Mutter stundenlang allein hinter verschlossenen Türen im Zimmer saßen oder zusammen in dem verwahrlosten, herbstlichen Garten auf und ab gingen und die Kinder wegjagten, wenn sie ihnen nachkamen. Eines Abends saß Axel oben im Kinderzimmer mit gerunzelten Brauen, die breite niedrige Stirn unter dem Kraushaar trotzig vorgeschoben, so daß er einem kleinen wütenden Fohlen glich. »Ich will nich'«, war alles, was er von Zeit zu Zeit sagte. »Ich will nich' mitreisen.« Torkild erfuhr vom Mädchen, daß Axel seinen Großvater nach Dänemark begleiten sollte. Am nächsten Tage aber war Axel sehr damit einverstanden, mitzureisen und prahlte vor dem kleinen Bruder und den Pächterjungen mit den vielen Pferden, die der Großvater hatte.

So wurde auch der Bruder dem Heim entrissen. Schließlich kamen sie und erzählten, daß er und Doris mit der Mutter nach Kristiania reisen würden. Da freute er sich – nach Kristiania fuhr man mit der Eisenbahn, und das würde ein Mordsgaudium werden –.

Aber eines Morgens erwachte er dann in einem großen Zimmer, wo die Möbel sehr unordentlich aufgestapelt waren und Packpapier und alles mögliche umherlag. Das Fenster neben dem Sofa, wo er geschlafen hatte, war mit einem braunen Schal verhängt, der aber nur halb hinaufreichte; die andere Hälfte des gardinenlosen Fensters grinste nackt ins Zimmer. Ein fahles, freudloses graues Licht herrschte in der Stube, deren hellgraue Wände voller Löcher und Spuren von Bilderrahmen waren. Das Wagengerassel draußen auf der Straße tat den Ohren des Landkindes weh. Er lief zum Fenster, um die Straße zu sehen, die ihn mit so gespannter Erwartung erfüllt hatte. Gerade gegenüber erblickte er ein großes schmutzigweißes Haus mit vielen Fenstern; obgleich hinter vielen Scheiben Blumen standen, fand er doch, daß das Haus so aussähe, wie er sich ein Gefängnis dachte. Es war ein Arbeiterwohnhaus.

Er schlich sich aus der Wohnung, in der Kisten und Möbel, in Wergleinwand verpackt, kunterbunt durcheinander standen, eine ausgetretene, schmutzige und übelriechende Treppe hinab, auf der sich an jeder Biegung eine kleine Tür befand. Die hellgrünen Wände waren mit Namen und häßlichen Worten vollgeschrieben. Er guckte auf den mit Steinen gepflasterten Hof hinunter, hinter dem ein noch graueres und noch häßlicheres Haus stand als das, worin sie wohnten. Die Luft machte ihn beklommen – und hungrig war er auch; er hatte die Mutter um Essen gebeten, aber sie hatte geantwortet, sie sei noch nicht dazu gekommen, einzukaufen. So schlich er denn durch den Torweg auf die Straße hinaus.

Sie kam ihm unendlich lang vor, die Häusermassen überwältigten ihn, so groß und schwer und grau waren sie, und alle aus Stein. Er begann, die Straße hinaufzuschlendern; nach und nach vergaß er seine Beklommenheit. Hier waren Milchläden mit mehr Schokolade und Zuckerwerk in den Fenstern, als Torkild geglaubt hatte, daß es auf der großen Welt gäbe. Hier gab es Geschäfte mit unübersehbaren Massen von Spielzeug und einen Tabakladen mit wunderhübschen Karten, Pfeifen und Spazierstöcken. Die Häuser waren viel, viel größer als die in Nyborg, und seit er wußte, daß er hier *wohnte,* war alles noch interessanter. Er stand endlos lange vor jedem Schaufenster still und starrte hinein; für eine Weile war aller Kummer vergessen. Aber schließlich hörte die Häuserreihe auf. Die Straße endete auf einem Feld mit hohem Lattenzaun. Dahinter erhoben sich Hügel, auf denen in weiten Abständen vereinzelte Häuser lagen. Das glich nicht dem Lande, von dem er kam, und nicht der Stadt, wie er sie zu kennen glaubte, so daß er stehen blieb und enttäuscht hinstarrte. Dann kroch er durch eine Zaunlücke und schlenderte über das Feld. Durch das kurze, spärliche Gras führten breite, ausgetretene Wege, und quer durch das Feld lief ein Bach in einem kleinen Bett zwischen großen Erlenbäumen. Aber als Torkild die Uferböschung hinunterstieg, sah er, wie häßlich es hier war, voller Glasscherben und vergilbtem Zeitungspapier und Unrat. Das Wasser des Baches war grau und roch schauderhaft. Drüben an der Böschung des anderen Ufers lagen unbeweglich einige Männer – er bildete sich plötzlich ein, sie seien tot, ermordet – er hatte eine undeutliche Vorstellung davon, daß man in der Stadt Leute totschlüge. Da machte er kehrt und rannte davon, bis er wieder in seiner Straße war. Weit hinten auf dem Bürgersteig entdeckte er Doris, die zwischen den großen grauen Häusern winzig klein aussah. Sie rief ihm zu, er solle zum Essen hinaufgehen. Oben in der Küche stand eine große fremde Dame und schnürte feine Pakete auf. Er hatte noch nie so etwas gegessen wie das, was die fremde Dame mitgebracht hatte, niemals etwas so Herrliches gekostet – Kakao und Pasteten, die in backsteinrotes Mehl getaucht waren, Brötchen und zum Schluß Weintrauben. Als er gegessen hatte, sagte sie, er solle ihr und seiner Mutter helfen; er wurde hierhin und dorthin geschickt mit Kneifzange und Bindfaden, mit Nagel und Hammer, während sie auspackten und einräumten. Die Dame sagte »danke, mein Junge« und »ach Torkild, würdest du einmal so freundlich sein«, sie war so fein und so liebenswürdig. Sie sprach dänisch wie seine Mama. Das war Roses Mutter.

Im Frühsommer des nächsten Jahres gingen sie dann eines Sonntagvormittags zu Wegners hinaus. Sie gingen endlos lange und kamen in einen Stadtteil, wo er noch nie gewesen war. Er kannte kaum andere Straßen als die Theresenstraße und die Pilengasse, den Weg zu der alten Kathedralschule, die er besuchte. Hier draußen lag sozusagen eine andere Stadt, eine reiche und schöne und glückliche Stadt mit Villen in kleinen Gärten. Zweimal hatte er sogar Springbrunnen in den Gärten gesehen, und er und Doris mußten um jeden Preis stehenbleiben und sie sich ansehen. Überall an den Häusern sah man Pflanzen und Blumen und in den Fenstern feine Gardinen und Messinggefäße. Sie gelangten in eine Straße, die kreideweiß von Sonne und Staub vor einer Reihe feiner Villen in wohlgepflegten Gärten hinlief; auf der anderen Seite stieg die Felswand steil empor, hoch oben ragten schlanke Tannen und Föhren zu dem seidenblanken, lichtblauen Himmel auf. Ein rotlackierter Bäckerwagen fuhr vorüber, und in einer Art dunklem Drang, zu protestieren – er wußte es selber nicht, wogegen – vielleicht gegen ein Gefühl, daß er nicht in dieser sorglosen, selbstsicheren Welt daheim sei – sprang er dem Wagen nach und hängte sich hinten an.

Aber seine Mutter rief ihn zurück. In einer der Villen stand ein kleines weißgekleidetes Mädchen auf der Veranda – es war Rose, hier wohnte sie.

Bei Wegners hatten sie weißlackierte Möbel mit seidenen Bezügen im Wohnzimmer, und die Kinder bekamen Schokolade. Frau Wegner trug einen goldenen Pfeil in dem braunen Haarknoten und ein weißes rauschendes Sommerkleid.

Ihr gegenüber saß seine Mutter im Sofa – seine Mutter mit dem eisengrauen Haar, das wellig von ihrem fahlen, durchfurchten, schmalen Antlitz zurückgestrichen war. Ihre dünnen Augenlider lagen dunkelbraun über den großen hellblauen Augen, in denen das Weiße rot gesprenkelt war, und der schwere, volle Mund war aufgesprungen und bräunlich. Sie hatte die perlengestickte Jacke an, das einzige Kleidungsstück für die Straße, an das er sich bei seiner Mutter aus all den Jahren in Kristiania erinnern konnte. Die Jacke hatte im Sonnenschein einen Stich ins Grünliche, an einigen Stellen war die Stickerei entzweigegangen, so daß die Perlen lose an den Fäden baumelten. Wie immer trug sie schwarze Lederhandschuhe, die weißlich schimmerten und an den Fingerspitzen aufgeplatzt waren.

Nachdem sie Schokolade getrunken hatten, durften die Kinder in den Heftywald gehen und Beeren pflücken. Zwischen den weißen Gitterzäunen der Villengärten war ein Rest Wald stehengeblieben. Die Föhren waren kahl bis auf eine kleine Krone am Wipfel, an den Ebereschen waren die Zweige abgerissen, so hoch man reichen konnte, und die Stämme waren glattgescheuert von den Jungen, die den ganzen Tag über auf ihnen herumkletterten. Jeder Busch und jeder Baum stand verwüstet und geplündert da mit abgerissenen Zweigen und abgeschälter Rinde, nur an den obersten Zweigen der Heckenrosensträucher waren einige blaßrote Blüten aufgesprungen. Einige Beeren fanden sie auch; Rose zog alle, die sie gefunden hatte, auf einen Strohhalm, weiße kleine Erdbeeren und rote unreife Blaubeeren. Es wurden schließlich zwei Strohhalme. Oh, wie war sie süß – sie knickste vor seiner Mutter, überreichte ihr den einen und ihrer eigenen Mutter den anderen Halm. Wenn sie sich bückte, konnte er unter dem kurzen Kleid das ganze weiße Höschen sehen, das dazu verlockte, mit einer Gerte daraufzuschlagen. Und ein wenig milchweiße Haut im Kniegelenk.

Gott weiß, was seine Mutter empfunden hatte, als sie in ihrer abgetragenen Perljacke Kaufmann Vogelius' Tochter in diesem Heim besuchte, wo jeder Gegenstand aus dem Schönsten und Herrlichsten, was zu haben war, ausgesucht zu sein schien, nur um ihrer Schönheit, ihrem Glück einen Rahmen zu verleihen. Zu ihrer Mädchenzeit in Dänemark war Regitze Hammerrich vom Hindevadhof mit blanken Messingbeschlägen am Geschirr vorgefahren, wenn sie ihre Freundin im Handelshaus besuchte. Obgleich – Rose Fredrikke Vogelius hatte alles bekommen, was Geld und Liebe beschaffen konnten – und wohl von jeher war jeder, der sie kannte, der Meinung gewesen, daß sich das auch so gehöre. Sie hatte als das schönste Mädchen auf ganz Fünen gegolten; von Kindesbeinen an war sie verwöhnt und verzogen worden, alles, was sich in Nyborg und weit ins Land hinein zur »Gesellschaft« rechnete, hatte für sie geschwärmt, alle hatten ihre Launen und Einfälle ertragen, und als sie sich nach Norwegen verheiratete, erzählte man sich daheim auf Fünen Märchen von der Verliebtheit ihres Mannes und ihres Hauses Pracht und Reichtum. Und alle Menschen fanden es selbstverständlich, daß Rose Fredrikke sich in fremdem Lande niedergelassen hatte, und daß ihr Heim sagenhaft prächtig war.

Rose glich ihrer Mutter, und doch waren sie unendlich verschieden. Zug für Zug hatte sie das Antlitz ihrer Mutter, hatte ihre Augen und ihr Haar. Alles war ebenso schön wie bei der Mutter – und doch blendete sie nicht. Über Rose lag kein Glanz.

Über Frau Wegner aber hatte Glanz gelegen bis zu dem letzten Tag ihres Lebens – mehr Glanz als je, meinte Torkild, als sie in der kleinen Wohnung drüben in der Steinstraße, in der Nähe seines eigenen Hauses lebte.

Roses Vater war an den Masern gestorben, und er hatte nichts hinterlassen. Als Torkild das erfuhr, war es ihm so unwahrscheinlich vorgekommen, daß er erst gelacht hatte; Masern hatte er selbst gehabt, das war eine Krankheit, die kleine Kinder bekamen, und nichts war wunderbarer, als daß Roses großer, schöner Papa Masern bekommen haben sollte. Oder daß Rose und ihre Mutter arm sein würden, wie sie selbst. Aber es war so. Die Villa mit Einrichtung wurde verkauft, die Witwe legte ihren privaten Besitz, Kleider und Schmuck, zum Nachlaß, und Paul Wegner konnte schuldenfrei in seinem Grab liegen. Zum Schluß stellte sich heraus, daß noch einige tausend Kronen für seine Frau übrigblieben; sie kaufte einzelne Möbel aus dem Hause zurück und eine Anzahl kleiner Bilder, die sie von ihrem

Mann erhalten hatte und die niedrig taxiert worden waren. Ein Freund ihres Mannes hatte ihr eine Stellung als deutsche und französische Korrespondentin in einer großen Agentur verschafft.

Jeden Morgen, wenn Torkild sich im Wohnzimmer, wo er schlief, ankleidete, sah er Frau Wegner ins Büro gehen. Sie führte ihr kleines Mädchen an der Hand, von Rose konnte er nur die üppige, goldene Haarmähne sehen, die über den Schulranzen hing. Wenn Frau Wegner in ihrer schwarzen Witwentracht die ärmliche, trübselige Straße hinunterging, waren ihre große schlanke Gestalt und ihr feines Gesichtchen mit dem ewig wechselnden Ausdruck so schön wie nur je. Ihr flatternder, lebendiger Sinn hatte einen Brennpunkt gefunden, ihr launenhafter und trotziger Wille war jetzt gesammelt und gefestigt, wo sie allein und verarmt war, und Tag und Nacht für ihr geliebtes Kind arbeitete, draußen und daheim.

Torkild paßte am Fenster auf, bis die beiden vorübergegangen waren und Frau Wegner zu ihm hinaufgenickt hatte. Hinter ihm in der Stube, die für ihn immer noch das Gepräge der Leere und der unordentlichen Ungemütlichkeit des ersten Morgens trug, lief seine eigene Mutter in ausgetretenen Schuhen umher und räumte auf, brachte seine Betten in das dunkle Hofzimmer, wo sie und Doris schliefen und kam dann mit dem Frühstück herein. Den ganzen Morgen über sprach sie kein Wort. Wenn Frau Wegner vorüber war, setzte er sich an den Tisch und aß, während er seine Aufgaben noch einmal überlas. Doch Frau Wegners Lächeln leuchtete noch immer in ihm und erfüllte ihn mit einer unendlich süßen Wehmut. Er sehnte sich nach ihr – sehnte die Nachmittagsstunden oben in ihrem Zimmer herbei, wo er auf das leise Knacken der Entreetür wartete, wenn sie aufschloß, sehnte sich nach dem Lächeln der Begrüßung, das ihm und Doris zuteil wurde, sobald sie Rose geküßt und umarmt hatte. Ach, wie hatte er sich gewünscht, sie möchte auch ihn so küssen und umarmen. Für Torkild war Frau Wegners kleines Heim eine wunderbare, verzauberte Welt, unendlich verschieden von der, in der er sonst lebte und seine Zeit zubrachte.

Jeden Tag sehnte er sich danach, dort hinauf zu gehen,

obgleich er selten mehr als ein- bis zweimal in der Woche hinkam. Er hatte Angst, daß man von ihm erzählen würde, er spiele mit Mädchen. Übrigens spielte er, wenn er dort war, fast nie mit den kleinen Mädchen, die sich im Schlafzimmer, wo die beiden großen Mahagonibetten nebeneinander standen – Rose schlief in ihres Vaters Bett – mit Puppen und Anziehpuppen beschäftigten oder, mit Tischdecken und langen Kleidern herausgeputzt, »Theater spielten«. Torkild saß im Wohnzimmer, las und sah sich Bilder an oder er spielte auf dem alten Tafelklavier. Eine Kiste, welche Frau Wegner mit buntem Kreton bezogen hatte, war ganz mit Noten angefüllt. Es waren alte dänische Sachen darin, wie: »Jugend und Tollheit«, »König und Marschall«, »Elverhöj« und Berggrens Volkslieder, aber auch Bände von Mozart, von Bach und von Gluck und einige alte Ausgaben von Haydns Sonaten in altmodischem Druck auf grünlichem, weichem Papier, voller Fasern und Knötchen, und mit entzückenden Stahlstichen auf den Umschlägen. »Marie Sophie Johanne Vogelius« stand auf ihnen, aber die Tinte war vor Alter fast weiß.

Das Klavier und die weißen Empiremöbel stammten aus Frau Wegners Vaterhaus – wie fast alles, was sie zurückerstanden hatte. Die Wände waren fast ganz mit Fotografien bedeckt, zumeist von Roses Vater und von Rose, dann aber auch von allen Verwandten Frau Wegners. Außerdem hingen eine Anzahl Ansichten von Orten da, wo sie mit ihrem Mann auf der Hochzeitsreise gewesen war, und ferner Reproduktionen aus alten Kunstwerken, meist Madonnen mit dem Christuskind. Auch von den Ölbildern stellten zwei Mutter und Kind dar, aber sie waren neu, aus den achtziger Jahren, und Torkild war nach und nach das Verständnis dafür gekommen, daß sie ausgezeichnet waren. Die Fenster, die Tische und die hölzernen Gestelle neben den Fenstern strotzten das ganze Jahr hindurch von Blumen. Aber an Winternachmittagen war es halbdunkel in Frau Wegners Zimmern. In jeder Stube brannte hoch oben an der Wand eine kleine Sicherheitslampe. »Beginnt die Lampe zu flackern, Kinder, oder unruhig zu brennen, so müßt ihr *sofort* zum Pförtner laufen und Bescheid sagen – daß es euch nicht etwa einfällt, retten oder löschen zu wollen«, den

Bescheid bekamen sie noch, als Torkild schon vierzehn Jahre alt war. Arme Frau Wegner, welche Qualen sie gewiß jeden Nachmittag ausgestanden hatte, wenn sie ihre drei Stunden auf dem Büro verbrachte, während die Tochter allein in der Wohnung war. Daher war es Rose auch verboten, Zündhölzer, Öfen, Lampen, Messer oder Fenster anzurühren, genauso, als wenn sie ein winzig kleines Kind gewesen wäre. Wenn Frau Wegner abends nach Hause kam, war sie immer ganz außer Atem vom Laufen, und jeden Abend küßte und drückte sie Rose, als sei ihr Kind gerade einer Todesgefahr entronnen.

Rose durfte nicht in die Küche kommen, denn dort standen der kleine Petroleumofen und die Brotmaschine. Torkild half Frau Wegner beim Decken des Abendbrottisches. Es hatte immer etwas merkwürdig Festliches für ihn, obwohl sie niemals etwas anderes als Tee, Brot und Margarine bekamen und abwechselnd Schlackwurst oder Molkenkäse. Wenn Frau Christiansen kam, gab es außerdem noch Eier und Obst. Ja, und dann bekamen sie auch häufig frische Kresse, die Frau Wegner in Kästen und auf alten Filzhüten zog – in Torkilds Erinnerung dufteten Frau Wegners kleine schmale Hände, die von grober Hausarbeit gesprungen und rissig waren, immer scharf und würzig nach Kresse und Geranien. Zwischen ihrer Hausfrauenarbeit stand sie alle Augenblicke bei den Blumen und machte sich an ihnen zu schaffen, liebkoste sie geradezu, und die Kinder mußten sie sich ansehen und jede Knospe und jede Blüte, die gewachsen und aufgesprungen war, bewundern.

Wenn Frau Wegner nicht gleich nach dem Essen ihre Näharbeit zur Hand nahm – sie nähte ihre eigenen und Roses Sachen selber –, so las oder spielte sie den Kindern vor. Sie las meistens alte dänische Gedichte und spielte am liebsten alte dänische Lieder, Volksweisen und dergleichen. Trokild wußte ja, daß sie nicht gut spielte, sondern genau wie ein fleißiges, gewissenhaftes Schulmädchen – ihrem Mann war es in seiner Verliebtheit eingefallen, ihr einen Flügel zu schenken –, aber der Junge liebte ihre einfältige Musik und die spröden, verbrauchten Töne des alten Klaviers, und wenn er nachmittags einmal selbst darauf spielte, ahmte er unwillkürlich ihre kindliche Art und Weise nach.

Wenn Frau Wegner nicht vorlas oder vorspielte, unterhielt sie sich mit ihnen oder erzählte, während sie nähte. Immer von Zeiten und Menschen, die er nicht kannte, von ihren Mädchentagen in Dänemark, von wunderlichen alten Leuten, die in ihrer Kindheit gelebt hatten und jetzt tot waren, oft auch von den Reisen mit ihrem Mann. Es war eine unendlich hingebende Zärtlickeit in ihrer Stimme, wenn sie Roses Vater erwähnte. Sonst wechselten ihre Stimme und ihr Ausdruck unablässig – sie hatte drollige Betonungen, worüber die Kinder lachten, und alles, was sie erzählte, wurde lebendig und anschaulich.

Fast niemals aber erwähnte sie die Jahre, in denen sie als verheiratete Frau in Kristiania gelebt und ein großes Haus geführt hatte. Sie verkehrte mit keinem ihrer Bekannten aus jener Zeit. Und sie war es, die sich von ihnen zurückgezogen hatte, nicht diese von ihr. Torkild hatte seine Mutter mit Frau Wegner darüber sprechen hören. »Sie waren doch alle so freundlich und hilfsbereit gegen dich, als dein Mann starb«, hatte seine Mutter gesagt. »Ja gewiß.« – »Aber um Roses willen«, hatte Frau Christiansen weiter gesprochen. »Du kannst dir doch vorstellen, daß es sehr vorteilhaft für sie sein würde, Verbindungen zu haben, wenn sie erst größer ist. Sie würde auch vielleicht eingeladen werden – das Kind läuft ja sonst hier herum und kommt nie hinaus.« Da hatte Roses Mutter gelächelt: »Das vermißt Rose gewiß nicht. Glaubst du, sie und ich entbehrten irgend etwas in der Welt, hier in unserem Heim? Die Leute würden dann vielleicht mein Kind Weihnachten zu sich einladen oder bei ähnlichen Gelegenheiten, wo man das Verlangen verspürt, ein wenig gut gegen die Armen und Einsamen zu sein. Nein, glaube mir, nein, Regitze.« – »Du hast kein Recht zu sagen, daß sie Rose als Wohltätigkeitsobjekt behandeln würden. Und du kannst doch nicht so genau wissen, ob Rose die Vergnügungen, die andere Kinder in ihrem Alter haben, nicht vermißt.« – »Liebe, ich sage ja nicht, daß sie sie so behandeln *werden*. Das kann man natürlich nicht wissen, ehe man es nicht versucht hat, aber ich beabsichtige nicht, den Versuch zu wagen. Doch was mein Einstehen für Rose betrifft – Rose ist nicht wie andere Kinder, und du kannst mir glauben, ich kenne sie.« Da hatte Frau Christiansen geseufzt. »Niemand kennt seine Kinder, du.«

Daran, daß Frau Wegner sich von ihrem ehemaligen Freundeskreise zurückgezogen hatte, war wohl auch etwas der Hochmut der verwöhnten Frau schuld gewesen; sie fühlte sich nur dort wohl, wo sie die Erste war und verehrt wurde. Aber sie vermißte es sicher auch nicht; in der wohlhabenden Kristiania-Bourgeoisie, wo Wegner zu Hause war, hatte sie nicht einen einzigen Menschen getroffen, mit dem sie in Wirklichkeit etwas gemein gehabt hätte. Die Erinnerung an die Jahre in diesem Kreis stand in ihrem Leben so flüchtig und unwirklich da, als sei das Ganze die Episode einer Sommerreise gewesen, und sie hatte ihre Freunde aus jener Zeit vergessen, wie man die Freunde aus dem Speisesaal eines Sanatoriums vergißt.

Letzten Endes war es wohl die Frage, ob ihren Mann und sie eigentlich ein tieferes Verständnis verbunden hatte. Oder ob es nicht nur ein Zufall gewesen war, weil er norwegisch sprach oder so elegante Kleidung trug, was sie bewogen hatte, ihn zu nehmen und nicht einen oder den anderen von all den Männern, die sich um sie bewarben. Daß sie die Erinnerungen an ihn hingebend bewahrte, bis zu ihrem Tode seinetwegen Trauerkleider trug und, wie sie es verlangt hatte, in ihrem Brautgewand begraben wurde, lag daran, daß er der Vater ihres Kindes war.

Viele Jahre später lernte Torkild einen Kaufmann kennen, der auf demselben Büro wie Frau Wegner gewesen war. Er erzählte, sie seien damals alle in sie verliebt gewesen, vom Chef bis hinab zu den Laufburschen. Und niemand hatte aus ihr klug werden können, ob sie mit ihnen allen kokettierte, oder ob es nur ihr Wesen sei und sie die Kurschneiderei nicht einmal bemerkte. Sie hatte sie wohl als etwas Selbstverständliches hingenommen, worüber sie nicht nachdachte. Das Büro und alles, was damit zusammenhing, war ihr sicher ein so herzlich zufälliges Mittel zur Beschaffung des Lebensunterhalts gewesen, daß sie ihm niemals einen Gedanken gewidmet hatte, wenn sie wieder draußen war, obgleich sie sehr tüchtig gewesen sein sollte mit ihren geradezu fabelhaften Sprachkenntnissen. Aber im übrigen

– sie, die immer von Verliebtheit umgeben gewesen war, hatte sicher nie gewußt, was Verliebtheit sei. Sie hatte vielleicht gesehen, daß es etwas war, was die Männer zu amüsanten Spielzeugen machte – und dann war der Augenblick gekommen, in dem sie sich, von einem unbewußten Instinkt getrieben, hingegeben hatte, um ihre Bestimmung erfüllen zu können. Der Mann, der ihr das Kind gegeben hatte, mußte für sie der einzige auf der Welt werden, weil dies das einzige Verhältnis war, in welchem der Mann ein wirkliches Interesse für sie haben konnte. Daß er aber an ihrem Kind teilhatte, war für sie ein Band zwischen ihnen, das nicht einmal der Tod lösen konnte; unsichtbar war er um sie, bei all ihrem Tun und Lassen, bis der Tod die Wiedersehensstunde bringen würde.

Ihre Ehe mit Wegner fiel gerade in die berühmten achtziger Jahre. In ihrem Umgangskreis sah man selbstverständlich auf all das, was man Bohèmebewegung nannte, indigniert und mit heftigem Abscheu herab. Frau Wegner selbst war einen Tag indignierter als alle anderen – und am nächsten Tage entsetzte sie sicher ihre Bekannten durch die allerradikalsten Ansichten, die man sich denken konnte. Man hielt das für eine Sucht, sich interessant zu machen. Als Torkild größer geworden war und sich mit Frau Wegner über Fragen des menschlichen Lebens, Religion und dergleichen unterhielt, entdeckte er das Prinzip, nach welchem sie bald hartnäckig konservativ und bald rücksichtslos radikal urteilte. Sie betrachtete alles auf der Welt von dem Verhältnis aus, das sie instinktiv für ihr eigenes einziges Interesse ansah – dem Verhältnis zwischen Mutter und Kind.

Sowohl Torkild wie Rose hatten sich geweigert, sich konfirmieren zu lassen, und Frau Wegner war böse geworden: »Dumme Anstellerei!« Als die Kinder mit jugendlichem Eifer protestierten, sie seien doch Freidenker, wurde sie noch böser: das sei ja Unsinn. Sie versuchten, ihr zu erklären, daß sie dies und jenes nicht glaubten, aber sie sah sie nur verständnislos an – daran glaubte sie doch auch nicht, daran glaubte wohl kein Mensch. Aber darum war man doch noch nicht Freidenker; unter Freidenkern verstand sie Leute, die sich geschmacklos ausdrückten, mit unerzogen lauter

Stimme redeten und abzuleugnen suchten, was in ihren Augen eine Tatsache war: Das Leben war ewig, weil ihre lieben Verstorbenen ihr ebenso nahe waren, wie die Lebenden, sie fühlte sie immer um sich und erhielt auf mannigfache Weise Botschaft von ihnen. Für sie war es ja auch undenkbar, daß sie nicht ständig bei ihrem Kind sein und es bewachen könnte, nur weil sie einmal sterben mußte. Und weil die Kirche ihre Trauung und die Taufe ihres Kindes vollzogen und ihres Mannes Grab gesegnet hatte, wollte sie auch, daß sie Rose einsegnete, wenn das Mädchen ins Leben hinausträte. Darüber hinaus hatte sie nie etwas mit der Religion zu tun gehabt, sie wußte kaum mehr von ihrer Lehre, als daß ein neugeborenes Kind in der Krippe der Welterlöser wurde, wie sie jede Weihnachten laut vorlas. Das Christentum hatte niemals das Heidentum ihrer Seele zu zerstören vermocht: ihre Religion war eine weit ältere; sie glaubte an Zeichen und Vorbedeutungen, an das Zeichen des Kreuzes und an gute und böse Tage, an Amulette und Gebete, deren Sinn sie nie einen Gedanken widmete, und sie betete ihre eigenen Toten an

Eine andere Religion konnte sie nicht gebrauchen; in ihrem innigen Zusammenleben mit den Lebenden und Toten ihres Geschlechts hatte sich ihre Seele niemals einsam gefühlt. Das war wohl auch der Grund, warum sie niemals wirklich geliebt hatte, sie hatte sich nie von ihrem Geschlecht loslösen und sich hingeben können. Im Gegenteil, der Mann, dem sie ein Kind geboren, war für sie dadurch ihrer Familie einverleibt.

Ihre Eitelkeit und ihr Selbstgefühl galten ihr selbst als derjenigen, die im Augenblick die Familie repräsentierte. Sie lebte ihr Leben so, als würde all ihr Tun und Lassen von den Eltern oder den Augen ihres Mannes aus dem Dunkel hinter ihr überwacht und beurteilt, und als ob es später von der Tochter und von den Geschlechtern beurteilt werden würde, die noch nicht vorhanden waren, deren Treiben sie aber aus dem Dunkel mit liebevollen Augen verfolgen würde, und die ihr Andenken ehren würden, obgleich sie sich nie im Leben gesehen hatten – ebenso wie sie die Toten, die sie nie gekannt, liebte und bei ihnen Hilfe suchte.

Und so war denn die schöne Rose Fredrikke Vogelius, die bis zu dem Tag, als sie Witwe wurde, niemals ihre kleinen weißen Hände zu der geringsten Arbeit hatte rühren brauchen – sie hatte ihr Kind selbst besorgt und kaum geduldet, daß andere es anrührten, aber sie hatte das nie als Arbeit empfunden, sondern nur als Spiel und Ausdruck ihrer Zärtlichkeit –, so war denn also die schöne Rose Fredrikke Vogelius, die nie an den Wert des Geldes gedacht hatte, weil sie immer von Menschen umgeben war, die ihr jeden Wunsch erfüllten, vielleicht doch weit besser ausgerüstet, der Armut entgegenzutreten und den Kampf ums tägliche Brot zu kämpfen als die meisten anderen. Denn ihr war ja fast jede Arbeit gleich recht und gleich lieb, wenn sie ihr nur das verschaffte, was sie für ihr Kind brauchte.

Vom frühen Morgen bis in die späte Nacht war Frau Wegner an der Arbeit, scheuerte, kochte Essen, suchte in den billigen Geschäften umher und kaufte ein, nähte und stopfte und flickte; acht Stunden saß sie jeden Tag auf dem Büro. Und doch lag über ihrem Heim und allem, was ihr gehörte, ein Zug von Verfeinerung, von intellektuellem Luxus, den sie ganz und gar aus dem Reichtum ihres Gemüts bestritt, aus ihrer glanzvollen Phantasie und aus der verschwenderischen Kraft ihres Wesens. Und sie, deren Tage eine einzige Mühsal der Armut waren, erwähnte diese Armut nie und klagte nicht den sorglosen Tagen nach, die vorüber waren; sprach sie davon, so war es nur, um sich lächelnd über die frohen, glücklichen Erinnerungen aus jener Zeit zu freuen. Niemals jammerte sie über die ewigen Mühen des Tages, aber jede freie Stunde, die sie sich gönnen konnte, machte sie festlich, und der geringste Gegenstand, den sie über das Notdürftigste hinaus zu beschaffen vermochte, stimmte sie froh. Für Torkild schien die Luft in den beiden kleinen Stuben von einem immateriellen Reichtum, einer Pracht durchdrungen zu sein, die er begierig in sich einzog. Dort oben war der einzige Ort, wo sein jugendlicher Drang nach Glück befriedigt werden konnte. Gegen die Verhältnisse, in denen aufzuwachsen sein Schicksal geworden war, konnte er nicht ankämpfen; nur, indem er sie von Zeit zu Zeit vergaß, wie es für Kinder und schwache Menschen die einzige Möglichkeit ist, konnte er sich davor bewahren, in ihnen zugrunde zu gehen. Frau Wegner kam seinem Drang entgegen, sich von all dem Unerträglichen in seinem Leben wegzudichten. Was ihn lebensfähig machte, hatte Frau Wegner ihm von ihrem gesunden Wesen mitgegeben.

Daheim lebten er und Doris in ewiger Unbehaglichkeit. Wenn die Mutter ihre Anfälle hatte, lag sie bei zugezogenen Vorhängen im Schlafzimmer, stumm und apathisch, und dann mußten die Kinder sich selbst helfen, so gut sie konnten. Torkilds Herz brannte in Verbitterung und Scham, wenn er, um für sich und Doris Essen zu kaufen, an der Mutter Portemonnaie gehen und sich Geld nehmen oder versuchen mußte, irgendwo in der Straße etwas auf Kredit zu bekommen, wenn sie kein Geld besaß. Und dabei verließ ihn nie diese tödliche Angst, daß jemand – Schulkameraden, die ihn neckten, oder Frau Wegner, die ihn bedauern würde – erfahren könnte, wie er aufwischte, kochte, die schlimmsten Löcher an seinem Zeug zusammenzog, ja, sogar in der Küche Wäsche wusch, wenn im Hause nichts Reines zum Anziehen aufzutreiben war. In seiner grenzenlosen Verzweiflung und seinem Überdruß schalt er zwischendurch Doris aus – von ihr sei keine Hilfe zu erwarten, sie sei ebenso unmöglich für alle Hausarbeit wie die Mutter, und es wäre ihr auch gleichgültig, wenn das ganze Haus in Schmutz und Unsauberkeit versänke.

Wenn dann der Anfall vorüber war, und die Mutter wieder zu sich kam, konnte sie ihn wohl wegen seiner Tüchtigkeit loben und ihm mit scheuer, leiser Stimme und beschämt niedergeschlagenen Augen sagen, wie geschickt er sei, wie er an ihrer Stelle alles so hübsch gemacht hätte. Torkild schluckte seine Tränen herunter, er hätte sich vor ihr niederwerfen mögen, o Mutter, o Mutter, Mutter! Er hätte sie anflehen und bitten mögen, aber er tat es nicht.

Hätte Frau Regitze ihre Kinder klagen hören, sie anklagen, anflehen oder drohen hören, ja, hätte sie sie leibliche Not leiden sehen, während sie sich vor ihnen einschloß mit ihrem Unglück und ihrer Schande, so hätte es sie vielleicht retten können. Doch ihre Kinder schwiegen still und blickten ihr nach, bis sie Verborgenheit und Vergessen suchte – auch vor ihren Augen.

Solange sie in Kristiania gewohnt hatten, waren ihre Anfälle übrigens sehr selten gewesen. Aber das Unbehagen lag auch, wenn sie gesund war, über dem Heim, die Kinder fühlten, wie es aus der verbrannten, verzweifelten Seele ihrer Mutter starrte und waren in ihrer Gegenwart scheu und stumm, immer in Angst, daß sie wieder »krank« werden könnte. Schlecht und unordentlich gewirtschaftet wurde auch, obgleich sich Regitze, wenn sie wohlauf war, die größte Mühe gab, so gut wie möglich für ihre Kinder zu sorgen. Aber sie hatte für nichts eine glückliche Hand; die Stuben waren häßlich und trübselig trotz der alten, schönen Möbel, die Blumen in den Fenstern verwelkten, das Essen schmeckte merkwürdig und trocken und fade und war wenig nahrhaft; oft war es auch schlecht und knapp, weil das Geld nicht ausgereicht hatte. Und mit einer Art resignierter Verzweiflung sah sie, wie ihre beiden prächtigen Kinder hier in der Stadt fahl wurden, dünn und aufgeschossen wie Pflanzen in einem Keller.

Auch über die Verhältnisse seines Vaters war Torkild aufgeklärt worden, und zwar im ersten Jahr, als er in der Straße wohnte. Das ging folgendermaßen zu:

Er hatte sich den ersten Winter über in der Theresenstraße außerordentlich wohl gefühlt, hatte viele Freunde bekommen und sich herrliche Tage lang draußen auf den Wiesen herumgetrieben, hatte sich gebalgt, war Ski gelaufen, und als der Frühling kam, hatte er Schlagball gespielt. Wie es zu Hause aussah, darum hatte er sich nicht viel gekümmert.

Er war damals für seine neun Jahre sehr groß und kräftig. Sein bester Freund war ein Junge, der im Hinterhaus wohnte, Arne Sevaldsen.

Arne war etwas älter als Torkild, groß, blond und hübsch, frisch und freundlich, und Torkild liebte und bewunderte ihn, demütig dankbar dafür, daß er mit ihm zusammen sein durfte. Arnes Vater war wie Arne, nur noch vollkommener und merkwürdiger, da er ja erwachsen war. Er war Pianoarbeiter. Gegen die Kinder war er sehr lieb; einmal hatte er sie mit nach Nordmarken genommen und einmal zum Trollsee. Doch Arnes Mutter verabscheute Torkild ebenso instinktiv, wie er Arne und Arnes Vater liebte und bewunderte. Er verabscheute Frau Sevaldsens aufdringliche Freundlichkeit, ihre Versuche, mit ihm über »seine Mama« zu reden, ihr ewiges Nörgeln und Murren über den Mann und ihre Kinder. Als sie merkte, daß Torkild sie nicht leiden konnte, wurde sie gemein und boshaft gegen ihn, und von ihr erfuhr er auch, daß sein Vater aus dem Pfarramt weggejagt worden sei, weil er eine Konfirmandin verführt hätte, und daß er jetzt mit dem Mädel zusammenlebte wie ein Schwein – und daß seine Mutter tränke; ja, Torkild hätte allen Grund, hochmütig zu sein.

Roses und seine Mutter waren nicht oft zusammen. Frau Wegner kam fast nie zu ihnen, und Torkild war froh darüber. Aber ab und zu ging Frau Christiansen mit ihren Kindern zum Tee zu ihr. Dann pflegten und hegten sie beide die Freundschaft der Kinder – ja, daß Doris und Rose Freundinnen waren, lag eigentlich mehr daran, daß die Mütter es so eingerichtet hatten, als daran, daß die Mädchen besonders gut zusammengepaßt hätten. Doris hatte jedenfalls eine ganze Reihe anderer Freundinnen aus der Schule und von der Straße, obgleich für die weitere Entwicklung der Bekanntschaften ein großes Hindernis darin lag, da sie sowohl als Torkild wußte, daß sie ihre Kameraden nicht zu sich einladen konnten. Was Rose betraf, hatte Frau Wegner eine besondere Fähigkeit, jeden Verkehr zu vereiteln, den sie nicht wünschte, so daß fast nur die beiden kleinen Christiansens übrig blieben.

Es schien fast, als sollte es ein heimlicher Trost für die beiden dänischen Frauen sein, die in diesem armseligen Teil einer fremden Stadt gelandet waren, einsam und freundlos – so verschieden ihr Wesen und ihr Schicksal auch sonst war –, daß ihre Kinder zusammenhielten. Zu Weihnachten und an Geburtstagen durften Rose und Doris einander kleine Geschenke machen, meistens jene dünnen Silberreifen, die die kleinen Mädchen »Bettelarmband« nannten. Wenn sie an Roses dünnem braunen Handgelenk klirrten, weckten sie in Torkild Träume vom Ganges und von Hindumädchen:

Nie vergessen ist die schöne Nacht,
da sie in mein Zelt trat, scheu und bangend
– – –
Nimmer darf es meine Mutter wissen,
darum löste ich die goldnen Ringe
von den Knöcheln, als ich gehen wollte,
daß ihr Klang kein Unheil bringen möge.

Das war aus einem Gedicht, das Frau Wegner ihnen eines Abends vorgelesen hatte. Torkild hatte den dämmerungsreichen Rhythmus im Ohr behalten. Wenn Frau Wegner ein Gedicht vorgelesen hatte, blieben ihm oft lange Abschnitte davon im Gedächtnis haften, und er wiederholte sie sich, wenn er sich abends zu Bett gelegt hatte. Wenn Frau Wegner sprach, so fand er, Dänisch sei die schönste Sprache der Welt, obgleich er sonst nichts Häßlicheres kannte, als wenn zum Beispiel Tante Karen oder Onkel Niels Ove redeten.

Mitunter geschah es, daß seine Mutter spielte, wenn sie abends bei Frau Wegner waren. Auch auf Frau Christiansen schien die Stimmung dieser Räume zu wirken; Torkild jedenfalls fand, daß sie zu Hause nie so spielte, er setzte sich im dunkelsten Winkel auf die Erde, lauschte und ließ der Mutter Musik wie gewaltige Meereswogen über sich hingehen. Seine Augen wichen nicht von ihrem erloschenen, fahlen Gesicht, das jetzt lebte; in den bleichen Augen glomm dunkler Glanz auf, und die braunen, trockenen Lippen verzogen sich zitternd. Hatte sie sich erst ans Klavier gesetzt, so spielte sie oft stundenlang.

Wenn sie dann gingen, ergriff Torkild den Arm seiner Mutter, sobald sich die Tür hinter ihnen geschlossen hatte. Und wenn er zu Haus im Wohnzimmer zu Bett gegangen war und die Lampe ausgelöscht hatte, so daß kein anderes Licht schien als der Schimmer der Gaslaterne auf der Straße, pflegte er nach ihr zu rufen. Komm und sag mir gute Nacht, Mutter! Dann schlang er seine Arme um ihren Hals und küßte sie heftig und ohne ein Wort. Manchmal setzte sie sich auf den Rand des Schlafsofas, zog den langen Jungen halb auf ihren Schoß und küßte ihn wie ein kleines Kind, während sie ihm Kosenamen zuflüsterte, die er von alten,

alten Zeiten her kannte. Mit tränenerstickter Stimme murmelte sie: »Du armer kleiner Junge, meine armen, armen Kinderchen.«

Immer, wenn sie zusammen bei Frau Wegner gewesen waren, fühlte er deutlich, wie er seine Mutter liebte, zärtlich, mitleidig und voll Trauer. Wenn sie aber an einem solchen Abend gespielt hatte, stieg ein leidenschaftlicher und düsterer Stolz in ihm auf. Sie und die Kinder waren vertrieben, verstoßen, benachteiligt und verflucht – aber der Fluch sollte auf seinen Vater zurückfallen, den meineidigen Pfarrer! Er träumte von einer Begegnung mit dem Vater, wenn er selbst erwachsen wäre und viel Geld verdiente, und Mutter und Schwester es gut bei ihm hätten; dann wollten sie in einer Villa dort draußen wohnen, wo Wegners Haus gestanden hatte, Doris sollte immer in weißen Kleidern gehen und die Mutter in schwarzem Sammet wie Frau Gundersen auf dem Theater. Die Mutter wäre dann wieder gesund, denn seine Liebe würde ihre unselige Krankheit überwunden haben. Und wenn dann der Vater käme, grau und gebeugt – würde er, Torkild, ihm auf dem Gartenweg entgegengehen: Ich kenne dich nicht! Du hast meine Mutter verstoßen, du hast deine Kinder verstoßen einer Dirne wegen. Jetzt verstoßen wir dich. Geh – kehre zurück zu deiner Metze! So wollte er sprechen.

Nach einem solchen Abend verrichtete Torkild oft lange Zeit hindurch mit fanatischer Begeisterung die Mägdearbeit, die er sonst haßte, und deren er sich schämte. Und während er in der Küche stand und seine und Doris' Unterwäsche wusch, flehte er innerlich seine Mutter mit flammenden Worten an, die er ihr gegenüber niemals über die Lippen brachte.

Eines Abends nahm Frau Wegner alle drei Kinder mit ins Theater, wo bisher noch keines von ihnen gewesen war. Es war ein Fest zur Erinnerung an Tordenskjold. Frau Gundersen, die rank und schlank in einem schwarzen Gewand auf der hellerleuchteten Bühne stand, machte auf Torkild einen unauslöschlichen Eindruck. Sie deklamierte Bergljot. Die Musik ihrer herrlichen Stimme durchschauerte ihn, und wenn er aufzublicken wagte, sah er im Dunkeln neben sich

Frau Wegners Antlitz, ein wenig hintenübergeneigt, weiß und still, in Tränen gebadet, die unaufhörlich ihren halbgeschlossenen Augen entströmten. Wie es gekommen, wußte er selber nicht, aber in der Dunkelheit hatte er seine Hand in ihren Schoß gelegt, wo sie sich in die ihrige schlich. Als der Vorhang fiel und der Zuschauerraum plötzlich wieder erhellt wurde, schien sich alles um ihn zu drehen. Frau Wegner sah einen Augenblick in das bewegte Gesicht des Kindes und strich ihm dann liebevoll einige Male über das Haar. Torkild fühlte, wie es ihm kalt über den Rücken rieselte vor Glück.

Die Mädchen hatten nicht das geringste von Bergljot verstanden; sie redeten nur von Fräulein Juell, die in einem weißen Kleid mit einer Schulterschleife in den Nationalfarben, die bis zur Erde reichte, einen Prolog hergesagt hatte. Alle Puppen bekamen Schulterschleifen und den Rest des Winters über standen Rose und Doris jeden Nachmittag abwechselnd in der Türöffnung zum Schlafzimmer und deklamierten alle Verse, die sie konnten, in weißen Nachthemden, die mit Sicherheitsnadeln im Rücken stramm um den Körper zusammengesteckt waren, und mit Schulterschleifen aus Seidenpapier. Torkild bemitleidete und verachtete sie grenzenlos –.

IV

Torkild wußte selber nicht recht, wann Rose begonnen hatte, etwas in seinem Leben zu bedeuten. Zu Anfang war sie für ihn nur Frau Wegners Tochter, ein Teil von Frau Wegners schöner Welt. Das unterschied sie in seinen Augen von allen anderen kleinen Mädchen und ließ sie feiner und glücklicher erscheinen. Als er entdeckte, was für ein einsames Menschlein sie eigentlich war, erstaunte er zuerst unsagbar, sie war ja viel einsamer als er, der blind und kritiklos Frau Wegner anbetete. Aber es schien nichts auf der Welt zu geben, was Rose kritiklos hingenommen hätte.

Im Anfang merkte Torkild nur an Kleinigkeiten, daß Rose mit den Anordnungen ihrer Mutter unzufrieden war. Wie zum Beispiel damit, daß sie mit dem Ranzen gehen sollte; das täte keines von den anderen kleinen Mädchen in der

Schule. Aber als ihre Mutter sagte, daß ihr das eine aufrechte Haltung gäbe, sprach Rose nicht mehr darüber. Sie war auch unzufrieden, daß sie die Haare offen tragen sollte – alle anderen in der Klasse trugen Zöpfe. Doch Frau Wegner, die auf die goldene Haarpracht ihres Kindes stolz war, sagte mit ihrem hochmütigen Lächeln: »Warum sollen *wir* sein wie die anderen? Findest du, daß die anderen besser sind als wir?« Das Kind dachte eine Weile nach. »Nein, das finde ich nicht«, sagte sie langsam. »Aber die anderen sind immer zusammen. Und ich habe niemanden.« – »Du hast ja Torkild und Doris«, antwortete ihre Mutter. »Ja«, meinte Rose gedankenvoll. »Doris würde übrigens gut zu den anderen Mädchen in der Schule passen. Aber Torkild ist so einer wie wir.«

Auch mit den Kleidern, in denen sie gehen mußte, war sie unzufrieden. Torkild hatte es immer für eine Selbstverständlichkeit gehalten, daß Rose anders aussah als die anderen Mädchen – er konnte sie sich nicht im Straßenkostüm, englischen Hut und Glacéhandschuhen vorstellen. Aber gerade das wünschte sie sich. Zu ihrer Mutter sagte sie nichts davon, sondern beugte sich vor der Tatsache, daß sie sich mit umgeänderten und selbergenähten Sachen aus billigen Stoffen begnügen mußte, aber zu Torkild meinte sie doch: »Wenn Mama es wenigstens lassen wollte, alles so apart zu machen.« Sie war immer sehr phantastisch angezogen.

Es war Rose, welche sagte, »wenn wir doch so arm sind –«. Frau Wegner sprach nie von ihrer Armut. Und es war wiederum Rose, die sagte, »Mama rackert sich zu sehr ab«. Frau Wegner sprach nie darüber, wie sie sich plagte. Sie kämpfte schweigend um den Lebensunterhalt und lebte ihr wirkliches Leben in den Stunden, wenn die Lampe brannte, die schönsten Blumen ins Licht gerückt worden waren und sie selbst sich vor den bewundernden Kindern entfaltete. Aber selbst Roses Bewunderung für die Mutter war durchaus nicht kritiklos.

Es gehörte zu Frau Wegners Lebensauffassung, daß man so tat, als ob man die zahllosen Peinlichkeiten nicht merke, die zum täglichen Brot der Armen gehören. Man mußte versuchen, sie zu übersehen und durfte vor allem nicht darüber sprechen. Das stimmte ganz mit Torkilds Art überein, sich in den schlimmen Verhältnissen, unter denen er aufwuchs, zurechtzufinden. Aber Rose war anders – es gab nichts, das sie gewillt war, zu übersehen; alles in ihrer kleinen Welt versuchte sie zu durchdenken und zu untersuchen, besonders gern sprach sie über das, womit sie unzufrieden war. Nicht zur Mutter; »denn was hätte das für einen Zweck«, sagte sie selber, »Mama sagt mir ja doch nicht, was sie meint.« So wurde Torkild derjenige, mit dem sie sich aussprach.

Frau Wegner und Frau Christiansen hatten einmal, so daß Torkild es hörte, von einer Schulkameradin Roses gesprochen, mit der sie eine Zeitlang oft zusammen war. Frau Christiansen, die in einem Snobismus auferzogen war, der hin und wieder spontan hervorbrechen konnte, hatte eine Bemerkung fallen lassen, daß Ellens Vater ja doch nur Bäcker sei. »Ellen ist ein kleine *Dame*«, sagte Frau Wegner. »Sie verplappert sich nie.«

»Tja?« fragte Frau Christiansen. »Genügt es denn, um eine Dame zu sein, daß man sich nie verplappert?«

»Meine Liebe«, erklärte Roses Mutter. »Das unterscheidet ja eine Dame von anderen Frauensleuten, daß sie niemals etwas sagt, was sie nicht verantworten kann, sowohl vor sich selber, als vor anderen. Daß sie nicht lügt, was sie auch dadurch gewinnen könnte, und sich immer so beherrscht, daß sie nichts sagt, was sie später nicht aufrechthalten könnte.«

Diese Definition einer Dame traf übrigens auf Frau Wegner selber keineswegs zu. Sie meinte wohl im Augenblick immer, was sie sagte, aber ihre Ansichten wechselten mit ihren Stimmungen, und sie sprühte vor Temperament. Doch auf Rose traf die Erklärung zu.

Soweit Torkilds Eindrücke von Rose zurückreichten, hatte er immer gefunden, daß sie leidenschaftlich wahrheitsliebend war und nie von einer Sache redete, über die sie nicht auf eigene Faust nachgedacht hatte, ohne Rücksicht auf ihre eigenen Verhältnisse und eifrig bemüht, sie gründlich zu verstehen.

Besonders im letzten Jahr, da Torkild in Kristiania wohnte, in dem Jahr, ehe sie beide das Mittelschulexamen machten, waren sie viel zusammen. Nach Beendigung ihrer Schulzeit sollte Rose auf eine Handelsschule gehen.

»Hast du denn Lust, Bürodame zu werden?« fragte Torkild.

»Nein, aber dann kann ich bald selber ein bißchen verdienen«, sagte Rose. »Ich möchte gern zu Hause wenigstens etwas für mich bezahlen, dann könnte Mama ein Mädchen nehmen und müßte sich nicht mehr so gräßlich plagen, und ich könnte ein eigenes Zimmer bekommen und brauchte nicht immer mit ihr zusammen zu sein.«

»Bist du denn deiner Mutter nicht gut?« fragte Torkild erstaunt.

Rose lächelte nachsichtig:

»Bist du verrückt, du? Du kannst dir doch wohl denken, daß ich Mama *liebe*. Ich glaube, es gibt nicht noch einmal einen Menschen wie sie. Aber, Herrgott, ich bin jetzt fast erwachsen, und dabei ist es genauso, als brütete sie auf mir. Ich bekomme keinen Atem mehr unter ihren Flügeln.«

Torkild mußte lachen, und Rose lachte.

»Ja, weißt du, was ich schrecklich finde? Das heißt, – dann wäre Mama ja noch mehr abgearbeitet, so daß ich natürlich einerseits darüber froh sein muß. Aber, siehst du, Mama hätte eine Menge Kinder haben müssen. Alle Menschen müßten es sich leisten können, viele Kinder zu haben, jedenfalls solche wie Mama, die so schrecklich an ihren Kindern hängen. Ach, jetzt ist es mir sozusagen, als wäre ich nur dazu da, damit sie etwas hat, wofür sie lebt. Nichts darf ich für sie tun, nichts. Sie verlangt absolut nichts anderes von mir, als daß ich existiere und mich ausbilden und für mich sorgen und mich leiten lasse. Manchmal ist es geradezu, als könnte ich gar nicht fühlen, wie lieb *ich* sie eigentlich habe, weil ich nichts für sie tun darf. Nicht einmal die Blumen darf ich begießen. Nicht einmal meine eigenen Sachen flicken. Tue ich es, während sie auf dem Büro ist, so schilt sie, wenn sie zurückkommt und sagt, ich machte es verkehrt. Vorgestern, als sie gleich nach Tisch wieder weg mußte, habe ich die Aufwärterin gemacht, aber weißt du, was sie behauptet? Daß ich den Sprung in die Glasschale geschlagen hätte, obgleich ich den Riß seit über einer Woche bemerkt habe. Und dann sagte sie, ich hätte deshalb eine Vier in

Mathematik bekommen, als ob ich nicht meistens eine Vier in Mathematik hätte. Aber sie *will,* daß ich in jeder Beziehung von ihr abhängig bin.

Mitunter, wenn ich davon zu sprechen anfange, was ich tun will, wenn ich selber verdiene, daß wir dann zusammen ins Theater gehen wollen, daß wir uns eine Hilfe fürs Haus nehmen, damit wir zusammen ins Konzert gehen können, wenn wir nachmittags aus dem Büro kommen, und so etwas, dann beginnt sie zu weinen, weil sie mir keine Theaterbillette und dergleichen kaufen kann. Ich kann ihr einfach nicht begreiflich machen, daß ich das alles, was sie mir nicht beschaffen kann, gar nicht entbehre, sondern nur vermisse, daß ich weder für sie noch für mich etwas tun kann. Ich tauge eben zu nichts auf der Welt.«

»Du bist doch aber sehr tüchtig in der Schule – in Sprachen und so weiter.«

»Pah, die Schule, du«, sagte Rose mit der Verachtung ihrer vierzehn Jahre. »Ich hasse die Schule, jawohl. Wenn wir nicht so arm wären, so würde ich morgen mit der dummen Schule aufhören und zu einem Gärtner in die Lehre gehen. Ja, das täte ich.«

»Möchtest du Gärtner werden?« Torkild war unglaublich erstaunt. »Du würdest doch nie ein richtiger Gärtner werden – so einer mit schmutzigen Händen und schäbigen Kleidern.« Und er setzte ernsthaft hinzu: »Das würde deine Mutter dir nie erlauben.«

»Das wäre dann einerlei«, sagte Rose jung und unbarmherzig. »Wenn ich mein eigenes Reich hätte, würde sie sicher daran Gefallen finden. Stelle dir doch Mama vor, die Blumen so liebt und sich so furchtbar über Gemüse und Obst freuen kann. Ich würde eines der alten Landhäuser draußen vor der Stadt mieten, weißt du; da hätten wir dann solche großen, altmodischen Stuben, in denen Mama so viel Rosen und Pelargonien haben könnte, wie nur möglich, und in denen trotzdem Platz bliebe, sich umzudrehen. Dann müßte ich mir eine Menge Zeitschriften halten und Bücher über den Gartenbau, Proben und Kataloge haben, die wir uns abends ansehen könnten, anstatt all dieser Bücher von Mama. Und ganz rauhe, abgearbeitete Hände würde ich haben – ja nicht solche wie Mamas, die von einer Arbeit rauh geworden sind, die sie eigentlich haßt. Nein, meine Hände, meine Kleider und alles wären von meiner eigenen, eigenen Arbeit zerschlissen. Aber daraus kann ja nichts werden, natürlich«, sagte sie mit einem kleinen, altklugen Seufzer. »Denn ich müßte ja viele Jahre in die Lehre gehen, und dann könnte ich Mama nicht helfen. Und Geld brauchte ich auch, um anzufangen.«

Daß es etwas gab, was Rose werden wollte, erstaunte Torkild am meisten von allem. Er selbst hatte ebenso wie Frau Wegner niemals daran gedacht, daß die Arbeit etwas anderes bedeuten könnte als eine bedauerliche Notwendigkeit. Arbeiten mußte man für den Lebensunterhalt, als Lebensinhalt brauchte man etwas ganz anderes. Scheu und unsicher hatten damals seine Gedanken angefangen, sich Rose zu nähern. Aber in ihrem Innern war auch nicht ein Schatten von Sehnsucht nach Torkild. Sie rechnete ihn wohl halbwegs zu dem Heim, dem sie zu entwachsen sich sehnte. In diesem letzten Jahr ihres Aufenthalts in Kristiania hielten sich Torkild und Rose in ihrer freien Zeit meist auf dem Vestre Aker auf.

Torkild war längst mit dem »Land« vertraut geworden, das ihn am ersten Tage so sehr abgestoßen hatte Mitten zwischen diesen unfertigen Vorstadtstraßen, deren neue Häuser bereits stark mitgenommen und verfallen waren, lagen große, offene Wiesen mit kurzem, niedergetretenem Gras und steilen, öden Hügeln. Erst, wenn es zum Sommer ging, wuchs hier ein goldener Wald von Hederich auf, der in der trockenen, heißen Erde üppig in die Höhe schoß und den Kindern, die sich Spielstuben darin anlegten, weit über den Kopf wuchs. Er duftete heiß und stark, und seine Spitzen waren von einer Wolke summender Insekten umlagert.

Das ganze Jahr hindurch wimmelte es dort von Kindern. Im Winter fuhren sie Schlitten und liefen Ski, im Frühjahr spielten die Knaben Schlagball, und vom ersten warmen Tage an lagen Leute im Arbeitsanzug auf den sonnigen Hängen und schliefen. Im Sommer kamen die Mütter am Nachmittag mit ihren kleinen Kindern und dem Eßkorb heraus; die vielen Stimmen dieser Vorstadtwiesen waren bezeichnend für den ganzen Stadtteil. Kleine Gören, die eben krabbeln konnten, fielen hin und brüllten aus vollem

Halse, große Kinder schrien sich gegenseitig im Spiele zu, Mütter riefen mit scharfen Stimmen aus den Küchenfenstern, und aus dieser oder jener Richtung, in der Nähe oder weit entfernt, weinte jemand laut und andauernd, während hier und da ein Junge, der beim Spielen den kürzeren gezogen hatte, nach Hause lief, um es Mama zu sagen.

Seitdem er nicht mehr mit Arne Sevaldsen zusammen war, hatte Torkild keine eigentlichen Freunde mehr. Er vertrug sich nicht mit den Jungen in seiner Straße, und viel besser ging es ihm mit den Knaben auf der Kathedralschule auch nicht. Daß sie ihn nicht quälten, wie Kinder es mit denjenigen zu tun pflegen, die anders sind als die Masse, lag daran, daß der Junge Fäuste hatte, mit denen er sich in Respekt zu setzen verstand. In den Jahren, die er in der Stadt lebte, wurde er blaß und dünn, aber er war geschmeidig und unerschrocken, verstand sich zu prügeln, lief gut Ski, und im Schlagball wollten sie ihn alle gern in ihrer Partei haben.

Aber auch für Torkild war auf den Vorstadtwiesen Platz. Dort konnte er ganze Sommertage hindurch in dem kurzen dünnen Gras liegen und faulenzen. Der Himmel über ihm war klar und blau, weiße Wolken segelten darüber hin, die Fliegen, die sich's in all dem Schmutz am Schlammbache wohl sein ließen, schimmerten golden, wenn sie wie Funken im Schatten der gerupften, verunstalteten Bäume hin- und herflitzten. Von einem Glasscherben drüben am Hügel blitzten in der Sonne Strahlenbündel in allen Farben des Regenbogens auf. Wenn der Frühling einzog, brachte er den Kindern Kümmelpflanzen und blasse Veilchen mit, die freilich klein waren und nur spärlich wuchsen, aber Jahr für Jahr wiederkamen. Der Sommer schmückte die Hügel mit Heckenrosen, mattgrünen Schleiern von Hundsgras und goldenen Wäldern von Hederich. Im Herbst hingen die Berberitzenbüsche über und über voll roter Beeren unter dem rotgelben Laub; an sonnenklaren Wintertagen funkelte der Schnee weiß mit blauen Schatten in den unzähligen Spuren, die die kleinen Skier der Kinder hinterlassen hatten.

Als Torkild etwas größer wurde, begann er auf Bygdö umherzustreifen, oben auf dem Vestre Aker und nach Nordmarken hinaus. Er fand auch einige Kameraden, die auf seinen Ausflügen mitgingen, sonst waren sie nie zusammen. Besonders einer, Lorens Helsing mit Namen, machte den Eindruck, als sei er fast ebenso einsam wie Torkild, und die beiden schlossen eine Art schweigsamer Freundschaft.

Aber nirgends auf der Welt hatte Torkild so stark den Frieden der Natur empfunden – die tiefe Entspannung des Gemüts, vergessen von all dem, was der Mensch von sich selber weiß, wie hier auf den Vorstadtwiesen – nirgends, wo er auch später hinkam, nicht in den Sommernächten auf See, wenn er im Boote draußen lag, nur von Meer und Himmel umgeben, nicht im herbstlichen Hochgebirge, wenn die Ferne rot glühte und die schneebedeckten Gipfel und Klüfte sich kaltblau gegen die Luft abhoben, oder der ziehende Nebel ihn ganz umhüllte, und nicht im wilden Wald, weder in Frühlingsnächten auf der Jagd auf Waldschnepfen, noch auf der Hasenjagd. Dieser Streifen Natur, den der Wellenschlag des Stadtlebens bereits angenagt hatte, und der bald ganz von Straßen überschwemmt sein würde, wo Gesindel und Dirnen des Nachts tranken und johlten und Schweinerei und Glasscherben hinterließen, war gut und mildtätig gegen die Stadtkinder, bis er unter Bausteinen begraben wurde; er ließ sie die Märchen der Jahreszeiten durchleben und schenkte ihnen ihrer Kindheit köstlichste Stunden.

Frau Wegners Stuben gingen auf den Blas hinaus, den hübschen kleinen Fels mitten in der Stadt. Rose konnte beim Erwachen von ihrem Bett aus sehen, wie die Morgensonne ihn vergoldete. Sie liebte ihn, wie sie die Wiesen liebte, wo sie und Doris sich unter einem Berberitzbusch ihre »Stuben« gemacht hatten; sie, die kaum eine lebende Kuh gesehen hatte, baute Sennhütten zwischen den Steinen am Blasteich und kannte alle Stellen, wo Veilchen wuchsen. Wenn der goldene Wald blühte, verbarg sie sich mit ihren Puppensachen darin. Doch ihre Mutter konnte nicht recht leiden, daß sie auf die Wiesen ging, jedenfalls mußte immer Doris dabei sein und am liebsten auch Torkild. Die Wiesen waren nicht nur ein schönes Märchen, es gab dort nicht nur spielende Kinder und besorgte Mütter, sondern es trieben sich Leute herum, die tranken und sich prügelten, johlten, schrien und die Kinder erschreckten. Es gab dort Männer, die unter dem Gebüsch lagen und versuchten, kleine Mädchen anzulocken, um ihnen häßliche Worte zu sagen oder ihnen »etwas zu zeigen«. In den stinkenden Treppenfluren schwirrten zwischen den kleinen Mädchen Geschichten hin und her wie giftige Aasfliegen, Geschichten von Schandtaten an Kindern, die vielleicht vor Jahren in einem ganz anderen Stadtteil verübt worden waren. Der Übeltäter hatte die Untat längst abgebüßt, und des mißhandelten Kindes hatte sich vielleicht schon lange der Tod erbarmt. Aber die Tat lebte weiter; überall, wo arme Menschen dicht beieinander hausen, wo Mütter gezwungen sind, ihre Kinder allein auf die Straße und Wiesen, in Torwege und Treppenflure hinauszulassen, leben diese Taten, und wer dort wohnt, wird niemals mit den Folgen fertig. Kommen die Kinder eines Abends spät herein, ist gleich das Grauen da und packt würgend die Mütter – sie haben die Kinder gewarnt, haben aber nicht zu sagen vermocht, wovor. Die kleinen Mädchen wissen es trotzdem, das eine erzählt es dem anderen; jedesmal, wenn ein Kind geschändet worden ist, erleben hunderte es in der Phantasie, davor können arme Mütter ihre Kinder niemals schützen.

In diesem Sommer, als Torkild und Rose im vierzehnten Lebensjahr standen, hatte Frau Wegner es sich zum ersten Mal, seit sie Witwe war, leisten können, mit Rose die vierzehn Tage ihres Urlaubs auf dem Lande zu verbringen. Torkild trieb sich solange allein in der Stadt umher. Eines Abends nach einem erstickend heißen Augusttag kam seine Mutter zu ihm und sagte, sein Vater und sie wären übereingekommen, wieder zusammenzuziehen.

Torkild hörte ihr zuerst sprachlos vor Staunen zu. Dann brach er los. Der Knabe, der niemals zu seiner Mutter ein bitteres Wort gesagt hatte, erging sich in den schlimmsten Flüchen und Scheltworten über den Vater, die er je vernommen hatte. Seine Mutter konnte nicht zu Wort kommen, Torkild raste, bis er nicht mehr konnte; dann warf er sich kopfüber aufs Sofa und schrie laut.

Endlich durfte die Mutter sprechen. Scheu und mutlos suchte sie ihm zu erklären, daß Vater und sie es ihretwegen, der Kinder wegen, täten.

Torkild fuhr wieder auf:

Aha? Sie glaubte also, er würde jetzt wie eine Laus zu seinem Vater zurückkriechen! Durfte er vielleicht fragen, ob dieses Frauenzimmer vom Vater jetzt auch bei ihnen wohnen sollte? Was? Vielleicht sollte es in die Familie aufgenommen werden?

Seine Mutter antwortete ihm ruhig, daß Doris auch noch da wäre. Ob Torkild denn nicht sehen könne, daß Doris der Aufenthalt in der Stadt nicht gut bekäme. Sie sähe elend aus. Und sie hätte keine Aufsicht über sie, sie liefe mit so vielen merkwürdigen, wenig angenehmen Mädchen umher. Sie brauche einen Vater zum Schutz. »Du mußt doch verstehen können, mein Junge, daß sie mit der Mutter, die sie hat – ich bin doch fast schlimmer als gar keine –«

Daß die Mutter zum ersten Mal direkt ihre eigene Unmöglichkeit erwähnte, ergriff Torkild so stark, daß er von neuem zu weinen begann, jetzt aber ganz kindlich und hilflos. Nun fing die Mutter an, von Axel zu sprechen. Sobald sie ihren ältesten Sohn erwähnte, den sie vier Jahre nicht gesehen hatte, brach sie in heftiges Weinen aus; es klang wie eine Klage, die sie jahrelang in ihrer Brust verschlossen hatte, und die jetzt gewaltsam hervorbrach. Oh, wie sehr sie sich nach ihm sehnte, vielleicht konnte sie ihn jetzt zurückholen.

Aber als Torkild wieder sprach, sagte er nur ruhig und hart, ja, ja, dann möchte sie nur mit Axel und Doris zum Vater fahren. Er käme nicht mit, er würde sich schon zu helfen wissen. Er könnte ja zur See gehen, oder sich nach einer Stelle als Laufbursche oder Lehrling umsehen. Aber zum Vater kehre er nicht mit zurück.

Da umschlang die Mutter seinen Hals und bettelte. Er wäre ja gerade ihr Lieblingskind, ihn könnte sie nicht missen, und wenn er nicht mitkäme, müßte sie das Ganze aufgeben. Aber dann wüßte sie weder aus noch ein; was sollte aus den Kindern werden, wenn sie den Plan fallen ließe – um seiner Geschwister willen müßte er sich fügen.

Und weil sie keinen anderen Ausweg für ihre Kinder sah, als den Versuch, das Band zwischen ihnen und dem Vater wieder anzuknüpfen, suchte sie dem Knaben klarzumachen, wie alles gekommen sei, indem sie ihren Mann entschuldigte und sich selber anklagte. Als Torkild älter wurde, sah er, daß alles, was sie ihm erzählt hatte, die reinste Wahrheit gewesen war. Es war ihr wohl deshalb noch tausendmal schwerer gefallen, es auszusprechen. Jeder Schatten von Bitterkeit gegen sie schwand hin, und er dachte nur daran, wie lieb die Ärmste ihre Kinder trotz allem gehabt hatte.

Torkilds Vater war zu irgendeiner christlichen Versammlung nach Kopenhagen gekommen und hatte dort die alte Frau Hammerich kennengelernt, die stark religiös war. Sie war eine geborene Komtesse und hatte früher für eine Schönheit gegolten; die Leute sagten, sie hätte der irdischen Liebe gehuldigt, ehe sie sich auf die himmlische geworfen hatte. Jetzt umgab sie junge Theologen mit mütterlicher Zärtlichkeit, und so lud sie denn auch den neugebackenen norwegischen Pfarrer auf den Hindevadhof ein. Ivar Christiansen war vierundzwanzig Jahre alt, ein großer, prächtiger Bauernsohn mit ungeschicktem, treuherzigem Wesen. Die Einladung auf das dänische Rittergut – das übrigens für ein Rittergut fast zu klein war – machte ihn überglücklich; er war begeistert und dankbar für all die Liebenswürdigkeit, mit der man ihm dort begegnete.

Fräulein Regitze, die jüngste von drei unverheirateten Töchtern, war damals vierunddreißig Jahre alt, ein mißvergnügtes, zerquältes Menschenkind, voller Bitterkeit gegen die Mutter, die sie durchschaute, von verächtlichem Mitleid mit dem Vater, der nie gesehen hatte, wie er betrogen wurde, verbittert durch all die unverbrauchte Erotik in ihrer Natur, über die sie durch das Beispiel ihrer Mutter nur noch aufgebrachter wurde, und die niemals einen Gegenstand gefunden hatte. Sie hatte ein steifes, schwerfälliges Wesen und war ganz ohne Charme, obgleich jeder Zug in ihrem blassen Gesicht selten fein gemeißelt war und sie reiches und kohlschwarzes Haar hatte; ihre großen blauen Augen freilich waren zu hell, um im allgemeinen schön gefunden zu werden.

Sie verliebte sich sinnlos in den norwegischen Schützling ihrer Mutter, der zehn Jahre jünger war als sie selbst. Sie zeigte es ganz offen, verfolgte ihn mit ihrer Liebe, wo er ging und stand, und legte ihre Meinung so rücksichtslos an den Tag, daß die ganze Umgegend darüber redete und lachte, und Ivar Christiansen sich schließlich als Mann von

Ehre für verpflichtet hielt, um ihre Hand zu bitten. Übrigens war nicht zu leugnen, daß er sich durch die Anbetung der Rittergutsbesitzertochter recht geschmeichelt fühlte, auch steckte ihre Leidenschaft ihn in gewissem Grade an, so daß er sich jedenfalls eine Zeitlang einbildete, in sie verliebt zu sein.

Daß es aber nur eine Einbildung gewesen war, entdeckte er schon bald nach der Heirat. Von Zeit zu Zeit empfand er geradezu Abscheu gegen seine Frau. Aber in den ersten Jahren der Ehe nahm er alles hin wie eine Prüfung von Gott und suchte, so gut er konnte, die Launen seiner Frau zu ertragen und der Leidenschaft, die ihn abstieß, mit Liebe zu begegnen. Sie bekamen die drei Kinder, die die Mutter fanatisch liebte, doch nicht ordentlich warten konnte, trotz all der Mühe, die sie sich mit ihnen gab. Frau Regitze paßte so wenig zu einer Pfarrfrau in einem norwegischen Kirchspiel, wie nur irgend möglich, sie war eine unbrauchbare Hausfrau, konnte nicht mit den Leuten im Kirchspiel umgehen und war völlig unreligiös.

Diese Ehe nagte an Ivar Christiansens arglosem Glauben. Er fing an, sich mit seinen Studien und Büchern einzuschließen, fand aber nicht den Frieden und die Gewißheit, wonach er suchte. Das Ende kam, als Clara Bertelsen auftauchte.

Es verhielt sich nicht ganz so, wie es Torkild in seiner Kindheit erzählt worden war. Allerdings hatte Christiansen Clara Bertelsen, die Enkelin des Kirchspielvogts, konfirmiert, aber ein Verhältnis hatte zwischen den beiden wohl erst bestanden, seit sie ein Jahr später Privatunterricht bei ihm genommen hatte. Seinen Abschied als Pfarrer hatte Christiansen selbst nachgesucht. Wie er darüber geschrieben hatte, »waren der Kirche Mauern zu Staub in ihm zerfallen, so daß er unter freiem Himmel stand«.

Naiv blieb Ivar Christiansen bis zu seinem Tod. Mit eherner Wahrheitsliebe machte er seinen Abfall von der Kirche bekannt und begründete ihn und teilte seiner Frau und dem Vogt sein und Claras Verhältnis mit. Der alte Mann vermehrte den Skandal noch, indem er versuchte, den Verführer seines Enkelkindes bestrafen zu lassen, woraus allerdings nichts wurde. Clara, die man ins Ausland geschickt hatte, brannte wieder nach Norwegen durch und zog zu ihrem Liebhaber. Christiansen wohnte einige Zeit in Kristiania und später in Bergen. Er hatte sich auf den Journalismus und auf Übersetzungen geworfen; auch einige Romane schrieb er, die herzlich schlecht waren, ihm aber doch eine Art literarischen Ruf verschafften, da er es fertigbrachte, daß einer davon beschlagnahmt wurde.

Des Vaters große Naivität und unerschütterlicher Glaube daran, daß er recht gehandelt hätte, veranlaßten später Torkild, als er erwachsen war, ihm in jeder Richtung zu verzeihen und sogar eine Art nachsichtigen Mitleids mit ihm zu empfinden – ein verächtliches Mitleid, das dann am stärksten wurde, wenn der Sohn an jene Frau dachte, um derentwillen der Vater alles geopfert hatte. Eine Fotografie von Clara Bertelsen im Einsegnungskleide stand immer auf des Vaters Schreibtisch – sie stellte ein dralles, frühreifes Kind dar, das aussah, als sei es schon erfahren auf die Welt gekommen.

Nachdem sich Christiansen von seiner Frau getrennt hatte, reiste Clara nach Hamburg; sie hatte eine Stellung angenommen und sollte dort bleiben, bis die gesetzliche Trennungsfrist verstrichen wäre. Nach Verlauf eines Jahres heiratete sie einen deutschen Agenten namens Ritter. Dies ereignete sich einige Monate, bevor Christiansen und seine Frau dahin übereingekommen waren, wieder zusammenzuziehen. Ivars Vater war damals gestorben, und er hatte sich auf dem väterlichen Hof niedergelassen, in der Nähe von Frederikshald. Den Grund und Boden verpachtete er und widmete sich seinen Übersetzungen. Er hatte auch seinen Doktor in Literaturgeschichte gemacht.

Das Experiment erwies sich als verfehlt. Das Zusammenleben mit dem Mann, den sie doch wohl noch liebte, ging unter diesen Verhältnissen über Frau Christiansens Kräfte. Sie fing wieder an zu trinken, und zwar trank sie jetzt immer und wußte sich auch mit der Geschicklichkeit der Geisteskranken Morphium zu verschaffen. Außerdem kam Clara Ritter, die ihren Mann in Deutschland verlassen hatte, nach Kristiana zurück, sie söhnte sich mit Ivar aus, und Regitze wußte, daß er mit ihr zusammen war, wenn er geschäftlich nach Kristiania fuhr. Erst nach ihrem Selbstmord hörte das Verhältnis auf.

Nachdem er zu seinem Vater zurückgekehrt war, hatte sich Torkild mit stumpfer, verzweifelter Resignation in sein Schicksal ergeben. Nach dem Tode seiner Mutter kam er gar nicht darauf, seinen eigenen Weg zu gehen; im Gegenteil, als er in der Stadt eine Bürostellung bekam, blieb er zu Hause wohnen, bezahlte für sich und fühlte der Schwester und auch ein wenig dem Vater gegenüber eine Art Verantwortung. Nach Verlauf einiger Zeit beschloß er, die Handelshochschule zu besuchen, lieh auf eigene Faust Geld, erhielt auch etwas Hilfe vom Großvater in Dänemark und reiste wieder nach Kristiania.

Dort hatte er nun Frau Wegner und Rose. Er blickte jetzt mit etwas anderen Augen auf sie; jetzt sah er, daß Frau Wegner abgearbeitet und müde war und der Hausstand abgenutzt und armselig. Rose hatte eben auf dem Büro angefangen, mit acht Stunden Arbeit und vierzig Kronen Gehalt. Frau Wegner bezauberte ihn ebensosehr wie früher; er empfand wieder den Reiz, der über ihr und allem lag, was zu ihr gehörte – aber dieser Reiz erschien ihm jetzt unsagbar wehmütig und rührend. Und Rose, so jung, so schön und ernsthaft, war nun auch mir ihren siebzehn Jahren in das freudenarme Dasein mühseliger Arbeit eingeweiht. Frau Wegners Heim wurde wieder zur heiligen Stätte des Friedens in seinem Leben, aber nach und nach glitt die Gestalt der Mutter in den Hintergrund, und die Tochter wurde zum Mittelpunkt.

Torkild wollte zwei Jahre auf der Handelshochschule bleiben. Am Ende des zweiten Jahres zeigte es sich, daß Frau Wegner, die eine Zeit gekränkelt hatte, zuckerkrank war. Es ging schnell mit ihr bergab.

Rose hatte schon lange durchgesetzt, daß sie der Mutter im Hause helfen durfte. Als sich Frau Wegner erst daran gewöhnt hatte, daß die Tochter die Wirtschaft besorgte, fühlte sie sich wohl dabei. Rose war tüchtig; sie hatte im stillen die umständliche, unpraktische Art und Weise ihrer Mutter beobachtet und sich ausgedacht, wie sie das alles anpacken würde. Jetzt zeigte es sich, daß sie eine geschickte Hand für die Wirtschaft hatte. Es schien ihr eine wahre Erholung zu sein, nach der Büroarbeit, die ihr wegen des langen Stillsitzens eine Qual war, zu waschen und zu putzen, zu kochen und zu backen. Frau Wegner war glücklich; ihr machte es sicher wenig aus, ob die Wirtschaft etwas besser oder schlechter geführt wurde, sie nahm die Arbeit ihrer Tochter und ihre kleinen Geschenke, Theaterbillette, Blumen und Konfekttüten mit dem gleichen Gefühl an, womit sie selbst für das Kind gearbeitet und gelebt hatte. Für sie war alles, was sie freudig gegeben und mit Entzücken empfing, nur ein Pfand dafür, daß sie und ihr Kind einander alles auf der Welt waren – daher war alles, was Rose tat, gut, und jeder kleine Gegenstand, den sie von ihr bekam, ein unendlich kostbarer Schatz.

Dann kam die Zeit, wo sie beide begriffen, daß der Tod in dem kleinen Heim lauerte und darauf wartete, die Mutter mit sich zu nehmen.

Sie sprachen nicht zueinander davon, daß sie es wußten. Beide zeigten es nur dadurch, daß sie jeden kleinsten Augenblick der Zeit, die sie noch zusammen sein durften, mit ihrer Liebe zu erfüllen suchten. Aber Torkild vertrauten sie ihre Verzweiflung an.

Torkild brachte Frau Wegner kostbare Blumen, alle guten Sachen, die sie nur essen, und die Weine, die sie trinken durfte. Die letzten Monate, die sie noch lebte, hungerte er, um ihr jeden Tag etwas bringen zu können. Rose tat ja dasselbe, und das Gefühl, wie eng er und Rose in dieser Trauer zusammengehörten, erfüllte ihn mit einer seltsam berauschenden, kummervollen Wonne. Für ihn war diese Trauer so wunderbar verschieden von all den häßlichen Sorgen, die er bisher gehabt hatte; es war ein gnadenvolles Leid, dessen Weihe sein und Roses Leben zusammenfügte, und er glaubte auch, daß Roses Mutter das gleiche dächte. Sie nahm jede Gabe, die die Liebe der Kinder ihr darbrachte, mit einer stillen, strahlenden Freude hin; sie sprach niemals davon, daß sie wußte, wieviel die Kinder entbehren mußten, um ihr all diese Dinge bringen zu können. Sie verstand ja so gut, daß eben diese großen Entbehrungen, die sie auf sich nehmen mußten, um ihr eine Freude machen zu können, sie selbst erfreuten und trösteten und sie zuzeiten vergessen ließen, daß sie sie bald verlassen müßte.

Aber Roses Trauer war trostlos, und die langen Stunden auf dem Büro, die langen Nächte, wenn die Mutter schlief, war sie mit ihrer Verzweiflung allein. Die Mutter fühlte eine geheimnisvolle Gewißheit, daß die Liebe zu ihrem Kind stärker war als der Tod. Torkilds junge Verliebtheit vermochte aus allem Nahrung und Kraft zu saugen, selbst aus der Begegnung mit dem Tode und aus der Bitterkeit einer Trennung. Aber für die Trauer eines Kindes um Vater oder Mutter gibt es keinen Trost. Eine Mutter vermag die Liebe zu ihrem toten Kinde bis an ihr Lebensende frisch und lebendig zu erhalten, das Herz eines Liebenden kann von der Erinnerung an eine tote Geliebte ein langes, langes Leben hindurch zehren. Denn Mutterliebe und Liebe zum Weibe kennen den Tag ihres Ursprungs, haben sich ihren Platz in unserem Leben erobert, haben ihre Kraft mit anderen Liebesgefühlen gemessen – aber eines Kindes Liebe zu seinen Eltern ist immer ein Teil von ihm selbst gewesen, ist mit ihm groß geworden, hat dem Gemüt niemals das Glück der Erneuerung gebracht. Darum ist die Trauer eines Kindes um Vater oder Mutter wehrlos und trostlos, es ist ihm ein Stück seines eigenen Lebens entrissen. Wenn die Zeit die Wunde heilt oder neue Liebe den leeren Platz im Herzen ausfüllt, so ist das nicht Trost, sondern Vergessen.

An dem Abend nach dem Begräbnis der Mutter waren Rose und Torkild allein in der Wohnung zusammen.

Rose saß in Frau Wegners Lehnstuhl am Nähtisch. In den letzten Monaten war sie blaß und mager geworden, das schwarze Kleid machte sie noch schmaler und weißer. Der Zug, den die Trauer in ihr junges Antlitz gezeichnet hatte, glich Verbitterung und Trotz.

Torkild stand am Fenster und blickte zum Abendhimmel auf. Die Kuppe des kleinen Felsens gegenüber war fahlgelb von erfrorenem Gras, die Büsche am Abhang standen schwarz und kahl. Er fühlte sich merkwürdig schwach und schwindlig und merkte mit seltsamem Entzücken, daß der Mangel an ordentlicher Nahrung ihn matt gemacht hatte. So viele Blumen, wie nur möglich, hatte er an das Grab verschwendet, das diejenige bergen sollte, die ihm über das Schlimmste seiner Kindheit hinweggeholfen hatte. Er hatte wenig geschlafen, seine Seele zitterte gleichsam der Zukunft entgegen; ganz im Innern blühte wohl unter der Trauer über die geliebte Tote eine wonnevolle Erwartung auf, was ihm die neue Liebe mit ihrer Wunderwelt bringen würde. Und ohne Rose anzusehen, sagte er:

»Aber sie ist ja nicht weg, wenn sie auch tot ist. Du und ich – fühlst du denn nicht, daß sie in uns zurückgeblieben ist? Wir sind doch anders als die anderen Menschen – ja, findest du denn nicht, daß wir anders sind, wenn du darüber nachdenkst? Und das kommt daher, weil sie uns erzogen hat. Ich meine, weil sie uns gelehrt hat, Freude an den Menschen zu haben, die wir lieben. Das Frohsein hat sie uns gelehrt über das, was man nur durch Liebe erwerben und gewinnen kann, froh zu sein dessen, was man liebt.«

Rose brach in ein leises jammerndes Schluchzen aus.

»Aber, Mama war die einzige, die ich geliebt habe! Ich hatte ja auf der ganzen Welt nur sie! Wen soll ich denn nun liebhaben?«

Torkild beugte sich über sie und strich ihr übers Haar. Aber er sagte nur leise:

»Du kannst dich ja über dich selber freuen. Das hat sie uns ja auch gelehrt – und es war vielleicht das Herrlichste an ihr – daß man an sich selber Freude haben kann. *Sie* durfte immer froh sein, wenn sie in ihr Inneres schaute, denn es war nur Liebe und Tapferkeit, Rechtschaffenheit und Schönheit um sie her, wenn sie mit sich allein war, und nichts, nichts Niedriges, Häßliches oder Schmutziges. Ach Rose, Rose – ich finde, wenn wir immer so leben, wie wir es für richtig halten und niemals etwas Schlechtem nachgeben, oder etwas tun, weswegen wir uns selber nicht mehr achten könnten, dann haben wir deine Mutter um uns, ja, dann ist sie bei uns auf der Erde.«

Aber Rose schüttelte ungeduldig seine Hand ab:

»Ach, du redest und redest. Aber was kümmert mich das alles –? Ich will mit Mama sprechen, und das kann ich nie mehr. Ich möchte ihre feinen, weichen Wangen und die lieben, kleinen, abgearbeiteten Hände streicheln, und das darf ich auch nie mehr. Ich will, daß sie mir zulächelt und mich küßt, und das kann sie nie mehr tun. Oh, ich sehne mich, und ich sehne mich und sehne mich, und sie kehrt nie wieder zu mir zurück. Ach, meine Mama, meine liebe, liebe kleine Mama du –«

V

Torkild ging an einem Novembermorgen ins Büro. Es herrschte dichter Nebel, so daß die Nässe sich wie Tau auf den Flausch seines Wintermantels legte.

Durch den Schloßpark strömte der Menschenschwarm der Stadt zu, aus der anderen Richtung kamen nur Schulkinder. Die Leute tauchten aus dem Nebel auf und waren nach ein paar Schritten wieder verschwunden.

Torkild traf fast jeden Tag dieselben Menschen. Vor sich im Nebel sah er Direktor Rings breiten Rücken – sie gingen beide gleich schnell und hielten immer denselben Abstand. Eben war die kleine ältliche Dame mit dem feuerroten Filzhut vorbeigehuscht – die Ärmste, sie war scheinbar in einem Büro ganz unten an der Eisenbahn beschäftigt, sie stürzte immer vorüber wie ein gehetztes Wild. Dem jungen verliebten Paar war er auch schon begegnet – die ließen sich immer Zeit.

Auch die Schulkinder kannte er. Die beiden garstig-lieben Mädchen mit den großen braunen Morellenaugen in den runden, vom Lachen rotglühenden Affengesichtchen. Den langen, lebhaften, blonden Jungen, der immer von einer Schar Kameraden umgeben war und laut und eifrig redete. Und dann den winzigkleinen, blassen Knaben, auf den er jetzt im Herbst aufmerksam geworden war; ein kleiner Bursche, der seine Zeit auf den Rasenflächen vertrödelte, wo er bunte Ahornblätter und Kastanien aufsammelte oder nach den beiden Eichhörnchen starrte, die im Park hausten. Eines Tages hatte Torkild im Vorübergehen dem Kleinen die Mütze weggenommen. Der Junge blickte mit einem Paar entsetzter, wasserblauer Augen zu ihm auf:

»Was sagen sie denn zu Hause, wenn du immer zu spät in die Schule kommst, Bengel?«

Das Kind schaute unglücklich drein.

»Warum kannst du denn die Kastanien nicht auflesen, wenn du nach Hause gehst?«

»Nein, dann käme ich zu spät zum Mittagessen – und dann haben sie auch die anderen schon aufgesammelt.«

»Aha, du scheinst ein verständiger Mann zu sein, Kleiner.«

Da hatte der kleine Kerl so herzzerreißend furchtsam zu ihm aufgesehen, daß Torkild ihm fünfundzwanzig Öre geschenkt hatte, mit der Ermahnung, sich zu bessern.

Seitdem fragte ihn der kleine Junge, wenn sie sich trafen, oft, wie spät es sei. Torkild schüttelte finster den Kopf, zog seine Uhr heraus und hielt sie ihm hin, worauf der Junge ein unhörbares »Danke« hauchte und die Beine in die Hand nahm, der arme kleine Kerl, so daß Federkasten und Bücher in seinem Wachstuchranzen rasselten.

»Torkild.«

Er fuhr herum:

»Rose! Aber um Himmels willen – du hier in der Stadt?«

Er blieb stehen und starrte sie an. Weiß Gott, es war Rose, die dort stand, mitten auf dem Schloßhügel, einen schwarzen Lederhut auf ihrem hellen Haar und in einem schwarzen Gummimantel. An ihnen vorüber lief der Menschenstrom, aus dem Nebel in den Nebel –.

»Aber, liebes Kind – was bedeutet das in aller Welt?«

»Ja, ich gehe jetzt ins Büro – hör nur – aber du, ich muß ja gehen – komm, ich werde es dir erzählen. Der Betrieb wird also Bruntefors Gesellschaft einverleibt, du darfst nicht darüber sprechen, aber die Schweden haben ihn gekauft. Der Disponent hat mich gewarnt, damit ich mich rechtzeitig nach etwas anderem umsehen könnte. Und da sah ich vorige Woche eine Stellung in der ›Abendpost‹, um die ich mich beworben habe. Am Montag erhielt ich Nachricht, daß ich sie bekommen könnte, ich müßte sie aber gleich antreten. Es ist bei Lahn Limited – ich telephonierte nach der Stadt und sprach mit dem Disponenten, packte dann in einem Nu und bin vorgestern abend hier angekommen. Gestern habe ich auf dem Büro angefangen.«

»Daß du mich aber nicht benachrichtigt hast, ich hätte dich von der Bahn abholen können.«

»Nein, ich wollte dich überraschen, siehst du, ich habe gestern mehrmals versucht, dich anzuläuten, aber erst war das Telefon besetzt und nachher gab mir eine Dame den Bescheid, der Herr Bürovorsteher hätte Konferenz und sei beschäftigt.«

»Wenn die Dame keinen Rüffel kriegen soll –«

»Ach nein, die Ärmste, laß sie laufen! Bei uns regnet es Zurechtweisungen, habe ich gemerkt, unser Direktor ist scheinbar überarbeitet.«

»So so! Ich finde, er ist ein recht angenehmer Mensch, ich habe freilich nur ein paarmal mit ihm gesprochen, als wir Maschinen kaufen wollten. Aber höre mal, kann ich dich nicht um zwei Uhr vor deinem Büro treffen, ich würde mich sehr freuen, wenn du mit mir zu Mittag essen wolltest.«

»Ja, danke, das wäre sehr nett. Übrigens müssen sie im Pensionat bald denken, ich sei eine recht ausschweifende Dame.«

»Nanu – wo wohnst du übrigens?«

»In der Holtestraße, Fräulein Stenersens Pension heißt es. Es ist nur für Damen.«

»O Himmel.«

Rose lachte.

»Ja, es sieht übrigens wenig himmlisch dort aus, aber ich habe ein sehr nettes Zimmer, und es ist billig. Gestern abend kam Axel herüber, ich hatte ihn auch angeläutet, und er lud mich zum Abendessen ein.«

»Ach so«, sagte Torkild. »Du warst also mit Axel zusammen –?«

Sie schwiegen eine Weile. Dann meinte Rose:

»Ich habe ihn nach euch allen gefragt, aber er wußte nichts. Von Doris hat er seit ihrer Abreise nichts gehört, und dich hatte er über vierzehn Tage nicht gesehen, wie er sagte.«

»Das ist nun übertrieben, er war Sonntag vor acht Tagen mit mir oben in der Hütte.«

»Ihr sympathisiert wohl nicht sonderlich miteinander, du und Axel?«

»O doch, aber du kannst dir ja denken, wenn man weit

voneinander aufgewachsen ist, unter völlig verschiedenen Verhältnissen, dann ist es so eine Sache – die Tatsache, daß wir Brüder sind, ist einem kameradschaftlichen Zusammenschluß fast im Wege, ich möchte beinahe sagen, man fühlt sich dadurch behindert.«

»Nun ja. Hörst du jemals von deinem Vater, wie geht es ihm?«

»Danke. Er ist sehr mit seinem Buch beschäftigt. Außerdem ist etwas von ihm ins Deutsche übersetzt worden, und darüber freut er sich natürlich.«

»Das ist interessant. Ja, ich muß hier hinein. Leb also wohl.«

»Auf Wiedersehen später.«

Torkild drehte sich auf seinem amerikanischen Schreibtischstuhl hin und her.

Aha, sie war gestern mit Axel zusammen gewesen. Verteufelt, daß Fräulein Pedersen sie nicht nach der Telefonnummer gefragt oder ihm Bescheid gesagt hatte. Diese Dreckkonferenz, das war ja nur der Kerl von der Riemenfabrik gewesen, der einen Auftrag haben wollte. Sie war wirklich zu dumm, dies Fräulein Pedersen – es hatte auch gar keinen Zweck, ihr die englischen Briefe zu diktieren, sie mußte sie doch immer noch einmal schreiben.

Er schaltete die Lampe ein und sah die Post durch. Na, das meiste konnte Fräulein Lindvik selbständig beantworten, die Antwort an den Konsul und den Kontrakt mit Seymour mußte er ihr diktieren, die französischen Briefe dagegen selber schreiben.

Torkild starrte aus dem Fenster. Die kleinen Fräulein oben in der Nähstube der Mantelfabrik im Hinterhaus mußten jetzt den ganzen Tag bei Licht nähen. Heute waren die elektrischen Lampen drüben nur als undeutliche gelbe Flecke im Nebel sichtbar, die Näherinnen konnte er nicht erkennen. Es war ein hübsches, kleines, blondes Mädchen unter ihnen, das Rose ähnlich sah, das arme Ding hinkte so stark. Unten auf dem Hof kreischten und knirschten die Laufkräne auf ihren Eisenbalken, der Warenaufzug surrte auf und nieder. Im Büro nebenan klapperten beide Schreibmaschinen im Chor.

»Fräulein Lindvik – ach, seien Sie so freundlich und sagen Sie mir Bescheid, wann Sie Zeit haben, ich habe einige Briefe –«

»Kann Fräulein Pedersen das nicht übernehmen, ich habe so furchtbar viel für den Direktor –«

»Uff!« Torkild setzte sich wieder und zündete sich eine Zigarette an.

Sie war mit Axel ausgewesen. Es war ja weiter nichts Sonderbares dabei, daß sie auch Axel angeläutet hatte. Oder daß sie zuerst mit ihm zusammen gewesen war. Und doch – und doch. Ob ihr gar nicht der Gedanke gekommen war, daß es ihn schmerzen würde, wenn er erführe, daß sie mit seinem Bruder zusammen gewesen, während er selber nicht einmal ahnte, daß sie in der Stadt war? Sie hätte Fräulein Pedersen ihre Nummer geben und ihn bitten lassen können, sie anzurufen.

Axel. Sie waren einander nicht nähergekommen, er und der Bruder. Im Gegenteil, das, was in jener Nacht zwischen ihnen zu keimen begonnen hatte, war später ganz hingewelkt. Und doch war es mehr gewesen als nur die Nacht und der Whisky, mehr als nur eine Stimmung. Konnte es deshalb sein, weil am nächsten Tag Rose gekommen war? In Wirklichkeit war in den vierzehn Tagen, die Rose bei ihnen zugebracht hatte, nichts geschehen, woran er sich hätte halten können. Es war ja selbstverständlich, daß er diesmal, wo Axel dagewesen war, nicht immer allein mit ihr hatte spazieren gehen können, und daß sie nicht immer allein gewesen waren, wenn sie zusammensaßen und plauderten, während Doris den Haushalt besorgte. Es war auch natürlich, daß sie und Axel viel Gesprächsstoff hatten, gemeinsame Bekannte in Dänemark und so weiter. Daß sie Axel gern mochte, sagte sie selbst, und es war auch kein Grund vorhanden, warum die beiden sich nicht gern haben sollten. Axel hatte ihr durchaus nicht die Kur geschnitten – nein, Torkild hatte nicht den geringsten Grund, zu glauben, daß der Bruder in Rose Wegner verliebt sei. Im Gegenteil, die ersten Male, als Eva bei ihnen gewesen war, war Axel sehr von ihr eingenommen gewesen. Er war ihrer freilich schnell überdrüssig geworden – natürlich.

Trotzdem. Wenn Rose draußen in der Küche Doris half,

oder wenn die beiden zum Baden gingen, war das Gespräch zwischen dem Bruder und ihm so merkwürdig gezwungen geworden. Es war nichts Besonderes dabei, daß Rose ihn abends gebeten hatte, vorzuspielen, das pflegte sie immer zu tun, sie wußte ja, daß er sich freute, ihr vorspielen zu dürfen. Und es war ja ganz natürlich, daß Axel sich zu ihr an den kleinen Tisch am Fenster setzte – sie saßen ja alle immer an dem kleinen runden Tisch, wenn sie im Wohnzimmer waren.

Nur diese Geschichte mit der Segeltour – aber an der war ja eigentlich auch nichts! Er hatte gesagt, der Wind wäre zu stark, bei solchem Wetter wolle er mit Doris und Rose nicht segeln. Aber sie hatten absolut hinaus gewollt, so daß Axel schließlich gefragt hatte, ob er das Boot steuern dürfe, er sei viel im Sund gesegelt und wäre vorsichtig. Als aber Torkild geantwortet hatte, dann käme er mit – der andere kenne den Fjord ja nicht, hatte Axel verdrießlich dreingeschaut und geantwortet: »Wir können es auch lassen, das ist vielleicht das Vernünftigste.«

Aber Doris hatte auf ihrem Willen bestanden. Nun, es war nichts weiter geschehen, als daß alle vier bis auf die Haut durchnäßt worden waren, und Axel die Lehre erhalten hatte, daß der Fjord recht tückisch sein konnte. Aber als sie abends hinaufgingen, um sich schlafen zu legen, hatte Axel eine Bemerkung gemacht: »Du bist wirklich sehr vorsichtig, Torkild – die Mädel sind weiß Gott nicht bange.« Und Torkild hatte erwidert: »Nein, wenn man nicht segeln kann, hat man niemals Furcht.«

Aber es *war* nach der Segelfahrt zwischen ihm und Axel ein kühleres Verhältnis eingetreten. Und gleich nachdem Rose nach Wermland zurückgereist war, hatte sich Axel ins Hochgebirge aufgemacht. Der Plan, daß sie beide in Kristiania zusammenwohnen wollten, war nie mehr berührt worden; stillschweigend hatte sich jeder in eine andere Pension eingemietet.

Er hatte durchaus keinen Grund, auf seinen Bruder eifersüchtig zu sein. Aber er war es doch.

»Wo wart ihr denn gestern abend?« fragte Torkild, während sie durch die Karl-Johannes-Straße schlenderten.

»Im Theatercafé – oben.«

»Wollen wir vielleicht in den Spiegelsaal gehen oder willst du irgendwo anders hin?«

»Nein«, Rose lächelte ein wenig. »Ich bin wahrhaftig noch nie im Spiegelsaal gewesen – übrigens war ich früher auch noch nie im Theatercafé.«

»Nicht?« Torkild lächelte. »Nun, gehen wir also in den Spiegelsaal.«

Er fühlte etwas wie Enttäuschung, während er das sagte. Es war ja eigentlich ganz gleichgültig – er hatte nur die ganze Zeit über den Plan gehabt, mit ihr in den oberen Saal des Theatercafés zu gehen. Aber da sie gestern mit Axel dort gewesen war, hatte er jetzt keine Lust mehr dazu.

»Hör mal zu, Rose«, sagte er, als sie sich gesetzt hatten. »Wir haben jetzt nur zwei Stunden für uns – nicht einmal ganz. Kannst du nicht heute abend mit mir ins Theater kommen, wir gehen dann irgendwo hin, wo wir ordentlich miteinander plaudern können.«

»Danke, aber du weißt ja, ich kann nicht mehr nach Haus und mich umziehen.«

»Ich finde dich fein genug, wie du bist«, sagte Torkild.

»Der Stehkragen kleidet dich, ich habe dich noch nie damit gesehen.«

»Bist du verrückt, ich kann doch nicht mit der Bürobluse ins Theater gehen.«

Sie hatte etwas Fremdes in dieser unendlich alltäglichen Kleidung, der grau und blau gestreiften Hemdbluse mit Kragen und Schlips und dem dunklen Kostümrock. Torkild hatte bisher immer den unbestimmten Eindruck gehabt, daß sie auch in ihrer Kleidung anders sei als andere. Von klein auf war sie in den merkwürdigen bunten Gewändern herumgelaufen, die die Mutter ihr angezogen hatte, und in den letzten Jahren, wo sie nur in den Sommerferien zusammengekommen waren, hatte sie immer helle, ausgeschnittene Kleider getragen. Wenn sie gesprochen hatte, war es ihm vorgekommen, als verliehen die Bewegungen des Kopfes auf dem schlanken nackten Hals und die feine Linie der Kehle ihren Worten mehr Nachdruck. Die Kleider, die sie jetzt trug, waren ernst und gewöhnlich wie die Uniform eines gemeinen Soldaten. Aber genau wie eine Uniform umschlossen sie den Körper so fest, daß die kräftige, runde Schlankheit ihrer Gestalt hervorgehoben wurde. Torkild fand, daß diese Werktagskleidung das charakteristische Gepräge ihres Antlitzes nur mehr hervorhob – die weiße, breite Stirn unter dem gescheitelten, dunkelblonden Haar, die wachen, nachdenklichen und kühlen stahlgrauen Augen mit den vollen weißen Augenlidern, die sie ein wenig langsam und schwer hob und senkte. Das Eigentümliche in ihrem Gesicht war der Gegensatz zwischen den rein kindlichen, weichen Zügen, der gesunden und weißen Haut, und dann den hochgeschwungenen Brauen und dem selten schönen, eigentümlichen Mund. Dieser war ziemlich groß, aber rot und frisch und scharf ausgemeißelt; die Oberlippe hatte einen reinen Schwung, unter der Unterlippe saß ein kleines wollüstig süßes Grübchen wie bei antiken Venusköpfen.

Gegen die frische Sinnlichkeit des Gesichts stach der klare, ruhige Blick der Augen ab, wie die schlanke Rundlichkeit ihres Körpers gegen ihre großen, mageren Hände. Ihre Hände waren fein und schmal geformt, aber Sehnen und Knochen traten deutlich hervor, und die Finger spitzten sich nicht zu, sondern liefen in großen, ovalen Nägeln aus. Torkilds eigene Hände waren auch lang und schmal, aber ganz anders als die ihrigen; an seinen Händen schimmerten die Adern blau durch die Haut, und die Nägel waren spitz und geriefelt.

Er wußte selber, daß er weich aussah. Einesteils hatte er eine gute Figur, lang, schlank und geschmeidig, aber er war ein wenig flachbrüstig und hatte zu schräge Schultern. Gegen sein dichtes schwarzes Haar wirkte die weiße Haut krankhaft zart, die blauen Augen waren zu hell, der Mund war zu rot und voll, die schmale, gerade Nase zu kurz – und das kräftige, energische Kinn konnte dem Gesicht seinen Zug von Schwäche nicht nehmen.

Die Schwester glich ihm, und er empfand mit unruhigem Unwillen, wie sie sich in den Augen anderer ausnehmen mußte – herausfordernd und wehrlos.

Axel dagegen ähnelte ihnen nicht, er sah nicht weich aus. Er war klein, sicher nicht einmal ganz so groß wie Rose, aber untersetzt und muskulös. Torkild entsann sich der Arme seines Bruders und seiner derben, kräftigen Hände vom Fechten her. Axel hatte braunes, krauses Haar, und vom Vater hatte er auch die goldbraunen Augen, die breite kräftige Nase und den langen, geraden, schmallippigen Mund. Nach einer einzigen Segelfahrt war Axels Gesicht schon rot- und braungebrannt, während er, Torkild, tagaus, tagein am Fjord in der Frühlingssonne liegen oder wochenlang im Hochgebirge sein konnte, ohne daß sich mehr als ein fahler gelber Schatten über seine blasse Haut legte. Ob Rose den Unterschied zwischen ihm und seinem Bruder gemerkt oder gefühlt hatte? Hatte sie es schon im Sommer gesehen – und hatte er selbst es gesehen –, daß der Bruder stärker, kampftüchtiger war? Kraft mußte sie wohl anziehen, sie, die selber so gesund war. War es das, was ihn – instinktiv und unbezwinglich – so eifersüchtig auf Axel machte?

»Wie gefällt es dir wieder hier in der Stadt?«

»Ach«, Rose lächelte. »Eigentlich habe ich ja nie in der Stadt gewohnt, weißt du. Bei Mama wohnen hieß nicht, in Kristiania wohnen.«

Torkild nickte.

»Ich kenne hier eigentlich keinen Menschen. Denk mal, wer in unserer Pension wohnt – Fräulein Antonsen, die Buchhalterin bei Lande und Ludwigsen, du weißt, wo ich meine erste Stellung hatte. Ich habe mich sehr gefreut, sie wiederzusehen, sie war übrigens sehr lieb zu mir. Und als sie von den ehemaligen Kollegen von dort sprach – sie ist immer noch da –, ich weiß nicht, da war es mir, als seien das alles meine besten Freunde, obgleich ich ja damals nie mit ihnen zusammen war. Aber es sind fast die einzigen Menschen, die ich kenne. Ich merkte übrigens, wie alt ich geworden sein muß; damals war Anna Antonsen für mich die reine Greisin, und nun, wo wir beide fünf Jahre älter geworden sind, finde ich, wir sind fast gleichaltrig.

So eine Damenpension ist übrigens eine komische Menagerie. Im Zimmer neben mir wohnt eine Bergenserin, ich habe ihren Namen nicht behalten. Denk dir, heute morgen kam sie herein, als ich mich anzog und wollte sich einige Haarnadeln leihen. Ohne weiteres ließ sie sich dann häuslich bei mir nieder, sah sich meine Sachen an und fragte nach allen Fotografien. ›Sind das alles Ihre Liebsten‹, fragte sie, ›was für hübsche Burschen.‹ Sie meinte das letzte Bild von dir und dann das von Bengt Stenbock in Uniform. War das nicht komisch?«

Torkild lächelte.

»Diesen Bengt mag ich nicht recht.«

Rose legte die Hände aneinander und lächelte verschmitzt:

»Ehrlich gesagt, du – ich auch nicht. Ich gestehe, ich habe das Bild aufgestellt – nun, weil ich selbst fand, daß er ein hübscher Bursche ist – sozusagen dekorativ – mit der Uniform und so weiter. Aber als die Bergenser Dame das sagte –.«

»Nun?«

»Ja«, lachte sie. »Da entschloß ich mich, ihn in die Schublade zu legen.«

»Dein Wohl!« sagte Torkild.

Wenn sie nicht das entzückendste Geschöpf von der Welt war –. Jetzt würden sie wohl fast jeden Morgen zusammen ins Büro gehen – natürlich! Es war ihm plötzlich eingefallen. Selbstverständlich, *er* würde sie jetzt jeden Tag sehen dürfen – und sonntags wollte er sie mit in die Berge nehmen. Sie wollten sein wie in alten Zeiten, sie würde sich wieder mit ihm aussprechen wie früher, als sie halberwachsen waren. Sie und er, so sollte es wieder werden – es gab ja für sie beide niemand anders. Er gehörte ihr, und sie war sein, sie wußte es nur noch nicht. Sein herrliches Mädchen!

»Ich hatte übrigens geglaubt, Stenbocks wären deine intimsten Freunde«, sagte er.

»Brita, ja – Brita habe ich furchtbar gern. Und übrigens ist an Bengt vieles, was ich wahnsinnig gern mag. Aber –«, sie suchte nach Worten. »Ja, du verstehst mich, Bengt bedeutet für mich nichts weiter, als daß er eben Britas Bruder ist.«

Torkild lächelte:

»Und du bedeutest für ihn natürlich allerhand mehr als nur Britas Freundin –«

Rose antwortete nicht gleich. Dann sagte sie:

»Kannst du nicht verstehen, daß, als die Bergenser Dame das sagte – es war mir peinlich, ich fand es etwas – ich weiß nicht, wie ich es nennen soll –, daß ich die Fotografie eines Mannes aufgestellt hatte, aus dem ich mir nicht besonders viel mache, nur weil er sich gut ausnimmt mit seinem hübschen Gesicht und seiner tadellosen Uniform.«

Wieder lächelte er:

»Also alle Brüder deiner Freundinnen verlieben sich in dich.«

Rose machte ein verlegenes Gesicht.

»Aber, Rose, nicht wahr, ich werde doch nicht hinausgeworfen, weil ich nur der Bruder einer deiner Freundinnen bin – und die Bergenser Dame mich einen hübschen Kerl nennt.«

Ohne aufzublicken, antwortete Rose schnell:

»Du weißt sehr gut, Torkild, daß ich immer gefunden habe, ich sei eigentlich viel mehr deine Freundin als Doris'.«

»Das hast du hübsch gesagt, Rose. Darf ich dir dafür die Hand küssen?«

Rose hob den Kopf und sah ihn ein wenig unsicher an, fast unwillkürlich legte sie ihre Hände in den Schoß. Torkild sagte rasch:

»Höre, du, ich will dich nicht wieder quälen – du weißt, womit. Ich verpflichte mich, ein halbes Jahr lang dir gegenüber nicht davon zu sprechen. Willst du dann mit mir zusammen sein und mich nicht in ein Schubfach legen oder mich in ein Album sperren, sozusagen mit alten Bildern aus vergangenen Zeiten? Können wir nicht Freunde sein wie in alten Tagen, wie zu unserer Kindheit, oder wie damals, als wir noch ganz, ganz jung waren – solange deine Mutter noch lebte –?«

Rose schwieg eine Weile und blickte ihm forschend ins Gesicht.

»Ach, Torkild. Du weißt, daß ich dich furchtbar gern habe. Ich habe keinen Menschen so gern wie dich. Aber nicht so, wie du meinst – ich weiß bestimmt, daß ich diese Art Liebe nie für dich fühlen werde. Ich wünschte fast, ich könnte es. Am liebsten aber möchte ich doch, daß du verstündest, wie es ist. Dich kenne ich ja fast so lange ich lebe und habe dich immer lieb gehabt, so wie Mama, so wie ich einen Bruder geliebt hätte, wenn ich einen gehabt hätte.

Ach, Torkild.« Ihr junges Gesicht änderte sich plötzlich, ihr voller Mund bekam einen Zug von süßer, schmerzlicher Sinnlichkeit, und sie senkte die Augenlider:

»Ich *weiß*, ich könnte einen anderen auf ganz, ganz andere Weise lieben. Ich *weiß*, ich kann etwas fühlen, was ich bisher nie gefühlt habe –. Ich sehne mich danach, ich sehne mich nach etwas, das mich verändert. Ich bin ja immer, immer die gleiche gewesen. Ich werde nicht anders, wenn ich mit dir zusammen bin –!

Als ich Bengt kennenlernte, glaubte ich, vielleicht sei er es. Darum fand ich das mit der Fotografie so widerlich – pfui.

Ach Torkild –« Ihre Stimme wurde plötzlich schwach und klagend. »Denk doch nur daran, wie mein Leben immer dasselbe gewesen ist. Als Mutter tot war, wohnte ich in einer Pension unter fremden Menschen, dann bekam ich die Stellung in Schweden und lebte dort – aber es war dasselbe, blieb immer dasselbe, verstehst du. Ach, Torkild, bedenke doch, ich habe noch nichts *erlebt*.«

Torkilds Augen begegneten den ihrigen:

»Ja, Rose. Aber ich habe dich auch immer gekannt. Und das einzige, was ich erlebt habe, und was so groß ist, daß ich nichts mehr erleben kann, was mich noch veränderte, ist meine Liebe zu dir. Die hat mich verändert und hat auch dich in meinen Augen verändert, und meine Kindheit, meine Zukunft und alles auf der Welt in ein neues Licht gerückt, seit dem Tage, wo ich zum ersten Male fühlte, daß ich dich liebte, dich, die ich immer gekannt und gern gehabt habe. So etwas kommt nicht von außen, von anderen Menschen – alles Geschehen liegt in uns selbst.

Aber ich werde nicht mehr davon sprechen. Ich will dich nicht quälen. Und wenn wir zusammen sind, dann denke daran, daß du für mich nicht nur die bist, die ich liebe, sondern noch vieles andere. Denke daran, daß deine Mutter mir ebensoviel war wie meine eigene arme Mutter.«

Der Kellner brachte den Kaffee. Rose schenkte ein und sie saßen schweigend da, bis sie halb unwillkürlich flüsterte: »Ich bilde mir ein, eines Tages werde ich einem Manne begegnen, und dann wird alles in mir rufen: geh zu ihm, tue alles, was er verlangt – du bist sein Eigentum wie ein Ring an seinem Finger, er kann dich tragen, oder dich fortlegen, aber du bist sein –.«

Torkild blickte sie nicht an, während er leise erwiderte:

»Für manche Menschen ist es wohl so –.«

Dann schüttelte er den Kopf und lachte:

»Ich werde also nicht mehr darüber sprechen. Willst du nun heute abend mit mir auf die Frogneralm gehen?«

Rose schwieg.

»Wie alte Freunde«, lächelte Torkild ermunternd.

»Wie alte Freunde –«, auch sie versuchte ein kleines vorsichtiges Lächeln: »Ja, danke.«

Sie erhoben sich beide. Noch immer lächelnd, sagte er zu ihr:

»Und darf ich dir nun die Hand küssen – als alter Freund – anläßlich des Vertrages?«

Sie reichte ihm die Hand und blickte ihn ernsthaft und verlegen an, als er sich niederbeugte und sie küßte. Er aber lachte übermütig.

VI

Torkild machte unten auf dem Eis halt und wartete etwas gespannt auf Rose. Heute im Neuschnee war es ihr gelungen, über die hügeligen Wege zu kommen, aber in der letzten Mulde war sie sicher gefallen.

In einer Wolke von Schnee kam sie zwischen Tannen herausgesaust und bremste, was sie konnte, mit dem Stock. Über die erste Mulde segelte sie hinweg, in der zweiten schwankte sie vornüber und fuchtelte mit den Armen – so, jetzt lag sie sicher auf der Nase, nein, sie fing sich wieder.

»Nun kannst du doch wenigstens sagen, du hast die Tryvandshügel bezwungen«, sagte Torkild.

»Ja, aber es wird wohl bei diesem ersten Mal bleiben«, antwortete Rose mißmutig.

»Das darfst du dir gar nicht erst einbilden. Du fällst nur, weil du die ganze Zeit denkst, jetzt falle ich. Und wenn du immer auf dem Stock reitest . . .«

»Ja«, sagte Rose fügsam. Sie antwortete bereitwillig auf alles Ja, was Torkild sagte, wenn sie auf Skiern draußen waren und fiel lustig bei dem allergeringsten Anlaß hin. Sie schlugen die Richtung quer übers Wasser ein.

»Lauf hinter mir her«, sagte Torkild. »Das ist besser.«

»Ich will lieber neben dir bleiben. Es ist so schön, über den neuen, reinen Schnee zu sehen.«

»Ja, ja, wenn du nur nicht zu müde wirst; für dich läuft es sich in diesem Schnee nicht leicht, weißt du.«

Sie liefen schweigend dahin, die Augen auf die Spitzen ihrer Skier geheftet, die den tiefen, weichen Neuschnee aufwühlten. Die Stöcke versanken in der unberührten weißen Fläche und schleuderten bei jedem Schritt kleine Flocken in die Luft. Den ganzen Tag über waren Massen von Schnee heruntergekommen, und noch immer hing der Himmel bleischwer und drohend über ihnen; die Bergkuppen ringsum waren nebliggrau von den riesigen Schneemengen, deren Last die Bäume bedeckte.

Es sah nicht so aus, als wenn jemand vor ihnen über das Eis gelaufen wäre; jedenfalls nicht in den letzten Stunden. Nicht ein Mensch war zu entdecken, außer zwei kleinen schwarzen Gestalten, die schnell zum anderen Ufer hinüberliefen und im Wald verschwanden.

»Glaubst du, daß das Lund und Helsing waren?« fragte Rose.

»Nein, ich glaube, es waren die Kjendli-Jungen. Die anderen kommen sicher mit Betzy und Aagot. Und die gehen immer über die Frogneralm.«

Wieder liefen Rose und Torkild eine Zeitlang schweigend weiter. Es war ein Sonnabendnachmittag Ende April, und das Wetter war gerade noch so, daß der Schnee nicht an den Skiern kleben blieb. Drinnen im Walde bogen sich die kleinen Birken mit tief im Schnee vergrabenen Kronen quer über die Lichtungen. Alle Augenblicke rieselte es von den Tannen auf sie herab.

Es wurde rasch dunkel. Als die beiden auf der Anhöhe ankamen, konnten sie den Teich gerade noch als einen kleinen, runden, helleren Fleck in dem hellgrauen Dunkel erkennen. In der Hütte brannte kein Licht, augenscheinlich waren sie die ersten.

Als Torkild aufschloß, schlug ihnen die Luft aus dem dunklen Raum eisig und klamm entgegen. Er zündete die Hängelampe an und machte Feuer auf dem Herd.

»Teufel auch, daß die anderen nicht gekommen sind – nun ist es hundekalt, und du bist naß.«

»Ach, das tut ja nichts, Torkild.«

»Aber es wird bald besser«, tröstete er. »Setze dich drüben an den Herd und ziehe dir die Schuhe aus, während ich Wasser hole.«

Als er zurückkam, hatte sie angefangen, die Rucksäcke auszupacken. Er holte die Kaffeekanne und Bratpfanne herbei.

»Jetzt schneit es wieder. Wir können hier drinnen kochen, dann brauche ich den Kochherd nicht zu heizen. Oder wollen wir lieber warten, bis die anderen kommen?«

»Nein, warum denn? – Es kann ja sein, daß sie gar nicht kommen«, sagte sie nach einer kurzen Pause.

Torkild hatte das gleiche gedacht. Er fragte:

»Wäre es dir unangenehm?«

»Nein.« Rose antwortete hastig und errötete. Dann fragte sie ablenkend: »Womit kann ich dir behilflich sein?«

»Willst du bitte die Kotelettes braten, dann werde ich decken. Wir können den kleinen Tisch an den Herd rücken und dort essen, nicht wahr?«

Torkild brachte Teller und Tassen aus der Küche herein und deckte den Tisch, während Rose das Essen zubereitete. Es war ja Unsinn, sich daraus etwas zu machen – was tat das, wenn sie und Torkild heute nacht allein hier blieben. Falls die anderen auch morgen nicht heraufkämen, könnte es ja gerade gemütlich sein. Jedenfalls wünschte sie, Fräulein Helsing bliebe ihnen erspart – die konnte sie nun einmal nicht leiden.

Es wollte aber doch nicht so recht gehen mit der Unterhaltung. Torkild verlor sich in Gedanken, und Rose lag es nicht, ein gleichgültiges Gespräch über allerhand Kleinigkeiten in Gang zu halten. Nachdem sie gegessen und den Tisch abgedeckt hatten, saßen sie also stumm da, rauchten und blickten ins Herdfeuer.

Plötzlich fragte Torkild:

»Bist du nicht am zwölften November nach Kristiania gekommen?«

»Ja«, sagte Rose leise. Sie sah zu Boden und fügte hinzu: »Ich dachte eben auch daran.«

»Nein, nein, du darfst nicht glauben, daß ich die Situation ausnützen möchte. Ich will jetzt nicht davon reden.«

»Doch.« Rose sah ihn nicht an. »Es ist über sechs Monate her. Es ist besser, wir sprechen darüber, wenn wir doch beide daran denken. Ich bin zu dem Schluß gekommen, daß es damals nicht recht von mir gewesen ist, darauf einzugehen. Ich habe alles mögliche von dir angenommen – Freundschaft und Kameradschaft – ohne dich wäre ich hier in der Stadt schrecklich einsam gewesen, es wäre fürchterlich für mich, dich entbehren zu müssen. Aber es ist ja kein gleiches Spiel, ich bin zufrieden mit dem, was ich habe und wünsche mir keine Veränderung, während du im Gegenteil . . .«

»Doch Rose, es *war* damals recht von dir. Du mußt dir doch sagen, daß ich mich über jede Stunde freue, die ich dich sehe, und die ich mit dir zusammen bin. Oder kannst du daran zweifeln, daß ich mich heute abend freue, mit dir zusammen zu sein – wenn ich es auch nicht lassen kann, daran zu denken, daß dieser Abend noch tausendmal schöner sein könnte –

Herrgott, Rose – zwischen uns kann es doch nicht aus sein – du glaubst doch selbst nicht, daß wir beide voneinandergehen und uns fremd werden können – nach all dem, was wir zusammen erlebt haben – nur weil ich dir sage, ich liebe dich, und du antwortest, ich liebe dich nicht. Gott weiß, daß ich dich liebe, und dich ganz mein eigen nennen möchte. Vergiß nicht, wieviel von dir von früher her mir gehört, und daß ich ganz dein eigen bin. Uns bindet doch etwas, was niemals zerstört werden kann. Selbst, wenn du dich einem anderen zu eigen gäbest – würdest du nicht trotzdem fühlen, daß etwas in dir wäre, was mir gehörte –, du könntest mich nicht aus deinem Leben streichen – Rose?«

Rose atmete plötzlich schwer. Sie hob den Kopf und starrte ihn eine Sekunde lang mit merkwürdig wirren Augen an:

»Torkild«, eine unterdrückte Heftigkeit klang aus ihrer Stimme. »Doch, du, ich glaube – so unendlich viel es auch ist, wovon du da sprichst, all das, was uns verbindet – ich glaube trotzdem, daß der Tag kommen würde, der alles aus meinem Leben auslöscht!«

Sie wandte den Kopf ab, ihre Hände klammerten sich fest um die Stuhllehne.

»Da ist ja das, was mich so aufregt, Torkild. Ich fühle, daß es so kommen könnte, und ich *wünschte,* es geschähe. Ich *sehne* mich danach!«

Schweigend saßen sie beide da. Die Holzscheite knisterten, und wenn das verkohlte Holz zusammenfiel, gab es ein leises, sprödes Geräusch. Sie sahen einander nicht an, aber, wenn Torkild sich vorbeugte und das Feuer schürte, neue Scheite in die Flamme legte und dergleichen, starrte Rose auf sein Gesicht. Der festgeschlossene Mund, die dunklen Schatten, die die Augenwimpern auf die Wangen warfen – eigentlich war er hübsch. Plötzlich sagte sie leise:

»Ich kann nicht dafür, Torkild. Ich bin meiner selbst müde, ich bin es müde, immer mit dir allein zu sein. Wenn ich jetzt wirklich zu dir käme, mich von dir küssen und umarmen ließe, dich bäte, mich in deine Arme zu nehmen«, sie zog mit der Hand einen Kreis um sich, »es würde etwas doch zwischen uns liegen, als hätte ich eine Schale um mich. Es ist furchtbar, dieses Gefühl, und du kannst mich nicht aus mir selbst herausreißen, aber ich kann den Wunsch nicht aufgeben, daß einer käme, der es könnte.«

Torkild wandte sich ihr zu:

»Mag geschehen, was wolle, Rose – ich liebe dich. Und ich werde nie wünschen, daß es anders wäre.«

Torkild lag wach und unruhig im Bett. Sie schlief sicher schon lange fest da unten in ihrem Kämmerchen.

Er hatte die Wahrheit gesprochen. Er *freute* sich über jede Stunde, die er in ihrer Gegenwart verbringen durfte. Ihr jetziges Verhältnis war ja besser als nichts, aber er hatte es eigentlich immer als vorübergehend betrachtet. Im Ernst hatte er nie einen Augenblick daran gezweifelt, daß er sie schließlich gewinnen würde. Geschweige denn, daß er es für möglich gehalten hätte, es könne ein anderer kommen. Jetzt, in dieser Nacht, stieg zum ersten Mal die Angst in ihm auf, sie wirklich zu verlieren. Er wußte, daß er das nicht ertragen würde, und er hatte das Gefühl, zu allem imstande zu sein, um sie zu erobern. Alle Mittel würden ihm recht sein.

Abwarten, als der loyale, treue Jugendfreund, das hatte er gekonnt, solange er glaubte, sie wüßte nicht, was Liebe ist. Er hatte immer noch in ihr das Kind aus Frau Wegners stillen Zimmern gesehen, ein kleines Mädchen, das auf einem Stückchen Ufer des Lebens spielte, auflas, was von draußen hereinspülte, es mit forschenden, wachsamen Augen betrachtete, und es in ihrem Gemüt ordnete und bewahrte. Aber er hatte geglaubt, sie sei ruhig, ihre Sehnsucht, ein eigenes Leben zu leben, sei nicht erwacht, und wenn sie erwachte, so wollte er zur Stelle sein.

Aber sie wußte, was Liebe war – das Wandelnde, Neuerschaffende, Umstürzende. Ihm hatte die Liebe seine unglückliche Kindheit in ein anmutiges Märchen verwandelt. Rose verlangte, die Liebe sollte ihr eine neue Welt erschaffen. Ach ja, sie mußte es wohl verlangen. Ihre Kindheit hatte sie wie in einem Treibhaus verlebt. Ihre Jugend verbrauchte sie mit einer Arbeit, die ihre Nerven erregte, ohne ihre Energie auszulösen. Der Weg zu einer Arbeit, bei der sie ihren Körper und ihren eigenen Verstand gebrauchen konnte, war ihr versperrt, nur eines gab es noch für sie, das sie mit dem Bewußtsein erfüllen konnte, daß sie lebte – lebte mit jeder Fiber, jeder Faser ihres Wesens, alle Kräfte gespannt auf ein Ziel gerichtet, das zu erkämpfen sich der Mühe verlohnte und jedes Gefühl bis zu seiner höchsten Möglichkeit steigerte.

Sie hatte also Sehnsucht. Sehnsucht, von ihm wegzukommen, der ständig zu ihrem Leben gehört hatte, diesem kleinen, stillen Leben, das niemals etwas Unverbrauchtes in ihr wachrief. Eines Tages konnte die Sehnsucht übermächtig werden – es konnte Rose ein Schwindel packen, der ihre kalten, klaren Augen verwirrte, dann konnte es der erste beste werden. Oder sie wurde ihrer eigenen Sehnsucht überdrüssig, die nie ein Ziel fand, dann ergab sie sich, müde wie sie war, ihm –

Auch von ihm konnte sie sich überrumpeln lassen. Ja, er wußte wohl, daß das geschehen konnte. Weiß Gott, das Spiel zwischen ihnen beiden war in vollem Gange. Er wußte nicht, ob er ehrlich spielte. Sie tat es. Ihr Zutrauen zu ihm kannte keine Grenzen. Sie hatte ihm gesagt, daß sie bereit wäre, alles, was zwischen ihnen bestände, für den zu opfern, den sie nicht kannte. Er – er wußte, daß er nur versuchen wollte, sie in ihre kleine Welt einzuschließen und sie in dem Augenblick zu nehmen, wo sie mit ihrer Sehnsucht müde geworden wäre.

Er konnte nicht mehr darüber nachdenken. Es war besser, hinunterzugehen und ein Buch zu holen; er hatte hier Bücher liegen, weil er und Helsing jetzt im Frühling die letzten Sonntage allein in der Hütte gewesen waren.

Als er aber mit dem Buch wieder heraufkam, war es zu kalt zum Lesen. Er hüllte sich in die Wolldecke und versuchte zu schlafen.

Da unten schlief Rose. – Heute abend, als sie in der Dunkelheit den letzten Hügel hinuntergeglitten waren, und er sie gestützt hatte – und die anderen Male, wo er ihr auf den Skitouren geholfen hatte – ach, die flüchtigen Berührungen ihres herrlichen, schlanken, festen Körpers –. Einen offenen Versuch, sie zu überrumpeln, wagte er nur nicht. Er durfte nicht ihr Vertrauen aufs Spiel setzen, denn gerade durch ihr Vertrauen glaubte er, sich bei ihr einschleichen zu können. Das war nicht besser als Gewalt zu brauchen. Es war nur feiger. Denn er wußte, – mit erschreckender Deutlichkeit wußte er es heute nacht, daß sie niemals sein werden würde, weil *er* es war, nach dem sie sich sehnte.

Hoffentlich entstand kein dummes Gerede, wenn es herauskam, daß sie heute nacht allein auf der Hütte waren. Vor Lund und Helsing hatte er keine Angst. Aber Betzy – hoffentlich kam sie nicht. Denn Betzy konnte natürlich ihren Kirschenmund nicht halten –.

Er schlief lange, und das erste, was er beim Erwachen hörte, war Betzy Helsings Stimme unten in der Stube. Sie plauderte mit Rose.

»Nein, der Schnee klebte nicht, als wir heraufkamen«, sagte Rose. »Besonders gut war er freilich auch nicht. Aber Sie wissen ja, ich mache mir nichts daraus, daß es so rasend schnell geht.«

Torkild zeigte sich auf der Stiege.

»Da haben wir ihn wahrhaftig«, rief Betzy. »Lorens und Nils schwuren, daß du heute durchschlafen würdest, aber ich sagte, wenn er den Kaffee riecht, kommt er schon ans Tageslicht.«

Betzy Helsing und Aagot Holm-Hansen hatten den Frühstückstisch fertig gedeckt.

»Die Ehre gebührt Fräulein Wegner. Als wir kamen, stand der Kaffee schon auf dem Feuer.«

»Wo seid ihr denn gestern abend geblieben?«

»Ja, siehst du, ich war gestern abend zu einem Tanzvergnügen«, Betzy führte das Wort. »Ich sagte ihnen also im voraus, daß ich mich nach dem Essen hinlegen und den ganzen Tag über schlafen wollte. Aber dann war Mama heute morgen so brummig, daß ich keine Lust hatte, zu Hause zu sitzen, und darum ging ich doch mit, als die anderen kamen, um mich abzuholen.«

»So. Hast du dich gestern amüsiert?«

»Ach, nein, es waren lauter so dumme Herren da. Nein, aber sagt mal, kennt ihr Leutnant Lökke, Finn Lökke – denkt euch, ich glaube, der Mann ist nicht richtig im Kopf. Er war also den ganzen Abend rasend verschossen in mich und dann wollte er mich durchaus nach Hause bringen, und das gestattete ich ihm auch, dem Ärmsten, warum sollte ich ihm diese kleine Freude nicht gönnen. Aber, was soll ich euch sagen, er wollte mich dann durchaus küssen.«

»Nun, ja«, sagte Nils Lund. »Du hast ihm wohl auch diese kleine Freude gegönnt!«

»Halt den Schnabel, Junge. Es ist traurig, Nils, daß du das nie einsehen kannst, aber du darfst nicht versuchen, witzig zu sein, denn das liegt deiner Stimme nicht. Nein, aber ich sagte sehr würdig, daß ich aus Prinzip keinen Herrn küßte, mit dem ich mich nicht duzte.« Betzy lachte selber laut. »Torkild, du solltest immer einen weißen Sweater tragen, du weißt nicht, wie gut dir das steht. Ach, Fräulein Wegner, sagen Sie ihm, er soll immer weiß gehen, es macht solchen Spaß, etwas Hübsches zu sehen. Ich setze mich neben dich, Torkild, du schneidest das Brot so schön; Nils und Lorens schneiden immer so dicke Scheiben, daß ich nicht davon abbeißen kann.«

Torkild hatte die Hütte zusammen mit Lund, Helsing und Fjeld gemietet. Die drei anderen hatten sie schon einige Jahre gehabt, und eine ganze Schar ihrer Freunde und Freundinnen waren dort Stammgäste, als er hinzukam. Die Freundin Betzy aber regierte dort oben, als wäre die ganze Hütte ihr Eigentum. Sie war eine entfernte Kusine von Lorens Helsing, und Albert Fjeld war außerdem bis über beide Ohren in sie verliebt.

Torkild hatte sie im Frühherbst kennengelernt, ehe Rose in die Stadt gekommen war. Sie hatten zusammen getanzt – sie tanzte brillant – und Betzy hatte sogleich verkündet, daß sie ihn gut leiden konnte und hatte ihm das Du angeboten – da sie sich mit allen anderen in der Hütte auch duzte.

Er selber mochte sie gern, in mancher Hinsicht sogar sehr gern. Sie war unbedingt sehr drollig und hatte ihn vom ersten Mal an mit ihrer Gesprächigkeit auf eine Weise überschwemmt, die ihm geschmeichelt hatte, da ihr von allen anderen sehr der Hof gemacht wurde. Er hatte sie vermißt, als sie sich plötzlich unsichtbar machte, – sie hätte neue, ergiebigere Jagdgründe gefunden, sagte Lorens Helsing. Als dann Fjeld bald darauf nach Amerika reiste, war der Schwarm seiner Freundinnen und Freunde fast ganz weggeblieben. Eigentlich fühlte er sich wohler dort oben nur mit Lund und Helsing zusammen. Sie waren sich alle drei darüber einig, daß es eigentlich viel gemütlicher war, Ruhe in der Hütte zu haben.

Besonders als Rose kam, war er froh gewesen, daß das Leben in der Hütte aufgehört hatte. Denn da hätte sie unleugbar nicht hineingepaßt. Aber Lund und Helsing waren nette Jungen; Rose konnte sie gut leiden, und sie mochten sie auch gern; ja, Nils Lund war sogar sehr verliebt in sie, aber er achtete Torkilds ältere Anrechte, und es fiel Torkild nicht ein, auf Lund eifersüchtig zu sein. Rose zog tapfer mit ihnen aus zum Kikut und nach den Kobberhügeln, machte Sprünge auf ihren Skiern, ohne mit der Wimper zu zucken, kullerte bergab und lachte über ihre eigene Unmöglichkeit – sie hatte fast nie zuvor Skier an den Beinen gehabt, denn den Skisport hatte ihre Mutter für etwas Lebensgefährliches angesehen und ihn streng verboten. Sie lachten sie aus und fluchten vor sich hin, aber sie nahmen es ihr nicht übel, denn sie jammerte nie, und man hatte nie Scherereien mit ihr. Sie hatten es den Winter recht gemütlich zusammen gehabt, die vier.

Aber eines Tages im Februar war Betzy wieder aufgetaucht, selbstverständlich mit der unvermeidlichen Aagot auf den Fersen. Und seitdem war sie fast jeden Sonntag bei ihnen oben gewesen.

Vom ersten Tage an hatte eine stille, aber starke Antipathie zwischen den beiden jungen Mädchen geherrscht. Das heißt, Betzy war gegen Rose immer von überströmender Freundlichkeit. *Liebes* Fräulein Wegner, sagte sie, und mitunter sagte sie Du und Rose, als hätte sie sich versprochen, verbesserte sich dann und bat um Verzeihung. Rose aber sagte bitte und bot ihr das Du nicht an. Sie war von ausgesuchter Höflichkeit und Zuvorkommenheit gegen Betzy und machte vor Torkild oder den anderen niemals eine Bemerkung darüber, daß sie Fräulein Helsings Wesen mißbilligte.

Aber in aller Stille mißbilligte sie die andere von Kopf bis zu Füßen, ihre Lebhaftigkeit, ihre Sprache und alles, was sie tat. Betzy war nicht gerade hübsch, aber sie nahm sich gut aus. Sie hatte etwas Ausschlag, der von zu fetter Haut zu kommen schien und ein so flaches Gesicht, daß es aussah, als seien die Augen ein wenig zugewachsen. Diese Augen lächelten immer, der Mund war winzig klein und ganz entzückend, das Haar aschblond, etwas fettig und leicht strähnig, aber sehr dick, freilich mit Hilfe von Unterlagen und Hängelöckchen. Sie hatte eine rundliche, aufrechte, hübsche kleine Figur, tanzte entzückend, lief Ski wie ein Wettläufer und war trotz ihrer vierundzwanzig Jahre in ihrer Rede und ihrem Benehmen wie eine Siebzehnjährige, vielleicht auch in ihrem Gemüt, obgleich Torkild das etwas bezweifelte. Er zweifelte auch ein wenig daran, daß sie wirklich so naiv und unschuldig wäre, wie sie schien – es war doch etwas merkwürdig, was sie alles so schwatzte und dann gleich darauf wieder das Gezwitscher: »War das denn so gefährlich – habe ich was Schlimmes gesagt – pfui, ihr seid abscheulich –.« Aber, Herrgott, deswegen war sie eben so amüsant, sie war Gott sei Dank weder seine Schwester noch seine Braut.

Die Freundin Aagot schien auch aus politischen Gründen gewählt worden zu sein. Immerhin, Betzy war jedenfalls sehr, sehr lieb zu Aagot und wollte kein Vergnügen mitmachen ohne ihre Freundin. Aagot tanzte zwar noch besser als Betzy und lief ebenso gut Ski, aber sie hielt sich mit ihrem Können vollständig zurück; klein und schmächtig, blaß und still folgte sie Betzy wie ihr Schatten. Helsing behauptete sogar, daß jedesmal, wenn Betzy verliebt wäre, sich auch Aagot in denselben Mann verliebte, aber nur, um Betzy beizustehen, sie handelte nie für eigene Rechnung.

»Pfui Teufel, was ist das für stinkendes Zeug, was du an dir hast, Betzy,« rief Helsing über den Tisch. »Pfui Spinne, was ist denn das?«

»Sag mal, ist das wahr, Torkild, ist es so schlimm? Mama sagt, es sei solch Frauenzimmerparfüm, ich könnte damit nicht gehen. Ich habe es von Larsen bekommen, als er aus Paris zurückkam; es hat so einen langen, französischen Namen, den ich nicht aussprechen kann. Torkild, riecht das wirklich so zweifelhaft? Wie?« Dabei legte sie die Hand übers Gesicht.

»Na, ich sage, pfui, schön ist das nicht.«

Später, als Torkild in die Küche kam, stand Lund mit hochgekrempelten Ärmeln da und wusch ab. Beim Anblick Torkilds lachte er; sein kleines, behagliches, wieherndes Lachen.

»Nun?«

»Oh, nichts weiter.«

»Worüber grinst du denn, über mich?«

»Nein, über die Mädel, es ist zu drollig, wenn zwei Damen sich wegen eines Mannes nicht leiden können.«

»Na, nun höre aber auf, sonst sage ich wie Betzy: versuche bloß nicht witzig zu sein.« Er schwieg einen Augenblick.

»Wenn du meinst, daß Betzy versucht, Rose zu necken, so kann das schon sein. Aber sie kann sich leider die Mühe sparen.«

»Haha. Mach du nur der Betzy den Hof, dann sollst du

sehen; es machte Rose verflucht wenig Spaß, wie Betzy dich streichelte, du.«

»Unsinn«, sagte Torkild und trug die Wassereimer hinaus. Unsinn, wiederholte er sich immer von neuem. Es war wohl kaum möglich, daß sie auf Betzy eifersüchtig war, obgleich sie es nicht leiden konnte, daß Betzy so intim mit ihm tat. Übrigens konnte es ja sein, daß sie eifersüchtig war, auch ohne in ihn verliebt zu sein.

Das Wetter hatte sich aufgeklärt, – ein fahler Sonnenstreif glitt über das weiße Waldmeer der Bergkuppen. Er blickte auf, ein einzelner Strahl spielte über ihm in den weißen, niederhängenden Zweigen. Hoch oben, wo die Wolkendecke zu einem dünnen, zerfaserten Schleier zerschmolz, schimmerte der Himmel in schwachem Blau. Ringsumher im Wald rieselte der Schnee unablässig mit einem weichen, raschelnden Laut von den Zweigen.

Ein ganz klein wenig taute es auch. In langen Zwischenräumen gluckste hier und da ein Tröpfchen, das vom Hüttendach herniederfiel.

VII

Torkild und Helsing saßen auf der Treppe und rauchten. Stundenlang hatten sie schweigend so dagesessen – Helsing mit bis zum Kinn hinaufgezogenen Beinen, die Arme um die Knie geschlungen; Torkild hatte den Nacken an den Pfosten der Veranda gelehnt und starrte in den hellen Nachthimmel zu dem einzelnen großen Stern hinauf, der dort oben flimmerte, wo der helle Schein über den waldigen Berggipfeln sich zu einem dämmrigen Blaßblau verdichtete. Es war ein Abend Ende Mai, und die beiden waren allein in der Hütte.

»Horch«, sagte Helsing. »Die Drosseln sind heute nacht wie toll.«

Überall vom Walde her flöteten und trillerten und jubelten Vogelstimmen. Torkild beugte sich vornüber und stützte das Kinn in die Hände. Wer sich jetzt lang auf den grünen, feuchten, duftenden Hang werfen und weinen könnte, weinen, weinen. Weil die Welt so wunderbar schön war heute nacht, daß es einem weh ums Herz wurde – ach, das müßte man ausweinen können, bis es vorüber wäre, und man leicht und frei wieder aufstände, wie ein Kind, das sich ausgeweint hat. Oder – oder – man müßte sich ein Messer in das heiße Weh der Brust bohren, damit es aus der klaffenden Todeswunde verbluten könnte. –

Er blickte wieder in die Luft – es sah aus, als ob von der Himmelskuppel ein silbriges Licht über das Hüttendach niedertaute.

»Jetzt kommt der Mond.«

»Ja, morgen muß Vollmond sein«, sagte Helsing, ohne sich zu rühren. »Holst du Wasser?«

Torkild erhob sich und ergriff die Eimer.

Unten auf der kleinen Brücke blieb er einen Augenblick stehen und lauschte auf den leisen, leisen Laut des Wassers, das aus den vollen Eimern überlief und langsam von den Planken der Brücke in den Teich zurückrieselte. Der Laut starb hin, als das Tröpfeln schwächer und schwächer wurde –. Das Plätschern in den Eimern und das Knirschen der Zinkhenkel zerrissen für einen Augenblick die Stille, die sich nach und nach wieder über alles legte, nur noch von dem Singen der Amseln und dem leisen Geraschel nächtlicher Geräusche unterbrochen.

In dem regungslosen Teich spiegelten sich der fahle Himmel und der schwarze Wald ringsum. Die Wipfel der Tannen stachen wie scharfe Speerspitzen in die Luft; die Nacht war so hell, daß die Weiden und Birken am Ufer sich grauschimmernd von der dunklen Wand des Waldes abhoben. Der Mondschein spannte seinen feuchten Schleier weiter und weiter aus, je höher die goldene Scheibe stieg – die Böschung hinter Torkild war schon in fahles, zitterndes Licht gebadet.

»Wirst *du* nicht sentimental in so einer Nacht?« fragte Helsing, als Torkild mit den Eimern zurückgekehrt war und sich wieder wie vorhin auf die Treppe setzte.

»O ja. Ich glaube, es geht allen Menschen so.«

»Ich werde so grenzenlos sentimental, manchmal habe ich Lust, mir das Leben zu nehmen.« Helsing schwieg einen Augenblick. »Oder man müßte eine haben, in die man furchtbar verliebt wäre. Und dann müßte man im tiefsten

Wald sein und sie an sich pressen und rein totdrücken. Natürlich müßte es dann mit einem auch aus sein –«

Torkild beugte sich über das Geländer. Ein frischer, herber Geruch von keimenden Pflanzen stieg vom Abhang auf.

»Ja«, sagte er leise. »O ja. Man hat Sehnsucht nach etwas Gewalttätigem, Brutalem, nach etwas, was all das Weiche und Zarte von einem herunterreißt und zerfetzt, das einen eingesponnen und wie mit Saugarmen umklammert hält und verzehrt.«

Helsing nickte. Wieder schwiegen sie lange. Bis Helsing plötzlich meinte:

»Du – wir haben keine Kartoffeln mehr – wir müssen morgen hinunter und welche holen.«

»Ja, gewiß.«

»Wer wohl drüben am anderen Ufer Feuer brennt?« sagte Helsing nach einer Weile.

»Vielleicht Eriksens Jungen.«

Das Feuer flammte drüben an der dunklen Wand jenseits des Teiches. Ein fächerförmiger roter Glanz lag bleichend auf dem kohlschwarzen Wasserspiegel. Das heftige Licht, das aus der Nacht brach, ließ das Dunkel noch dichter erscheinen. Doch an der Halde, wo die Hütte stand, gleißte das Mondlicht silberweiß auf der Böschung, dem Walde und dem Häuschen.

Der Rauch des erloschenen Feuers lag wie eine Nebelwolke über dem morgenblanken See, als sie sich auf den Weg machten, um Kartoffeln zu holen.

»Hör mal, ein Kuckuck«, sagte Helsing. Sie standen einen Augenblick still und lauschten dem fernen Ruf. »Kuckuck von Ost bringt keinen Trost.«

»Ich habe einmal als Junge auf einen Kuckuck geschossen«, fuhr er im Weitergehen fort. »Man sagt, daß man sich dann das Leben nimmt.«

»Ach, damit ist es wohl nicht so gefährlich. Nun ja, ich würde auch nicht gerade auf einen Kuckuck schießen, aber –«

»Es gab viel Aberglauben bei uns zu Hause«, sagte Helsing wieder. »Ich kann mich besinnen, als ich noch klein war, stand ich eines Tages auf dem Hof und zeigte auf den Regenbogen. Da sagte das Milchmädchen zu mir, ich dürfe das nicht tun, weil dann ein Vogel verblutete. Ich möchte übrigens wissen, – vielleicht war das gerade der Kuckuck.«

»Davon habe ich nie etwas gehört.«

»Doch. Dasselbe Milchmädchen erzählte auch, daß in der Johannisnacht ein Geist umginge, der alle Baumspitzen abbreche – du weißt ja, daß sie nach Johannis nicht mehr wachsen. Wer sich unter eine Eberesche setze, könne den Geist sehen – aber alle, die es einmal getan haben, sind Idioten geworden, so häßlich ist das Gespenst. Ich habe viele Jahre lang darüber nachgedacht, ob ich es tun sollte. Ingeborg lag die ganze Johannisnacht mit dem Hofknecht oben auf unserer Alm. Er mußte die ganze Nacht bei ihr schlafen, weil sie solche Angst hatte, wie er sagte.«

Sie lachten beide.

Noch lagen schwärzliche Schneewehen in den Halden, und unter dem Moos gluckste das Wasser. Der Waldboden war schlammig und zwischen den trocknen Zweigen mit weißen Spinnweben übersponnen. Unten im gelben Moor standen die Birken, noch grau und nackt, mit den Wurzeln in dem kalten Wasser; wo sie aber am Berge in den Ritzen der Felsen wuchsen, auf die die Sonne brannte, schimmerten sie lichtgrün von glänzenden blanken Trieben. Die beiden saßen lange oben auf dem Berg und blickten in die Ferne. Kuppe hinter Kuppe lagen die bewaldeten Höhen unter dem hellen Maihimmel. Der Nadelwald sog das Sonnenlicht ein. Von all dem vielen Schnee des Winters hatten die Nadeln einen welken, gelblichen Schimmer bekommen. Es war so klar, daß jeder einzelne Laubbaum an den Felshängen silbergrau glänzte, und so still, daß man bei jedem leisen Windhauch hörte, wie sich das Rauschen in den Tannen von Halde zu Halde fortpflanzte und die Klänge der Kirchenglocken aus dem Sörketal mit sich herübertrug. Drüben leuchtete auf einem Berg die blutrote Flagge einer Hütte, eilige, stahlgraue Wellchen zitterten über das himmelblaue Wasser am Fuß des Hanges. Von Kuppe zu Kuppe wanderten die dunklen Schlagschatten der leichten, feuchtglänzenden Wölkchen oben im hohen, sommerlich klaren Himmel.

Drüben am Hügel auf der Sonnenseite, wo der Moorhof

lag, war schon Sommer – an den Bächen breiteten sich die Sternblumen gelb und blank aus, und die kleinen Büsche zwischen den Steinhaufen waren schon ganz grün. Es waren nur wenig Leute zu sehen; auf der Scheunenbrücke saß eine Schar kleiner Jungen, die hartgekochte Eier aßen und Brauselimonade dazu tranken, und drüben unter den Stachelbeersträuchern am Hause lagen zwei junge Mädchen, die ihre Gesichter mit Selterswasser naß gemacht und sich in die Sonne gelegt hatten, um braun zu werden. Als Torkild und Helsing in die Küche kamen, sagte die Frau: »Fräulein Helsing und ihre Freundin sind hier mit einem Mann, sie sitzen drüben beim Acker. Sie hat nach Ihnen gefragt.«

Betzy begrüßte sie mit einem Jubelruf und schwang eine Flasche Likör – selbst gebrauten, grünen, wie sie verkündete.

In einem Atem bot sie »Creamtörtchen« an und stellte einen dünnen kleinen Herrn in englischem Sportdreß als Leutnant Lökke vor. Sie saßen in einem Meer von Butterbrotpapier und Kekstüten, Apfelsinen- und Eierschalen.

»Ach Finn, sei so lieb und lauf nach ein paar Gläsern für Lorens und Torkild –. Wir wollen heute nach Lökkes Hütte. Aber bei dem herrlichen Wetter hatten wir keine Lust, gleich hinzugehen und dort mit den anderen Jungen herumzuschwatzen.«

Plötzlich entdeckte sie einige große Wicken jenseits des Ackers. Torkild erhielt den Befehl mitzukommen, um sie zu pflücken.

»Du kannst dir doch denken, daß die Blüten verwelkt sind, bis du nach Hause kommst.«

»Nicht im entferntesten – ich decke Moos darüber und stopfe sie in den Rucksack.«

Sie schleppte ihn mit sich hinter die Steinhaufen. Hier wimmelte es von großen, purpurvioletten Wicken, und ein kleiner, steiler, grüner Hügel, über einem blanken Teich, stand voll Himmelschlüsselchen und Veilchen.

»Ich *muß* dir nämlich etwas erzählen«, legte Betzy los.

»Du darfst es aber keinem sagen, es soll noch ein Geheimnis bleiben, Gott gnade dir, wenn du darüber sprichst, – denk dir, Aagot hat sich mit Fjeld verlobt, ist das nicht fein? – ach, ich freue mich so schrecklich der armen Aagot wegen. Sie reist im September zu ihm hinüber und heiratet dann. Du kannst dir gar nicht denken, wie wunderhübsch der Brief war, in dem er um sie anhielt. Ich gab nicht nach, bis ich ihn lesen durfte; denk dir nur, er hat sie so furchtbar gern – ach, bloß daß ich nicht Brautjungfer werden kann, das ist abscheulich – ach, – ich finde es so herrlich, daß Aagot sich verheiratet, aber ist das nicht komisch, daß jemand Aagot ›du mein liebes, mutiges, braves Mädel‹ nennt, und daß sie sich von uns beiden zuerst verlobt hat?«

»Aagot ist ein braves, mutiges Mädel«, sagte Torkild. »Fjeld kann sich freuen, finde ich, daß er sie bekommt.«

»Ja, natürlich«, sagte Betzy und seufzte in den Sonnenschein hinaus. »Aber Gott, wie verliebt der Mann in mich gewesen ist, du.«

»Du hast doch jetzt Lökke. Und ihr duzt euch –« Torkild lachte.

»Ach, der Ärmste, er hat so darum gebettelt, daß ...«

»Das kann ich mir denken –«

»Scheusal! Pfui, du bist ein niederträchtiger Kerl!« Sie stieß lachend nach ihm. Er stand etwas weiter unten am Abhang, und als er schwankte, ergriff er schnell ihren Arm. Sie verloren beide das Gleichgewicht und rollten zusammen, sich überkugelnd, bergab.

Irgendwo weit unten landeten sie in dem hohen, blanken Gras. Er hielt sie fest umschlungen, während sie beide leise lachten.

»Torkild – bist du verrückt – laß sofort los.«

Er küßte sie, aber sie drehte den Kopf weg, so daß er unterhalb des Ohres auf den Hals traf.

»Bist du toll – du unverschämter Bengel – nein, du bist doch das unverschämteste –«

»Gelegenheit macht Diebe, Betzy, bin ich unverschämter als zum Beispiel Lökke –«

»Laß los, sag' ich, Dummkopf«, sie machte eine Hand frei und versetzte ihm eine Ohrfeige. Er fing sie aber wieder ein und hielt sie fest.

»Hat er dich vielleicht nicht geküßt?«

»Ich glaube, du bist gänzlich übergeschnappt « Betzy konnte vor Lachen kaum sprechen. »Was zum Kuckuck geht das dich an?«

»Und ob! Jetzt mußt du Farbe bekennen, du bist meine Gefangene.«

»Ach so, du«, sie entwand sich plötzlich seinem Griff, stand im Nu auf den Beinen und lief bergan. »Ach, bring meine Mütze mit, Torkild.«

Er hob sie auf und lief nach, holte Betzy ein und stülpte ihr die Mütze auf. Dann schlang er wieder die Arme um sie.

»Ich begreife bei Gott nicht, was mit dir los ist, Torkild.«

»Du bist doch nicht böse, daß ich dich küsse, Betzy?«

»Doch, das bin ich weiß Gott«, entgegenete Betzy; sie lachte, daß ihr die Tränen in die Augen traten. –

Torkild pfiff leise vor sich hin, während sie mit dem Kartoffeleimer heimwärts zogen. Als sie die Hüttentür aufschlossen, drehte sich Helsing plötzlich um.

»Sind das nicht dein Bruder und Rose, die dort drüben am Bach gehen?«

Torkild wandte sich um:

»Ja.« Er blieb stehen.

»Wollen wir sie anrufen?«

»Nein.«

»Vielleicht sind sie hier oben gewesen, während wir weg waren«, meinte Helsing.

»Nein, sie sind ja vom Gröttumsweg gekommen.« Torkild fühlte, daß ihm fast die Stimme versagte. Er machte kehrt und ging hinein.

Kurz darauf kam Helsing durch die Küche. Torkild schälte gerade Kartoffeln. Die Hände zitterten ihm, und Helsing erkannte das Gesicht seines Freundes kaum wieder. Er blieb ein wenig unsicher stehen.

»Krischan –«

Torkild ließ fallen, was er in Händen hielt und blieb einen Augenblick so stehen. Dann ging er hinaus und warf sich im Kämmerchen aufs Bett.

Helsing schälte Kartoffeln; Torkild hörte das Schaben des Messers, das seinen überreizten Nerven irgendwo tief im Innern wohltat. Helsing ließ die Kartoffeln in den Kübel plumpsen, rasselte mit den Eisenringen auf dem Herd und setzte die Schweinskoteletts aufs Feuer. Es prasselte und zischte, und der Fettgeruch drang bis in Torkilds Kammer. Aber draußen vor dem geöffneten Fenster rauschten die

Fichten, eine Hummel schwirrte auf goldenen Flügeln herein und stieß gegen die Decke. Torkild lag, die Hände im Nacken verschränkt, unbeweglich da und starrte vor sich hin. Helsing trat ein und blieb zögernd stehen.

»Willst du jetzt essen?«

»Heute abend –« Torkild zog die Beine hoch und schlug mit der Faust auf die Bettkante. »Heute abend will ich mich betrinken. Ja, mich betrinken und so weiter.« Er wandte sich heftig ab. »Das ertrag ich nicht.«

Helsing trat auf ihn zu. Zaudernd, scheu, legte er seine Hand einen Augenblick auf Torkilds Arm:

»Du – du darfst es nicht so schwer nehmen, Junge.«

Als sie heimwärts wanderten, stieg hinter den Tannenwipfeln der Mond auf, und überall im Walde flöteten die Amseln.

»Laß uns über die Sennhütte gehen«, schlug Helsing vor.

Torkild folgte willenlos. Als sie auf der Frogneralm eintraten, blieb Helsing etwas erschrocken in der Türe stehen; er hatte Axel Christiansen und Rose Wegner an einem Tisch drüben in der Kaminecke entdeckt. Rose aber winkte ihnen zu und schob das Birkenlaub und die Blumen beiseite, die vor ihnen lagen.

»Es ist lange her, daß ich dich gesehen habe«, sagte Axel schließlich.

»Kommt ihr von der Hütte?«

Roses Hals war über der ausgeschnittenen weißen Bluse scharlachrot verbrannt. Die Frühlingsluft machte sie mutwillig, sie strahlte und sprühte und lachte die drei jungen Männer an. Sie und Axel waren nirgends eingekehrt; sie hatten im Freien Kaffee gekocht und waren aufs Geratewohl ohne Weg und Steg umhergestreift, hatten im Moor erfrorene Moosbeeren gegessen und auch sonst einen wundervollen Tag verlebt, erzählte sie. Zwischendurch lächelte sie still und strahlend vor sich hin und vergrub ihr Gesicht in den halbwelken Blumen, die einen herben frischen Duft über den Tisch verbreiteten.

»Axel, wo sind die Veilchen geblieben – denkt euch, ich habe so eine Menge Veilchen gefunden.«

Axel holte die Veilchen aus einer Blechbüchse im Rucksack hervor, und Rose verteilte sie unter den dreien:

»Jeder von euch soll welche haben, weil ich heute so froh bin.«

Unter dem Tisch knüllte Torkild ihre Blumen zu einem kleinen Klumpen zusammen, aber er behielt die zerdrückten Blüten in seiner heißen Hand.

»Ihr seid alle drei so nett und freundlich zu mir – auf euer Wohl!« Sie bog den Kopf zurück, so daß die bloße weiße Kehle leuchtete.

»So ein Frühling – Axel, gibt es wohl irgendwo auf der Welt einen solchen Frühling wie hier in Norwegen?«

»Nein, nirgends«, sagte Axel innig.

Sie gingen alle vier bis zur Straßenbahn zusammen. Die Lenznacht war so hell, daß die Schatten ganz blaß aussahen, obgleich der Mond auf den Tannenwald und die weiße Landstraße schien. Er erfüllte das ganze Tal mit seinem Schein, so daß die Lichter der Stadt drunten in der Tiefe verschleiert und schläfrig heraufblickten. Über der fahlen Fläche des Fjords lag ein breiter Silberstreif, Küsten und Inseln dämmerten verschwommen auf. Nur im Südosten, über dem Bundefjord, wo der Himmel noch immer vom Sonnenuntergang her rostrot war, lag eine herabgesunkene Wolkenbank, unter der es so dunkel war, als ob sich die nächtliche Finsternis dort verkrochen hatte.

Rose ging langsamer. Und als Axel und Helsing einen kleinen Vorsprung hatten, gesellte sie sich zu Torkild:

»Was ist dir – du bist so merkwürdig heute abend – ist dir nicht wohl?« Sie legte ihre Hand leicht auf seinen Arm. Er fuhr bei ihrer Berührung zusammen.

»Nichts. Ich habe nur etwas Kopfschmerzen«, sagte er matt.

»Schon wieder – du solltest mit einem Arzt sprechen, Torkild. Ich glaube, deine Nerven sind nicht in Ordnung.«

»Durchaus nicht – es ist nur der Frühling.« Dann setzte er leiser hinzu: »Aber du, Rose? Du bist heute abend auch so wunderlich.«

Sie lachte verlegen. »Es ist auch nur der Frühling.« Aber gleich darauf sagte sie ernsthaft: »So ein Tag wie der heutige ist einfach verzehrend schön. Man wird nicht ruhiger dadurch, so sorglos zufrieden, wie man sich auch sonst oben im Walde fühlt. Man kann ganz wild werden –« Sie ging schweigend weiter und blickte in die lichte Nacht hinaus. Plötzlich flüsterte sie leise und traurig:

»Ach Torkild – ich wünschte, ich könnte sein, wie du mich haben möchtest.«

Sie strich ihm plötzlich über die Wange, ganz leicht und flüchtig, wie man im Vorübergehen ein Kind streichelt. Wieder fuhr er zitternd zusammen.

Jetzt küsse ich sie, dachte er. Im selben Augenblick blieben die beiden anderen stehen, um auf sie zu warten.

»Ich gehe lieber zu Fuß«, sagte Torkild. »Ich habe Kopfschmerzen.« Er und Helsing warteten, bis Axel und Rose in die erleuchtete Straßenbahn gestiegen und weggefahren waren. Dann gingen sie schweigend den Grafenweg hinunter. Ab und zu strich langsam ein eng umschlungenes Pärchen vorüber, das sich möglichst im Schatten hielt. Auch drinnen im Walde waren Menschen.

»Sie war heute abend kokett«, sagte Torkild plötzlich leise.

»Ich finde, es stand ihr so gut. Es gehört nicht zu ihrer Natur, und sie ist dann wie ein kleines Mädchen, das einen Kuchen zurechtformt und zeigen will, wie groß es ist – weil es ihr Spaß macht, die anderen nachzuahmen.«

»Glaubst du«, Helsing flüsterte fast –, »glaubst du, daß sie sich etwas aus deinem Bruder macht? Ich habe eigentlich doch nicht den Eindruck, du.«

»Er macht sich aber etwas aus ihr.« Seine Worte überstürzten sich: »Eines Tages sagt er es ihr. Vielleicht heute abend. Und sie hört es zum erstenmal – von ihm. Er ist ein fremder Mann – es ist Frühling, und sie sehnt sich nach dem Neuen. Mich hat sie immer gehabt. Ich habe es ihr unzählige Male gesagt. Mit mir ist sie als Kind jeden Frühling zusammen gewesen.« Er wies plötzlich über die mondhelle Landschaft. »Ich glaube bei Gott, es gibt hier keinen Pfad, den ich nicht mit ihr gegangen bin.«

Er schloß die Tür zu seinem Zimmer auf, in dem es schwül und heiß war, da die Wirtin das Fenster geschlossen hatte. Der Geruch von kaltem Zigarettenrauch mischte sich mit dem Duft von Narzissen. Torkild öffnete das Fenster weit und starrte eine Weile in den Garten gegenüber, wo die blühenden Kirschbäume im Mondschein schimmerten.

Dann setzte er sich ans Klavier und spielte »Auf Flügeln des Gesanges«. Leise summte er mit, bis im unteren Stockwerk mit einem Besenstiel an die Decke geklopft wurde. Da trat er wieder ans Fenster.

Er konnte es unmöglich länger aushalten. Es sog und sog an ihm, wie mit zahllosen dünnen Fangarmen, die ihm das Mark aus Körper und Seele zehrten, bis ihn eine krankhafte, körperliche Begierde ergriff, sich davon zu befreien –. Schließlich – was war es eigentlich –. Was war das für ein Geschwätz, diese Märchen, auf die sie wartete. Der ganze Fehler war der, daß er sich als ihr demütiger Sklave benahm. Wenn er sie nun brutal nähme und fragte – ja was willst du denn, soll ich gehen oder bleiben –. Auf diese Weise will ich es nicht länger treiben –. Wenn er sie nun eines Tages plötzlich überrumpelte, mit rücksichtslosen männlichen Zärtlichkeiten und Küssen. Ich *will* dich besitzen, verstehst du. Du bist mein Eigentum, meine Beute –. Torkild warf sich aufs Bett und wimmerte leise – aber ich tue es ja doch nie. Ich tue es ja doch nicht – ich kann nicht – nicht bei ihr –.

VIII

Torkild war aufs Hüttendach geklettert, wo er, an den Schornstein gelehnt, sich von der Sonne braten ließ.

Es war mittagsstill und sommerlich heiß. Das Erlengebüsch am Teich hatte jetzt dichtes dunkles Laub, so daß nur ein Streifen Wasser hindurchschimmerte, der weiß in der Sonne glitzerte. Der Fichtenwald dahinter sog die Sonne ein, neue helle Jahresschößlinge an den Zweigen. Unten an der Böschung blühten saftige, bunte Sommerblumen, Maiblumen und graublauer Knöterich.

Nicht ein Laut war zu vernehmen, außer dem schwachen Säuseln in den Baumwipfeln und dem Surren der Insekten. Über dem Erlengebüsch tanzte ein Mückenschwarm auf und nieder, der bald im Schatten unsichtbar wurde, bald wieder goldigglänzend durch das Sonnenlicht flitzte.

Es war etwa ein Uhr. Vielleicht kam niemand. Vielleicht kam Betzy doch nicht.

Torkild zündete sich eine Pfeife an und hielt spielend das Streichholz an das ausgedörrte Gras auf dem Hüttendach. Die Flamme züngelte fast unsichtbar im Sonnenschein, aber die Halme wurden schwarz und zerfielen zu Asche. Er löschte die Funken mit der Hand aus. Nicht mit dem Feuer spielen – ach ja.

Er wollte heute mit Betzy allein hier oben sein. Allein mit seiner Braut. Das war Betzy.

Er war es müde, immer und immer wieder darüber nachzudenken, wie es zugegangen sei, daß er jetzt mit Betzy Helsing verlobt war.

Vorgestern war es vier Wochen her gewesen seit der Nacht, in der es geschehen war. Als er damals abends zu Ramms hinübergegangen war, hatte er kaum eine Sekunde an sie gedacht.

Überhaupt hatte er nie an sie gedacht, wenn er nicht mit ihr zusammen war. Wenn seine Gedanken einmal zufällig sie streiften, hatte er ein wenig gelächelt, wie man es tut, wenn einem eine nette Kleinigkeit einfällt. O ja – übrigens, manchmal, wenn er seiner eigenen Schwermut müde war und todmüde von dieser Sache mit Rose, hatte es ihn wohl nach Betzy verlangt, nach ihrem Lächeln und ihrem Jargon. Diese Küsserei zwischen ihnen war ja auch nur ein Jargon –.

Als er an dem Abend zu der Tanzgesellschaft gegangen war, war er müde und gar nicht aufgelegt gewesen – der Ball hatte zu Ehren der holländischen Seeoffiziere stattgefunden. Er war aber doch gegangen, weil er plötzlich nicht mehr allein sein konnte. Mehrere Wochen hindurch hatte er niemanden sehen wollen – nicht einmal Rose.

Mit Rose war er eines Abends im Theater gewesen, kurz bevor das Nationaltheater schloß. Er hatte nach Axel gefragt, und sie war rot geworden, als sie antwortete, sie hätte ihn seit dem Abend, als sie zusammen auf der Frognerالm gewesen waren, nicht gesehen. Er hatte sich den Grund natürlich denken können. Das hatte ihn aber nicht beruhigt – im Gegenteil. Er fand Rose verschlossen und versonnen und fragte sich, ob sie wohl Gewissensbisse habe? Hatte Axels Art und Weise, die Dinge anzupacken, dieses Entweder – Oder –, Eindruck auf sie gemacht? Wuchs Axel in ihrer Phantasie? Hier lag der Gegensatz zu seiner eigenen demütigen Anhänglichkeit. Aber es war ja mit Axel doch nicht dasselbe wie mit ihm. Axel war ein neuer Bekannter, und er – und so weiter und so weiter –. Seine Gedanken liefen immer in demselben Kreise – ohne Anfang und Ende.

Während des Balls war er auf einen kleinen holländischen Leutnant eifersüchtig geworden. Er war unleugbar daran gewöhnt, daß Betzy ihn allen vorzog, und konnte es nicht leiden, daß sie viel Wesens aus einem anderen machte. Außerdem hatte Betzy an diesem Abend ungewöhnlich gut ausgesehen. Sie hatte eine Art Kranz von Rosen um die Stirn gehabt, mit einer Schleife über den Ohren, und dazu hatte sie ein hellblaues Kleid ohne Ärmel getragen, das über den Schultern nur von einer Korallenschnur zusammengehalten wurde. Es hatte sehr hübsch ausgesehen. Dann war ein Mißverständnis über einen Tanz entstanden. Und als sein Walzer kam, hatte er sie geholt und ihn mit einer Miene heruntergetanzt, als ob er eine langweilige Pflicht erfüllte. Aber während sie tanzten, hatte sie geflüstert:

»Es war der dritte Walzer, Torkild. Ich habe wirklich gesagt, ich sei für den zweiten engagiert, du. Ich habe gesagt, es wäre der dritte.«

»Ja, ja, natürlich hast du das gesagt. Es lohnt sich ja nicht, darüber zu reden. Ich habe mich wohl verhört.«

»Du kannst dir doch denken, daß ich viel lieber mit dir tanze. Viel, viel lieber. Habe ich dir nicht oft gesagt, wie gern ich Walzer mit dir tanze?«

Sie lächelte, so daß ihre Mundwinkel tiefe Grübchen bekamen. Er hatte ihr oft gesagt, daß er es nicht lassen könnte, sie zu küssen, wenn sie so lächelte. Während des ganzen Tanzes hatte sie das Lächeln auf den Lippen behalten – und sie hatten sehr lange getanzt.

»Du weißt doch, daß ich viel lieber mit dir getanzt hätte«, wiederholte sie, als sie nach dem Tanz durch den Garten gingen.

»Nein, das konnte ich nicht wissen.«

»Nun hör aber auf!« Sie sprach sehr ernst. Gleich nachdem sie den Gartenweg ein Stück hinuntergegangen waren, hatte er den Arm um ihre Schultern gelegt – ein paar Finger stahlen sich unter den Schal bis auf ihre nackte, warme Haut. Sie wehrte sich schwach und sagte:

»Glaubst du wirklich, ich ließe mir von meinen anderen Freunden das alles gefallen, was ich dummerweise dir erlaube? Deine ganze Küsserei und so weiter –«

Sie sah von der Seite zu ihm auf und lächelte – ein wenig traurig, aber sehr herausfordernd, fand Torkild. Er hatte nicht das geringste Verlangen gehabt, sie gerade jetzt zu küssen, aber er hatte das Gefühl, daß es unhöflich sei, es zu lassen. Er küßte sie also und sagte:

»Warum soll es denn dumm sein, daß du dich von mir küssen läßt? Wenn du es magst, und ich es mag –«

Sie entzog sich ihm ein wenig und sagte:

»Nein, ich mag es durchaus nicht, Torkild. Jetzt nicht mehr, denn eigentlich machst du dir überhaupt nichts aus mir.«

Und als er überrumpelt und verwirrt antwortete:

»Gewiß, Betzy, natürlich mache ich mir etwas aus dir –«, brach sie in Tränen aus und rannte mit der Schleppe über dem Arm durch den Garten davon. Er lief hinter ihr her und zog sie in der Fliederlaube, wo sie sich versteckt hatte, wieder an sich.

»Betzy, liebe, süße Betzy, du –«

Sie hatte die Arme um seinen Hals geschlungen, während er ihre Tränen wegküßte, und dann hatte er sie unersättlich geküßt, das kleine, fremde Mädchen, das weinend in seinen Armen lag. Er hatte ihren runden, weichen Hals und ihre kühlen Schultern geküßt, über denen die Korallenschnüre lagen; er hatte ihre Brust geküßt und sie, auf den Knien vor ihr liegend, zu sich herabgebogen, so daß seine Wange an ihrer Brust ruhen konnte. Da waren ihm die Worte heiß über die Lippen geströmt, und er hatte ihr all das ins Ohr geflüstert, was er in seinem Herzen längst einer anderen gesagt.

Als Betzy ihm schließlich davonlief, waren ihre Tränen getrocknet. Atemlos und lachend rannte sie, ihr Kleid mit beiden Händen über der Brust zusammenhaltend, um das

Haus herum und versuchte, ungesehen über den Flur ins Damenzimmer zu schlüpfen, um sich in Ordnung zu bringen. Er klopfte sich die Erde von den Knien und schlenderte langsam zum Verandazimmer zurück.

Er fühlte sich benommen und sonderbar müde im Nacken. Er fürchtete nur, daß der Rausch vorübergehen würde und empfand eine unbestimmte Angst vor morgen. Als sie daher nach einer Weile zurückkam, mit einem hellroten Seidenband, das wie ein Siegessignal leuchtete, an der Stelle, wo die verlorene Korallenkette gesessen hatte, lächelte er ihrem strahlenden, glückseligen Gesicht entgegen. Übermütig gaben sie sich den ganzen Abend hindurch heimliche Zeichen; sie saßen an demselben Tisch – freilich mit einigen anderen, denn Torkild hatte Aagot als Tischdame –, aber sie tranken einander zu, drückten sich verstohlen unterm Tisch die Hände und machten aus ihrer Verliebtheit kein Hehl.

Auch den letzten Tanz tanzten sie zusammen; er wollte sich dieser Torheit hingeben, tanzte und tanzte und wollte nicht aufhören. Zum Schluß hatte er sie zu ihrem Wagen geführt und war mit ihr davongefahren. Er kümmerte sich nicht darum, was er gesagt und getan, worum er gebeten hatte, er lag nur auf den Knien vor ihr im Wagen und hatte sich selbst in eine solche Erregung gesteigert, daß es Betzy vor seiner Wildheit todesangst wurde. Das bedeutete für ihn einen kleinen ärmlichen Triumph, denn im tiefsten Innern wußte er, wie kalt er war.

Seitdem waren sie jeden Tag zusammen gewesen. Betzy überschüttete ihn mit kleinen munteren Liebkosungen, gab ihm Kosenamen, mein Bub, mein Frechdachs und Killi, mein kleiner Killivillijunge. Und während ihm das alles albern und widerwärtig, dumm und traurig vorkam, küßte und küßte er sie, und erfand ebenso alberne, dumme Schmeichelnamen für sie, um sich selber einzureden, daß er in Betzy Helsing verliebt sei.

Wenn er wenigstens Aussicht gehabt hätte, sie bald heiraten zu können. Dann wäre sein Leben dem Märchen unwiderruflich verschlossen gewesen – denn darüber war er mit sich einig, daß es bei seinen Kindheitserinnerungen weder Scheidung noch anderen Unfug für ihn geben könne, wenn er erst Frau und Kind hätte. Und im Zusammenleben mit Betzy würden seine zerrissenen Nerven wohl zur Ruhe kommen. Sie war ein sehr liebes Mädchen, gewissermaßen mochte er sie ja auch gern und wußte, sie würde eine gute Frau werden. Sie würde alles tun, was in ihrer Macht läge, um ihn zu verwöhnen – und dagegen würde er nicht unempfindlich sein. Er würde ein ruhiger, ehrsamer Familienvater werden und Fett auf den Nerven ansetzen.

Aber aller Wahrscheinlichkeit nach würden mindestens zwei Jahre vergehen, ehe er heiraten könnte. Und sich eine lange Verlobungszeit vorzustellen – immer mit diesem Komödienspiel vor sich und ihr – war ein vollständig hoffnungsloser Gedanke.

Noch war er nicht in ihrem Haus gewesen, aber jetzt konnte er es kaum noch länger vermeiden. Er hatte seine zukünftigen Schwiegereltern auf der Straße gesehen. Der Vater war Infanteriehauptmann, ein großer, steifrückiger, verbrauchter Mann mit überhängenden Augenlidern; Nase, Bart, alles hing gleichsam müde an ihm herab. Betzys Mutter sah gewöhnlich aus; sie war dick, hatte eine gelbliche Haut und sprach sehr laut. Außerdem sollte sie klatschsüchtig und sehr religiös sein. Dann hatte Betzy noch eine ältere Schwester, die mit einem Agenten verheiratet war, einen Bruder in Amerika, eine halberwachsene Schwester und eine Anzahl kleiner Geschwister, bis hinab zu einem vierjährigen Dummerchen, das sie liebte. Sie liebte überhaupt die Kleinsten sehr – und war mit Torkild zweimal mit ihnen in einer Konditorei gewesen. Sonst stand sie sich glücklicherweise herzlich schlecht mit ihrer Familie.

Er mußte wieder an das erste Mal denken, als er sie geküßt hatte. Es war kurz vor Roses Ankunft in der Stadt gewesen. Da seit einigen Tagen auf der Frogneralm Schnee lag, hatte er Betzy dorthin eingeladen. Sie hatten draußen Abendbrot gegessen und wollten zurückrodeln. Aber die Bahn war schlecht, es lag wenig Schnee, und die Luft war milde. Es war auch ein wenig Mondschein. Irgendwo machte der Schlitten plötzlich halt. Sie blieben still und stumm sitzen. Als sie dann einmal den Kopf hintenüber gebeugt und ihn angelächelt hatte, hatte er sie geküßt – ganz unüberlegt.

»Aber Christiansen! Sind Sie verrückt!« Sie war sehr beleidigt aufgesprungen und hatte mit Nachdruck gesagt:

»Ich hätte tatsächlich nicht von Ihnen geglaubt, daß Sie einer von der Sorte seien.«

»Von der Sorte – wie meinen Sie das?«

Der Ausdruck berührte ihn peinlich. Sie selbst hatte sicher auch gefühlt, daß er nicht besonders glücklich gewählt war. Was dann aber folgte, war nicht eben besser:

»Nun, diese Art von Herren, die sich einbilden, daß sie sich alles mögliche erlauben dürfen, wenn sie eine Dame für den Abend eingeladen haben.«

»Sind Sie verrückt«, hatte er erwidert. »Ich bitte Sie um Verzeihung, aber ich habe es rein aus Zerstreutheit getan, Betzy Helsing. Denn wenn Sie so lächeln, bekomme ich immer eine unwiderstehliche Lust, Sie zu küssen. Ich habe es also aus reiner Vergeßlichkeit getan – ich dachte nicht daran, daß es eigentlich nicht ginge.«

Sie hatte gelacht. Sie hatte seitdem immer gelacht und es als unschuldigen Spaß aufgefaßt, wenn er sie küßte. Torkild hatte sie tatsächlich oft nur deshalb geküßt, weil sie das Gesicht schnitt, von dem er behauptete, daß er nicht lassen könnte, es zu küssen. Auf diese Weise hatte er diesen Jargon mitgefaselt –.

»Ich hätte tatsächlich nicht von Ihnen geglaubt, daß Sie einer von der Sorte seien –«

Es fiel ihm wieder ein, als er an ihre Angehörigen dachte. Sie gehörte zu einer Klasse, deren Jargon er wohl mitmachen, aber wahrhaftig nicht als seinen eigenen betrachten konnte. Betzy freilich war vertraut mit diesem Ton und gewöhnt, sich gegen Zudringlichkeiten von Leuten zu wehren, die es weder so genau nahmen, noch feinfühlend waren.

Rose – »diese Sorte« existierte überhaupt nicht in ihrem Bewußtsein.

Ein junges Mädchen kam allein den Weg am Teich herauf. Es war Betzy. Er kletterte vom Dach herunter und ging ihr entgegen.

Sie sah heute wunderhübsch aus, auf dem wilden Haar saß ein großer Panamahut, die schöne volle Gestalt steckte in einem kindlichen hellblauen Matrosenkleid, an dem roten Lackgürtel trug sie ein großes Bukett Heckenrosen.

Sie küßten sich unzählige Male. Dann fragte er ganz ruhig:

»Kommst du allein? Ist Aagot nicht mit?«

»Nein, ich habe dir ja gesagt, ich wollte versuchen, allein zu entwischen. Ich wollte gern meinen Jungen einmal für mich allein haben.« Sie küßte ihn wieder. »Ach du lieber Gott, was ich alles habe zusammenschwindeln müssen zu Hause – ich hätte natürlich Mamas und Papas wegen nicht allein gehen dürfen, kannst du dir wohl denken, so daß ich mir also eine lange Geschichte ausdenken mußte.«

Torkild deckte den Mittagstisch auf der Veranda. Es kam aber keine Stimmung auf. Sie setzte sich nach dem Essen auf seinen Schoß, sie tranken ihren Kaffee aus einer Tasse, und sie half ihm, eine Zigarre zu rauchen. Aber ihre Liebkosungen waren schon gewohnheitsmäßig geworden, sie wollten nur ihre Verstimmung damit verdecken. Betzy redete auch nicht so unaufhörlich wie sonst. Als er vorschlug, früh aufzubrechen, über die Kuppe nach der Ullevoldalm zu gehen und von dort nach Hause, nickte sie nur.

Sie aßen ihr Abendbrot draußen auf der Weide der Ullevoldalm. Aber sie sprachen fast kein Wort miteinander. Plötzlich kamen die jungen Eriksens heran und begrüßten sie.

Betzy schwatzte jetzt eine Zeitlang für zwei. Torkild streckte sich etwas abseits im Grase aus und starrte über die blanke Fläche des Skjaersees und auf die goldene Flut der Abendsonnenstrahlen, in die der ganze Kamphaugberg jenseits des Sees gebadet war.

»Du warst ja außerordentlich nett gegen Eriksens«, sagte Betzy spitz, als sie durch den Wald hinunterwanderten. »Ich muß sagen, du überanstrengst dich nicht mit Höflichkeiten, wenn du in solcher Laune bist –«

»Es war ja auch gar nicht nötig. Du hast doch die Unterhaltung großartig allein bestritten, wie ich bemerkt habe.«

»Ja, natürlich. Das fehlte gerade noch, daß ich nicht mit meinen Freunden reden dürfte, weil es dir paßt, schlechter Laune zu sein.«

Torkild brummte.

»Diese Kerle hätten sich uns wohl gar noch anschließen sollen«, sagte er nach einer Weile.

Betzy nahm seinen Arm:

»Warst du deshalb so abscheulich gegen sie?« fragte sie sanft und blickte zu ihm auf.

»Anton Eriksen ist der unerträglichste Plebejerbengel, den ich je gekannt habe. Und die andere Schlafmütze –«

»Ich mag sie gern. Es können nicht alle solche Prinzen sein wie du.«

»Uff – nein, hör auf. Das ist wirklich nicht weiter amüsant.«

»Nein, das weiß der Himmel! Aber jetzt werde ich dir etwas sagen, mein Junge, und zwar, daß ich mir deine Launen nicht mehr gefallen lasse. Ich will dir etwas erzählen, ich habe mich mit Leutnant Lökke verlobt.«

»Was sagst du?« Torkild stand überrascht still.

»Ich habe mich mit Finn Lökke verlobt, wie du gehört hast.«

»Ach so«, sagte Torkild, »ich habe mich allerdings der Einbildung hingegeben, daß ich mit dir verlobt sei. Oder vielleicht ist es bei dir Sitte, mit zweien auf einmal verlobt zu sein.«

»Pah«, Betzy blies durch die Nase. »Ich bin ja gar nicht richtig mit dir verlobt.«

»Nicht richtig verlobt – was ist denn das für ein Unsinn?«

»Du machst dir für keine zehn Heller etwas aus mir.«

»Ich mache mir nichts aus dir – wie kannst du wagen, das zu behaupten? Warum in aller Welt hätte ich mich denn sonst mit dir verlobt?«

»Ach, ich weiß nicht. Aber es war wohl nicht aus Liebe, daß du mir an dem Abend bei Ramms die Kleider vom Leibe gerissen hast. Ich habe ganz genau behalten, was du im Wagen zu mir sagtest – ich weiß noch, wozu du mich verführen wolltest. Ja, du hättest dich sicher schön mit mir verlobt, wenn ich so dumm gewesen wäre, dir nachzugeben.«

»Nein, hör mal, Betzy. Nun gehst du weiß Gott zu weit.« Betzy warf sich plötzlich laut schluchzend ins Heidekraut. Sie wimmerte Torkilds Namen. Aber als er sich schließlich neben sie kniete und sie umschlang, richtete sie sich auf, schluckte und tupfte sich die Augen mit einem zerknüllten Taschentuch. Dann putzte sie sich die Nase und sagte still:

»So hatte ich es dir übrigens nicht sagen wollen.«

»Aber Liebste, was ist denn nur geschehen, ich begreife ja nichts von alledem!«

»Ach, Finn hat also um mich angehalten. Und ich habe Ja gesagt.«

»Und ich?« Er legte sanft den einen Arm um sie. Sie bebte noch vom Weinen und schmiegte sich an ihn, antwortete aber nicht.

»Ich verstehe das nicht«, sagte Torkild leise. »Du kommst zu mir herauf, wir sind den ganzen Tag zusammen, und du bist genauso wie sonst, ohne ein Wort davon zu sagen.«

»Wenn du mich gern hättest, hättest du wohl gemerkt, daß ich nicht so war wie sonst.« Sie schluckte wieder an ihren Tränen. »Ich wollte es auch sagen. Darum wollte ich heute mit dir allein sein. Aber ich wollte erst noch einen einzigen schönen Tag mit dir zusammen verleben, siehst du. Wenn es aber schön geworden wäre, wenn ich gemerkt hätte, daß du mich wirklich lieb hast, – dann –«, sie schluchzte von neuem, »dann, dann – dann hätte ich Finn den Laufpaß gegeben, Torkild.«

»Aber meine Betzy«, er zog sie wieder an sich, »ich habe dich doch gern, Betzy, Mädel, du.« Und er glaubte es im Augenblick selbst.

Sie hob den Kopf, blickte ihn an und fragte:

»Wagst du es, mir in die Augen zu sehen, Torkild, und zu sagen, du hättest mich lieber als Fräulein Wegner?«

Torkild fühlte, wie die Röte auf seinem Gesicht kam und ging. Aber er nahm sich zusammen und antwortete leise:

»Du brauchst nicht auf Rose Wegner eifersüchtig zu sein, Betzy.«

»Nein, und zwar aus dem Grunde, weil sie dich nicht haben will. Obgleich –«, Betzy schüttelte den Kopf, »sie doch eifersüchtig auf mich ist. Das habe ich wohl gemerkt. Selbst wenn sie sich früher nicht die Spur aus dir gemacht hat, kann es gut sein, daß sie jetzt –

Ach, Torkild, nein, nein. Ich weiß ganz genau, wie es

kommen würde, wenn wir aufeinander warten müßten. Du würdest mich schließlich gar nicht mehr liebhaben, schon ehe wir überhaupt an Heirat denken könnten. Es wäre natürlich etwas anderes gewesen, wenn wir gleich hätten heiraten können. Und zu Hause kann ich es nicht aushalten und erst recht nicht, wenn ich obendrein mit ansehen müßte, wie deine Liebe nach und nach schwindet. Es ist schon schlimm genug, wie es jetzt ist, immer zu Hause sitzen und hören zu müssen, ich wäre zu nichts nütze – denn daß ich auf einem Büro bin, rechnen sie gar nicht. Da sie mich aber niemals etwas Ordentliches haben lernen lassen, finde ich, sie können Gott danken, daß mir jemand vierzig Kronen dafür gibt, daß ich vormittags aufs Telefon achtgebe. Und dann schilt Mama, daß ich leichtsinnig sei, wie sie sagt, und mit Männern herumliefe, die sie nicht kenne. Aber das kommt nur daher, weil unser Haus voll ist von Mamas frommen Klatschbasen, die an allem Anstoß nehmen – ein Vergnügen muß ich doch schließlich haben. Und sie behandeln mich nie wie einen erwachsenen Menschen, sondern quälen und plagen und schelten mich nur immer. Nein, ich will heiraten, weißt du, weil ich das nicht mehr ertragen kann. Ich bin es so herzlich satt, umherzuflattern, lustig zu sein und den Backfisch zu spielen –

Du weißt ja auch, wie es kommen würde, wenn wir lange verlobt blieben«, setzte sie leise hinzu. »Vielleicht ist man dann gezwungen, sich Hals über Kopf zu verheiraten, und weiß obendrein, daß es nicht aus *Liebe* war.«

Torkild blickte in die Ferne. Der Weg vor ihnen führte über eine Lichtung mit großen Felsblöcken; zwischen den Tannen schimmerte weit draußen der Fjord, und über den fernen dunkelvioletten Bergen lag ein rosenroter Schein.

»Aber Betzy«, sagte er schließlich leise. »Ich habe dich doch gern. Und ich dachte, du liebtest mich –«

»Ja«, sagte Betzy seufzend. »Ich habe dich furchtbar gern, Torkild. Und vielleicht hast du mich auch ein wenig lieber gewonnen, als ich glaubte. Aber du liebst die andere doch mehr.«

»Ach, Betzy, sprich nicht von ihr, sei lieb«, flüsterte er gequält.

Betzy schüttelte den Kopf.

»Finn hat mich aber furchtbar lieb, Torkild. Du kannst mir glauben, seinen Antrag brachte er wunderhübsch vor. Viel schöner als du«, versuchte sie zu lachen, aber sie war dem Weinen näher.

»Und du – machst du dir etwas aus ihm?«

»Ja–a, gewiß. Ich mag ihn sehr gut leiden.«

Sie gingen schweigend weiter. Der Dorfteich lag groß und blank da, der Rauch von den umliegenden Häuschen strich darüber hin. Der Juliabend dämmerte über den dunklen, verschwindenden, waldigen Bergen und den großen grünen Wiesen. Im Wald johlten Dorfjungen, Mädel kreischten auf, Leierkästen und Mundharmonikas ertönten überall an den Ufern des Teichs, wo Limonade und Kaffee verkauft wurde, und wo es von Leuten mit Kinderwagen, Kindern und Frauen wimmelte, die hier draußen ihren Sonntag feierten – das Stimmengewirr erfüllte die Luft wie ein stilles, klangloses Murmeln.

Hauptmann Helsing wohnte auf dem Haegdehügel in einer neuen Holzvilla, die schon etwas baufällig aussah. Betzy schloß die Haustür auf, und Torkild begleitete sie bis zur Flurtür im zweiten Stock. Im Treppenhaus war es halbdunkel und schwül, es roch nach Staub und sonnendurchglühtem Holz. Vor ihrer Tür blieben sie stehen. Er begriff selber nicht, warum er nicht gehen konnte, oder warum er so furchtbar traurig war. Er wußte, daß ein Gefühl darunter glomm, in dem ein wenig Demütigung lag, aber auch eine große Befreiung.

»Du ahnst nicht, wie oft ich dieses ganzen Lebens überdrüssig gewesen bin«, sagte Betzy leise und klagend. »Wenn ein junges Mädchen so tut, als sei es lustig und natürlich und naiv, glaubt ihr Männer immer, daß es auch so sei. Ich glaube aber, bei keiner einzigen ist es der Fall. Ja, so eine wie Rose, die geht so still und ernst umher und tut so würdig. Sie ist naiv und unschuldig, aber wenn man es wirklich ist – will man es nicht sein, das ist die Sache, siehst du –

Ach, ich bin oft, oft so traurig gewesen, Torkild, du hast ja keine Ahnung davon – ich fand das ganze Leben ja so sinnlos.

Du bist es eigentlich, den ich liebe, Torkild. Ich habe dich am liebsten von allen. Es gibt außer dir keinen, den ich wirklich gern gehabt hätte. Aber du liebst mich eben nicht genug.

Aber glaube bloß nicht, daß Finn mit mir angeführt ist. Ich werde es schon gut bei ihm haben. Wir heiraten im Herbst – vielleicht also doch noch eher als Aagot. Ich habe mich entschlossen, furchtbar tüchtig zu werden, wenn ich meinen eigenen Hausstand bekomme, weißt du. Und wenn ich erst einige Kinderchen habe und so weiter, dann weiß ich, daß ich ganz zufrieden sein werde –«

Sie standen einen Augenblick still. Dann zog er sie an sich und küßte sie. Mit grenzenloser Wehmut wurde ihm klar, daß er sie jetzt, wo er ihr den letzten Kuß gab, überhaupt zum ersten Male küßte, weil er ihr gut war.

»So ist es für alle am besten, Torkild«, flüsterte sie.

»Kleine Betzy – ach, kleine Betzy.«

Er kniete plötzlich auf der Türmatte vor ihr nieder und küßte ihr beide Hände.

»Du bist so lieb, ich *habe* dich gern, meine Betzy.«

»Ja, aber du liebst mich nicht – nicht wahr?«

Er schüttelte den Kopf, während er vor ihr lag, und küßte wieder ihre Hände.

Sie schloß die Tür auf und klappte sie dann leise hinter sich zu. Dann hörte er drinnen in der Wohnung eine Tür gehen, und schließlich wurde es still.

Torkild saß zu Hause lange auf seinem Bett, ohne zur Ruhe zu gehen.

Der Gedanke, daß er auf Helsings Türmatte vor Betzy auf den Knien gelegen hatte, war ihm etwas lächerlich. Aber das Gefühl, das ihn dazu getrieben, war echt gewesen. Und außerdem hatte die arme Betzy das sicher sehr schön gefunden.

IX

Rose stellte die Schale mit den blauen und weißen Astern vor den Grabstein ihrer Eltern und blieb einen Augenblick davor stehen.

Torkild spießte mit dem Spazierstock die gelben Ahornblätter auf, die den schmutzigen Kirchhofsweg dicht bedeckten. Er fand, daß Rose so unendlich jung und zart und einsam aussah, wie sie schlank und schwarzgekleidet dort in der Dämmerung des Herbstabends am Grabe stand. Wie fern und unwirklich erschien ihm jetzt die Zeit in seinem Leben, der die Tote da unten ihr Gepräge gegeben, die Zeit, wo er sich zu ihr und Rose gehörig gefühlt hatte. Auch ihr, der Tochter, waren Kindheit und Mutter wohl ferner gerückt, das Leben hatte sie beide weit von diesem Heim, das sie gemeinsam gehabt hatten, weggeführt, wie von allem, was ihnen gemeinsam war und wie sogar voneinander. Er fühlte jetzt, daß das Leben sie unerbittlich von ihm entfernte.

Es läutete auf dem Kirchhof. Rose zog sich die Handschuhe an. Plötzlich wandte sie sich zu einem kleinen Monument in der Ecke der Grabstelle.

»Hast du dir jemals Onkel Jacob richtig angesehen, Torkild. Ist das nicht ein wundervolles Gesicht?«

Torkild trat zu dem kleinen Empirealtar aus hellem Sandstein, der von einer kleinen Urne gekrönt war, um deren Rand sich ein ausgehauener Blumenkranz wand. An der Vorderseite schwebte ein Schmetterling über dem kleinen Medaillonrelief eines schönen jungen Männerkopfes mit lockigem Haar und hohem Uniformkragen, der bis zu den Ohren reichte. Ein Genius mit ausgelöschter Fackel betrachtete wehmütig das Bildnis.

Rose las laut die Inschrift:

Zur ewigen Erinnerung an
den Leutnant im zweiten hochländischen Dragonerregiment
Jacob Broch Wegner
geboren zu Frederikshald 8. Juni 1785
gestorben in Christiania 12. Mai 1816
Tapfer, treu, wahrhaft, gut.

Die letzten Worte wiederholte sie leise.

»Er ist der einzige Mann, in den ich je verliebt gewesen bin. Ungefähr von meinem zwölften, dreizehnten Jahre an, und noch viel, viel später, als ich schon erwachsen war, habe ich immer an ihn gedacht, wenn ich von Liebe träumte. Sein schönes, reines, junges Gesicht und die herrlichen Worte. –

Wenn ich sonnabends mit Mama hier war, habe ich ihm immer Blumen aufs Grab gelegt.«

»Ich habe dich nie seinen Namen nennen hören«, sagte Torkild.

»Nein, natürlich nicht.« Sie lächelte leise. »Ehe man dem nicht entwachsen ist, spricht man doch über so etwas nicht.« Wegners Erbbegräbnis lag an der höchsten Stelle des kleinen Friedhofs, der überall von kahlen, ärmlichen Straßen umschlossen war.

Bis zu den dunklen Mietskasernen der Müllerstraße hinunter zog sich der neue Teil des Kirchhofs hin, dessen Statuen und steinerne Grabeinfassungen hell durch die gelben Ahornkronen der Alleen heraufleuchteten. Der Gipfel des Ekebergs lag in violetter Ferne, jenseits aller Häuserdächer. Drüben funkelten an der einen Seite des Kirchhofs die Lichter der Fabriken auf dem Fredensborgweg, während sich auf der anderen Seite die alten Häuschen der Hammersborgstraße mit ihren Galerien, rissigen Dächern und schiefen Fenstern zusammenduckten.

Es regte sich nichts auf dem Kirchhof außer den Katzen, von denen es in der Dämmerung wimmelte. Mit raubtierartiger Geschmeidigkeit und ohne Scheu vor den Menschen schlüpften sie zwischen den Gräbern durch, kauerten sich auf den Zweigen der Ahornbäume zusammen und balancierten auf den Spitzen der Stangen des Staket entlang.

Torkild und Rose schlenderten langsam dem Ausgang zu, zwischen den alten Monumenten toter Offiziere und ihrer Familien hin, deren altmodische, prunkhafte Eisensäulen, von Urnen und Helmen gekrönt, warme und feierliche, wortreiche Inschriften trugen. Den Blumenflor hatten Regen und Nachtfrost zerstört, Astern und Levkojen waren kahl und schwarz, es roch nach nasser Erde und faulem Laub. Nur an einer Stelle stand ein Rosenbusch mit einer frischaufgesprungenen, purpurroten Blüte an der Spitze eines langen, starren Zweiges. Die beiden blieben stehen und betrachteten die einzige sammettiefe Rose, deren Farbe in dem violetten Abendlicht wundersam leuchtete.

»Er war im Kriege gewesen und hatte sich ausgezeichnet«, sagte Rose plötzlich. »Er war verheiratet – und starb sechs Wochen nach der Hochzeit. Es war im April und ein fürchterlicher Schneesturm, und er hatte eine lange, beschwerliche Reise bis zum Pfarrhof auf Dovre, wo seine Hochzeit abgehalten werden sollte. Am Tage nach der Hochzeit bekam er Lungenentzündung und starb bald darauf an galoppierender Schwindsucht, wie man es damals nannte.«

»Und seine Witwe?« fragte Torkild. »Liegt sie auch da begraben?«

»Nein, das ist es ja gerade. Sie hat schon zu Weihnachten desselben Jahres einen alten Fischhändler in Trondhjem geheiratet. Aber als sie wieder Witwe wurde, setzte sie ihrem ersten Mann dieses Monument aufs Grab. Das kann man nun so oder so deuten. Ich dachte mir aber aus, daß, wenn ich seine Braut gewesen wäre . . .«

»Nun, dann wäre es wohl gewesen, wie es in dem Liede heißt: Als kaum der Mond gewechselt, man sie zu Grabe trug?«

»Das kannst du dir wohl denken«, sagte Rose leise lachend.

»Ich glaube übrigens«, sagte Torkild nach einer Weile, »du hast damals immer behauptet, daß du Phantasien und Träume und dergleichen haßtest –.«

»Ja«, sagte Rose kurz und abweisend. Aber nach einiger Zeit fügte sie hinzu: »Die Träume anderer . . . Wenn Mama meinem Leben ihre Phantasien aufdrängen wollte.«

Sie gingen langsam den Ullevoldsweg hinauf.

»Wann fährst du morgen?« fragte Rose.

»Ich weiß es nicht genau. Den ganzen Tag über gehen ja Züge.«

»Ich begleite dich zum Bahnhof«, sagte sie.

»Tausend Dank. Es ist freilich keine größere Reise, die ich antrete, aber du weißt, daß ich mich sehr freuen würde, weil ich ja gewissermaßen aus der Stadt wegziehe.«

»Nun, du kommst wohl so oft wie möglich herein; es dauert ja nicht einmal eine Stunde?«

»Fünfzig Minuten ungefähr. Magst du nicht sonntags einmal herauskommen und mich besuchen?«

»Wollen wir etwas auf den Sankthanshaug gehen?« schlug Torkild vor.

Die Enten waren noch nicht hereingenommen, sie ruderten lautlos über das schwarze Wasser des Schwanenteiches und ließen auf seinem Spiegel den Widerschein der Gaslaternen unruhig erzittern, die am Ufer unter den gelben, durchsichtigen Wölbungen der Ahornbäume und Birken brannten. Draußen vor dem Gitter surrten die erleuchteten Straßenbahnen vorüber und ließen an den Leitungsdrähten blauweiße Funken aufsprühen. Aber der Park lag mit seinen dunkelgrünen Rasenflächen und schwarzen Baumgruppen öde und still unter dem dunkelvioletten Himmel. Außer einer Schar größerer Kinder, die über den Rasen liefen und sich im Gebüsch versteckten, war kein Mensch zu sehen. So hatten auch er und Rose sich vor langer Zeit an dunklen Herbstabenden hinter einem Baum aneinandergepreßt. Hand in Hand waren sie durchs Gebüsch gestürmt, daß das gelbe und rote Laub auf sie niederraschelte. Sie hatten umhergespäht und leise und atemlos miteinander geflüstert; das Spiel im Dunkel hatte sie erregt und ihre kleinen Herzen mit phantastischen Träumen erfüllt von Abenteuern und Gefahren, vor denen sie in bitterem Ernst flüchteten. Die Nacht umfing den Park und machte ihn gewaltig groß. Die kleinen, zierlich gepflanzten Baumgruppen atmeten Waldesstille; das künstliche Bächlein, das unter puppenhaften Brücken über gemauerte Fälle rann, rauschte im Dunkel wie ein brausender Strom – schwarz und grundlos tief lag das Wasser unter den Büschen, schäumte unter der Brücke, auf der sie saßen, weiß auf und spielte weiter abwärts mit einem einsamen Lichtschimmer.

»Weißt du noch, wenn deine Mutter mit uns einen Ausflug nach dem Sankthanshaug machte –?« sagte Torkild leise.

»Ja.« Er hörte es ihrer Stimme an, daß sie jetzt lächelte.

»Ich erinnere mich, wie ich zum ersten Male den Pfau sah. Er schlug ein Rad – nie habe ich etwas so überwältigend schön gefunden, du. Und hinterher nahm Mama mich mit ins Restaurant und bestellte rosa Eis für mich; es war sicher auch das erstemal, daß ich Eis bekam. Weißt du, Torkild, wenn ich an den Tag denke – niemals habe ich wieder ein so wundervolles Gefühl gehabt, daß ich *lebte.*«

Sie saßen eine Weile schweigend auf dem Geländer der Brücke.

»Ja. Und morgen reise ich«, sagte Torkild leise.

Er beugte sich in der Dunkelheit vor, und legte plötzlich seine Hand auf die ihrige.

»Rose, willst du mir einen Kuß geben – dieses eine einzige Mal?«

Sie zauderte einen ganz kleinen Augenblick. Dann beugte sie sich zu ihm hinüber und bot ihm ihren Mund. Ihr blasses Gesicht schimmerte im Dunkel. Als sie aber fühlte, wie seine Lippen sich öffneten, um die ihrigen zu umschließen, machte sie eine kleine unwillkürliche Bewegung, als wollte sie ihren Kopf zurückziehen. Er ließ sie sofort los.

»Kannst du mich nicht küssen?« flüsterte er.

Rose legte ihre behandschuhte Hand ganz leise um seinen Nacken und gab ihm mit spitzem Mund einen kleinen schüchternen, kindlichen Kuß.

»Kannst du dich entsinnen, daß du mich früher einmal geküßt hast?« flüsterte er wieder.

»Ja.«

»Warum hast du es damals getan?«

Rose strich ihm plötzlich über die Hand:

»Du tatest mir so furchtbar leid. Torkild, du weißt ja, ich habe dich immer sehr, sehr gern gehabt – so, wie ich es eben kann.«

Torkild nickte.

»Wie eine Schwester. Ja. Aber, Rose – nach dem, was ich dir erzählt hatte – hast du nicht daran gedacht, daß es gefährlich sein könnte, mich zu küssen?«

»Do–och.«

»Aber, du warst mir doch so gut, auf deine schwesterliche Art – daß du mich trotzdem küßtest.«

Rose schwieg einen Augenblick, ehe sie erwiderte:

»Ja–a. Als du das von deiner Mutter erzähltest, siehst du, da wollte ich dich küssen. Ich fand, daß es dir schlimmer ergangen sei, als es ein Mensch verdienen kann. Aber, ehe ich dazu kam, erzähltest du dann das andere. Und da freute ich mich erst, daß ich es gelassen hatte. – Ja, denn du mußt wissen, daß der Pfarrer zu uns in der Stunde darüber gesprochen hatte. Aber auf eine so abscheuliche Weise – als ob er nicht wüßte, daß es etwas wie Liebe oder Stolz oder Selbstachtung überhaupt gäbe – Tugend war bloß ein gutes Geschäft, das er für uns abschließen konnte, und alles, was er nicht in seinem Laden führte, war unhygienisch und unvorteilhaft. Du guter Gott, wie ich ihn verachtet habe –.

Ich dachte auch daran. Und ich dachte: ich will nicht so sein, wie er es lehrt, feige und berechnend. Ich dachte, daß, wenn ich dir gut wäre, und es dir schlecht ginge, so daß ich das Verlangen hätte, lieb zu dir zu sein und dich zu liebkosen, ich mich nicht darum kümmern dürfte, ob du krank oder gesund wärst. Ich wollte mich doch nie davon abschrecken lassen – rechtschaffen zu sein.«

Torkild entgegnete nichts. Es berührte ihn so seltsam kalt, was sie da sprach. Nicht einmal in dem einzigen Augenblick, als sie ihm diesen Kuß gab, der ihn zu ihrem Sklaven machte, hatte sie an ihn gedacht. Um ihrer selbst willen hatte sie ihn geküßt. In sich selbst war sie verliebt, damals und jetzt und immer – in sich selbst, oder in das Idealbild, das sie sich von sich selber machte, und dem sie um jeden Preis gleichen wollte – ein Bild, so weiß und kalt wie das des jungen Soldaten aus ihrem Geschlecht – tapfer, treu, wahrhaft, gut.

X

Torkild hatte Rose an einem Freitag Ende Juni angerufen und erzählt, daß Tösa gestorben wäre und vier blinde Junge hinterlassen habe, die er und seine Wirtin im Begriff wären, unter großer Mühe mit der Flasche aufzupäppeln. Morgen würden sie ihr Augenlicht bekommen, ob Rose Sonntag herauskommen wollte, um sie sich anzusehen.

Nun stand er auf dem Bahnhof und erwartete sie mit dem Halbelfuhrzug. Er hatte sich mit einem neuen Sommeranzug, Lackschuhen und einem violetten Taschentuch feingemacht und trug eine Rose im Knopfloch. Sein schwarzweißer Hühnerhund rannte umher und schnupperte, verrichtete ein kleines Geschäft an der Ecke einer grünen Kiste mit Bierflaschen, die einsam und verlassen auf dem rotlila Kies des Bahnsteigs stand, und warf sich dann nieder und flöhte sich, während sein weißes Fell im Sonnenschein wie Silber glänzte.

In der Nacht hatte es geregnet, ein feuchter Glanz von Nässe lag noch in der Luft, blaugraue silberverbrämte

Wölkchen segelten über den schimmernden Sommerhimmel, und als der Zug aus dem Tunnel rasselte, zog der dichte, rußige Rauch über den frischgewaschenen Tannenwald der Bergkuppe.

»Ah, ich gratuliere«, rief Torkild ihr entgegen – »neues Kleid!« Rose nickte lachend und stützte sich auf seine Hand, während sie vom Trittbrett sprang. Sie trug ein neues, himmelblaues Leinenkostüm und einen großen korngelben Hut mit schwarzen Flügeln, durchbrochene Strümpfe und Lackschuhe. Als sie die Röcke raffte und über die blanken Schienen stieg, zwischen denen die Schmiere in fettigen Pfützen stand, sah Torkild, daß ihre Schuhsohlen neu und kohlschwarz glänzten.

Sie sprachen von dem herrlichen Wetter.

»– denn es wäre ärgerlich gewesen, wenn es geregnet hätte«, sagte Rose.

»Ja gewiß, es wäre natürlich nicht so nett«, sagte er.

Sie gingen über die großen Lagerplätze, deren Bretterstapel einen frischen, feuchten Duft ausströmten. Auf der alten Brücke mit dem ausgefahrenen, zerfaserten Bohlenbelag blieben sie eine Weile stehen und blickten in das lehmfarbene Wasser des Flusses. Leise murmelnd floß es über den Staudamm und spiegelte die Sonne in blitzenden Flecken wider. Nur unter der roten Fabrikmauer lag ein dunkler schwerer Schatten. Torkild zeigte Rose, wo die grasige Uferböschung und die untersten Zweige der Erlenbüsche ganz hellgrau vom Schlamm waren:

»Bis dorthin ging das Wasser in der vorigen Woche.«

Der Weg zwischen den Fabrikgebäuden war mit roten, rostigen Eisenspänen bedeckt, die unter den Füßen knirschten. Die beiden kamen an der langen, gelbgestrichenen Baracke vorüber; die Leute, die draußen auf den Treppenstufen saßen, grüßten den Kontorchef und seine Dame und blickten ihnen nach. Weiter drüben nach dem Walde zu lagen die Einfamilienhäuser weit verstreut; sie waren gelb, hellgrün oder rosenrot gestrichen, sonst aber ganz gleichmäßig gebaut mit Giebel, Veranda und Gärtchen davor.

Kurz darauf bogen sie in einen kleinen Tannenwald mit moorigem Boden ein, und nun erinnerte nichts mehr an die Fabriken. Sie gingen einen alten überwucherten Waldweg am Fluß entlang, der spiegelblank und still mit seinen gelben Wasserrosen und rotweißem Bocksbart zwischen den Erlenbüschen lag. An einigen Stellen stand das Wasser bis an den Weg herauf, der grün und feucht war und von Strauchwerk überwachsen. Am Ende des Waldes lag ein weißes, zweistöckiges Häuschen.

»Hier sind wir am Ziel«, sagte Torkild lachend. »Das ist doch viel schöner als Fensal, wo ich im Winter wohnte – findest du nicht?«

Sie kamen auf einen grünen Hofplatz mit großen Bäumen und gackernden Hühnern, der von kleinen grauen, baufälligen Nebengebäuden umgeben war. Auf der Treppe der Vorhalle erschien eine kleine, schwarzgekleidete Frau mit großer weißer Schürze, die Torkild als seine Wirtin, Frau Stranden, vorstellte.

»Du kannst dich auf eine furchtbare Menge gutes Essen gefaßt machen«, sagte Torkild, als Rose ihren Hut in einem winzigen blaugestrichenen Flur aufhängte, wo eine merkwürdige, etwas eingeschlossene Luft herrschte, wie oft bei alten, sauberen Leuten auf dem Lande.

»Ja, das ist etwas anderes als Fensal«, sagte Rose, als sie in der Stube stand. Sie lief auf die Veranda hinaus.

»Torkild, ich *beneide* dich! Wie wunderbar schön du wohnst!«

Vor der Wohnstube lag eine kleine niedrige Veranda, schief und krumm, morsch und verwittert, mit drei halbverfaulten Stufen zu dem verwilderten Garten hinab. Vor der Veranda wuchs eine Wildnis von altmodischen Buschrosen, deren Zweige mit gelben, weißen und rosa Blüten über das Geländer hereinnickten. Und draußen standen gelbe Lilien, blauer Eisenhut, Rittersporn und dunkelrote Päonien am Rande des Obstgartens entlang, wo die frühen Morellen lachsrot an den Bäumen leuchteten, und die Johannisbeersträucher dicht voll grüner unreifer Trauben hingen.

»Torkild, du Scheusal!« sagte Rose, während sie sich auf einem der Liegestühle der Veranda ausstreckte. Sie sah in den Garten hinaus und warf einen Blick über die Bücher, die Zigarettenschachtel und die leere Kaffeetasse auf dem Tisch. »Wie hast du das hier nur ausfindig gemacht? Und deine

Wirtin verwöhnt dich natürlich – ich habe es ihr gleich angesehen, daß sie so ist.«

»Und ob sie mich verwöhnt! Es wird in Zukunft jeder Frau unmöglich sein, es mir recht zu machen – bei den Gewohnheiten, die Frau Stranden in mir großzieht!«

»Torkild, ich *beneide* dich«, sagte sie wieder und lief in die Stube. »Das ist ja ein *Heim* hier, mein Junge.«

Die Holzwände des Zimmers waren lustig grün angestrichen; zwischen den steifen, blauweißen Gardinen standen rote Pelargonien, Myrten und Rosenbäumchen. Die zierlichen Möbel waren mit Roßhaarstoff bezogen, auf einem drolligen, winzigen Büfett standen rosa und blaue Glassachen und billige versilberte Gefäße, aber Torkild hatte seine Korbstühle und sein eigenes Klavier mitgebracht. Auch seine eigenen Bilder hatte er aufgehängt, die nun friedlich an der einen Wand hingen, während die andere von den Fotografien der amerikanischen Enkelkinder seiner Wirtin eingenommen wurde. Überall standen Schalen mit Rosen und Gläser mit Lilien auf kleinen weißen gestrickten Deckchen. Rose trat an den üppig gedeckten Frühstückstisch und naschte von den frischen Rettichen. Aus der offenen Tür zu dem kleinen blauen Schlafzimmer klang ein unablässiges Winseln, Piepen und Quieken.

»Oh! Hast du sie hier oben – darf ich hineingehen und sie mir anschauen?«

Sie kniete vor dem Korb mit den vier krabbelnden, hellgelben jungen Hündchen nieder und nahm eines nach dem anderen vorsichtig auf den Schoß:

»Nein, so etwas Süßes, mein Gott, wie entzückend!«

Torkild hatte die Hände in den Taschen vergraben und betrachtete die Familie mit der Miene des glücklichen Besitzers. Die Hündchen krabbelten piepend in Roses Schoß umher, schnupperten an Roses Händen und ihren bloßen Armen.

»Ja, es sind hübsche Tiere«, sagte Torkild.

Frau Stranden klopfte an. Ob sie ihnen den Kaffee bringen dürfte und ob sie die Tiere jetzt füttern solle?

Oh – Rose wollte so gern erst sehen, wie die Hündchen gefüttert wurden. Frau Stranden brachte zwei richtige Saugflaschen mit Lutschpfropfen. Ob sie helfen sollte? Oder ob das Fräulein vielleicht Lust hätte, den Tierchen zu trinken zu geben?

Torkild hatte sich schon mit einem der Hunde im Schoß aufs Bett gesetzt. Er ging sowohl mit der Flasche als mit dem Hund geschickt um, und das kleine Tier sog die Milch behaglich ein. Mit einiger Mühe und Beschwerde konnte Rose endlich eines der anderen Hündchen zum Trinken bewegen. Sie saß neben Torkild auf dem Bett mit der weißen gestrickten Decke.

»Oh, Torkild, wie entzückend sie sind! Meiner ist der süßeste, findest du nicht, daß er der schönste ist?«

»Willst du ihn haben?« fragte Torkild.

»Oh – und ob! Aber es geht wohl nicht, du, ich wohne ja in einer Pension.«

»Nein, das stimmt – dort kannst du ihn nicht unterbringen.«

»Denk nur, daß man sie mit der Flasche großziehen kann! Aber du – glaubst du, daß ordentliche Jagdhunde aus ihnen werden, glaubst du nicht – sie werden – sozusagen – degeneriert?«

Torkild lachte, und auch Rose sagte lachend:

»Ja, Kinder, die mit der Flasche großgezogen werden, bleiben oft zurück. Jedenfalls sagte Mama das. Sie hat mir die Brust gegeben, bis ich sechzehn Monate alt war –«

»Na, es scheint dir gut bekommen zu sein«, sagte er. Der goldne Flaum ihrer Arme schimmerte im Sonnenlicht, sie strahlte von Gesundheit und Jugend.

Rose machte Frau Strandens Frühstück alle Ehre. Es hätte mit seinem Beefsteak und Spiegeleiern, kaltem Fleisch und Konserven, vielerlei Käse und Eingemachtem, frischer Molkereibutter und selbstgebackenem Brot und Topfkuchen, Stollen und saurer und süßer Sahnenmilch für einen Kongreß ausgereicht.

»Ja, aber Torkild – du wirst Fett ansetzen, wenn du länger hier wohnst.«

»Ja, leider. Trotzdem ich hier einen Jagdschein habe und dies und jenes außerdem. – Ach, richtig, ich sollte von Doris grüßen, von der ich neulich einen Brief erhalten habe. Sie kommt in diesem Sommer sicher auf einige Zeit nach

Hause. Aber zum Winter will sie wieder nach Kopenhagen, schreibt sie.«

»An mich schreibt sie nie. Ich habe ihr drei Briefe geschrieben, auf die sie nicht geantwortet hat. Aber ich habe ja auch nicht viel, worüber ich schreiben könnte. Nein, weißt du, von wem ich dich grüßen soll – rate, wo ich gestern nachmittag zum Tee war?«

»Nun?«

»Bei Frau Lökke. Betzy also – ja, wir duzen uns jetzt, sie hat es vorgeschlagen. Ich traf sie vor einiger Zeit im Theater, und da lud sie mich ein und läutete gestern wieder an. Sie erwartet in allernächster Zeit ein Kind, weißt du das?«

»Ja, ich habe es gehört«, er mußte ein wenig lächeln, denn Betzy hatte es ihm schon Weihnachten geschrieben.

»Ich habe sie übrigens nie so gut leiden können wie jetzt. Ihren Backfischjargon hat sie ja nun abgelegt – wenigstens bis zu einem Grade. Und sie freut sich furchtbar auf das Kind. Sie hat mir die ganze Ausstattung gezeigt – entzückend, sage ich dir! Dabei hat sie alles selber genäht, sogar die Wiege mit Stoff bezogen und mit Schleifen und Spitzen ausgeputzt.«

»Ja, ich weiß, sie freut sich sehr. Das ist ja übrigens nur natürlich.«

»Ja, das ist es allerdings«, sagte Rose mit einem kleinen Seufzer.

Nach dem Frühstück schlug Torkild vor, einen kleinen Spaziergang in den Wald hinauf zu machen, denn der Tag war glühend heiß geworden. Im Walde herrschte Kühle; der Waldboden war an den meisten Stellen feucht und mit schwellendem, zartem lichtgrünen Moos bedeckt, aus dem dicke Büschel graublauer Heidelbeeren hervorlugten. Als sie endlich einen Platz fanden, auf dem es trocken genug war, sich auf das Plaid, das Torkild mitgenommen hatte, zu legen, waren sie bis an den Waldrand gelangt, auf einen kleinen, trockenen Sandhügel, der von goldgelbem, starkduftendem Fingerhut bedeckt war.

Zu ihren Füßen breiteten sich grüne Roggenfelder und Wiesen, die vom blühenden Gras rosenrot schimmerten. Dazwischen lagen einige kleine graue und rote Gehöfte. Ein niedriger dunkler Waldstreifen versperrte nach allen Seiten die Aussicht. Am lichtblauen Himmel trieben sommerlich weiße, sonnenbeschienene Wolken dahin.

Rose streckte sich auf dem Plaid aus und schloß müde die Augen. Torkild zog die Jacke aus und legte sie ihr unter den Nacken. Als er in Hemdärmeln neben ihr saß und rauchte, blinzelte sie zu ihm auf und sagte in etwas schmollendem Tone:

»Du *bist* schon dicker geworden, Torkild. Ach, du hast es gut, du.«

»Ja, das habe ich«, gab er vergnügt zu.

Rose stieß ungeduldig mit dem Fuß in den Sand.

»Ach, ich bekomme solche Sehnsucht nach Sommerferien, wenn ich die Wolken dort oben sehe und den Wald.«

Torkild fiel es plötzlich ein, daß sie im vergangenen Jahr keine Ferien gehabt hatte, weil es ihr erster Sommer in der neuen Stellung gewesen war, und er fragte, wie lang sie dieses Jahr Urlaub bekäme.

»Vierzehn Tage.« Sie seufzte. »Man bekommt bei uns nie mehr.«

»Wann bist du frei?«

»Im August erst – irgendwann im August –«

»Hast du dich schon entschieden, wohin du reisen willst?«

»Pension. Es bleibt mir nichts anderes übrig. Ich hätte gern eine Wanderung gemacht, aber ich habe keine Begleitung. Ich wollte ins Hochgebirge, weißt du.«

»Wenn du Ende August Ferien bekommen könntest, dann –« Torkild überlegte. »Und wenn Doris mitkommen würde – Lorens und ich haben für den Herbst eine Sennhütte gemietet, wir wollen Schneehühner schießen. Oben beim Foldal. Das würde doch sicher gemütlicher für dich sein als eine Pension.«

Rose betrachtete ihn. Es lag durchaus nichts anderes in seiner Stimme oder seinen Mienen als brüderliches Wohlwollen. In seinem ganzen Wesen konnte sie heute überhaupt nur brüderliche, kameradschaftliche Güte wahrnehmen. Er sah so zufrieden aus; heute war *er* der Gesprächige, Muntere, und er war dicker geworden, jedenfalls etwas. Von dem melancholischen, seufzenden Liebhaber war nichts mehr übrig. Und das junge Mädchen fühlte sich, trotz aller ihrer Prinzipien, ein wenig vernachlässigt.

Im Laufe des Winters hatte sie ihn zweimal auf Fensal besucht, und da war er anders gewesen. Vielleicht war also der Grund seiner grenzenlosen Liebe zu ihr nur der gewesen, daß er als Junggeselle hausen mußte und ohne gemütliches Heim war. Es war auch auf Fensal nicht gemütlich gewesen; er hatte dort bei einer Familie, einem Ingenieur Lied aus der Fabrik, gewohnt. Ihr fiel Torkilds Zimmer ein mit den Mokettemöbeln, dem eisernen Bett in der Ecke und den schlechten Reproduktionen Böcklinscher Bilder in Jugendstilrahmen an den Wänden – es waren übrigens dort in allen Zimmern Plüschmöbel und Jugendstilrahmen, und überall lag Kinderspielzeug herum. Es waren drei entzückende Kinder da, die Torkild Onkel nannten und gut Freund mit ihm waren. Der Hausherr selber war ein angenehmer Mensch, aber Rose konnte die Frau nicht leiden, die künstlerische Neigungen hatte und hin und wieder Kleinigkeiten in Frauenzeitschriften und kleinen Zeitungen unterbrachte. Obgleich sie nicht genau wußte, warum, war Rose überzeugt, daß Frau Lied es auf Torkild abgesehen hatte, was wohl kaum besonders angenehm für ihn war – freilich hatte sie niemals die Empfindung gehabt, daß es ihn gestört hätte, daß Betzy ihm damals so stürmisch den Hof machte.

Ärgerlich auf sich selbst und auch ein wenig auf ihn, lachte sie plötzlich heraus:

»Ach, ihr Mannsleute seid wirklich kostbar, wie Fräulein Pedersen sagt. Wenn ihr eine Junggesellenwohnung mit zwei hübschen Zimmern habt und eine Wirtin, die euch mit gutem Essen vollstopft, dann wünscht ihr euch wirklich nichts mehr auf der Welt.«

Torkild lächelte vielsagend:

»Gib wenigstens zu, daß Essen gut sein *kann.*«

Rose seufzte matt:

»Ich muß jedenfalls zugeben, daß Essen schlecht sein kann. Ach, ich habe das aufgewärmte Pensionsessen herzlich satt.«

»Armes Kind«, sagte Torkild ernst und zart. Sie war wütend auf sich selbst, weil es sie ärgerte, daß seine Zärtlichkeit so unbedingt brüderlich war. »Nein, Rose, wir müssen uns etwas ausdenken, daß du recht schöne Ferien bekommst. Der armselige kleine Urlaub – vierzehn Tage in zwei Jahren.«

Er ergriff ihre Hand und küßte sie, ohne um Erlaubnis zu fragen. Und sie wußte, warum – weil es keine Gnade war, die sie ihm gewährte. Sie empfing diese kleine Liebkosung, weil sie ihm so leid tat und er nicht wußte, was tun, um ihr zu helfen.

»Du hast nicht daran gedacht, diesmal zu Doris zu reisen?« fragte Torkild.

»Nein, offen gesagt – wenn du nicht da bist –.« Sie wurde sofort vor Scham über sich selbst feuerrot. Es war also wirklich so, daß sie versuchte, ihn dazu zu bewegen, seine alte Rolle wieder aufzunehmen – –.

Aber Torkild sagte nur:

»Nein, natürlich. Jetzt ist es ja dort sehr still. Aber Rose, wenn es sich so einrichten ließe, daß du zum Herbst mit uns in die Berge kämst? Ich bin noch nicht dort gewesen, aber es soll sehr schön sein – unten vor der Sennhütte liegt ein großes Wasser. Wir könnten also rudern und fischen, und man kann von dort aus mit Leichtigkeit die Rondane erreichen, wenn du mit Doris kleine Wanderungen machen willst. Wir würden spazierengehen und draußen Kaffee kochen und die Sonne auf- und untergehen sehen, kurz, es uns gemütlich machen, wie in alter Zeit daheim.«

Sie hörte ihm mit demütiger Dankbarkeit zu, daß er es so auffaßte. Natürlich würde sie nicht mitgehen – denn das hieße ja wirklich, ihm und Helsing die ganze Jagdtour verderben. Aber sie ließ ihn ihren Aufenthalt da oben ausmalen und hörte allen seinen Vorschlägen zu, wie sich ihre Lage verbessern ließe. Ob sie nicht eine angenehmere Stellung finden könnte, ob keine nette Familie ausfindig zu machen wäre, bei der sie wohnen würde anstatt in der schauderhaften Pension – am liebsten an der Stadtgrenze oder oben nach Vinderen oder Slemdal zu. Und im Winter wollten sie Skitouren zusammen machen –

»Torkild, du bist der netteste Mensch von der Welt, wirklich«, sagte sie schließlich.

»Still, ich bin ein materialistisches Untier«, sagte Torkild lachend, »das sich's bei Frau Strandens Fleischtöpfen wohl sein läßt. Wenn wir bloß noch eine Frau Stranden für dich finden könnten, kleines Mädchen.«

Das Mittagessen war üppig, es gab neue Karotten und Zuckererbsen in der Suppe, Sahnensoße zum Kalbsbraten und einen Berg Erdbeeren mit Sahne als Nachspeise. Rose gab unumwunden zu, daß sie ein solches Essen seit Jahr und Tag nicht bekommen hätte.

»Und in Wirklichkeit überhaupt niemals«, lachte sie plötzlich. »Eigentlich habe ich niemals gutes Essen bekommen, Torkild. Das Kochen war ja nicht Mamas Stärke. Und seitdem habe ich immer bei fremden Menschen gewohnt, wie du weißt. Aber dies ist so, wie ich mir Hanna Winsnes denke –«

Torkild lächelte leise. Er ließ es sich nicht anmerken, wie ihre Worte ihn rührten. Es war ja an sich nicht so traurig, daß sie nie gut zu essen bekommen hatte, aber es zeigte ihm so deutlich, wie verlassen sie eigentlich war. Seit dem Tod ihrer Mutter hatte es keinen Menschen gegeben, der ihr einen Platz an seinem Tische angeboten hätte; sie war immer gezwungen gewesen, sich mit einem Platz zu begnügen, der jedem offen stand, der dafür bezahlen konnte. Ihr Leben spielte sich zwischen Pension und Büro ab, unter lauter fremden Menschen. Freunde hatte sie nicht; es fiel ihr nicht leicht, sich anzuschließen. Wenn sie mit seinen Kameraden und deren Bekannten in der Hütte zusammengetroffen war, hatte er immer wieder gesehen, wie unmöglich es ihr war, sich an die Art von Menschen zu gewöhnen, auf die junge alleinstehende Mädchen in der Pension angewiesen sind. Sie war nicht engherzig oder krittlig – es lag nur daran, daß sie nichts mit ihnen gemein hatte. Und er selbst hatte das alles gedankenlos hingenommen, ganz zufrieden damit, daß sie auf ihn als einzige Gesellschaft angewiesen war. Er hatte noch nie daran gedacht, wie schade es für sie sei, daß sie ihre Jugend in der trübseligsten Einsamkeit verbringen sollte, die es überhaupt gab – der Einsamkeit, in der man nie allein ist. Wenn sie arbeitete und bei allen Mahlzeiten mußte sie immer den Raum mit fremden Menschen teilen; in ihren Freistunden hatte sie die Wahl, in einem »Salon« zwischen Fremden oder allein in ihrem Pensionszimmer zu sitzen, das auf einen dunklen Hof ging – oder allein in der Stadt umherzugehen, in der sie niemanden kannte, denn eine junge Frau kann in einer Großstadt nicht einmal in Wald und Feld hinauswandern, wenn sie allein ist.

Nein, er hatte früher nicht darüber nachgedacht, wie ihr Dasein sich eigentlich abspielte. Er, ihr einziger Freund, hatte sie mit seiner Bettelei um Liebe von früh bis spät geplagt. Er war sich selbst als der Einsamere von ihnen vorgekommen. Ja, gewiß war er einsam, gewiß war sie die einzige auf der ganzen Welt, mit der ihn eine innerliche Gemeinschaft verband. Doch das hatte ihn nicht gehindert, flüchtige, aber ganz angenehme Freundschaften verschiedener Art zu schließen. Es gab etwas in seinem Wesen, was nur, nur ihr gehörte, aber es gab auch noch anderes – er dachte an seine Kameradschaft mit Lund und besonders mit Helsing, die eine zurückhaltende, aber aufrichtige und innige Freundschaft war, deren Wert er wohl zu schätzen wußte. Und dann seine Freundschaft mit Betzy, die er mit ihrem ganzen »Jargon«, mit Küssen, Zärtlichkeiten und allem Dazugehörigen, in seiner Harmlosigkeit niemals als eine Untreue gegen seine einzige, geliebte Rose angesehen hatte – bis er beinahe in eine Lage gekommen wäre, aus der es keinen Ausweg mehr gegeben hätte.

Den Kaffee tranken sie draußen auf der Veranda. Torkild saß auf dem Geländer zwischen den Rosen und blickte in den blühenden Garten hinaus.

»Hier ist es auch nicht immer so wie heute«, sagte er plötzlich leise. »Es ist ja jetzt die herrlichste Zeit. Heute ist es so, wie es sein soll, wenn du bei mir zu Besuch bist.«

Er sah, wie sie rot wurde. Er glaubte, sie hätte Angst, daß er wieder mit den alten Geschichten beginnen würde. Darum erhob er sich, ging hinein und setzte sich ans Klavier.

Er hatte die alten Noten ihrer Mutter vor sich liegen, die Rose ihm fast alle geschenkt hatte, da ihr Klavierspielen nicht der Rede wert war.

Sie blieb draußen auf der Veranda sitzen. Die Bienen summten einschläfernd in der Rosenhecke, und die Luft war erfüllt von heißem, starkem Sommerduft. Mit halbgeschlossenen Augen hörte sie ihm zu, während er die Melodien sang und spielte, mit denen sie aufgewachsen war.

Einmal trat Torkild in die Tür. Er blieb auf der Schwelle stehen und blickte über den sommerlichen Garten.

»Weißt du, Rose – ich habe immer die Empfindung gehabt, als erinnere mich irgend etwas in diesem Hause an deine Mutter. Ich weiß nicht, woher es kommt. Es liegt wohl daran, daß ich immer an sie denken muß, wenn ich irgendwo den Reiz und die Harmonie empfinde, die über einfachen, anspruchslosen Räumen liegen können. Ich habe es außer bei ihr bis jetzt noch nirgends so empfunden – ehe ich hierher kam. Findest du nicht auch, daß hier etwas an dein eigenes Heim erinnert?«

»Doch«, sagte Rose leise. »Das heißt, dies hier *ist* ein Heim. Und ich habe nie ein anderes gesehen außer Mamas–«

Sie schwieg ein Weilchen. Plötzlich sagte sie:

»Ich entsinne mich, wie überdrüssig ich dessen so oft war – der Stille daheim, obgleich sie aus Reiz und Harmonie entsprang wie du es nennst. Aber ich fand diese Harmonie nicht so wertvoll, denn sie bestand ja darin, daß allem Störenden der Eintritt verwehrt wurde. Ich sehnte mich danach, alles kennen und verstehen zu lernen, was Mama aus unserem Leben ausschloß. Ich sehnte mich nach einer anspannenden und spannenden Arbeit, nach einer Arbeit, in der ich etwas leisten könnte. Und nach all den Menschen, den gewöhnlichen, alltäglichen Menschen, über die Mama die Nase rümpfte, sehnte ich mich, denn ich glaubte, ich würde das Wertvolle und Merkwürdige an ihnen allen entdecken. Ich wollte lernen, sie zu lieben, ich wollte ihnen Dienste erweisen, ihnen helfen, ihre Liebe gewinnen. Ich habe es versucht, aber ich kann es nicht. Ich habe die Menschen gern, sie sind freundlich gegen mich, ich bin mit keinem von ihnen verfeindet, ich merke nur immer wieder, wie sie im Innern zu mir sagen: bis hierher und nicht weiter. Und das schlimmste ist, daß ich genau das gleiche fühle – bis hierher und nicht weiter möchte ich sie kennenlernen –« Torkild setzte sich wieder aufs Geländer. Er ergriff ihre eine Hand, legte sie auf sein Knie und strich mit zwei Fingern wieder und wieder über sie hin. Plötzlich brach er eine Rose von der Hecke, legte sie in ihre Hand und schloß ihre Finger um die Blüte. Sie rührte sich nicht und sah ihn auch nicht an, während er das tat. Er brach dann noch eine Rose ab und wieder eine und warf sie ihr in den Schoß.

»Warum tust du das?« flüsterte sie schließlich.

»Warum ich das tue?« Wieder warf er ihr eine Blüte zu.

»Ich wünsche dir etwas, Rose. Ich wünsche dir, daß du alles bekommst, was du möchtest.«

»Torkild – du weißt, daß ich mich nicht zu dem Alten zurückwünsche.«

»Das weiß ich. Du hast mir gesagt, du sehntest dich nach etwas ganz Neuem in deinem Leben. Nach etwas, das dich so ganz und gar erfüllt, daß du alles Vergangene vergißt. Alles. Und alle.«

»Und das wünschst *du* mir, du?«

»Ja, das wünsche ich dir. Denn eher findest du keine Ruhe.«

»Und du?« flüsterte sie ganz leise.

»Ich? Ich habe wenigstens etwas gehabt – etwas gefühlt, was ich nicht missen möchte, nicht aus meinem Leben streichen möchte – um keinen Preis. Vielleicht kann man nichts Größeres erwarten. I've had my time and nothing can take away the taste of it –«

»Torkild«, sagte Rose leise. »Entweder bist du resignierter, als ich es je werde. Oder du bist stolzer, als ich verstehen kann.«

»Vielleicht kommt einmal jemand, der es dich verstehen lehrt«, sagte er leise.

Rose schwieg eine Weile.

»Spiel mir noch etwas vor«, bat sie plötzlich. »Spiel noch ein paar von Mamas alten Liedern – sei so lieb.«

Als sie abends zum Bahnhof gingen, hatte sie den ganzen Arm voller Rosen, Päonien und Lilien aus dem Garten. Torkild trug einen großen Korb mit Erdbeeren und Morellen.

»Ich begleite dich bis nach Hause. Ich werde dir das alles tragen helfen, weißt du. Nein, nein, kurz nach zwölf geht noch ein Zug, mit dem ich zurückfahren kann.«

Sie sprachen nicht viel miteinander, als sie allein in dem schlecht beleuchteten Abteil saßen und nach der Stadt fuhren, und auch nicht, während sie in der hellen Sommernacht durch die Stadt bis zu ihrer Pension gingen. Als sie in dem stickigen Treppenflur ihre Wohnungstür aufschloß, erinnerte er sie an seinen Ferienvorschlag:

»Denk darüber nach, Rose. Und vielen Dank für deinen Besuch. Willst du mich ein andermal wieder besuchen?«

»Ja, vielen Dank. Das möchte ich furchtbar gern, Torkild.«

»Gute Nacht also.« Er drückte ihr kurz und fest die Hand.

Sie ging in ihrem Zimmer umher und ordnete die Blumen. Es waren nicht genug Gläser und Schalen da, sie mußte den Rest bis morgen in den Wasserkrug stellen.

Während sie vor dem kleinen Spiegel über ihrem Waschtisch stand und sich kämmte, betrachtete sie lange und nachdenklich ihr Gesicht.

Sie hatte noch nie darüber nachgedacht, daß er ihr gehörte. Seine Verliebtheit hatte sie als etwas Selbstverständliches hingenommen, das ihr von jeher gehörte, und hatte niemals versucht, sich darüber klar zu werden, was das für sie bedeutete. Jetzt wußte sie Bescheid. Er war es nicht, dem ihre Sehnsucht galt, aber sie wußte, daß sie ihn dennoch nie aus ihrem Herzen tilgen könnte, ohne daß ein leerer, wunder Fleck zurückbliebe. Und auch das wußte sie, daß sie seine Liebe nie missen wollte –.

XI

Rose stand draußen auf der Landungsbrücke. Sie war ein wenig beiseite getreten und ließ den Strom von dunklen vermummten Gestalten mit Koffern und Bündeln an sich vorüberziehen. Zwei Fjordboote lagen hier unter Dampf; es war am Tag vor Heiligabend und daher lebhafter Verkehr. Kisten und Koffer polterten dumpf auf die Planken der Brücke nieder, Leute riefen durcheinander und fragten in den Schwarm der Packträger und Laufjungen hinein. Das Wasser rauschte und schäumte unter der Schraube des Dampfers, und wie Pulsschläge drang das regelmäßige Dung – dung der Schiffsmaschine durch das Treiben.

Im Hafen rasselten und ratterten die Wagen über das

Steinpflaster. Das Pfeifen der Lokomotiven und das Geheul der Dampfboote durchschnitten den Lärm. Die harten, schneidenden Laute verkörperten die ganze kalte Unbehaglichkeit des trockenen, eisigen Wintertages.

Rose ging bis an die Spitze der Landungsbrücke hinaus. Das Schaben der Eisschollen in dem kalten, dunklen Wasser klang so beruhigend und friedlich. Sie folgte mit den Blicken einem dunklen, vollbeladenen Dampfschiff, das an wippenden roten Bojen vorüberglitt, hinaus zwischen die dunklen Inseln, wo der tiefstehende trübe Sonnenball einen kupfern glänzenden Schein auf das fahle Wasser warf. Der Himmel war grau und schwer; es lag Schnee in der Luft, auf den man so sehnlichst wartete.

Hinter dem Hafen und den rauchgeschwärzten Betriebsanlagen der Eisenbahn ragte der Ekeberg auf, schwer und finster, trotz des feinen Hauches von weißem Reif über den braunen Hügeln und den eisenschwarzen Baumgruppen. Es war, als ob der Frost die fröhlichen Farben der kleinen Holzhäuser, die sich am Berg hinaufzogen, zerstört habe.

Über der Stadt lag dichter rauchiger Nebel. Am Hafen waren die Lichter angezündet; hoch oben gegen den schweren Himmel brannten weiße Bogenlampen, rote Fünkchen glühten in den Warenschuppen, und hinter den Scheiben des Ostbahnhofs leuchteten gelbe, stille Lichter, die aussahen, als brennten sie hinter Ölpapier.

Roses Wangen waren blaugefroren von der Kälte. Ihr schwarzes Kostüm war eigentlich für den Frühling berechnet, aber sie hatte in diesem Herbst kein Geld gehabt, sich Wintersachen zu kaufen; die Ferien hatten viel gekostet. So trug sie ihr Frühlingskostüm mit einer Golfjacke darunter. Es war ein Glück, daß sie dünner geworden war. Jetzt war sie aber vom Stehen auf der Landungsbrücke durchgefroren und schauerte beim Weitergehen zusammen. Als sie zusammenfuhr, fühlte sie ihren eigenen Körper so nackt in den Kleidern, und ohne zu wissen, woher ihr der Gedanke kam, packte sie es, wie dürftig und einsam dieser kleine, nackte, bleiche, schmächtige Körper war, den sie in der schwarzen Hülle barg. Er war zart und schön, aber keines Menschen Augen außer ihren eigenen hatten ihn je gesehen, keine warme, liebende Hand hatte ihn gestreichelt. Vielleicht würde er ungesehen und unberührt verwelken, verfallen, von den Jahren entstellt werden. Bei jedem Schauer, der sie überlief, spürte sie, wie eine Gänsehaut über ihren Körper rann, und es überkam sie ein namenloses wehmütiges Sehnen danach, die warme Haut eines anderen an der ihrigen zu fühlen.

Dieses Kältegefühl, als Gefühl einer rein körperlichen Einsamkeit, verfolgte sie auch noch, als sie dem Ufer zuschritt und an den Landungsbrücken entlang ging. Die ganze Zeit sah sie sich selbst nackt und empfand die Kleider nur als eine Tarnkappe. Ihr war, als schwömme sie hier tief unten auf dem Grunde des Nebelmeeres, lautlos und unsichtbar inmitten all der Geschäftigkeit, die sie nichts anging, unter all den Menschen, von denen sie keinen einzigen kannte. Auch sie verbargen einen nackten Körper unter den Kleidern, auch sie hatten ein nacktes Ich, das für andere unsichtbar war. Wenn sie darüber nachdachte, kam es ihr vor, als ob sich ihre Einsamkeit dadurch rechtfertigte. Sie hatte versucht, sich anderen anzuschließen, ehrlich und mit gutem Willen hatte sie es ihrer Meinung nach versucht und den kürzeren dabei gezogen. Jetzt, wo sie plötzlich daran dachte, daß all diese Menschen hinter dem, was man von ihnen sah, einen nackten Körper hatten, fühlte sie den Unwillen gerechtfertigt, den sie tief im Innern gegen die meisten Menschen gehegt hatte, denen sie begegnet war. Ich habe wohl ein Recht dazu, mich vor ihnen zu verhüllen, ein Recht zu der Forderung, daß sie sich nicht vor mir entblößen –.

Sie pflegte oftmals hier an den Landungsbrücken entlang zu gehen, am liebsten bei Sonnenuntergang, wenn über dem geschäftigen Treiben die Lichter angezündet wurden. Sie dachte mit einer fast unbewußten Liebe an all ihre einsamen Wege, an die netten, verfallenen hübschen Winkel in den Vorstädten, an die Wege, die eine weite Aussicht über das Meer der Dächer, über die Behausungen fremder Menschen gewährten, an die engen Durchgänge, die sich zwischen armseligen Holzhäuschen auftaten, in denen Leute wohnten, die sie nicht kannte. Ich stehe außerhalb der Freuden anderer, dachte sie dann; die anderen haben jemand, den sie lieben, oder jemand, mit dem sie umgehen, mit dem sie klatschen, mit dem oder über den sie schwatzen, mit dem sie tanzen und ausgehen –. Ich habe andere kleine einsame Freuden, aber ich umschließe sie mit meinen Händen, als wären es warme, junge Vögelchen.

Sie dachte an ihr kleines Zimmer, das sie seit dem Herbst bewohnte. Es lag oben in der Theresenstraße, ging aber auf einen Garten, in dem ein altes gelbes Holzhaus, ein Altersheim, lag. Als sie im Oktober eingezogen war, hatte sie nur die gelben Baumkronen vor Augen gehabt, wenn sie hinausblickte. Darüber hatte sie sich gefreut, hatte sie doch mehr als ein Jahr auf den dunklen Schacht eines Hofes hinausgesehen. Sie war mit einigen alten Frauen des Heims bekannt geworden, das heißt, eigentlich nur mit einer von ihnen, die Nora hieß. Rose hatte eines Tages ihr Nähzeug aus dem Fenster fallen lassen; Nora, die gerade im Garten stand, hob es auf, und als Rose hinunterlief, um es zu holen, war sie mit der Alten in Gespräch gekommen. Sie stammte aus Eidsberg und war ganz jung mit einer Pfarrersfamilie als Kindermädchen nach Kristiania gekommen. Mit neunzehn Jahren hatte sie sich dann einmal verhoben, war ins Krankenhaus gekommen und seitdem vierzig Jahre lang von der Armenkasse unterhalten, von einem Krankenhaus ins andere gebracht worden.

Die letzten Jahre war sie nicht im Krankenhaus gewesen, hatte von fünfzehn Kronen im Monat in Bretterverschlägen auf den Hausböden der Vorstadt gelebt – Gott weiß wie –, hatte gehungert und gefroren, war aber, wie es schien, ganz zufrieden gewesen, bis man sie eines schönen Tages in dieses Altersheim brachte. Hier war aber nichts nach ihrem Sinn. Sie sehnte sich nach ihrem Bretterverschlag zurück, wo sie ihre eigene kleine Wirtschaft in Frieden hatte versorgen können. Rose verstand das so gut. – Die Pfarrersfamilie hatte niemals nach ihrem alten Mädchen gefragt. Einer der Söhne war jetzt Staatsrat, und Rose hatte versucht, Nora von der Laufbahn ihres Pflegekindes zu erzählen, denn sie meinte, das müßte sie interessieren. Aber für das Kindermädchen war und blieb er nur der Junge, den sie gepflegt hatte. »Ach, wissen Sie, der Edvart hatte die schlimme Angewohnheit, das Bett naßzumachen. Jede und jede Nacht! Sogar noch als großer Junge von elf Jahren – haben Sie jemals so was gehört?« Jedesmal, wenn Rose jetzt in den Zeitungen Besprechungen über die neueste Rede des Staatsrats las, mußte sie lächeln.

Sie hatte zu Weihnachten eine wollene Weste für Nora gekauft und einen Stollen bestellt. Einen Stollen sollten ja eigentlich alle alten Frauen zum Weihnachtsfest haben. Und ihre eigene Weihnacht! Zu Hause in ihrem Zimmer hatte sie eine kleine Tanne, die sie nachmittags anzünden wollte, ehe sie zu ihrem Onkel ging, oder abends, wenn sie nach Hause gekommen war. Das sollte dann ihr richtiger heiliger Abend sein. Sie hatte ein Paket mit Geschenken von den Tanten in Dänemark bekommen, den ewig treuen Schwestern ihrer Mutter, die sie seit ihrer Kindheit nicht mehr gesehen hatte, die ihr aber regelmäßig zu Weihnachten und zum Geburtstag Grüße sandten. Sie hatte die kleinen Geschenke unter ihr Weihnachtsbäumchen gelegt und war froh darüber, daß sie ihnen ein kleines Paket mit Handarbeiten geschickt hatte, sowie darüber, daß sie die schönen alten Bronzeleuchter für Torkild gefunden.

Ach ja, Torkild, dachte sie. In zwanzig Minuten würde er ankommen, sie hatte ihm versprochen, mit ihm zusammen Weihnachtsgeschenke für die Liedschen Kinder einzukaufen, in deren Elternhaus er den Heiligen Abend verbringen sollte.

Sie war erbittert über sich selbst, weil sie mit der Veränderung, die in Torkilds Wesen ihr gegenüber vorgegangen, nicht zufrieden war. Er war jetzt der beste Kamerad, der ritterlichste, treueste Freund – und er erwähnte nie mehr, daß er verliebt in sie sei. Aber damals, als er immer wieder davon sprach, hatte sie sich eingebildet, daß sie darüber betrübt sei, betrübt um seinetwillen, und daß sie sich schämte, seine unablässige Güte anzunehmen, da diese einem Gefühl entsprang, dem sie nicht Genüge tun konnte. Ach, sie fühlte sich jetzt weit mehr gedemütigt durch das Bewußtsein, daß er nur liebevoll gegen sie war, weil er sie rein brüderlich bemitleidete.

Es war übrigens auch nicht sein Mitleid, was sie so unzufrieden machte, wenn sie jetzt mit Torkild zusammen war. Sie hatte in Wirklichkeit das Verhältnis zwischen ihnen genossen, es dramatisch betrachtet – es lag doch Schicksal darin: Sie sah sich selbst einsam allein wandern, in die Öde starrend, voller Sehnsucht auf das Unbekannte wartend, das ihr das Lebensglück bringen sollte, und er folgte ihr auf Schritt und Tritt – hungerte nach ihr in seinem Herzen, und begehrte sein Glück von ihr, die ihm nichts zu geben hatte. – Für ihn war sie sein Schicksal.

Und das Ende des Dramas – an jenem Herbstabend oben auf dem Sankthanshaug, als sie einander zum Abschied küßten –. Es war ein sonderbar bedeutungsvoller Abschied gewesen, der in keinerlei Verhältnis zu dem Anlaß stand, daß er einen Posten an einer Fabrik drei Viertelstunden von der Stadt entfernt bekommen hatte. Dann der Tag im vergangenen Sommer, als sie bei ihm gewesen war, wo sie im Sonnenschein zwischen Rosen auf seiner Veranda gesessen hatten, und er ihr eine Blume in die Hand gedrückt und mit unendlich weicher und fester Stimme gesagt hatte, er wünsche ihr alles Glück der Welt – das große Glück, in dem sie seiner ganz vergäße. Die Wirkung dieser Worte war freilich erheblich abgeschwächt worden, als Betzy ihr eines Tages im Herbst erzählt hatte, daß sie im Sommer vorigen Jahres einen Monat lang mit Torkild verlobt gewesen sei.

Rose lachte bitter. Damit hatte sie ja nicht das geringste zu tun. Sie mußte sich doch freuen, wenn Torkild sich mit einer anderen verlobte und gar verheiratete, wenn er nur dadurch glücklich werden könnte. Aber sie freute sich nicht. Nein, sie wollte eben Torkilds Schicksal sein, bis sie selbst ihrem Schicksal begegnet wäre. Es hatte sie bitter gedemütigt zu hören, daß gelegentlich in seinem Leben außer ihr noch allerhand anderes Platz gehabt hatte. Sie hatte lernen müssen, daß eine Frau dem Manne nicht die ganze Welt bedeutet, wenn sie ihm nichts gibt – weder Gutes noch Böses. Jetzt fehlte nur noch, daß sie es bereute, loyal und rechtschaffen gegen ihn gewesen zu sein, und nicht mit ihm kokettiert, kleine Künste angewandt zu haben, um ihn festzuhalten.

Und endlich die widerwärtigen Gedanken, die ungerufen kamen, die an ihr nagten, ohne daß sie sie verjagen konnte, die Gedanken an Torkilds sonstiges Leben. Sie wußte ja, daß er derartiges mitgemacht hatte – vor langer, langer Zeit. Er hatte es ihr ja selbst erzählt, damals, als sie ihm mit einem Kuß geantwortet hatte. Damals hatte sie mit diesem Bekenntnis noch keine Vorstellungen verknüpft; sie war nicht eine Sekunde darüber erzürnt gewesen, sondern hatte nur daran gedacht, wie unglücklich er sei. – Aber jetzt. All das Ekelhafte, das sie haßte, wovon sie nichts wissen wollte, ohne jedoch den Gesprächen darüber im Büro und in der Pension entgehen zu können, tauchte in ihr auf, sooft sie auch vesuchte, es abzuweisen, und gegen ihren Willen kamen die Gedanken: ob Torkild auch –?

Weil sie sich ihrer selbst schämte, konnte sie dem Zusammensein mit ihm so wenig Freude abgewinnen.

Der Zug war schon eingelaufen, und als sie hinkam, ging Torkild vor dem Bahnhof auf und ab.

»Guten Abend, das ist lieb von dir, daß du mitkommen willst. Ich bin zu dumm dazu, Geschenke auszudenken. Besonders ahne ich nicht, was ich Frau Lied schenken soll; ich hatte an eine Gürtelschnalle gedacht, fändest du das passend?«

»Das wäre sehr hübsch«, sagte Rose.

»Und dann muß ich wohl Blumen schicken?«

»Eins von beiden ist genug, finde ich. Ich muß übrigens auch noch Blumen bestellen für Tante Margot.«

»Du bist also morgen abend bei Pastor Wegners?«

»Uff – ja.« Rose seufzte. Er war ein Bruder ihres Vaters, der lange Jahre in Trondhjem gelebt hatte und diesen Herbst nach Kristiania gezogen war. »Nun muß ich also für die ganze Gesellschaft dort Geschenke kaufen. Und dazu habe ich wahrhaftig weder Geld noch Lust.«

»Oh – du brauchst ihnen doch wohl nur Kleinigkeiten zu schenken?«

»Nein, das will ich nicht. Sie haben mich natürlich eingeladen, um etwas für die arme Rose zu tun. Ich will aber nicht dasitzen wie eine Armenhäuslerin, gegen die sie freundlich sind. Ich habe Spitzentaschentücher für Magda und Eva gekauft, die so viel kosten, daß ich ein Paar neue Stiefel dafür bekommen hätte.«

»Aber, Rose, sie haben es doch nur gut gemeint.«

»Ach ja, natürlich. Es ärgert mich nur so, daß ich ihnen so schrecklich leid tue, weil ich nicht all das habe, was sie –

meine Kusinen also – besitzen. Sie bemitleiden mich, daß ich auf einem Büro hocken muß und nicht ›ausgehe‹, nicht mit ›dabei sein‹ kann und ihren ›Kreis‹ nicht kenne, daß ihre Freunde mir nicht den Hof machen, daß ich nicht von ihren Freundinnen zum Ball und zu Wohltätigkeitsbazaren eingeladen werde mit Damen, die sie vornehm finden und so weiter. Gerade als ob ich mir ein schrecklicheres Dasein denken könnte, als wie sie – wie Magda und Eva – zu sein –«

»Nein, nein, ich verstehe schon. Aber, Herrgott, sie meinen es doch gut.«

»Nun, ja. Außerdem finden sie mich nicht demütig genug. Du bist arrogant, sagt meine Tante, genau wie deine Mutter. Und das ist sehr unklug von dir, mein Kindchen. – Daß arme Menschen, daß ein Mädchen in meinen Verhältnissen sich gestattet, eine Meinung zu haben, sehen diese Leute als einen unerlaubten Luxus an, kannst du glauben. Siehst du, ich weiß, sie werden sich über die Taschentücher ärgern. Aber, ich gestatte mir nun eben, solchen Menschen gegenüber arrogant zu sein.

Es ist häßlich, mit solchen Gedanken Weihnachten zu feiern«, setzte sie trübe hinzu. »Häßlich. Und traurig. Ach Torkild –. Ich war erst bei Hansens zum Heiligen Abend eingeladen, du weißt, bei dem Kondukteur, wo ich wohne. Sie luden mich ja auch ein, weil ich ihnen leid tat. Aber, das ist ganz etwas anderes. Sie würden nicht frohen Herzens ihre Grütze essen, nicht Julklapp spielen und um den Christbaum tanzen können, wenn sie wüßten, daß ich an diesem Abend allein in meinem Zimmer säße. Aber sie sind vielleicht ebenso gern allein, und sie glauben natürlich, es sei weit schöner für mich, bei meinem Onkel zu sein – in einem vornehmen Hause in der Inkognitostraße. Aber als Frau Hansen mich bat, am Weihnachtsabend mit ihnen vorlieb zu nehmen, war ich froh und dankbar, kannst du glauben. Und ich freute mich darauf, den Kindern schöne Sachen zu schenken, die sie sich, wie ich weiß, wünschen.«

»Es sind angenehme Leute, bei denen du wohnst?«

»Ja, sehr nett. Das heißt, solchen kleinen Leuten gegenüber bin ich ja immer sehr verlegen. Aber mit den Kindern bin ich gut Freund. Wenn die Frau fort ist, beaufsichtige ich sie. Wir haben eine große Puppenstube, die kleinen Mädchen und ich, mit der wir spielen; ich zeige ihnen, wie man hübsche Möbel aus Streichholzschachteln und Pappe macht – weißt du, solche wie Doris und ich immer machten. Wir sitzen dann in meinem Zimmer, kleistern und schneiden aus, tuschen und nähen. Ich glaube, ich amüsiere mich dabei noch besser als die kleinen Mädchen. Ich hatte mir ausgedacht, für morgen alle möglichen Kleinigkeiten für die Puppenstube zu kaufen – Service und Kronleuchter, Vogelbauer und Klavier, Leuchter und Blumentöpfe und Plätteisen, lauter so kleine Sächelchen. Aber nun bin ich ja nicht dabei, wenn Inga und Gyda und Helene ihre Pakete auspacken und die Sachen in ihrer Stube aufbauen.«

Sie gingen durch die Große Straße. Rose blieb jeden Augenblick vor den Schaufenstern der niedrigen Häuser stehen.

»Ich finde, es gehört zum Weihnachtsfest, Einkäufe in der Großen Straße zu machen. Als Kind ging Mama immer mit mir hierher. Vor allen Dingen kaufte Mama natürlich hier, weil es billiger war, oder weil Mama glaubte, es wäre billiger. Aber sie behauptete, sie täte es, weil hier die richtige Weihnachtsstimmung sei. Die kleinen, niedrigen, alten Häuser erinnerten sie an Nyborg, und ebenso die Läden mit den niedrigen Decken, in denen Stufen zu den Wohnräumen dahinter hinaufführten. Wir guckten in die alten Höfe mit ihrem krausen Wirrwarr, ihren finsteren Schlupfwinkeln und ihren Galerien ringsherum; ich dachte dann immer an Asbjörnsens Märchen. War es nicht eigentlich merkwürdig, daß Mama als Fremde hier das alte Kristiania viel besser kannte als alle, die ich bisher getroffen habe? Unten an der Festung wußte sie genau, wer die alten Häuser gebaut und in ihnen gewohnt hatte, sie kannte ihre Geschichte und vieles, was sich in ihnen ereignet hatte.

Wenn ich an die Weihnachtseinkäufe mit Mama in der Großen Straße denke, kommt es mir so vor, als wenn immer Schneetreiben gewesen wäre – so ein richtiges Schneetreiben mit wirbelnden Flocken vor den hellen Schaufenstern, und dann die dunklen Verkaufsbuden vor der Kirche und die Kirche selbst, die so groß und gewaltig aussah, weil alle Häuschen hier so niedrig sind, und die erleuchtete Turmuhr hoch oben in den Wolken – es war eigentlich auch schön und weihnachtlich.«

Torkild wandte sich um und blickte zurück. Er hatte noch nie darauf geachtet. Von hier aus wirkte die Kirche über den niedrigen Gebäuden wirklich schön, wie sie schwer und finster dastand mit ihrer erleuchteten Turmuhr.

»Und jetzt bekommen wir noch Schnee«, sagte Torkild mit froher Stimme. Er zeigte Rose die erste Flocke auf seinem Mantelärmel.

»Ja, wahrhaftig! Ach, wenn es doch nur richtig schneien wollte!« Rose hielt den Muff vor sich hin und fing die kleinen Sterne auf, die vereinzelt durch die Luft wirbelten. Es war großartig. Als sie aus einem der niedrigen Läden traten, in denen Stufen zu den dahinterliegenden Zimmern führten, tanzten im Licht der Schaufenster und Gaslaternen große Schneeflocken, und am Rande des Straßendammes lag bereits eine dünne weiße Decke auf der staubigen, schmutzigen Straße.

Es war dichtes Schneegestöber, als sie den Weg ins Innere der Stadt einschlugen. Das Wagengerassel auf der hartgefrorenen Straße klang nur noch gedämpft nach heimeliger, stiller weihnachtlicher Geschäftigkeit. Das Licht der Schaufenster starrte nicht mehr wie Balken in den klammen, rauhen Frostnebel, sondern es glitzerte auf munter wirbelnden Schneeflocken, die das Gesicht erfrischten. Die Kleider wurden immer weißer, und die reine, frische Luft weitete die Lungen.

»Wie in aller Welt sollen wir nachher wissen, welches deine und welches meine Pakete sind?« lachte Rose, denn Torkild trug sie alle.

»Wir werden sie auspacken und nachsehen müssen. Oder wir überlassen es dem Schicksal, zu entscheiden, was auf Lieds und was auf Hansens Kinder fallen soll. Wir können sie ja ansehen, während wir essen. Wollen wir zu Ingebret gehen? Da ist es still und friedlich.«

Sie gingen die Königstraße hinunter. Ein ganzer Strom von beschneiten, mit Paketen beladenen Menschen kam ihnen entgegen, die alle die Straße hinaufgingen. Die Läden begannen zu schließen. Es war so gemütlich, die hastenden

Menschen an sich vorüberziehen zu lassen und nach den stillen Vierteln außerhalb des Zentrums zu schlendern, wo vor den erleuchteten Fenstern die Gardinen zugezogen waren und selten ein Laut die Stille des Schneefalls unterbrach.

»Nein, danke, ich möchte am liebsten Tee trinken und Butterbrot essen. Ich sehne mich geradezu nach gutem warmem Tee. Nach viel Tee –« Sie nahm ihren schwarzen Plüschhut vom Kopf und schüttelte die Schneeflocken ab. Das Haar über ihrer Stirn war naß geworden und kräuselte sich ein wenig.

Das niedrige behagliche Café mit der gebeizten Täfelung und der Holzdecke war fast leer – nur in einer Ecke saßen ein paar alte, kahlköpfige Kaufleute und aßen Dorsch. Rose und Torkild machten sich's in der Sofaecke neben der Tür gemütlich.

Sie begann sofort die Weihnachtsgeschenke auszupacken und zu sortieren. Das Sofa und beide Stühle waren im Nu mit Papier und Schachteln bedeckt.

»Ist das nicht entzückend«, sagte sie, von all dem Puppenspielzeug begeistert. »Inga bekommt das vergoldete Kaffeeservice. Glaubst du nicht, daß sie sich freut? Ich wäre als kleines Kind über so etwas ganz außer mir vor Entzücken gewesen.«

Der Tee wurde gebracht, und Rose mußte das Spielzeug ein wenig beiseite schieben.

»Weihnachten ist doch schön«, sagte sie leise. »Es ist ein herrliches Fest. Wenn ich auch keine Weihnachten habe.«

»Wir, die wir keine Weihnacht haben sollen –«, sagte Torkild. »Was meinst du – wollen wir nicht einmal zusammensein und versuchen, Weihnachten zu feiern?«

Rose nickte.

»Wenn ich eine kleine Tanne bekommen kann«, meinte Torkild, »ginge es nicht, daß du sie putztest? Draußen bei mir, meine ich?«

Sie nickte wieder. Er bemerkte, daß sie es vermied, ihn anzusehen.

»Willst du es lieber lassen, Rose? Wollen wir lieber irgendwo anders zusammen sein?«

»Nein, nein.«

»Ja, ich weiß nicht. Du bist in der letzten Zeit oft so merkwürdig gewesen«, sagte Torkild leise.

»Ich?« erwiderte sie schwach, und setzte nach kurzem Zaudern hinzu: »Ich fand nur – ich wußte ja nicht – ich dachte, du machtest dir vielleicht nicht mehr so viel daraus, mit mir zusammenzusein. Und deswegen fand ich es so unangenehm, immer alles anzunehmen, was du tust, um mir eine Freude zu machen.«

»Das ist ein sehr sonderbarer Gedanke von dir, Rose«, meinte Torkild leise, jedes Wort betonend. Seine Augen ließen die ihren nicht los, bis sie sie zu Boden schlug.

»Es wäre wohl nur natürlich, wenn du einmal meiner überdrüssig würdest«, flüsterte sie, dem Weinen nahe.

»Wenn du solche Gedanken haben kannst«, sagte Torkild wie vorher, »dann hast du niemals verstanden, was ich dir viele, viele Male gesagt habe. In meinen Gefühlen für dich, Rose, kann sich nichts verändern. Ich habe lange Zeit nicht mehr davon gesprochen. Denn ein Quälgeist wollte ich nicht sein – und ein Bettler auch nicht –, bei dem, was du für mich bedeutest. Im Gegenteil, ich wollte versuchen, dir auch etwas zu geben, und sei es noch so wenig, als Dank für das, was du mir bist und warst und immer sein wirst.«

Rose saß mit niedergeschlagenen Blicken da.

»Aber Torkild«, sagte sie leise.

»Nun?«

»Ach, nichts. Ich glaubte, du wärest trotzdem meiner müde geworden. Ich hatte nämlich gehört, daß du mit Betzy verlobt gewesen sein sollst.«

»Wer hat dir das erzählt?« fragte er schnell.

»Betzy selbst. Ist es etwa nicht wahr?«

»Gewiß ist es wahr.« Er lachte kurz. »Ist Betzy denn nicht auch ein liebes Geschöpf?«

Rose blickte ihn verwirrt an:

»Ja. Aber – du sagst, du hättest – so für mich gefühlt – immer. Das verstehe ich nicht.«

»Nein, allerdings nicht«, entgegnete Torkild ebenso leise und ernst wie vorher. Sie wartete darauf, daß er weitersprechen sollte, aber er schwieg. Das Kinn in die Hand gestützt, blickte er vor sich hin. Einmal glitt ein fernes, flüchtiges Lächeln über sein Gesicht.

»Betzy sagte übrigens, sie glaube nicht, daß du dir jemals etwas aus ihr gemacht hättest«, sagte Rose verlegen. »Sie glaubte, du hättest es aus Trotz getan.«

»Da ist Betzy im Irrtum!« Er hatte wieder das kleine merkwürdige Lächeln. »Ich hatte sie sehr gern. Aber auf eine andere Art.«

»Könntest du dich wieder mit einer anderen verloben, mit einer, die du – auf diese andere Art gern hättest?« fragte Rose.

»Nein.« Er lachte leise vor sich hin.

Rose hatte den Blick gesenkt und wurde feuerrot. Sie machte keinen Versuch, das Durcheinander ihrer Gefühle zu entwirren. Sie wußte nicht, worüber er gelächelt hatte. Sie wußte, daß das Bild, das sie sich von Torkild gemacht hatte, nicht stimmte. Sie hatte geglaubt, ihn in- und auswendig zu kennen – und jetzt erkannte sie ihren Irrtum. Es war, als ob er dadurch wachse, und sie fühlte sich ihm gegenüber verlegen und verzagt.

Einmal sah sie zu ihm auf, senkte aber sofort wieder die Augen und errötete. Er betrachtete sie unverwandt mit demselben feinen Lächeln auf den Lippen.

Torkild schenkte ihr mehr Tee ein. Sie aßen und tranken, ohne zu reden. Rose drückte sich in die Sofaecke; das neue wirre Gefühl, nur ein kleines Ding zu sein, über das er lächelte, bereitete ihr Herzklopfen. Ihre Wangen brannten noch immer, ihre Füße waren eiskalt von den durchnäßten Stiefeln. Als sie mit dem Essen fertig waren und er ihr eine Zigarette anbot, bemerkte sie überrascht, daß ihre Hände zitterten.

Plötzlich zog er ein kleines viereckiges Paket aus der Tasche und überreichte es ihr.

»Ich habe dir ein Weihnachtsgeschenk gekauft. Willst du es dir jetzt ansehen oder lieber bis morgen warten?«

Sie fühlte, daß ein Etui in dem Päckchen war:

»Am liebsten möchte ich es mir jetzt ansehen. Ach, Torkild, ich fürchte, es ist etwas zu Feines für mich.«

Sie machte das Papier auf und öffnete das alte, abgenutzte Lederschächtelchen. Es enthielt eine altmodische Halskette in feiner Goldschmiedearbeit, mit dunkelvioletten Amethysten besetzt.

»Aber, Torkild, bist du toll, etwas so Kostbares für mich zu kaufen?«

»Gefällt es dir?«

»Ich habe nie etwas Schöneres gesehen«, sagte sie leise.

»Ja, ich fand es auch sehr schön. Ich sah es im Sommer bei einem Althändler und kaufte es. Ich wollte es mir wenigstens einmal gönnen, dir ein Geschenk zu machen, das schön genug für dich wäre.«

»Ich danke dir«, flüsterte sie kurz.

»Leg sie doch um«, bat er kurz darauf.

»Ich kann nicht, Torkild. Auf dieser Bluse – nein, es wäre schade darum.« Sie sah an ihrer verwaschenen Hemdbluse hinab.

»Tu es doch. Nur zur Probe.«

»Lieber nicht, Torkild. Ich möchte sie lieber das erstemal umlegen, wenn ich zu dir hinauskomme, um Weihnachten zu feiern.«

Kurz darauf standen sie beide vor dem Café. Es hatte aufgehört zu schneien – hoch oben über der weißen Erde und den Baumkronen, die sich wie luftige weiße Kuppeln zwischen den gelben Flammen der Gaslaternen wölbten, dehnte sich der Himmel – endlos und schwarz.

Keiner von beiden sprach ein Wort, während sie, anstatt sich der inneren Stadt zuzuwenden, langsam über die Schneedecke des Bankplatzes schritten und die stille dunkle Straße zur Festung hinuntergingen.

Rose dachte gar nicht mehr. Ihr ganzes Innere war voller Erwartung, voller Sehnsucht, obwohl ihr ein wenig bang zumute wurde. Es ist Torkild, dachte sie – es ist ja Torkild. Aber sie hatte ein Gefühl, als ginge ein fremder, unbekannter Mann an ihrer Seite. In ihrer Spannung preßte sie die Hand um die Schachtel mit der Halskette; es war ihr, als habe sie sich in die Gewalt all des Unbekannten gegeben, als sie das Geschenk angenommen hatte.

Sie konnten in dem tiefen, weichen Schnee kaum ihre eigenen Schritte hören. Hier unter der Mauer der Reitbahn war es finster, und weit war es zwischen den Lichtkreisen der Laternen auf der weißen Straße. In den Anlagen schimmerten die Büsche wie weiße Schneehaufen.

Als Torkild stehenblieb und sein Gesicht über sie beugte, hob sie den Kopf und nahm seine Küsse hin. Sie stand ganz still und ließ sich küssen, so viel er wollte, und als er sie heftig an sich riß, legte sie die Arme um seinen Nacken.

»Rose – ist es wahr?« flüsterte er ganz leise, dicht an ihrem Ohr. Seine Stimme ließ sie erschauern.

Sie nickte, und als sie wieder das Gesicht hob, um sich küssen zu lassen, fielen ihr, ehe er es mit dem seinigen bedeckte, von dem Baume über ihnen einige eiskalte Schneeflöckchen darauf.

»Liebst du mich?« flüsterte er nach jedem Kuß, den er ihr gab. »Liebst du mich?«

»Ja.« Sie wollte sagen, ich liebe dich, aber sie konnte es nicht. Es war, als ob sie aus ihrem verwirrten, überrumpelten Herzen heraus es nicht fertigbringen könnte, das Wort auszusprechen. Und sie flüsterte statt dessen:

»Bist du es denn, Torkild? Bist du es wirklich? Mir ist, als wärst du es nicht. Es ist, als ob du ein anderer geworden seist –«

»Nicht ich bin ein anderer geworden«, gab er zurück.

»Doch, doch. Mir ist zumute, als hätte ich dich früher nicht gekannt.«

»Die Liebe ist es, die du nicht gekannt hast«, sagte er still. Sie wiederholte es. »Die Liebe ist es, die ich nicht gekannt habe.« Es klang so wunderbar schön. Das war die Liebe. Das war die Liebe. Rose nahm plötzlich heftig sein Gesicht zwischen ihre beiden Hände und sah ihn an. Ja, das war die Liebe, so sah sie aus. Sie zog ihn zu sich herab, und nun küßte sie ihn, wieder und wieder, unter dem sanften Rieseln der Flocken, die von den Bäumen der nächtlich stillen, öden Straße niederfielen.

ZWEITES BUCH

I

Torkild ging durch das Eßzimmer, nickte dem Mädchen, das den Frühstückstisch deckte, guten Morgen zu und blieb einen Augenblick im Wohnzimmer stehen.

Die langen weißen Gardinen vor der Verandatür blähten sich im Zugwind. Das ganze Haus roch noch nach frischer Farbe. Mit seinem neugestrichenen Fußboden, der gelb in der Morgensonne leuchtete, machte das Zimmer den Eindruck eines jungen Hausstandes, obwohl die Möbel nicht einheitlich und zum größten Teil alt waren.

Das wunderbare Frühlingswetter hatte die ganze Woche angedauert, seit sie nach Hause gekommen waren. Diese herrlichen Morgenstunden –.

Er fand Roses Zigaretten auf ihrem Schreibtisch und zündete sich eine an. Auf der herausgezogenen Platte lag ein nagelneues »Ausgabenbuch für Hausfrauen« vor dem Schreibzeug aus Porzellan. Eine Fotografie von ihm selbst, als kleines Kind auf dem Schoße seiner Mutter, hatte sie einrahmen lassen und aufgestellt. Er griff danach und streichelte das Bild seiner Mutter mit der Wange. Dann beugte er sich herab und küßte das kleine Ausgabenbuch, dort, wohin sie ihren neuen Namen, Rose Christiansen, geschrieben hatte.

Er ging in den Garten hinab, um zu rauchen, während er auf sie wartete.

Die Villa lag auf einem kleinen Hügel, auf drei Seiten von Tannenwald umgeben. Vor dem Haus war ein Garten angelegt, mit einer großen halbrunden Rabatte auf dem kiesbestreuten Platz vor der Veranda. Das Beet war noch kahl, und es war noch nichts darauf zu sehen als die Tüten aus Zeitungspapier, die Rose über die neuen Pflänzlein gestülpt hatte. Aber hinter der Rabatte mit den vergilbten Tüten fiel ein hellgrüner Hügel mit jungen Fruchtbäumchen zum

Fluß ab, der blank und ruhig am Haus vorüberfloß; gerade unter dem Garten hatte er sich zu einem kleinen See erweitert, der im Sonnenschein glitzerte. Die grüne Wiese war überschwemmt, und kleine glänzende Weidenbüsche guckten aus dem Wasser.

Jenseits des Flusses breiteten sich nur Wiesen und Äcker aus, deren dunkle Streifen sich unter dem hellen Himmel bis zum Walde hinzogen. Torkild blinzelte in die Sonne. Er fühlte sein Glück wie eine süße, friedvolle Mattigkeit und sog die Sonnenwärme mit dem ganzen Körper ein. Vom Hügel stieg ein warmer Lenzduft auf, hier und da surrte ein Insekt durch die Luft, und zu seinen Füßen kroch auf einem Grashalm ein schwarzblanker Käfer, fiel hinab und blieb zappelnd auf dem Rücken liegen, bis Torkild sich niederbeugte und ihm wieder auf die Beine half.

Die kleinen Wölkchen am Himmel und die blühenden Kirschbäume auf dem grünen Abhang ihm zu Füßen schimmerten um die Wette. Es waren ganz kleine, junge Bäumchen, die blühenden Kronen waren nicht größer als ein Brautbukett.

Auf der Veranda über ihm ertönten Schritte. Rose kam heraus, im Unterrock und durchbrochener Frisierjacke, um einige Handtücher über das Geländer zu breiten.

»Bist du noch nicht angezogen?« rief er ihr zu.

»Sofort. Ich muß nur noch mein Kleid überziehen.«

Sie blieb in der Tür zwischen den durchsichtigen rotkarierten Vorhängen stehen. »Du kannst ja hinaufgehen und anfangen zu frühstücken, wenn du hungrig bist. Ich komme sofort hinunter.«

»Ach wo! Beeile dich und komme herunter. Ich will dir etwas Schönes zeigen.«

Einen Augenblick später lief sie in einem hellen Sommerkleid die Verandatreppe hinab. Sie ging zu ihm und nahm seinen Arm.

»Nun? Was wolltest du? War es etwas Besonderes?«

»Nein.« Er nahm sie in seine Arme. »Es war nichts – Besonderes.«

Sie rieb ihre Stirn an seiner Wange:

»Was war es denn Schönes, mein Junge?«

»Du.«

»Ja, das weiß ich schon. Aber, was du mir zeigen wolltest?«

»Ist das da nicht schön?« fragte er und zupfte an dem Kirschbäumchen vor ihnen.

»Ja, wunderschön«, sagte sie froh. Sie machte sich sanft aus seinen Armen frei und ging einige Schritte auf die Apfelbäume zu. »Die kommen jetzt auch bald.«

»Freust du dich über unser Haus?« fragte er, wohl zum zwanzigsten Male. Und sie antwortete, während sie in seine Arme zurücklief: »Ja, das tue ich.«

Arm in Arm gingen sie zu ihrem kleinen, blinkenden Frühstückstisch. Rose setzte sich, nahm den Wärmer von der schimmernden Kupferkanne und schenkte den Kaffee ein.

»Halt, halt. Für mich nicht mehr.« Er faßte um ihr Handgelenk und hielt es fest.

»Du willst nur so wenig Kaffee haben? Was fällt dir ein – ist dir heute nicht wohl, Torkild?«

»O doch.« Er lachte. »Gieß nur die Tasse voll. Ich sagte es bloß, um einen Vorwand zu haben, deine Hand festhalten zu können.«

»Ah!« Sie lachte auch. »Das tust du doch auch ohne Vorwand, so oft du Lust hast, finde ich. Du mußt dich beeilen, Torkild, sonst kommst du zu spät ins Büro.«

»Nicht später als gewöhnlich«, sagte Torkild mit Gemütsruhe, während Rose lächelnd den Kopf schüttelte.

Dann sagte er ihr Lebewohl, und sie sagte, wie jeden Morgen, daß sie ihn ein Stück begleiten wolle. Eng umschlungen wanderten sie durch das Gehölz hinab.

Als sie zurückkehrte, war das Mädchen dabei, den Tisch abzudecken.

»Wie ist es, Agnes, brauchen wir etwas vom Kaufmann? Es ist gewiß nicht genug Brot da –«

Sie ging durch das Zimmer, begoß ihre Blumen und sah unten im Garten nach ihren Pflänzchen unter den Papiertüten. Dann ging sie schräg über den Platz in den Gemüsegarten, wo die Beete erdgrau und sauber in der Sonne lagen. Torkild hatte am Abend vorher gejätet und geharkt und die Wege gezogen. Heute abend sollte gesät werden. Sie machte sich daran, Rhabarber abzuschneiden. Bis es Zeit wurde, nach dem Mittagessen zu sehen, konnte sie ihn noch zurechtmachen, um ihn auf Flaschen zu füllen.

Es hatte keinen Sinn, daß sie ein erwachsenes Mädchen hielten, aber Torkild bestand darauf. Erstens meinte er, das Haus sei zu groß für sie; sie hatten diese kleine Villa mieten müssen, weil es die einzige brauchbare Wohnung gewesen war, die sie bekommen konnten. Und außerdem wollte er nicht, daß sie den ganzen Vormittag über in dem einsam liegenden Haus allein wäre. Aber sie hatte in all den Stunden, bis Torkild um halb fünf nach Hause kam, recht wenig zu tun.

Sie setzte sich mit ihrem Rhabarber ins Wohnzimmer.

Als das Mädchen um halb ein Uhr mit dem Tee für sie hereinkam, hatte sie eine große Schüssel voll geschnitten.

Die Finger wurden so häßlich vom Rhabarberschneiden. – Zu Mittag gab es nur aufgewärmte Suppe von gestern und Dorsch, sie hatte also in der Küche nichts zu tun.

Allerdings hatte sie noch allerhand an ihrer Aussteuer zu nähen. Aber ihre Hände waren so abscheulich und rauh geworden. Sie kramte ein wenig im Bücherschrank herum, war aber auch zum Lesen nicht aufgelegt.

Eigentlich war sie müde. Sie lächelte ein wenig beschämt vor sich hin. Sie war müde. Sich mitten am Tage aufs Sofa zu legen, hatte sie niemals fertiggebracht und immer als etwas sehr Verächtliches angesehen. Jetzt tat sie es, wenn auch ein wenig zögernd, zog die Füße herauf und stopfte sich das Kissen unter die Wange. Sie lächelte einige Male behaglich, während sie dalag. Und dann, gleich darauf, war sie eingeschlafen.

II

Als Rose sich eben auf den Weg machen wollte – sie hatte ihren Mantel schon an den Ofen gehängt –, brachte das Mädchen zwei große Pappschachteln herein. Ein Junge aus der Fabrik habe sie abgeliefert, sagte sie.

Rose stellte die Schachteln auf den Tisch neben ihren kleinen Weihnachtsbaum, dessen grüne Zweige noch ohne Schmuck standen. Sie erriet, was es war – Blumen von Torkild anläßlich des Tages vor Heiligabend.

Es gab nichts, was er ihr nicht brachte, wenn er ihr eine Freude damit machen konnte, – noch ehe sie dazu kam, es sich zu wünschen. Es war, als kenne er keinen anderen Gedanken, als ihr zu zeigen, wie er sie liebte – gerade in dieser Zeit.

Übrigens war er immer so gewesen. Immer war es ihre Schuld gewesen, wenn in den ersten Monaten eine Mißstimmung zwischen ihnen geherrscht hatte. Sie sah es jetzt ein. Ihre Liebe war im Vergleich mit seiner oberflächlich und egoistisch gewesen. Sie hatte sich manchmal unbefriedigt gefühlt in ihrer Ehe, weil sie sich tief im Innern bewußt war, daß ihr Gefühl weniger wertvoll war als das seine – aber, Herrgott, war das alles? Ja, von *ihrer* Seite war das alles gewesen. Manchmal kam es ihr wohl herrlich vor, so geliebt und umschmeichelt, begehrt und bewundert zu werden – und wenn von Zeit zu Zeit ein Unwille über ihr stürmisches Zusammenleben in ihr aufstieg, so kam es daher, weil sich in ihrem Unterbewußtsein das demütigende Gefühl rührte, ihm nicht auch eine ganze, starke Leidenschaft entgegenbringen zu können. Jetzt, wo das Kind in ihrem Schoß alle ihre Fähigkeit zu lieben, wachrief, jetzt begriff sie. Ach, nun verstand sie auch seine namenlose Empfindlichkeit, die im letzten Sommer eine leise, dumpfe Ungeduld in ihr geweckt hatte – das zeigte ja nur, daß ihr Zusammenleben für ihn unendlich bedeutungsvoller war als für sie.

Aber jetzt, wo sie fühlte, daß sie voll und ganz lebte, jetzt, da ihr eigenes Herz zärtlich wurde und übervoll von Liebe, – ach, jetzt verstand sie ihn gut und liebte ihn – den Vater ihres Kindes. Wenn er Klavier spielte oder las, konnte sie mit ihrem Nähzeug im Schoß stillsitzen und ihn betrachten, als hätte sie ihn noch nie richtig gesehen. Meines Kindes Vater, dachte sie dann, bis sie sich erheben, zu ihm gehen und seinen Kopf an ihre Brust ziehen mußte. »Du bist so schön, Torkild. Ich habe dich so lieb.« – »*Hast* du mich lieb?« konnte er dann wohl leise fragen, während er sie auf den Schoß zog. »Ja, Torkild. Weißt du, warum ich so dasitze und dich ansehe? Ich will, daß unser Junge dir ähnlich wird. Er soll so eine schöne Stirn haben und so schöne Augen, so einen schönen Mund und Nase und Kinn wie du.« Während sie sprach, folgte sie mit dem Finger dem Umriß seines Gesichts. »Er soll genauso aussehen wie sein Vater –« Torkild barg ihr Gesicht an seiner Brust und liebkoste sie mit einem Lächeln, das fast schmerzlich vor Glück schien.

– In der einen Schachtel lagen gelbe Mimosen und violetter Flieder. Sie tat alles in den großen, schwarzglasierten Krug auf der Truhe. Die andere Schachtel enthielt abgeschnittene Hyazinthen, blaue und weiße und rote. Diese ordnete sie in der Kristallschale und stellte sie mitten auf den Tisch. Eine Weile beugte sie ihr Gesicht mit geschlossenen Augen über die stark duftenden Blüten.

Die alte Uhr im Speisezimmer schlug drei. Jetzt mußte sie sich wirklich beeilen, wenn sie rechtzeitig zum Essen zurück sein wollte. Sie mußte noch dazu den Waldweg nach Fensal hinaufgehen.

Es war klarer Frost – wie im vorigen Jahr. Aber was für ein Unterschied. Selbst so ein trockener, harter Wintertag war hier draußen schön. Der runde, rote Sonnenball drüben über dem Wald, der hohe, reine Himmel, der blaßblau durch den dünnen Frostnebel schimmerte, der dicke Reif an Bäumen und Büschen und auf dem welken, gelben Gras, das auf der überschwemmten Wiese vor dem Garten im Eis eingefroren war – wie schön war das alles.

Sie ging trippelnd und vorsichtig, solange ihr Weg am Fluß entlangführte, und hielt sich ganz am Rand, wo das Eis höckerig und ungleichmäßig gefroren war. Es durchfuhr sie ein Schreck und ihr wurde heiß vor Angst, wenn sie ein wenig ausglitt. Als sie dann aber auf den Waldweg gelangte, der über die Eisenbahnschienen und über den Bergrücken führte, ging sie schnell und leicht. Es fing an, eine Last zu werden, aber keine beschwerliche; sie hatte das Gefühl, als wäre sie gesunder geworden und habe mehr Kräfte bekommen, es zu tragen – jedenfalls jetzt noch.

Welke, braune Farne und kahles Himbeergebüsch säumten den schmalen Pfad. Im Frühling, wenn es hier zu keimen begönne, wenn die Farne ihre kleinen, wie ein Schneckenhaus zusammengerollten Schößlinge durch das welke Laub steckten, würde sie nicht so leichtfüßig dahergehen. Sie dachte mit einer seltsam schmerzlichen Scham an diese Zeit, zugleich aber mit einer Art selbstbewußten Stolzes. Und wenn die Obstbäume im Garten wieder blühten –, sie konnte keine Angst davor haben, sondern fühlte nur eine ungeduldige, nervöse Spannung. Und wenn sie dann wieder genesen wäre und mit dem Kinderwagen draußen sitzen könnte – den ganzen herrlichen Sommer über würde sie im Garten sitzen und ihr Kindchen warten dürfen – irgend etwas in ihrem Innern schien zusammenzubrechen unter dem überwältigend zärtlichen Glücksgefühl.

Niemals, niemals wollte sie in der Stadt wohnen, wenn es vermieden werden könnte. In den hier draußen verlebten Monaten hatte sie die Jahreszeiten gehen und kommen sehen und alle Schönheit der wechselnden Stimmungen empfunden. Selbst der lange, regnerische Herbst, den sie gehabt hatten, wie bezaubernd schön war er doch gewesen. Es hatte sie entzückt, des Morgens beim Aufstehen die Regentropfen an den Telefondrähten entlanggleiten oder in dichter Perlenreihe an den Bäumen vor dem Hause hängen zu sehen. Ihr Kind sollte auf dem Land groß werden.

Sie dachte im Weitergehen an all die zahllosen, beglückenden Pflichten, die ihren Tag ausfüllen würden. Das erste spielerische Vergnügen, das sie an ihrer Wirtschaft gehabt hatte, das Aufräumen der Zimmer oder das Kochen nach Kochbüchern, womit Torkild sie neckte, wenn sie abends darin herumstudierte – das alles hatte sie auf die Dauer nicht befriedigen können. Es war ja nur eine Arbeit ins Blaue hinein – sinnlos, daß sie und das Mädchen, zwei erwachsene Frauen, ihre Zeit damit hinbrachten, für sich selbst und noch eine Person zu kochen und das Haus in Ordnung zu halten; sie fand, daß das eine sinnlose Verschwendung menschlicher Arbeitskraft war. Das würde jetzt ganz anders werden, wo die gleiche Arbeit für ein Heim verlangt wurde, in welchem Kinder aufwachsen sollten. Wie anders war es doch jetzt schon, das Haus zu Weihnachten herzurichten, seit sie wußten, daß sie ein Kind bei sich haben würden, wenn es auch ein fremdes war, das sie nicht einmal besonders liebte –

Lill war zwar ein reizendes kleines Mädchen. Aber sie hatte doch den Wunsch, daß ihre Kinder anders würden. Freilich hatte sie wohl allen Grund, das ohne weiteres anzunehmen – denn für Lieds waren Kinder nur Spielzeug:

mitunter beschäftigten sie sich lebhaft mit ihnen und dann schickten sie sie hinaus zu den Mädchen, wenn sie gerade Lust hatten, mit etwas anderem zu spielen. Jetzt zum Beispiel war es für Frau Lied eine Lebensfrage, zu Weihnachten nach Lillehammer zu fahren. Ingar und Sonja, die nur zehn und acht Jahre alt waren, schickte sie ganz vergnügt allein zur Großmutter in Kragerö. Eine Frau Mörch hatte allerdings versprochen, auf dem Schiff »nach ihnen zu sehen«; Frau Lied kannte sie kaum, aber ihr Gewissen, oder wie man es nennen wollte, beruhigte sich dabei. Nun war sie vollständig ratlos gewesen, wie sie sich Lills entledigen sollte –. Daß sie die Kleine nicht mit ins Sanatorium nehmen wollte, war so klar, daß Torkild und Rose sich zu Frau Lieds Entzücken erboten hatten, das Kind über Weihnachten zu sich zu nehmen.

Oben auf Fensal rannte Frau Lied in einem grauen Kostüm mit Beinkleidern und Gamaschen zur einen Tür hinaus und zur anderen herein. Rose fand Lill im Wohnzimmer, wo sie hinter einem der breiten Plüschsessel versteckt auf dem Fußboden saß. Das Kind hielt eine große Kiste Zigaretten im Schoß und war damit beschäftigt, jede einzelne Zigarette in der Mitte durchzubrechen. Rose nahm ihr die Kiste weg und legte die Zigaretten so, daß die zerbrochenen zuunterst kamen und die ganzen oben darauf. So gab es jedenfalls keine Szene, während sie hier war. Reisedecken und Handtaschen, größere und kleinere Koffer waren im Zimmer verstreut.

Ein Mädchen brachte Tee, Keks und Marmelade herein. Frau Lied sank ermattet in einen Sessel:

»Ach natürlich trinkst du eine Tasse Tee! Ich muß sagen, du hast Mut, jetzt noch bis hier herauf zu gehen. Aber natürlich bekommt dir das nur gut, gesund wie du bist. Ich muß sagen, du bist gut daran – wenn ich daran denke, was ich immer habe aushalten müssen, wenn ich in dem Zustand war! Laß mich dich ansehen –« Sie nahm Rose lachend in den Arm und betrachtete sie im Profil: »O gewiß, die Dame fängt an, Figur zu bekommen, das muß ich sagen –«

Rose errötete, hauptsächlich vor Zorn.

»Du, ich habe nur eine Garnitur reine Wäsche für Lill eingepackt. Dein Mädchen versäumt schließlich nichts, wenn sie etwas wäscht. Du sollst auch wirklich nicht mehr tragen, als notwendig ist, armes Ding. Nimm noch einen Keks! Hast du gebacken? – Wie, fünf verschiedene Sorten Gebäck? Na ja, im Anfang macht man so etwas. Gott, ich bin froh, daß ich dieses Jahr dem ganzen Weihnachtstrubel entgehe, ich habe nichts, aber auch gar nichts gemacht. Die Mädchen bleiben ja dieses Jahr allein zu Hause, also –. Nicht doch, Lill, warum heulst du denn wieder?«

Lill heulte, weil sie ihr weißes Kleid zu Onkel Torkild mitnehmen wollte. Rose hörte den Verhandlungen zu, deren Ausgang sie im voraus wußte; natürlich wurde nach dem Mädchen geklingelt, das Befehl erhielt, Lills weißes Kleid mit zur Wäsche zu legen.

»Pfui Lill – so unartig gegen deine Mama zu sein, die jetzt so weit wegreisen soll – denk mal, viele, viele Tage.« Lill tröstete sich mit einigen Stücken Zucker.

»Ach, da fällt mir ein – willst du ein paar Weihnachtsnummern haben – zum Beispiel hier von ›Fremtiden‹? Ich habe einige kleinere Sachen drin. Nur Kleinigkeiten. Wenn man unter solchen Verhältnissen lebt wie ich hier, ist es ja fast unmöglich, sich zu etwas Ordentlichem zu sammeln. Das ist ja auch einer der Gründe, weißt du, weshalb ich nicht ganz in der Wirtschaft und so weiter aufgehen kann. Nein, Lill, willst du das lassen, du hast jetzt schon viel zu viel Zucker gegessen! Pfui, du bekommst häßliche schwarze Zähne davon –. Nein, hat Mama gesagt! Na, meinetwegen noch dies letzte! Ich finde, ich muß jetzt Ruhe haben für meine Kunst, das ist die Hauptsache!«

Rose blätterte in den Heften und setzte das wohlerzogenste Gesicht ihrer Kindheit auf. Wenn Frau Mary Lied von ihrer Kunst sprach, wurde es ihr immer furchtbar schwer, ihre Lachgrübchen zu beherrschen.

»Wenn man aber nun einmal etwas auf dem Herzen hat, was man sich verpflichtet fühlt auszusprechen. Ich habe einen großen Roman, – der ganze Plan, alles ist fertig, weißt du, ich muß ihn nur noch schreiben –«

Es gab keine Möglichkeit für Rose zu entschlüpfen, ehe ihr nicht Frau Lied den ganzen Roman erzählt hatte. Er handelte von einer Malerin, die einen Ingenieur geheiratet hatte, der sie nicht verstand. Sie wollte nur ihrem Schaffen leben und daher keine Kinder haben – der Mann war aber brutal und kleinbürgerlich und betrog sie mit Ausflüchten, so daß sie gegen ihren Willen ein Kind gebar; das mißbrauchte Muttergefühl in ihr rächte sich in einem unnatürlichen Haß gegen das Kind usw. usw. Im Laufe der Erzählung sollte neues Licht auf die wichtigsten sozialen und sexuellen Fragen aller Zeiten geworfen werden.

Rose wagte einige Male schüchtern, ihren Mann und das Essen zu erwähnen.

»Ach was. Torkild wird sicher nicht böse, wenn du ihn auch ein Stündchen oder mehr warten läßt! Ich kenne euch schon! Findest du nicht, daß das ein gewaltiges Motiv ist? Und ganz neu? Das uneheliche Kind in der Ehe. Kannst du dir denn nicht denken, wie eine Frau wie Vera dieses Kind hassen muß, das sie in Schande empfangen hat?«

»Nein«, sagte Rose. »Aber Mary, es ist schon über halb fünf.«

»Bleib noch einen Augenblick sitzen. Nein, du verstehst so etwas natürlich nicht, weil du eine von den Frauen bist, die nur, nur Muttertiere sind – in den Kindern ihr eigenes, innerlichstes Eigentum sehen. Der Vater ist ein zufälliger Anlaß. Ich habe auch die Absicht, darüber zu schreiben, über eine Frau, die durch Notzucht schwanger wird usw. usw.«

Die Uhr hatte fünf geschlagen, ehe Rose endlich von Frau Lied loskommen konnte. Und dann verzögerte sich der Abschied noch, weil Lill durchaus ihren grünen Sammetmantel und die Haube mithaben wollte, was ihr endlich nach längeren Auseinandersetzungen zugestanden wurde, zu denen Lill einen Schwall von Tränen und Geschrei beigesteuert hatte. Das Gepäck wurde also wieder zum Kindermädchen hinaufgeschickt – den warmen Wintermantel mußte sie auch mithaben; es war schließlich ein ganz ansehnliches Paket geworden, was Rose zu tragen hatte, als sie endlich davonging, das hüpfende und tanzende Kind an der Hand –.

Sie mußte den Weg jetzt im Dunkeln und mit dem kleinen Mädchen zurücklegen. Sie ging langsam und antwortete besonnen auf Lills Fragen und Plaudern. Es war ein herrlicher Abend – hier auf der Höhe war die Luft eisig klar und rein, unten im Tale dagegen lag der Frostnebel weiß über dem Fluß und den Fabriken und den Häusern mit den blitzenden roten Scheiben. Im Süden über dem Walde schimmerte der Himmel noch matt lichtgolden, aber hoch oben blitzten einzelne große Sterne – es würde Nacht sein, ehe sie nach Hause kämen.

Auf dem Weg trafen sie Ingenieur Lied. Er schien sich zu freuen, Lill noch einmal Lebewohl sagen zu können.

»Nun mußt du ganz lieb und artig bei Frau Christiansen sein, – du bist doch Vaters gutes kleines Mädchen, ja Mäuschen? Ich hoffe, sie macht Ihnen nicht zuviel Mühe, Frau Christiansen! Auf Wiedersehen also und fröhliche Weihnachten!«

Unten am Bahnhof kam Torkild ihnen entgegen. Er war schon zu Hause gewesen.

»Als Agnes sagte, du wärest schon um drei Uhr von zu Hause weggegangen, wurde ich etwas unruhig. Ich glaubte, du seist vielleicht krank geworden.« Er legte den Arm um ihren Leib. »Wie geht es dir? Guten Abend, Lill! Natürlich, du bist fein wie Schlagsahne, Kleines!«

»Es geht mir gut wie immer, kannst du dir denken. Ich danke dir für die Blumen, Torkild!« Sie faßte ihn unter und schob ihre Hand mit leisem Druck in die seinige. »Du bist so lieb und gut zu mir –«

»Haben sie dir gefallen?« fragte er froh.

Arm in Arm gingen sie nach Hause, während Lill hin und her rannte, an Torkilds Hand hüpfte und sprang und wieder davonlief, um im Straßengraben zu schlittern.

Im Eßzimmer war für das Kind oben an der Ecke zwischen Rose und Torkild gedeckt. Torkild band dem kleinen Gast die Serviette vor und schob ihr ein Sofakissen unter. Liebkosend strich er über ihre hellen Locken.

»Nun, Lillekind – freust du dich aufs Essen?«

»Solche Suppe mag ich nicht«, verkündete Lill, als Rose Grünkohlsuppe auftat. »So was eß' ich nicht.«

»O doch. Hier im Hause essen kleine Kinder alles, was ihnen vorgesetzt wird«, sagte Rose bestimmend.

Es sah einen Augenblick aus, als wollte Lill ein Gebrüll vom Stapel lassen. Aber dann tat sie das Gegenteil – sie lachte und klopfte als Begleitung dazu mit ihrem Löffel auf den Tisch:

»Ach, in eurem Hause sind ja gar keine Kinder!«

»Natürlich. Augenblicklich haben wir dich.«

»Ja, aber ihr habt doch keine Kinder, die euch gehören – nicht wahr, Onkel Torkild?«

»Vielleicht schaffen wir uns eines an, Lill.«

»Wollt ihr euch denn eins kaufen?« lachte sie laut.

»Ja gewiß. Wir kaufen uns zum Frühjahr ein Kind«, sagte Torkild. »Wenn sie nicht allzu teuer sind.«

»Kinder sind teuer«, sagte Lill altklug. »Meine Mama und mein Papa können es sich nicht leisten, mehr Kinder zu bekommen, sagt Mama.« Sie kicherte wieder. »Aber warum habt ihr euch denn nicht schon zu Weihnachten ein Kind gekauft? Dann hätte ich doch damit spielen können. Sind Kinder im Frühling billiger, Onkel Torkild?«

»Kinder sind sehr teuer zu Weihnachten«, sagte Torkild ernsthaft. Er lugte zu Rose hinüber, die, mit ihrem jungen, zärtlichen, mütterlichen Lächeln auf den Lippen, ihnen lauschte. Es wurde ihm warm ums Herz vor Freude, während er dem Kind übers Haar strich.

Als sie dann gegessen hatten und in die dunkle Wohnstube traten, nahm er seine Frau in die Arme und küßte sie lange und innig – bis Rose flüsterte: »Lill – laß, Torkild, das Kind sieht alles.« Sie trat zur Hängelampe und zündete sie an. Dann nahm sie die Schale mit den Hyazinthen auf und hielt sie einen Augenblick vor sich hin.

»Weißt du, daß ich mir viele Jahre lang gewünscht habe, einmal eine ganze Schale voll abgeschnittener Zwiebeln zu bekommen?«

Torkild trat an den Tisch:

»Ja, sie sind schön. Von wem hast du sie bekommen?«

»Liebster – sind sie nicht von dir?« fragte Rose erstaunt.

»Nein, die Mimosen sind von mir«, sagte Torkild.

»Ich dachte. Es kamen zwei Schachteln auf einmal. Und aus demselben Geschäft.«

»Vielleicht ist es ein Mißverständnis«, meinte Torkild. Sie ging auf den Korridor, um die Schachteln zu untersuchen. Auf beiden stand ihr Name. Sie schaute genau nach

– zwischen dem Seidenpapier des einen Pakets lag eine Visitenkarte: Axel Christiansen, Diplomingenieur, Kristiania.

»Ach, von Axel«, sagte sie freudig überrascht. »Nein, wie nett von ihm, mir Blumen zu schicken!«

»Sind sie von Axel?« Torkild war ihr beim Wegräumen der Bücher und Nähsachen, die auf dem Tisch herumlagen, behilflich, um Platz für die Kaffeetassen zu schaffen.

»Ich finde, du solltest an Axel telefonieren und ihn für einen der Weihnachtstage einladen«, sagte Rose, während sie den Kaffee einschenkte. »Er ist nur ein einziges Mal bei uns gewesen. Du wolltest Lund und Helsing einen Tag hier sehen – kannst du ihn dann nicht auch bitten?«

»Ja natürlich, wenn du es wünschst.«

»Ich finde es ein bißchen merkwürdig. Dein Bruder ist nur ein einziges Mal hier gewesen. Doris nie und dein Vater auch nicht –«

»Nein«, sagte Torkild und betrachtete einen Augenblick seine Zigarre. »Daß unsere Familie zusammenhielte, kann man ihr nicht nachsagen.«

Als Rose nach einer Weile in die Küche ging, blieb Torkild sitzen, rauchte und starrte an die Decke. Auf Lills unzählige Fragen gab er kurze und zerstreute Antworten.

Es war merkwürdig – sie schien ganz vergessen zu haben, daß Axel einmal um sie angehalten hatte. Das heißt, er wußte allerdings nicht ganz genau, wie es sich damit verhielt, Rose hatte nicht darüber gesprochen – aber davon war er jedenfalls überzeugt, daß Axel sich einmal sehr für sie interessiert hatte. Er konnte nicht verstehen, daß sie sich etwas daraus machte, ihn jetzt hier draußen zu sehen, gerade jetzt, wo ihr Zustand ohne weiteres sichtbar war. Das stellte ihn und sie doch auf so intime Weise nebeneinander, daß er, jedenfalls einem Manne gegenüber, der einmal in seine Frau verliebt gewesen war, sich ebenso schämen würde, als wenn er sie in Gegenwart Fremder liebkoste.

Es hatte ihn merkwürdig peinlich berührt, daß sie davon gesprochen hatte, Axel jetzt einzuladen. Er wußte nicht warum, aber diese leichte, gleichgültige Art, mit der sie darüber sprach, hatte ihm plötzlich gezeigt, wieviel sie vergessen und wie wenig sie seine eigene Liebe in den vergangenen Jahren verstanden hatte. Er hatte geglaubt, die

Zeit der Schmerzen sei vorüber, und es sei am besten zu vergessen, nun fühlte er, daß ihm von diesen Schmerzen, an die er in letzter Zeit gar nicht mehr gedacht hatte, eine Empfindlichkeit zurückgeblieben war, etwa wie an einer hautlosen Stelle am Körper.

Als Rose aus der Küche zurückkam, um etwas zu holen, saß Torkild im Eßzimmer an seinem Schreibtisch. Er hatte Lill auf den Knien, und sein dunkler Kopf war an ihren hellen gelehnt, während er mit roten und blauen Stiften Pferde und Kühe für sie zeichnete.

»Zeichne mal eine Kuh, die hinten blau ist, Onkel Torkild«, sagte Lill.

»Eine Kuh kann doch aber nicht blau sein, Lill, hast du schon einmal eine blaue Kuh gesehen?«

»Nein, aber deshalb kannst du doch sehr gut eine blaue Kuh zeichnen. Einmal habe ich überhaupt eine blaue Kuh gesehen, das war damals, als ich in Kamerika war.«

»Ach, du bist in Kamerika gewesen, Lillekind? Wann war denn das?«

»Na damals, als ich mit dem Kaiser von Kamerika verheiratet war. Das war natürlich, ehe du bei uns wohntest.«

Rose hatte gefunden, wonach sie in der Schublade gesucht, und ging, still vor sich hinlächelnd, wieder hinaus.

»Tante Rose«, rief Lill nach, »was machst du in der Küche?«

»Ich backe Stollen, mein Kind.«

»Tust du Rosinen hinein? Dann will ich zugucken«, rief sie und hopp, sprang sie von Onkel Torkilds Schoß.–

Als er Rose abends oben im Schlafzimmer die Stiefel aufgeschnürt und ihre Füße geküßt hatte, ehe er sie in die Morgenschuhe steckte, schlang sie ihre Arme um seinen Hals und zog ihn mit sich zum Sofa, das neben ihr Bett gestellt worden war.

»Ist sie nicht entzückend? Wie süß sie in den Kissen liegt –«

Lange blieben sie, eng umschlungen, stehen und betrachteten das kleine, schlafende Mädchen, während sie sich von Zeit zu Zeit still küßten.

III

Ende Mai kam Roses und Torkilds Kind tot zur Welt. Es lebte noch während der Geburt, die sehr schwer und langwierig war; der Arzt wußte nicht ganz bestimmt, ob es noch in dem Augenblick gelebt hatte, als die Geburt beendet war. Es war ein großer, hübscher Knabe, aber alle Belebungsversuche blieben vergeblich.

Gleich nachdem Rose aus der Narkose erwacht war, verlangte sie, das Kind zu sehen. Der Arzt und die Hebamme sagten, es schlafe drinnen in Torkilds Zimmer; sie würde es zu sehen bekommen, sobald es erwacht sei und sie selbst geschlafen habe.

»Torkild«, rief sie plötzlich. Er stand, ohne sie anzusehen, am Fußende des Bettes und fuhr zusammen, als sie seinen Namen rief. »Komm bitte her«, sagte sie mit merkwürdig scharfklingender Stimme. Er ging zu ihr, kniete am Kopfende nieder und preßte seine Stirn gegen ihre klamme Hand. »Was ist geschehen?« fragte sie wie zuvor. »Ist es etwas Schlimmes? Ich sehe dir an, daß irgend etwas nicht in Ordnung ist –«

»Nein, jetzt legen Sie sich bitte hübsch hin, damit Sie Ihren wohlverdienten Schlaf bekommen, liebe Frau Christiansen«, ertönte die handwerksmäßig frische Stimme des Arztes. »Und Ihren Mann sollten Sie lieber in Frieden lassen. Er ist auch ziemlich mitgenommen. Und Sie, Christiansen, sagen Ihrer Frau jetzt hübsch gute Nacht, – Ihnen bekommt eine Szene im Augenblick wirklich beiden nicht gut. Wenn Sie morgen frisch sind, dann können wir weiter sehen.«

»Torkild«, sagte Rose, als ob sie den Doktor nicht gehört hätte. Ihre Stimme zwang ihn aufzusehen.

»Es lebt nicht«, sagte er und verbarg sein Gesicht wieder in den Betten.

Sie gab keine Laut von sich, sondern wandte nur den Kopf zur Seite. Und sie rührte sich auch nicht, als er aufstand und aus dem Zimmer ging.

Der Arzt folgte ihm und schalt; er müsse sich doch denken können, daß seine Frau jetzt der Ruhe bedürfe und keine Gemütsbewegungen vertragen könne.

Torkild hatte nichts zu erwidern. Er wußte, er hatte ihr willfahren und die Wahrheit sagen müssen.

Was wußte denn der fremde Mensch von ihm und ihr. Der Doktor, die Hebamme, die Pflegerin – es war ihm eine Qual, all die fremden Menschen um sich zu haben, ihnen zuhören und antworten zu müssen. Wenn er aber an den Tag dachte, wo Rose und er wieder allein wären, war es ihm, als erstarrte sein Herz vor Angst und Weh, und seine Seele wollte Gott um Barmherzigkeit anflehen.

Am folgenden Vormittag, als die Schwester schlafen gegangen war und Torkild allein bei Rose saß, verlangte sie plötzlich, das Kind zu sehen. Sie hatte eine verhältnismäßig gute Nacht gehabt und sechs Stunden geschlafen, aber sie hatte nicht ein Wort gesprochen, seit sie aufgewacht war, außer den Antworten, die sie der Hebamme und der Schwester geben mußte, wenn diese mir ihr sprachen. Torkild erhob sich und stand einen Augenblick unschlüssig da. »Du verstehst doch, daß ich ihn sehen muß«, flüsterte Rose leise klagend. »Das mußt du doch begreifen können. Ich möchte ihn am liebsten sehen, wenn niemand hier ist außer dir.«

Torkild ging durch sein Zimmer in die Badestube, wo der kleine Kinderleichnam in einem Korb lag. Die Schwester hatte ihn gewaschen und nur in die neue weiße Wolldecke gehüllt.

Rose versuchte, sich im Bett aufzurichten, als er zu ihr trat. Und als er sie daran hindern wollte, streckte sie beide Arme aus. So legte er das Kind in den Arm seiner Mutter.

Er blieb stehen und starrte das Bild an. Er war wie gelähmt und konnte die Augen nicht abwenden, obgleich ihm der Anblick einen so starken Schmerz verursachte, daß er nicht begriff, wie er ihn ertrug. Es war dasselbe Gefühl, das er gestern gehabt hatte, als er sie namenlos leiden sah – sein ganzes Wesen lehnte sich auf, es *mußte* ein Ende nehmen – und doch wußte er, daß seine Empörung nichts nützte. Auch jetzt schrien sein Fleisch und Blut auf – er *wollte* es nicht ertragen. Und er wußte, es half nichts, daß er nicht wollte –

Sie hatte den kleinen nackten Körper in ihren Arm genommen und ihn zärtlich mit der Decke bis zum Gesichtchen zugedeckt. Das eine Händchen legte sie auf ihre Brust und barg es unter ihrer Hand; sie küßte das schwarzflaumige Köpfchen, die Augen, die nie das Licht erblickt, den Mund, der nie geatmet hatte. Dann glitt ihre Hand unter die Decke, und er wußte, daß sie nun den leblosen, kalten, kleinen Körper liebkoste, die toten Händchen, die toten kleinen Füße.

»Findest du ihn nicht auch so lieb, so lieb?« fragte sie leise und brach gleichzeitig in ein herzzerreißendes, jammerndes Schluchzen aus.

»Rose –«

»Begräbt man so ein kleines Wesen auf dem Kirchhof?« fragte sie nach einer Weile mit versagender Stimme.

Es währte einen Augenblick, ehe er sich soweit in der Gewalt hatte, daß er antworten konnte:

»Ich habe in die Stadt telefoniert. Er wird in das Grab deiner Mutter gelegt. Ich dachte, der Gedanke wäre dir lieb.«

Nach einer Weile sagte sie ein wenig ruhiger:

»Weißt du, wo die Sachen geblieben sind, die ich herausgelegt habe, als ich krank wurde? Sieh bitte nach, ob sie auf dem Sofa liegen. Es war alles in ein Laken gewickelt – hol es mir doch bitte her.«

»Rose –«, flehte er.

Aber sie fing an, dem Kinde das Hemdchen anzuziehen.

»Rose, Liebste, Beste, du darfst dich nicht so viel bewegen.«

»Willst du mir nicht ein bißchen helfen?« bat sie. »Mama will ihren Kleinen selbst anziehen – Mama und Papa –«, dann brach sie wieder mit einem unterdrückten Jammerschrei in Tränen aus, und preßte ihr Gesicht in die Kissen und schluchzte.

Bald darauf fuhr sie jedoch fort, das Kind anzukleiden, und Torkild half mit zitternden Händen, während er sie in seinem Innern anflehte, ihnen beiden diese Pein zu ersparen –. »Ich danke dir. Öffne nun bitte die vorletzte Kommodenschublade – gleich obenauf liegt ein weißes Kleid mit blauen Zacken –«

Er holte es und war ihr behilflich, es dem toten Kind anzuziehen. Sie wühlt in der Wunde, dachte er, sie wühlt absichtlich in ihrem eigenen und in meinem Herzen. Und ich wage nicht, sie aufzuhalten. Ich wage es nicht, weil ich weiß, sie will – auch mich – peinigen.

»Mein kleiner, geliebter, süßer Knabe. Ach Torkild«, wieder schluchzte sie unaufhaltsam. »Möchtest du nicht auch, daß er gelebt hätte – nur einige Stunden, nur ein paar Tage – nur etwas gelebt, wenn wir ihn dann auch verloren hätten –«

Er biß die Zähne zusammen, um die Tränen zurückzuhalten. Er *mußte* sich ihretwegen beherrschen und nickte nur.

Ach ja, ja. Hätte sie doch nur ihr Kind, sein und ihr Kind, ein einziges Mal warm und lebendig in den Armen halten dürfen, – hätte es nur einmal an ihrer Brust saugen können, daß sie es bis ins Herz hinein gespürt hätte, bis dorthin, wohin seine Liebe niemals dringen würde. Wenn ihre Hände sich doch über dem kleinen, warmen, lebenden Körper hätten finden können, wenn ihre Seelen sich über dem Totenbettchen hätten finden dürfen –.

Wieviel hatte er nun gesehen und verstanden – wie hatte er gelitten und entsagt. Er hatte sich begnügen wollen, hatte sich geschworen, dennoch froh zu sein. Wenn sie nur dem Kinde alles hätte geben dürfen, was er sich nie errungen hatte, wenn auch er sein Kind von ganzer Seele hätte lieben, es mit seiner ganzen Zärtlichkeit, nach der es niemand anderes verlangte, überschütten, es schützen und umsorgen können, wie nur ein Vater es tut, der selber schutzlos aufgewachsen –. Er war überzeugt, daß es das Leben ausfüllen konnte, wenn er mit ganzer Seele danach strebte – so daß ein Glück daraus erstehen würde für sie und das Kind – und für ihn selbst, wenn auch in seinem Gemüt immerdar eine Lücke und eine wunde Stelle zurückbleiben würde. –

Jetzt wußte er, daß er auch aus seiner letzten Stellung vertrieben war und nun verlieren mußte –.

Aus ihrem Zusammenleben war nur ein kleiner Leichnam hervorgegangen, der still und kalt in ihren tastenden Händen lag.

Als er das Kind hinaustrug, brach er mit ihm in seinem Zimmer vor dem Bett zusammen. Er erstickte sein Weinen in den Kopfkissen, damit es niemand hörte. Und er preßte die leblosen Hände seines Kindes in seinen eigenen: »Herr Jesus. Ich kann nicht mehr –. Ich kann nicht. Bitte deine Mutter, daß sie nicht von mir gehe –!«

IV

Rose schien nach der schweren Geburt schnell wieder zu Kräften zu kommen. Erst als sie wieder aufgestanden war, zeigte es sich, daß sie noch lange nicht gesund war. Die Wochen gingen hin und sie blieb ebenso kraftlos und niedergedrückt wie im Anfang. Der Arzt verschrieb stärkende Arzneien und ermahnte Torkild eindringlich, seine Frau aufzumuntern und zu versuchen, ihre Gedanken von der Enttäuschung und dem Verlust abzulenken. Vor allen Dingen solle er eine Reise mit ihr machen –.

Torkild lächelte müde, als der Arzt gegangen war. »Es ist doch nicht so schlimm, als wenn das Kind gelebt hätte, und Sie hätten es dann hergeben müssen«, hatte er gesagt. Wegreisen – ihm fiel ein, daß er von dieser und jener jungen Frau gehört, die ein totes Kind zur Welt gebracht hatte und dann ins Ausland oder in ein Sanatorium geschickt worden war – es schien ein erprobtes Mittel zu sein. Natürlich wollte er den Versuch machen. Aber er glaubte nicht, daß es viel helfen würde. Das heißt, er wußte es sogar. – Und wie in Hergottsnamen sollte er ihr Mut zusprechen – er, der selbst nicht mehr eine Spur Lebensmut besaß –.

Axel hatte Rose während ihres Krankenlagers einige Male Blumen gesandt. Nachdem er an jenem Weihnachtstag bei ihnen gewesen, hatte er angefangen, sie ziemlich oft zu besuchen.

Torkild konnte seinen sonderbaren Unwillen darüber, daß Axel sie besucht hatte, während Rose guter Hoffnung gewesen war, nicht loswerden. Nicht deshalb, weil er etwas gedacht – oder geargwöhnt hätte. Er hatte nur ein unklares Gefühl, von dem er sich nicht freimachen konnte.

Als Rose etwa seit vierzehn Tagen auf war, kam Axel eines Nachmittags wieder zu ihnen heraus. Es war ein schöner Abend Ende Juni, und sie tranken Tee auf der

Veranda. Nach dem Essen war Rose ins Haus gegangen, um einige Erdbeeren zu holen, die ersten in diesem Jahr. Axel und Torkild blieben auf der Veranda sitzen und redeten von Politik. Axel sprach von einem Artikel in der neuesten Nummer der Abendpost. Torkild hielt die Zeitung nicht, aber Axel hatte die Nummer mitgenommen, um sie im Zug zu lesen, und da er glaubte, sie läge draußen im Korridor, ging er hinaus, sie zu holen.

Torkild erhob sich, er wollte nachsehen, ob er Rose behilflich sein könnte. Als er in das Eßzimmer trat, sah er sie auf den Knien vor dem Eckschrank liegen. Einige Teller und Gläser, die sie herausgenommen hatte, standen vor ihr auf dem Boden, aber sie kniete nur unbeweglich davor, während ihr die Tränen unaufhaltsam über die Wangen strömten.

Axel stand drüben am Blumentisch und wandte Torkild den Rücken. Er drehte sich um und ging auf die Veranda hinaus, ohne den Bruder anzublicken.

Torkild richtete seine Frau sanft auf und drückte sie einen Augenblick an sich. Sie schluchzte noch einmal müde auf und legte eine Sekunde lang ihren Kopf an seine Schulter. Dann setzte er Teller und Weingläser auf ein Tablett und trug das Ganze für sie auf die Veranda hinaus. Axel hatte sich auf seinen alten Platz gesetzt und reichte dem Bruder die Zeitung. Torkild durchflog den Artikel, ohne zu wissen, was er las.

Diese fürchterlichen Tränenströme, die bei einem zufälligen Wort und ohne jeden äußeren Anlaß kamen – ohne den Kampf und die Anstrengung des Weinens. Roses Seele schien ein Meer von Tränen zu bergen, das von Zeit zu Zeit überfloß, je nachdem, wie hoch die Wogen des Schmerzes und der Sehnsucht gerade gingen. Es tat unsagbar weh, das mit anzusehen – und er fühlte sich so gänzlich machtlos!

Er fühlte auch, daß Axel sich quälte, er hatte es schon beobachtet, als der Bruder gekommen war! Axel hatte zwar nichts gesagt – aber sein eigenes zerquältes Gemüt witterte eine heimliche Wunde, die der andere verbarg. Und das erhöhte die Leiden seiner eigenen überempfindlichen Nerven.

Als Axel gehen wollte, griff Torkild nach seiner Mütze, um ihn bis zum Bahnhof zu begleiten. Rose brachte sie bis zur Gartenpforte. Als sie sich verabschiedeten, sah Torkild, daß ihre Augen wieder voller Tränen standen.

Torkild und Axel gingen den Waldweg hinunter, ohne miteinander zu reden. Nicht ein Laut klang durch die Sommernacht, hin und wieder nur schnarrte ein Wachtelkönig in der Wiese am Waldrand, oder auf einem fernen Hof schlug ein Hund an.

»Es ist furchtbar, wie es sie mitgenommen hat«, sagte Axel plötzlich. In seiner Stimme lag eine gewisse unterdrückte Heftigkeit, die Torkild unwillkürlich beunruhigte.

»Ja, sie ist sehr angegriffen. Die Sache selbst war fürchterlich. Ich habe nie geahnt, daß das so grauenvoll sein könnte. Man kann wohl kaum erwarten, daß sie schnell darüber hinwegkommt. Und wenn sie immer zu Hause ist, fühlt sie natürlich unablässig die Leere, die all die getäuschten Erwartungen und Hoffnungen zurückgelassen haben. Es wird wohl etwas besser werden, wenn wir jetzt eine Weile wegreisen können.«

Axels Atem ging kurz und heftig:

»Warst du völlig unvorbereitet darauf, daß es dieses Ende nehmen könnte?«

Torkild blieb mit einem Ruck stehen. Er betrachtete seinen Bruder – Axels Augen funkelten vor Haß:

»Ich meinte damit, hattest du eigentlich das Recht – du – dich mit einem gesunden, unschuldigen Mädchen zu verheiraten –?«

Torkild wankte wie unter einem Schlag. Einen Augenblick starrten die beiden Männer einander in die Augen. Dann schlug Torkild wider – er schlug seinem Bruder die geballte Faust ins Gesicht.

Axel taumelte einige Schritte zurück. Er machte eine Bewegung, als wollte er sich auf Torkild stürzen. Aber er hielt inne. Und wieder starrten sie sich an wie vorher.

»Ich weiß nicht«, sagte Torkild mit bebender Stimme, »– ob ich dir erst noch sagen muß, daß du dich nicht mehr in meinem Hause zeigst –.«

Axel antwortete nicht. Er ging an seinem Bruder vorbei den Weg hinab. Torkild blieb auf derselben Stelle stehen. Er fühlte plötzlich, daß es ihm schwarz vor den Augen wurde und hatte die Empfindung, als ob das Herz ihm bis in den

Mund quelle. Als er wieder zu sich kam, merkte er, daß er sich an einer Telefonstange festgehalten hatte. Es wurde ihm plötzlich klar, daß er einer Ohnmacht nahe gewesen.

Die Möglichkeit, die Axel da angedeutet, hatte allerdings hin und wieder auch in seinen Gedanken gespukt. Es war ihm jedoch gelungen, sie in gemessenem Abstand zu halten. Es war ja durchaus unwahrscheinlich. Um auf jeden Fall sein Gewissen so weit wie möglich zu beruhigen, hatte er sich schon vor Jahren einmal von einem angesehenen Spezialisten untersuchen lassen – in jener fernen Vergangenheit, als er mit Betzy verlobt gewesen war. Und bevor er sich verheiratet hatte, war er noch einmal beim Arzt gewesen.

Das Kind war vollkommen normal gewesen und sehr groß und kräftig. Die Hebamme hatte ihn gewarnt – allerdings zu spät –, daß es gefährlich werden könne, mehr für das Kind als für die Mutter, wenn nicht ein Arzt zu Rate gezogen würde. Aber solange Rose überhaupt imstande war, etwas zu sagen, hatte sie gebettelt und gefleht, Dr. Meyer nicht zu rufen. Und er konnte ihr so schwer widersprechen. So hatte er, ehe er nach Meyer telefonierte, viel Zeit verloren, indem er einen Arzt nach dem anderen in Kristiania angeläutet hatte, ohne einen zu erreichen.

Sie empfand einen heftigen Widerwillen gegen den hiesigen Arzt, und er hatte nach und nach angefangen, ihn zu teilen. Früher hatte er den Mann gut leiden können – sie waren Jagdkameraden und hatten daher gemeinsame Interessen.

Am nächsten Tage ging er aber doch zum Arzt. Meyer schüttelte auf Torkilds bange Frage energisch den Kopf.

»Natürlich. Es ist schwierig zu garantieren, daß so eine alte Geschichte einem nicht mal einen Streich spielen kann – selbst nach Verlauf von so vielen Jahren wie in diesem Falle. Aber soweit ein Arzt überhaupt etwas Bestimmtes darüber sagen kann, sind Sie gut davongekommen, *sehr* gut sogar, mein Lieber. Sicher ist jedenfalls das eine, daß der Tod des Jungen nicht das geringste damit zu schaffen hat.

Was Sie sich vorzuwerfen haben, will ich Ihnen ganz offen sagen, ohne Sie zu schonen. Sie haben eine ganz unvernünftige Rücksicht auf die – hm – Schamhaftigkeit Ihrer Frau oder wie ich es nennen soll – genommen –

auf diesen sehr unangebrachten Einfall, von dem ich nur nicht begreife, daß sie so lange daran hat festhalten können – sie muß verteufelt zäh sein –, na, sie ist ja ein frisches kräftiges Frauenzimmer. Und darum behaupte ich wirklich, daß diese Verzweiflung bei ihr nur Halsstarrigkeit ist, und daß sie verzweifelt sein *will*. Herrgott, es ist im Anfang natürlich hart, wenn die Kinderwäsche weggelegt, die Wiege auf den Boden gestellt werden soll und so weiter. Aber das gehört doch zu den Sorgen, die mit der Zeit vergessen werden. Sie können wenigstens ohne Gewissensbisse dafür Sorge tragen, daß dieser Gram gestillt wird –.

Sie *sollten* Ihrer Frau nicht gestatten, daß sie so in ihrem Schmerz und Kummer wühlt. Sie *dürfen* nicht all ihren Launen nachgeben, wie Sie es jetzt tun. Ich sage es Ihnen gerade heraus, als Arzt und als alter Ehemann – man darf nicht auf alle Weibereinfälle eingehen, wenn man ihnen auch einen Gefallen damit tun will. Man sollte nicht zuviel dergleichen dulden –.

Sie sind doch, soweit es ein Arzt überhaupt beurteilen kann, ein gesunder, kräftiger Mensch – wenn Sie nur etwas auf Ihre elenden Nerven achten wollten. Da müssen Sie freilich beizeiten bremsen, sonst nimmt es wahrhaftig noch ein schlimmes Ende. Ich werde Ihnen übrigens auch etwas verschreiben –.«

Torkild blätterte unterdes in einer Nummer der Jagdzeitschrift, die auf dem Tisch lag und entdeckte darin eine kleine Skizze, die von Meyer stammte. Merkwürdig, daß dieser Mann so entzückende, zarte kleine Schilderungen aus Wald und Feld schreiben konnte –.

»So.« Meyer klopfte ihm auf die Schulter. »Sie sind viel zu verliebt in Ihre Frau, Christiansen. Das tut nicht gut. Das tut wirklich nicht gut in einer Ehe. Gott sei Dank ist die große Liebe in der Ehe nicht so häufig wie Geschlechtskrankheiten. Wir Ärzte sehen genug von all dem Elend, das da zutage tritt. Aber ich sage Ihnen, wenn der große Eros auftritt, dann fehlt nicht viel, und er zerstört sowohl Glück wie Gesundheit – schafft nervöse, unmögliche Kinder und so fort –.

Wir sind nun einmal dazu verurteilt, auf der Erde zu leben, und darein müssen wir uns eben finden.

Sehen Sie nun vor allen Dingen zu, daß Sie beide ins Hochgebirge kommen. Und wenn sie wieder ganz in Ordnung ist und Sie auch – nicht eher, merken Sie sich das – dann sorgen Sie für ein Kind, da sie es nun mal durchaus haben will. Ich habe das gern an ihr – und natürlich muß man zugeben, daß es ein Verlust ist – obgleich man sich heutzutage auch darin oft täuscht –.«

Torkild biß die Zähne zusammen, als er zum Büro zurückkehrte. Nein, sie sollte *kein* Kind mehr bekommen, das schwor er sich, nicht, soweit es an ihm lag. Auch er hatte immerhin noch einen lumpigen Stolz, trotz allem –.

Was aber dieser Gedanke besagte – daß er das Ende von allem voraussetzte –, das wagte er sich nicht klarzumachen.

V

Sie hatten beschlossen, am zehnten Juli zusammen in ein Sanatorium im Hochgebirge zu fahren. Aber es erwies sich für Torkild als unmöglich, in dieser Zeit Urlaub zu erhalten. Er schlug ihr also vor, allein ins Sanatorium zu gehen und die sechs Wochen bis zum Beginn der Jagdzeit dort zu bleiben. Dann wollte er sie abholen und seine Ferien mit ihr auf der kleinen Foldalalm verbringen, wo er und Helsing vor zwei Jahren gewesen waren.

Er begleitete sie eines Sonnabendnachmittags bis Lillehammer und kehrte Sonntagabend allein nach Hause zurück. Er sah es selbst ein, daß es sicher das beste wäre, wenn sie zunächst eine Zeitlang allein bliebe. Aber sein Herz krampfte sich zusammen bei der Erkenntnis, daß sie dasselbe dachte.

Zu Hause in seiner Einsamkeit grübelte Torkild über ihr Verhältnis nach. Von Zeit zu Zeit versuchte er, sich aus diesen Gedanken herauszureißen. Dann war er dazu bereit, Meyer recht zu geben: Er war zu verliebt in seine Frau. Und das tat nicht gut. Aber seine Liebe zu ihr war nun einmal seines Wesens innerster Kern geworden.

Er dachte an die kurze Brautzeit – selbstverständlich hatte er sich damals nie eingestanden, daß er nicht recht an das Mirakel glaubte. Oder vielmehr, er hatte erst recht daran geglaubt, er war ja meist in der herrlichen übermütigen Stimmung gewesen, die einem Wagestück folgt, zu dem uns ein Glaube verleitet hat. Aber er hatte nie die ruhige, sichere Überzeugung gehabt, daß sein Glück das selbstverständliche, natürliche Glück sei, in dem keine Spannung ist, weil es keine Zweifel kennt.

Wäre es so gewesen, dann wäre ja auch die Verlobungszeit anders verlaufen. Er dachte an die Nachmittage im Frühling, die sie zusammen in diesem Haus, das ihr Heim werden sollte, verbracht hatten, meist ganz allein in glücklicher, spielerischer Geschäftigkeit. Und an die nervöse Erregung, in die er durch dieses Zusammensein mit ihr geriet – und die er mit aller Macht vor ihr zu verbergen suchte. Ein einziges Mal hatte er sich verraten, und sie hatte keinen Widerstand geleistet, sondern, als er sie zum Sofa trug, die Arme um seinen Hals geschlungen und versucht, seine heißen Liebkosungen zu erwidern. Aber er hatte gemerkt, daß sie es jetzt war, die sich Gewalt antat, um ihre Gefühle zu verbergen. Und mit gewaltiger Anstrengung hatte er seine Selbstbeherrschung zurückgewonnen, die ihm in dem Verhältnis zu ihr zur zweiten Natur geworden war.

Er hatte zu sich selbst und auch zu ihr gesagt – nein, so sollte der Anfang nicht aussehen. Aber, wenn sie hier draußen Mann und Frau geworden wären, in diesem Heim, das sie sich aufbauten, in einer Stunde, von der nur sie allein wußten, wäre das wohl ebenso schön gewesen, wie daß sie es in jener Nacht im Hotel in Kristiania wurden, nachdem sie vormittags auf dem Standesamt gewesen waren und mit den Zeugen, Lund und Helsing, im Continental zu Mittag gegessen hatten. Wenn sie sich geliebt hätten! Die Selbstbeherrschung war ihm zur zweiten Natur geworden – ihre Natur hatte das verlangt; hätte diese sich verändert, so würde es auch die seinige getan haben. Aber ihre Natur war die gleiche geblieben. An jenem Abend, als sie sich im Weihnachtsschnee küßten, hatten sie einander zugeflüstert: »Die Liebe ist das Neue zwischen uns –«

Aber das war es gerade, daß das Neue in ihrem Leben nicht die Liebe gewesen war. Das Neue lag darin, daß sie der Liebe überdrüssig war – ihrer Liebe ins Blaue hinein, ihrer Liebe ohne Ziel, und daß sie sich mit seiner Liebe begnügte, wie sie sie kannte, und mit der munteren Geschäftigkeit in dem Hause, das sie bald ihr eigen nennen sollte.

Er dachte an ihre Brautnacht – wie sie in seinen Armen geschlafen und er ihre regelmäßigen, gesunden Atemzüge an seiner Schulter gespürt hatte. Jetzt war sie sein – und er fühlte sich gedemütigt, beschämt, betrogen, obgleich er wußte, daß es so hatte kommen müssen. Es war eine neue Welt für ein junges Mädchen – und Rose, obgleich sie sich nach dieser neuen Welt gesehnt, hatte niemals schamlos und neugierig an ihren Grenzen umherspioniert und geschnüffelt. Als sie sich jetzt nun hineinverirrt hatte – doch das war es ja gerade, daß er das Gefühl hatte, sie habe sich in seine Arme verirrt –.

Aber es war wunderbar schön gewesen, neben ihr zu erwachen. Sie war so entzückend verschämt, so unwiderstehlich treuherzig überzeugt gewesen, daß er jetzt völlig glücklich sein müsse. Und er selbst hatte geglaubt, es zu sein – in jener Woche in Kopenhagen. Sie war schüchtern und zurückhaltend und gleichzeitig so naiv stolz darauf, ihm das geben zu können, was er seit Jahr und Tag so heiß begehrte. Er dagegen war demütig und dankbar und namenlos besorgt gewesen, sie zu verletzen oder zu erschrecken.

Dann war die wunderbare Nacht in Berlin gekommen, ihre richtige Brautnacht.

Schon vom ersten Abend an hatte sie sich näher an ihn geschmiegt, unter dem Eindruck, den das brausende Leben und Lärmen der Großstadt und deren gewaltige schönheitsarme Größe auf sie machte.

Sie hatten sich bereits einige Tage in Berlin aufgehalten, als sie eines Abends in einem der großen eleganten Restaurants soupieren wollten. Rose hatte ein neues seidenes Kleid bekommen, aus durchsichtigem silbergrauen Stoff über einem rosa Unterkleid; sie stand vor dem Spiegel des Kleiderschrankes und er küßte sie auf Nacken und Schultern, während er versuchte, sich unter den Haken und Ösen, Druckknöpfen und anderem Teufelszeug, die auf dem Unterfutter, dem Seidenfutter und dem Kleid saßen, zurechtzufinden. Plötzlich stieß sie sein Gesicht weg und rief ärgerlich und gereizt: »Kannst du diese dumme Küsserei nicht lassen und endlich fertig werden!«

Ihre Augen trafen sich im Spiegel. Sie wandte sich um und schlang ihre Arme um seinen Hals, mit einem leisen Lachen, das zugleich zärtlich, reuig und gequält klang: »Und meine Schuhe, Mann!«

»Deine Schuhe?« Wohl die neuen Schuhe, die sie am Vormittage bei Wertheim gekauft hatte. Während er plauderte und sie küßte und mit dem Auf- und Zuknöpfen nicht fertig werden konnte, glaubte sie, glühende Eisenschuhe an den Füßen zu haben – es schmerzte, daß sie hätte aufschreien mögen! Sie warf sich in den nächsten Sessel. Torkild stellte fest, daß ihre Füße überall ein gut Teil größer waren als die Schuhe.

Sie besaß kein anderes Paar, das sie hätte anziehen können. Da bekam Torkild die Idee, ein Souper mit Champagner und Blumen auf ihr Zimmer kommen zu lassen. Morgen sollte sie sich neue Schuhe kaufen, und dann konnten sie abends ausgehen.

Während auf ihrem Zimmer gedeckt wurde, machten sie einen Spaziergang in der Stadt, sie im langen Mantel und mit einem Paar vernünftiger Stiefel. Sie gingen dicht aneinandergeschmiegt durch die Straßen, die ihnen wie ein einziges siedendes Wirrwarr von Licht und Lärm vorkamen – hoch oben schrieb eine unsichtbare Hand in roter, weißer und grüner Flammenschrift die Namen von Kakao- und Zigaretten-, Fahrrad- und Weinmarken an den mattleuchtenden Frühlingshimmel und löschte sie im Nu wieder aus.

Als sie in ihr Zimmer zurückkehrten, lag drinnen alles im Finstern, außer dem weißgedeckten Tisch mit Blumen und Silber und blinkenden Gläsern unter den roten Lampenschirmen. Sie verzehrten ihr einsames Festessen und tranken Champagner. Sie saß in ihrem hellen Seidenkleid da, an den Füßen nur die fleischfarbenen Seidenstrümpfe, und er war in Frack und weißer Binde, was ihm, wie er selbst sehr gut wußte, besser als alles andere stand – es war herrlich, nur füreinander geschmückt zu sein –.

In dieser Nacht wurde sie seine Geliebte – seine einzige, gesegnete, herrliche Geliebte –.

Die erste Zeit in ihrem eigenen Heim war so glücklich gewesen. Sie war mit Lust und Freude sein, und er hatte sich eingebildet, daß das Wunder jetzt geschehen wäre und er sie besäße, weil sie mit ganzer Seele ihm angehören wollte –.

Jetzt in seiner Einsamkeit zu Hause dachte er mitunter, daß es wohl eine krankhafte Einbildung gewesen sei, wenn er Rose manchmal so weit von sich entfernt gefühlt hatte. Er verlangte wohl das Unmögliche mit seinem Wunsche, immer und ewig, auch im alltäglichen Gespräch, in jedem leidenschaftslosen Wort und Blick zu fühlen, daß sie einander angehörten. Der Erinnerungen aus ihrem Zusammenleben gab es doch wohl genug, die jeden Zweifel an ihrer Liebe zunichte machen sollten!

Er zweifelte auch nicht daran, daß diese Liebe einmal bestanden hatte. Aber es gab so unzählige Kleinigkeiten, die ihm eine eisige Angst durch den Körper jagten, daß ihre Liebe von ihm weichen könnte. Zum Beispiel seine Überzeugung davon, daß vielerlei kleine zufällige Umstände sie in seine Arme geführt hatten. Dann sein Mißtrauen gegen sich selbst, das sich in dem jahrelangen Kampf um das, was sie ihm immer wieder entzog, gebildet hatte. Jetzt wagte er nicht mehr, darauf zu bauen, daß er sie für immer fesseln könnte. – Und darum war er wohl dazu verurteilt, sie zu verlieren –.

Sie schrieb nach Verlauf von vierzehn Tagen an ihn, daß sie es unter den fremden Menschen im Sanatorium nicht länger aushielte. Wenn er nichts dagegen habe, so wolle sie gern nach Hövringen auf eine Alm, wo sie früher einmal gewesen sei und sich wohl gefühlt habe. Dort wohnten weit weniger Menschen und es koste nur halb so viel. Torkild antwortete ihr darauf, um den Preis dürfe sie sich nicht bekümmern, aber natürlich solle sie es irgendwo anders versuchen, wenn sie sich dort nicht wohl fühle – sie müsse ihm nur versprechen, vorsichtig zu sein, nicht zu lange Spaziergänge zu machen und dergleichen. Nachdem er den Brief beendet hatte, wagte er, noch einige Worte hinzuzusetzen, wie sehr er sich nach ihr sehne.

So siedelte sie denn nach Hövringen über. Sie wechselten meist kurze und trockene Briefe; auch Torkild schrieb keine eigentlichen Liebesbriefe an sie. Aber im Laufe der Woche fügten beide immer häufiger dem Schluß ihrer Briefe kleine zärtliche, hastige Sätze an.

Als Torkild dann Ende August hinkam, um seine Frau abzuholen, fand er sie frischer vor, als er zu hoffen gewagt hatte. Sie war sichtlich erfreut, ihn wiederzusehen. Und da sie junge Menschenkinder und Mann und Weib waren, da sie beide mehr sich selbst als dem anderen Teil vorwarfen, daß ihre Ehe nicht so glücklich geworden war, wie sie geträumt hatten, so erwachten sie am ersten Morgen mit wiedererstandenem Vertrauen auf ihre Liebe. Die drei Wochen auf der Berittjernsenne verlebten sie in einem leicht gedämpften und wehmütigen, aber zärtlichen und innigen Glück.

VI

Eines Tages beim Mittagessen sagte Rose, die vormittags Besorgungen in der Stadt gemacht hatte:

»Ach richtig, ich habe heute vormittag Axel getroffen, als ich im Iris saß und Tee trank.«

Torkild antwortete nicht.

»– Ich fragte ihn, warum in aller Welt er sich nie mehr bei uns sehen ließe, und da sagte er, ihr hättet euch entzweit –.« Und als Torkild noch immer schwieg: »Das hast du mir gegenüber nie erwähnt.«

Er hatte sich nicht dazu entschließen können, seiner Frau den Sachverhalt zu erklären, und wenn sie in den letzten Monaten nach ihrem Schwager gefragt hatte, waren seine Antworten ausweichend gewesen. Sie schien nicht darauf gekommen zu sein, daß etwas dahinter stecken könne; was sie weiter nicht interessierte, dafür hatte sie auch weder besondere Beobachtungsgabe noch ein sonderliches Gedächtnis. Und Torkild empfand es bitter, daß das seinen Angelegenheiten gegenüber nicht selten der Fall war.

»Nein, ich bin nicht dazu gekommen, darüber zu reden«, sagte er kurz.

»Aber, ich bitte dich, was ist denn vorgefallen?«

»Das kann ich dir nicht gut erzählen.«

Jedesmal, wenn Torkild an den Auftritt dachte, fühlte er die gleiche empörte Bitterkeit, in die sich etwas wie Scham für seinen Bruder mischte. Er war überzeugt, daß Axel selbst nicht glaubte, was er angedeutet hatte – und ihm fiel die Nacht ein, als er seinem Bruder das anvertraut hatte, was dieser dann so gegen ihn benutzte.

Rose forschte ängstlich in dem harten Gesicht ihres Mannes und fragte zaghaft:

»Torkild! Was ist geschehen – Axel hat sich doch nichts – zuschulden kommen lassen?«

»Zuschulden kommen lassen?«

Rose wurde verwirrt. »Ja, ich meine nur – er sagte nämlich – oder jedenfalls habe ich ihn so verstanden – als habe er augenblicklich erhebliche Schwierigkeiten – wirtschaftlicher Art.«

»Bist du toll«, sagte Torkild heftig. Rein instinktiv dachte er im Augenblick nur an den Bruder Axel.

»Ich sähe es am liebsten, wenn du mich nicht mehr danach fragtest«, sagte er abbrechend.

Hinterher bereute er es. Er hätte zum Beispiel sagen können, daß Axel sich auf eine unfeine Weise etwas zunutze gemacht habe, was er – Torkild – ihm einmal anvertraut hätte. Aber dann könnte Rose darüber nachgrübeln, was es sei – und vielleicht dies oder jenes vermuten, zum Beispiel eine Weibergeschichte von früher. Er konnte nicht gut wissen, auf welche Gedanken sie dabei kommen würde. – Aber jetzt dachte sie vielleicht, sie hätten sich ihretwegen entzweit. Und auch das schien ihm gefährlich. – Seine eigene Unruhe erhöhte seine Verbitterung gegen Axel.

Wenn ihm nur gleich eine Erklärung eingefallen wäre. Jetzt würde er keine Gelegenheit mehr haben, eine vorzubringen. Er wußte, sie würde nie wieder auf die Sache zurückkommen. Und sie tat es auch nicht.

In den ersten Oktobertagen bekamen sie Besuch von Roses schwedischer Freundin, Fräulein Stenbock.

Rose war in die Stadt gefahren, um sie abzuholen, und als Torkild zum Essen nach Hause kam, saß sie im Wohnzimmer. Vom ersten Augenblick an, als er sie sah, hatte er die überraschende Empfindung, als fühle sich etwas in ihm sehnsüchtig zu ihr hingezogen.

Außer in seinen Augen war sie nicht unbedingt schön, das sah er ein. Sie war groß und schlank, doch die flache Brust und die schmalen Hüften verliehen der Gestalt das Knabenhafte, das einer Frau zwar gut stehen kann, aber nur solange sie blutjung ist. Und Brita mußte annähernd dreißig sein. Sie hatte herrliches Haar, aschblond und voll, blaue Augen und eine zarte, reine Haut, aber ihr langes schmales Gesicht mit den hervorstehenden Backenknochen war etwas knochig. Der Mund war rot und frisch, nur bedeckte die Oberlippe nicht ganz die großen, weißen Vorderzähne. Alles in allem konnte man ihr Aussehen eher angenehm und »stilvoll« nennen als schön.

Torkild war selbst etwas verwirrt durch den Eindruck, den sie auf ihn machte. Wenn er zu Rose sagte, er könne Fräulein Stenbock gut leiden, wußte er sehr gut, daß das ein sehr schwacher Ausdruck für seine Gefühle war. In gewissem Sinn war er in sie verliebt – oder richtiger, er schwärmte für sie. Es war jedoch eine vollständig platonische Schwärmerei, und er war sich wohl bewußt, daß sie auf seine Gefühle für Rose nicht den geringsten Einfluß hatte; seine Liebe zu ihr blieb deshalb ebenso heftig, weh und bang. Aber ihm war manchmal, als würde eine Last von ihm genommen, wenn er mit Brita Stenbock allein war. Und alles, was er noch an Lebensmut und Selbstgefühl besaß, erwachte in ihm, wenn er neben ihr ging und ihrer klaren, schönen Stimme lauschte.

Er sehnte sich immer nach ihr, wenn sie nicht bei ihm war. Zu gleicher Zeit beunruhigte es ihn jedoch etwas, daß er imstande war, ein derartiges Gefühl zu nähren, das sozusagen mit dem parallel lief, was er für seine Frau empfand. Es bangte ihm etwas vor Britas Abreise – einerseits, weil er sie vermissen würde, und andererseits, weil er einen moralischen Katzenjammer fürchtete, wenn er wieder mit Rose allein wäre.

Rose schien nicht das geringste davon zu ahnen. Sie freute sich sehr, ihre Freundin bei sich zu haben und zu sehen, wie gut Torkild und sie sich verstanden.

An einem Sonnabendnachmittag fuhr Torkild zu einer geschäftlichen Konferenz in die Stadt und kam erst mit dem Nachtzug zurück. Daheim fand er außer Rose und Brita Stenbock noch Mary Lied vor, die zum Nachmittagskaffee herübergekommen war. Sie saßen jetzt nach dem Abendbrot beim Dessert am Tisch im Wohnzimmer und hatten eingemachte Früchte, Kuchen und Wein vor sich stehen. Die Luft war voller Tabakrauch.

Rose holte Teller und Glas für ihn herbei, und er setzte sich zwischen sie und Frau Lied, die sich sofort in erklärendem Ton zu ihm wandte:

»Wir sind gerade dabei, über die Liebe zu diskutieren. Können Sie uns nicht verraten, was Sie für eine Ansicht darüber haben, Christiansen?«

Torkild durchwühlte sein Gehirn nach einer schlagfertigen Antwort, da ihm aber nichts einfiel, mußte er sich begnügen zu erwidern:

»Ja, das ist nicht gerade einfach, darauf gleich eine Antwort zu geben.«

»Nein, weiß Gott, da haben Sie recht! Das ist nämlich auch meine Meinung; das Problem kann nicht gelöst werden. Die Ehe ist nun einmal eine ganz unmögliche Einrichtung, aber bis auf weiteres müssen wir dieses notwendige Übel in Kauf nehmen – der Kinder wegen, meine ich, jedenfalls so lange, bis die menschliche Gesellschaft gut genug organisiert ist, sich in durchaus zuverlässiger Weise der Kinder anzunehmen.«

»Wie müßte denn die Gesellschaft organisiert sein, damit du ihr vertrauensvoll deine Kinder überlassen könntest?« fragte Rose.

»Natürlich soll jede Mutter das Recht haben, immer und unter allen Umständen ihre Kinder bei sich zu behalten, wenn sie sich dazu berufen fühlt, sie zu erziehen. Wenn sie sich für diese Arbeit, die wahrhaftig die wichtigste für die Menschheit ist, aufopfert, ist es wohl nur gerecht, daß der Staat sie dafür belohnt. Aber für die Kinder, deren Mütter nicht dazu imstande zu sein meinen und vielleicht andere Fähigkeiten haben, sollte es Institute geben, wo sie hingegeben werden können, sobald sie der Mutterbrust entwöhnt sind, Anstalten, die von besonders dazu ausgebildeten Frauen geleitet werden, und wo den Kindern die beste Pflege gesichert ist. Selbstverständlich müßte es aber Bürgerpflicht sein, daß jede Mutter ihr Kind selbst nährt, und daß sie hierfür vom Staate entschädigt wird.«

»Und die Väter?« fragte Torkild. »Sollen ihnen denn gar

keine Rechte belassen werden – oder wenigstens Pflichten?«

»Nein. Dem einzelnen Kind gegenüber, das sie in die Welt gesetzt haben, gar keine; nur der Allgemeinheit gegenüber sollen die Männer die Pflicht haben, bloß dann Vater zu werden, wenn sie durchaus gesund und kräftig sind. Außerdem müssen sie zur Erhaltung der Kinder beitragen, was jedoch unter die Besteuerung fallen würde. Das muß nämlich das Ziel der zukünftigen Frauenbewegung sein: die Kinder sind unbestrittenes Eigentum der Mutter, die über die Erziehung nur dem Staat Rechenschaft abzulegen braucht.«

»Es kommt aber vor, daß ein Kind nach dem Vater geartet ist und ihn der Mutter vorzieht«, bemerkte Torkild.

»Ich meine natürlich nicht, daß es dem Manne nicht erlaubt sein soll, das Kind kennenzulernen, dessen Vater er ist, sofern die Mutter ihn für fähig hält, ihr bei der Erziehung behilflich zu sein, und für würdig – – –«

»Man dürfte wohl schwerlich einen Mann zum Vater seiner Kinder machen, den man dessen nicht für würdig erachtet«, sagte Brita spöttisch.

Sie hatte ihren Platz gerade Torkild gegenüber, und er blickte sie an. Sie saß aufrecht da; das Lampenlicht ließ ihre Augen dunkel erscheinen und spielte auf ihrem blonden Haar. Die Oberlippe hatte sie verächtlich über den frischen, weißen Zähnen hochgezogen. Das einzige junge Mädchen im Kreise.

Frau Lied sah sie an mit jenem unsagbar überlegenen Lächeln auf den Lippen, das erfahrene Frauen immer denen zuteil werden lassen, die noch ohne Makel sind:

»Aber ach, aber ach, die Menschen sind so schwach« – sagte sie auf deutsch und fuhr dann wieder auf norwegisch fort:

»Außerdem ist es nicht immer möglich, im voraus zu erkennen, wieviel der Ehegatte, den man sich erwählt, wert ist. Sie vertreten doch aber auch die freie Liebe, Fräulein Stenbock, wie Sie sagten.«

»Nicht gerade auf diese Art.« Leiser, wie ein Bekenntnis, fügte sie hinzu: »Wenn ich jemals einem Manne angehören wollte, müßte es einer sein, den ich mit unbegrenztem Vertrauen betrachten könnte – sogar mit Ehrfurcht. Und dann sind meiner Meinung nach Verlöbnis und Trauung unnötig.«

Torkild blickte sie wieder an. Dieser stolze rote Mund hatte nie geküßt – und er wußte, sie würde ungeküßt ins Grab sinken, unberührt auch von der flüchtigsten Liebkosung eines Mannes, ehe sie etwas mit sich geschehen ließe, was ihr einen Funken ihrer Ehrfurcht vor dem Leben rauben könnte.

»Ach, Herrgott, Brita«, sagte Rose – ihre Stimme klang müde und bitter. »Es ist nicht so sicher, daß man die Ehrfurcht aufrechterhalten kann, wenn man erst eine Zeitlang zusammengelebt hat; selbst wenn man zuerst ein noch so unbegrenztes Vertrauen gehabt hat.«

»Dann wäre es wohl besser«, sagte Brita still, »daß man nicht verheiratet wäre, sondern ohne Streit, häßliche Szenen und fremde Einmischung wieder auseinandergehen könnte. Denn man sollte sich in gegenseitigem Mitleid und gemeinsamer Trauer trennen –«

»Ich glaube, es kommt auf das gleiche heraus, ob man verheiratet war oder nicht.« Auch Rose lächelte spöttisch. Aber Torkild sah, wie verschieden dieses Lächeln von dem Britas war. Roses Lächeln galt auch ihr selbst. Die eine verachtete, was sie nicht verstand, und die andere verstand vollständig und verachtete deshalb.

»Es ist durchaus nicht sicher, daß man immer Lust hat, sich zu trennen, selbst wenn die Ehrfurcht nicht mehr vorhanden ist«, sagte Rose wieder. »Selbst wenn man einander überdrüssig ist und sich langweilt – den ganzen Tag hindurch. Es gibt etwas, das sich Gewohnheit nennt. Auch die Ehrfurcht vor sich selber schwindet nach und nach. Und in solchem Falle ist die Tatsache, verheiratet zu sein, eine Entschuldigung, hinter der man sich vor sich selbst versteckt.« Torkild hatte ein Gefühl, als zöge sie ihn nackt aus. Daß sie dessen fähig ist, dachte er voll Gram. Er wagte nicht, zu Brita aufzuschauen, aber er bildete sich ein zu wissen, daß sie jetzt mit gesenkten Augen dasaß. Und plötzlich war es ihm klar, warum er in sie verliebt war. Wie sie jetzt war, wie sie in ihrer stolzen, streitbaren Jungfräulichkeit dachte und sprach, mit ihren hochgespannten

Forderungen an die Welt und an sich selbst, so war seine Geliebte gewesen, ehe sie in seine Hände gekommen war und er sie selbst herabgezogen hatte; so hatte auch Rose dagestanden mit knospender Seele – aber nichts war erblüht, alles war nur dahingewelkt –

Als er nach langer Zeit aufzublicken wagte, lag auf Britas Gesicht noch immer derselbe unnahbare, verständnislose Zug. Ein junges Mädchen, an dem all das eben Gesprochene abgeglitten war, weil es von Erlebnissen handelte, von denen sie sich nicht denken konnte, daß sie sie je etwas angehen würden.

An Mary Lied dachte er überhaupt nicht; unbewußt zog er sie gar nicht in Betracht, weil er das dunkle Gefühl hatte, daß sie niemals auf das hörte, was andere sprachen, außer um selbst zu Worte zu kommen.

»Das läge ja in Wirklichkeit ebensosehr im Interesse des Mannes wie in dem der Frau«, ließ sich Frau Lied wieder vernehmen. »Denn auf diese Weise entginge er ja dem Anspruch auf Treue, der doch, weiß Gott, der ganzen Natur des Mannes widerspricht. Sie können doch nicht leugnen, daß der Mann von Natur polygam veranlagt ist, nicht wahr? – Hörst du, Rose, das kann nicht einmal dein eigener Mann bestreiten, daß die Männer so veranlagt sind, daß sie sich nicht mit *einer* Frau begnügen können –.«

»Sich begnügen können«, sagte Torkild unwillig. »Es ist wohl richtiger, zu sagen, daß man sich mit mehreren begnügt, wenn man die eine nicht bekommen kann –.«

»Pah, daß Sie wirklich den Mut haben, mit dieser alten Phrase aufzuwarten, womit man versucht hat, uns hinters Licht zu führen, seit Adam jungverheiratet war. Ach nein, mein Lieber, der Grund ist, daß ihr mehr Vergnügen braucht, als eine einzelne Frau euch bieten kann –.«

»Oder man wagt es nicht, alles auf eine Karte zu setzen«, sagte Torkild mit einem leisen Lächeln. »Insofern sollte der Selbsterhaltungstrieb einem Manne raten, an seinen polygamen Instinkten festzuhalten –.«

»Nein – der Mann *kann* nicht lieben«, sagte Mary Lied mit einem abgrundtiefen Seufzer. »Vielleicht kann es ein einziger von tausend.«

Gott im Himmel, dachte Torkild – hat sie vor, die ganze Nacht hier sitzenzubleiben?

Er war gerade dabei, sich bereit zu machen, Frau Lied nach Hause zu begleiten, als Lied kam, seine Frau zu holen. Nun mußte noch ein Glas Whisky getrunken werden, und es wurde fast drei Uhr, ehe sie gingen.

Als Rose und Brita die Gläser und Teller zusammenräumten und hinaustrugen, waren Torkild und Brita zwischendurch einen Augenblick allein im Zimmer.

»Mögen Sie Frau Lied?« fragte sie.

Torkild lächelte, erwiderte aber nichts. Er hatte die Ellenbogen auf eine Stuhllehne gestützt und blickte das junge Mädchen unverwandt an. Halb gegen seinen Willen drängte es ihn festzustellen, ob sie etwas verstanden habe – und wieviel.

»Finden Sie, daß Rose sich sehr geändert hat?« fragte er plötzlich.

»Es ist lange her, seit ich sie das letztemal gesehen habe«, sagte Brita. »Daß die Freunde sich verändern, wenn sie verheiratet sind, ist man ja gewöhnt.« Sie schwieg einen Augenblick. »Sie trägt sicher schwer an dem Verlust ihres kleinen Jungen«, fügte sie leise hinzu.

»Sie trägt sicher schwer an dem Verlust ihres Jungen«, dachte er, als er in Roses Schlafzimmer ging, das er in dieser Zeit mit ihr teilte; Brita schlief in seinem Zimmer auf der anderen Seite des Ganges, das er nach Roses Wochenbett beibehalten hatte. Er grübelte darüber nach, ob er es als eine Entschuldigung für Rose auffassen sollte – ein Entschuldigung für das, was Brita bemerkt haben könnte. Ob Rose mit Brita über ihre Ehe gesprochen hatte? Es war ihm früher niemals in den Sinn gekommen, daß sie einem Dritten etwas über ihr Verhältnis anvertrauen könnte. Er fühlte plötzlich eine quälende Unsicherheit – war er in seinem Heim nicht sicher vor fremden Augen, die ihn beobachten durften, ohne daß er es ahnte? Das schien ihm so undenkbar – es ähnelte Rose so gar nicht –. Aber er wußte ja nichts mehr von ihr – nichts Gewisses außer dem einen, daß sie herabgezogen worden war –.

Sie kam herein, und lange Zeit sprachen sie nicht miteinander, während sie sich auskleideten. Er lag schon im Bett als Rose, die ihr Haar für die Nacht flocht, seinem Blick im Toilettenspiegel begegnete:

»Hast du Ärger in der Stadt gehabt? Du scheinst heute abend nicht besonders guter Laune –?«

»Nein, gar nicht. Ich bin nur müde. – Ich glaubte, die Menschen wollten überhaupt nicht gehen –.«

»Ja, Mary sitzt immer so ewig lange.«

Rose war mit ihren Zöpfen fertig und warf sie über die Schultern. Sie räumte auf ihrem Toilettentisch auf, kleidete sich aus und legte jedes Stück sorgfältig zusammen, warf ihr Nachthemd über und zog das Hemd darunter aus. Dann zündete sie das Licht auf dem Nachttisch an und löschte die Lampe, ging noch ein wenig hin und her – stellte einige Blumentöpfe, die im Fenster standen, auf den Boden und hob Torkilds Weste auf, die vom Stuhl geglitten war.

»Torkild – das ist der Höhepunkt der Unordnung, daß du immer deine Uhr in der Westentasche stecken läßt! Und immer vergißt du es, sie aufzuziehen!«

Sie holte es nach und überzeugte sich, ob sie ihre eigene Taschenuhr aufgezogen hätte.

»Findest du«, fragte Torkild plötzlich, »daß die Zeit, die wir verheiratet sind, so sehr deine Achtung vor mir vermindert hat?«

Rose wandte sich heftig um:

»Was fällt dir ein? Du glaubst doch nicht etwa, daß ich es fertigbringen könnte, auf diese Art und Weise – von mir und dir zu sprechen?!« Sie schwieg einen Augenblick.

»Es ist, weiß Gott, nicht mehr auszuhalten mit dir, Torkild! Ich kann sagen und tun, was ich will, du suchst ja geradezu nach persönlichen Andeutungen und nach etwas, was dich verletzen könnte –.«

»Tue ich das?« sagte Torkild leise.

»Ja, du tust es. Vielleicht weißt du es ja selber nicht. Aber ich getraue mich kaum zu reden – jedes Wort, das ich sage, muß ich abwägen, ob etwas darin liegt, was du mißverstehen oder als eine Bosheit gegen dich auffassen könntest –.«

Sie legte sich ins Bett, ließ aber das Licht brennen.

»Verzeih mir, Rose«, flüsterte Torkild und suchte mit

seiner Hand nach der ihrigen. Sie überließ sie ihm einen Augenblick, zog sie dann aber sanft an sich.

»Du machst es uns auf diese Weise so schwer, Torkild«, sagte sie mit sanftem Vorwurf. »Das darfst du nicht. So kann kein Mensch mit dem Leben fertig werden – wenn man so empfindlich ist wie du –.«

»Es kommt daher, weil ich dich so grenzenlos lieb habe –«

»Ja, ich weiß es ja.« Sie rückte näher zu ihm heran und legte den Arm um seinen Nacken. Und als er sein Gesicht an ihrer Brust barg, fing sie an, ihn mit leisen, zarten Händen zu streicheln.

»Kannst du nicht etwas ruhiger werden – auch wenn du mich lieb hast? Willst du denn wegen solcher Kleinigkeiten alles zwischen uns zerreißen? Torkild, das Leben wird uns beiden so unerträglich, wenn du jede Nichtigkeit so furchtbar ernst nimmst –.«

Er dachte bei sich: es gibt ja nichts zwischen uns beiden, was für mich eine Nichtigkeit wäre. Aber er fühlte ihre weiche warme Brust unter dem dünnen Nachthemd an seiner Wange und ihre kleinen, stillen Küsse auf seinem Haar. Und mit wehmütiger Unterwürfigkeit dachte er: Sie hat recht. Ich bin es, der alles mit meinen Zweifeln zerreißt. Ich sollte ihren Liebkosungen glauben und nichts anderem –.

»Du lieber, lieber Mann«, flüsterte sie. Sie richtete sich auf dem einen Ellenbogen ein wenig auf und blickte ihm ins Gesicht:

»Was für traurige Augen du hast –.«

Sie küßte ihn auf die Augen. Aber da wurde er plötzlich kalt. Das steht ja in irgendeinem Buch, dachte er. Das ist etwas, was sie gelesen hat – wo zum Kuckuck steht es nur gleich! – Doch als er sich aus ihren Armen befreien wollte, hielt sie ihn fest und fuhr fort, ihn auf die gleiche milde, tröstende Art zu streicheln – bis er ihre Küsse erwiderte und sie an sich zog.

Sie schlief in seinen Armen ein. Aber er blieb noch lange wach. Alle Eindrücke dieses Abends zerflossen zu einem erstickenden Gefühl von Trauer und Überdruß –.

VII

Torkild dachte mitunter selbst, es sei eine krankhafte Empfindlichkeit, der er nicht nachgeben dürfte. Hin und wieder kamen Stunden, wo er es selbst großenteils für Einbildung hielt, wenn er meinte, daß es zwischen ihnen schlecht stehe. Ihr Zusammenleben war nicht so geworden, wie er es sich vorgestellt hatte. Er war der Meinung gewesen, sie würden ihr ständiges Zusammensein ähnlich empfinden, wie Frau Wegner augenscheinlich immer die Gegenwart ihres Kindes empfunden hatte – eine ununterbrochene Feiertagsstimmung hatte er sich in ihrem Heim vorgestellt. Allerdings hatte er eine solche Ehe nie gesehen. Er hatte meist beobachtet, daß in einer Ehe zwei Menschen sich beleidigten und Beleidigungen erduldeten, so daß es ausgeschlossen gewesen wäre, später auf der Straße den zu grüßen, mit dem man solche Szenen gehabt hatte, wenn es nicht der Bettgenosse gewesen wäre. Giftige Worte, schimpfliches Mißtrauen, unerzogenes und unhöfliches Betragen, unverhohlenen Egoismus konnten sich zwei Menschen bieten – und wenn sie sich gegenseitig alle Ehre und Tugend abgesprochen hatten, gingen sie zusammen zu Bett und zeugten Kinder.

Rose und er dagegen hatten kaum je ein unbeherrschtes Wort gewechselt. Selbst wenn sie einander bittere Dinge gesagt, hatten sie doch niemals die allgemeine Höflichkeit außer acht gelassen. Und eigentlich war es auch selten zu bitteren Worten zwischen ihnen gekommen. War ihr Leben grau und alltäglich geworden, so waren es jedenfalls stille und friedliche Werktage.

Der November war in diesem Jahr ungewöhnlich schön. Wenn Torkild morgens in die Fabrik ging, stand der Wald grau von Reif, und die Sonne schimmerte wie ein roter Ball durch den Winternebel. Später am Tag wurde der Himmel meist klar, die hartgefrorenen Wege glänzten schwarz, und der Sonnenschein schmolz den Reif, so daß es in den dünnen Wäldchen, deren Bäume und Büsche die letzten welken, gelben Blätter und brandroten Beeren und Hagebutten trugen, tropfte und glitzerte. Aber nach Sonnenuntergang wurde es wieder kalt, und der Nebel legte sich wie dünner, weißer Rauch auf die Wiesen am Fluß. Wenn Torkild nachmittags in der Dämmerung nach Hause kam, starrten aus der Küche und dem Eßzimmer die Lichtstrahlen wie dichte, gelbe Balken in den Dunst hinaus.

Rose kam nicht mehr heraus, um ihn im Korridor zu begrüßen, sie rief ihm von der Küche aus guten Abend zu. In den hübschen Zimmern war es hell und warm, in den Fenstern blühten weiße, rosa und gelbe Chrysanthemen. Wenn Rose hereinkam, begrüßte sie ihn meist froh und munter und verkündete, daß er heute etwas besonders Gutes zu Mittag bekäme. Sie war fast kindlich stolz auf ihr Essen. Tatsächlich war sie eine ungewöhnlich tüchtige und eifrige Hausfrau geworden.

Gleichwohl wirkte es manchmal etwas verstimmend auf ihn, daß sie sich immer mit ihrem Haushalt beschäftigte. Nach dem Essen bat sie ihn häufig, ihr etwas vorzuspielen, aber mitten in der Musik ging sie dann plötzlich in die Küche. Sie kochte Früchte und Gemüse und Saft in einer Menge ein, die in keinem Verhältnis zur Größe des Haushalts stand. Sie buk Kuchen, von denen sie selber wenig und er gar nichts aß, so daß sie nur dem Mädchen und Lieds Kindern zugute kamen, die häufig zu ihnen herüberliefen. Viel schickte sie auch an Kranke und Arme im Kirchspiel. – Blieb sie ausnahmsweise einmal die ganze Zeit nach dem Essen bei ihm sitzen, so war sie mit einer Handarbeit beschäftigt, flickte oder stopfte auch – es war, als könne sie nicht einen Augenblick müßig sein, und auf Torkild wirkte es, als solle der rastlose Fleiß eine tiefe Unzufriedenheit in ihr betäuben.

Manchmal schien sie ihrer Arbeit müde und überdrüssig zu werden. Eines Tages kam er heim und wurde mit der gleichen Rede empfangen wie immer, daß es heute etwas ganz Ausgezeichnetes zu Mittag geben sollte. Es war eine französische Petersiliensuppe und Fleischpudding mit Gemüsefüllung. Torkild lobte das Essen, so sehr er konnte und nahm sich zum zweiten Male von dem Pudding.

»Ja, ich muß sagen, das ist etwas Vorzügliches – du bist unglaublich tüchtig im Kochen geworden –«

»Es freut mich, daß du das findest«, sagte sie in nicht besonders liebenswürdigem Ton und fügte kurz darauf hinzu: »Und du bist auch ein unglaublich tüchtiger Esser geworden –.«

Torkild war unangenehm überrascht. Er war aber entschlossen, Frieden zu halten und sagte daher nur sehr ruhig:

»So? Natürlich schätze ich es sehr, gut zu leben. Und dafür sorgst du ja auch in hinreichendem Maße.«

»Ich tue mein Bestes – da es nun einmal mein Beruf ist. Glücklicherweise habe ich auch dafür Interesse. Aber immerhin kann ich mich manchmal darüber ärgern, wenn du dasitzt und ißt und genießt, als gäbe es nichts Interessanteres auf der Welt als Essen –.«

Rose blickte kampfbereit zu ihm hinüber. Torkild antwortete indessen nichts, aß auf, wünschte gesegnete Mahlzeit und ging ins Wohnzimmer. Sie folgte ihm, schenkte Kaffee ein und reichte ihm seine Tasse. Plötzlich setzte sie sich auf die Lehne seines Stuhles, nahm sein Gesicht in ihre Hände und blickte hinein:

»Verzeih mir, Torkild. Ich war eben ungezogen gegen dich – einfach ungezogen.«

Er sah zu ihr auf.

»Ich bereue es«, sagte Rose wieder.

Er zog sie auf seinen Schoß:

»Was kam dir plötzlich in den Sinn?« fragte er leise. Ach – das Mädchen habe ihre Büfettdecke gewaschen, die mit der grünen Stickerei, und sie dann im Spülwasser liegen lassen, so daß nun die ganze Farbe ausgelaufen sei. Obgleich sie natürlich Agnes hundertmal gesagt habe, daß sie niemals farbiges Zeug im Wasser liegen lassen dürfe. – Torkild lachte laut auf:

»Das schönste vom ganzen ist ja nun, daß ich Fleischpudding nicht ausstehen kann. Dieser war natürlich auf seine Art ausgezeichnet – aber ich kann es einmal nicht leiden, wenn mein Essen im voraus gekaut ist –«

Sie saß auf seinem Schoß, still und fügsam wie ein kleines Mädchen, das unartig gewesen und dem verziehen worden ist.

Plötzlich sagte sie:

»Torkild, wenn du in die Stadt telefoniertest, dann könnten wir vielleicht noch Karten bekommen. Es tut mir so leid, daß ich gestern nicht wollte. Wir können es noch erreichen, wenn wir uns beeilen –«

Es handelte sich um ein Konzert, das er gestern hatte hören wollen. Rose hatte aber keine Lust gehabt – und er war nicht aufgelegt gewesen, allein zu gehen. Es stellte sich heraus, daß es noch Karten gab, und sie liefen hinauf, um sich in Windeseile umzuziehen.

Das Ganze ist ja nur Torheit, dachte er bei sich, während er in seinem Zimmer stand und sich rasierte. Lächerlich, daran überhaupt noch zu denken. Sie hatte sich über ihre geliebte Decke geärgert, das arme Ding, und mußte ihren Schmerz nun an irgend jemand auslassen. An derartiges muß man sich gewöhnen, wenn man verheiratet ist, und er war ein Schafskopf, daß er sich solche Kleinigkeiten wie diese paar ärgerlichen Worte so zu Herzen nahm –.

Sie kam in sein Zimmer in ihrem hellgrau und roten Seidenkleid und bat ihn, ihr beim Zuknöpfen zu helfen.

»Ich habe nie ein Kleid besessen, an dem ich so viel Freude gehabt hätte wie an diesem – es ist so nett, daß du es auch gern hast«, sagte sie und küßte ihn zum Dank, als er mit den Haken und Ösen fertig geworden war.

– Torkild war von der italienischen Pianistin begeistert, und nach dem Konzert aßen sie in der Stadt Abendbrot und fuhren im Automobil nach Hause. Und wieder brach eine Zeit an, in der ein Widerschein der guten Kameradschaft alter Tage über ihrem Zusammenleben lag –.

Sie waren übereingekommen, dieses Weihnachtsfest in einem Sanatorium im Gudbrandsdal zu verleben. Rose schloß sich schwer an, so daß sie meist sich selbst überlassen waren: sie machten lange Skifahrten, tanzten des Abends fast nur miteinander und kamen schließlich zu dem gleichen Ergebnis wie die Gäste des Sanatoriums, daß sie im Grunde sehr glücklich miteinander seien.

Daß sie in so hohem Maße aufeinander angewiesen waren, konnte sowohl zum Guten wie zum Gegenteil führen. Jedesmal, wenn sie mit anderen Leuten zusammengewesen waren, hatten sie gefühlt, wie eng sie eigentlich zueinander gehörten. Aber der Umstand, daß sie niemand fanden, mit dem sie näher verkehren mochten, bewirkte, daß sie immer allein daheim saßen und oft nicht recht wußten, worüber sie reden sollten. Bücher, Zeitungen, der Garten und das Haus vermochten nicht, die endlose Reihe von Tagen auszufüllen, deren Eintönigkeit nur durch Torkilds Jagdausflüge unterbrochen wurde. In all den Stunden, die sie schweigend zusammensaßen und nur hier und da ein zufälliges und gleichgültiges Wort wechselten, hatten sie beide den gleichen Gedanken: Es könnte anders sein. Zwei, die einander lieben, langweilen sich nie –.

Hin und wieder fuhren sie zur Stadt ins Theater oder in ein Konzert. Aber sie hatten so gut wie gar keine Bekannten dort. Lund und Helsing kamen selten heraus; sie hatten immer noch ihre Hütte, wo sie den größten Teil ihrer freien Zeit zubrachten, und die in einer ganz anderen Gegend lag. Im übrigen verkehrten sie fast nur mit Lieds. Rose war ständig mit der Frau zusammen, nicht weil sie besonderes Interesse für sie gehabt hätte, sondern weil Mary diese Bekanntschaft eifrig pflegte, da Rose sie geduldig reden ließ und selbst nur wenig sprach –.

Eines Abends gegen Ende des Winters, als Torkild bei Rose saß, während sie sich entkleidete, sagte sie plötzlich mit einem feinen Lächeln:

»Die gute Mary hat den einen unter tausend gefunden.«

»Wieso?«

»Nun, – erinnerst du dich nicht mehr an den Abend, als Brita hier war und Mary kam und uns ihre Ansichten über die Liebe auseinandersetzte? Bei dieser Gelegenheit sagte sie, daß unter tausend Männern nur ein einziger wirklich lieben könne –«

»Richtig, ich entsinne mich.« Torkild schwieg einen Augenblick. »Ja, ja, es stehet geschrieben: Suchet, so werdet ihr finden . . .«

»Mary ist nicht so schlimm, wie du immer meinst«, sagte Rose ernsthaft. »Gewiß, sie ist in mancher Hinsicht albern, aber abgesehen von all ihren Phrasen und der schrecklich theatralischen Art, sich auszudrücken, ist es ihr diesmal ernst. Sie liebt diesen Menschen wirklich, – und leicht hat sie es auch nicht –«

Torkild sagte nichts.

»Und eines an ihr mag ich sehr gern. Ihren Mann *betrügen* will sie nicht. Sie will sich scheiden lassen, weißt du. Sie hat es aber noch nicht gewagt, mit Lied darüber zu reden –, und da der Freund ziemlich verliebt zu sein scheint, ist sie in einer schwierigen Lage. Aber sie hat sich geschworen, nicht seine Geliebte zu werden, solange sie unter Lieds Dach wohnt – nicht, weil sie meinte, ihm das schuldig zu sein, sondern nur um ihretwillen – und der Kinder wegen.«

Torkild lächelte unwillkürlich. Als er in jenem Winter auf Fensal wohnte, hatte er sich dümmer gestellt, als er war, und sich selber vorgemacht, daß er nicht merke, daß Mary Lied und er eine kleine Travestie der alten Komödie von Frau Potiphar und Joseph aufführten. Aber laut sagte er nur:

»So, sie meint also, daß sie Lied nicht treu zu sein brauchte?«

»Du weißt ja, sie ist etwas überspannt, und da sie ihn nun einmal längst nicht mehr liebt –. Außerdem ist er auch nicht gerade besonders nett oder rücksichtsvoll gegen sie. Du mußt doch zugeben, daß er oft einen recht ungezogenen Ton ihr gegenüber angeschlagen hat, sogar wenn wir dabei waren. – Du weißt ja auch, wie es damals zuging, als sie heirateten. Es kam ja etwas Hals über Kopf, und im ersten Jahre mußten sie bei seinen Eltern wohnen. Mary hatte es dort sehr schwer – und sie behauptet selbst, daß damals ihre Liebe zu ihm gestorben sei, wie sie sich ausdrückt.«

»Es wird wohl für ihn nicht gemütlicher gewesen sein als für sie, denke ich mir«, sagte Torkild trocken. »Aber – sie glaubt wohl, ihrem Selbstgefühl schuldig zu sein, auch mal eine Scheidung zu erleben. Sonst habe ich ja nur der Kinder wegen etwas gegen Scheidungen. Aber in diesem Falle sind wohl Lieds Kinder ebenso gut aufgehoben, wie wenn die Mutter bei ihnen bliebe. Also – never mind –«

»Nun ja, Torkild. Aber irgendein echter Kern steckt doch in Mary, eine stille Sehnsucht, die man nicht einfach verachten darf bei allen unverdauten Phrasen und ihrem ganzen übrigen Gewäsch. Und das hat Lied niemals verstanden, er faßt das alles nur als Unsinn auf –«

Ist es auch, dachte Torkild. Aber er sagte es nicht.

»Sie hat darum gebeten«, sagte Rose, »ihre Kinder hin

und wieder bei uns sehen zu dürfen, wenn sie von ihm weg ist. Und ich habe eingewilligt – vorausgesetzt, daß du nichts dagegen hast?«

»Wenn Lied nichts gegen diese Veranstaltung einzuwenden hat, so gebe ich natürlich meine Zustimmung. Aber ohne seine Erlaubnis darfst du dich selbstverständlich nicht darauf einlassen, zwischen seinen Kindern und der Mutter Zusammenkünfte zu arrangieren. Apropos, wer ist denn der eine unter tausend?«

»Ja – er heißt Petersen – ist Redakteur am ›Fremtidslandet‹, wo Mary einiges veröffentlicht hat. Er ist etwas jünger als sie –«

»Kann er sie versorgen?« fragte Torkild.

»Damit ist es wohl nicht weit her. Aber Mary behauptet ja, sie könne sich eine selbständige Existenz gründen –«

»Na, ehe ich es nicht gesehen habe, glaube ich nicht, daß Mary weggeht«, sagte Torkild.

Aber Mary ging wirklich weg. In den nächsten zwei Monaten wurde Rose fast täglich zur Beratschlagung nach Fensal gerufen, oder Mary kam zu ihr.

»Ich begreife nur nicht, daß du dich zu ihrer Vertrauten machen läßt –«, sagte Torkild eines Tages.

»Ach, die Ärmste hat es schwer, weißt du. Sie liebt ihren Halstein so unsinnig, und ihre Kinder liebt sie auf ihre Art doch auch. Ihrem Mann will sie auch kein Unrecht zufügen, von dem Standpunkt aus, wie sie Recht und Unrecht betrachtet. Und Petersen bestürmt sie, sich hinzugeben, aber sie will nicht, ehe sie frei ist. – Und so kann ich ihr ein wenig helfen – an dem festzuhalten, was sie für Recht hält, und sie etwas trösten –«

Torkild gab seiner Frau einen Kuß. Du großer Gott, dachte er, sie hat sich doch noch viel von ihrer Unschuld bewahrt, das kleine Ding –.

Ende April trennten sich Lieds, und Mary zog zu ihrem Petersen. Sie wohnte mit ihm zusammen, arbeitete mit ihm in der Redaktion, und aß jeden Tag im Café mit ihm zu Mittag. Vermutlich waren sie sehr glücklich, denn Rose bekam Mary nicht mehr zu sehen. Einmal war sie eingeladen worden, Petersen kennenzulernen. Sie mußte zugeben, daß Frau Lied sich sehr milde ausgedrückt hatte, als sie angab, der Freund sei »etwas jünger« als sie – er schien höchstens zweiundzwanzig Jahre alt zu sein.

Aus einer Begegnung zwischen Mary und ihren Kindern bei Christiansens wurde indessen nichts. Lied faßte die ganze Sache als moderner, freidenkender Ehemann auf, zahlte seiner Frau monatlich ein nettes rundes Sümmchen und gestattete ihr ohne weiteres, ihre Kinder in ihrem alten Heim zu besuchen oder sie in die Stadt zu holen.

VIII

Frühling und Sommer vergingen für Torkild und Rose still und ruhig. Sie verkehrten jetzt viel mit einer anderen kinderlosen Familie, dem Geschäftsführer der Apotheke, die in ihrem Ort gegründet worden war. Rose besonders schien sich mit der kleinen stillen Frau Vik gut zu verstehen, die in ihren Trauerkleidern wie ein eben konfirmiertes Mädchen aussah. – Viks hatten, kurz ehe sie hierher gekommen waren, ihr kleines halbjähriges Töchterchen verloren. Der Apotheker war ein ruhiger, zurückhaltender Mann, eifriger Jäger wie Torkild, und außerdem sang er.

Gegen Mitte Oktober bekam Torkild eines Tages ein Telegramm, daß sein Vater schwer erkrankt sei und ihn und Rose zu sehen wünsche. Als er den Arzt in Frederikshald anrief, der, wie er wußte, in den letzten Jahren der Hausarzt seines Vaters gewesen war, erfuhr er, daß es sich um eine Bauchfellentzündung handelte. Am selben Nachmittag noch sollte eine Operation vorgenommen werden, doch gab der Arzt wenig Hoffnung. Torkild richtete sich so ein, daß er und Rose noch am gleichen Abend nach Hause reisen konnten. Als sie am nächsten Morgen ankamen, fanden sie Axel allein im Vaterhaus vor. Dr. Christiansen lag im katholischen Krankenhaus. Die Operation war einigermaßen glücklich verlaufen, aber er war noch äußerst schwach, und als die Söhne ihn am Tage darauf besuchten, durften sie nicht mit ihm sprechen.

An Doris in Kopenhagen war ebenfalls telegrafiert worden, sie hatte aber nicht geantwortet.

Drei Tage vergingen, trüb und niederdrückend. Es regnete und stürmte ununterbrochen, so daß sie sich bis auf die Besuche im Krankenhaus meist zu Hause aufhalten mußten. So lebten denn die drei Menschen in diesem Haus, das nie ein Heim gewesen war, nebeneinander her. Torkild und Axel gingen sich aus dem Wege, soweit es möglich war. Wenn sie sich zu den Mahlzeiten sahen oder zusammen ins Krankenhaus gingen, sprachen sie nur von dem Zustand des Vaters, von Doris' Schweigsamkeit und dem fürchterlichen Wetter –

Auf Torkild wirkte dieser Besuch unsagbar niederdrükkend. Drinnen in der Stadt lag sein Vater im Sterben – der Arzt gab nur wenig Hoffnung. Und der Sohn suchte vergebens in seinem Herzen nach einem Gefühl, das einer Zuneigung zu dem Sterbenden glich. Torkild glaubte wohl, daß der Vater auf seine Art seine Kinder geliebt hätte – aber ein schmerzliches, verächtliches Mitleid war alles, was er für ihn empfinden konnte. Viel war es nicht, was Ivar Christiansen dem Leben abgewonnen hatte, das er jetzt verlassen sollte, und noch weniger hatte er seinen Kindern geben können.

Und daneben dieser Bruder, der niemals ein Bruder für ihn gewesen und der jetzt ein Fremder für ihn war, mit dem er sich geprügelt hatte. Axel galt der Vater wohl noch weniger als ihm selbst. Jetzt hatte dies Sterbelager sie zusammengeführt – eine Art Anstandsgefühl trieb sie, zusammen der Auflösung dieses häßlichen Zerrbildes einer Familie beizuwohnen.

Aus diesem Anstandsgefühl sprachen sie beide von dem Haus ihres Vaters als ihrer Heimat. Torkild schlief in seinem früheren Zimmer – dem Raum, wo seine Mutter einst vor unendlich langer Zeit gestorben war – jetzt schliefen er und Rose dort. Und aus Anstandsgefühl nannte er sie seine Gattin – aus Anstandsgefühl und anderen Gefühlen, die indes nicht sonderlich anständig waren.

Niemals hatte er so deutlich wie in diesen Tagen gefühlt, daß er sie nie zu seinem Weibe hatte machen können. Seine Geliebte war sie eine Zeitlang gewesen – und sie war es noch, aus Gewohnheit, und weil keiner von ihnen bis jetzt den Mut gefunden hatte, das Verhältnis zu lösen. Auf die

Dauer konnte es so nicht bleiben, aber noch schwiegen beide darüber, daß sie das wußten. Er fühlte es deutlicher als je, und diese Tage zeigten es ihm klar, daß er und seine Welt sie nichts angingen.

Torkild und Rose hatten sich so daran gewöhnt, nicht mehr miteinander zu reden, daß sie jetzt schon die Scheu vor dem Ungewohnten davon abhielt, wie in den Tagen vor ihrer Ehe zueinander zu sprechen. Deswegen und nicht aus Gleichgültigkeit ging Rose ihm aus dem Wege und sprach, wenn sie zusammen waren, von ganz anderen Dingen als denen, die ihrer beider Gedanken bewegten. Auch auf sie machte der Aufenthalt im Vaterhaus ihres Mannes einen gewaltigen Eindruck, aber sie hatte sich zu weit von Torkild entfernt, als daß sie mit ihm darüber hätte sprechen können, um so mehr, als für sie etwas Unfaßliches und unnatürlich Empörendes in dem Ganzen lag. Sie sah, daß die Söhne des Sterbenden nicht darüber trauerten, daß sie einen Vater verloren, sondern darüber, daß sie keinen Vater zu verlieren hatten! Sie fühlte, daß die Verstimmung zwischen den Brüdern tief und erbittert war, daß nicht einmal der Kummer über all das, worum sie betrogen worden waren, sie einander näherzubringen vermochte –. Und hier, wo alles an ihre und Torkilds Jugend, an ihre Freundschaft von Kindheit auf erinnerte, empfand sie seine Schweigsamkeit und sein verschlossenes Wesen als doppelt kränkend und dachte bitterer als je daran, wieviel ihre Ehe ihnen beiden genommen hatte. Ihr Wesen ihm gegenüber wurde kälter und fremder, als sie selbst wußte oder wollte.

Am Abend des vierten Tages fuhr ein Wagen auf den Hof. Als sie auf den Flur kamen – Rose aus der Küche, Torkild aus dem Wohnzimmer und Axel aus seinem Zimmer im ersten Stock – stand Doris draußen. Sie lief auf Torkild zu, warf sich an seine Brust und brach in heftiges Schluchzen aus.

Er zog sie ins Zimmer, aber als er hinausgehen wollte, um den Kutscher zu bezahlen, hielt sie ihn zurück – der Wagen solle warten. Sie wollte sogleich in die Stadt zurückfahren und ihren Vater besuchen. Erst nachdem Torkild telefonisch mit dem Arzt gesprochen hatte, konnte er ihr begreiflich machen, daß ein Krankenbesuch zu dieser Stunde unmöglich sei, und schließlich ließ sie sich bewegen, etwas Tee zu trinken und das Abendbrot zu essen, das Rose für sie zurechtgemacht hatte.

Axel zog sich ins Wohnzimmer zurück. Die beiden anderen blieben bei Doris, während sie aß. Sie war am vorhergehenden Abend aus Jütland abgefahren, wo sie bei einigen Freunden zu Besuch gewesen war. In der Nacht hatte sie nicht geschlafen und war am Morgen sofort von Kopenhagen weitergereist, den ganzen Weg dritter Klasse. Sie sah müde und abgespannt aus, machte einen furchtbar aufgeregten Eindruck, weinte unaufhörlich und sprach in leidenschaftlich zärtlichen Ausdrücken von ihrem Vater.

– Richtig. Sogar das war ihm entfallen, dachte Torkild. Doris hing ja sehr an ihrem Vater, sie war das einzige der Kinder, das sich jemals an ihn angeschlossen hatte. Er hatte das vergessen – wie er seine Schwester in den letzten Jahren ja überhaupt fast vergessen hatte. – Sie hatte auf seine Briefe nie geantwortet – schließlich hatte er das Schreiben aufgegeben, bis die Korrespondenz zu Geburtstags- und Weihnachtsgrüßen zusammengeschrumpft war, und hatte sich dabei beruhigt. Sie schrieb ja, daß sie mit ihren Gesangstunden gut verdiente, und da er außerdem wußte, daß sie in Kopenhagen viele Verwandte und Freunde hatte, hatte er sich nicht mehr darum bekümmert, wie es ihr eigentlich ginge. – Jetzt war es zu spät. Er betrachtete das junge Mädchen in dem allzutief ausgeschnittenen Kleid nach allzu modernem Schnitt, dem kunstvoll aufgesteckten Haar, das unter dem Haarnetz strähnig und staubig aussah. Ihre Haut schimmerte grau durch den Puder, unter den Augen war sie braun und runzelig, und die Linien um den Mund waren verhärmt und schlapp. – Er hatte sie nicht gesehen, seit er auf der Hochzeitsreise in Kopenhagen gewesen war, vor zwei und einem halben Jahr. Damals war es ihm zwar aufgefallen, daß sie sich auffällig kleidete, und ihr Betragen auf der Straße und in den Cafés hatte ihn geärgert, es war nichts weniger als passend gewesen. Aber er hatte sich getröstet – das seien nur Albernheiten, die sie naiverweise für amüsant und keck hielte. Aber ihre Zeit war ja vollauf durch Arbeit in Anspruch genommen, sie hatte einen Haufen Verwandte, ein Kind war sie auch nicht mehr – sie würde wohl auf sich achten. – Jetzt konnte jeder Mensch sehen – jedenfalls jeder Mann – daß sie nicht auf sich achtgegeben hatte.

Sobald sie etwas Tee getrunken und ein wenig gegessen hatte, wünschte Doris den Brüdern gute Nacht und ging mit Rose in ihr Zimmer hinauf.

Das Mädchen war längst zu Bett gegangen; Torkild deckte daher anstelle seiner Frau den Tisch ab und nahm auch Doris' Hut und Mantel, die auf dem Sofa liegen geblieben waren, um sie zum Trocknen aufzuhängen. Als er gerade den Hut in der Hand hielt – einen kleinen hochroten Sammethelm, mit einem gewaltigen Busch violetter, tropfnasser Straußenfedern –, trat Axel in die Wohnzimmertür.

»Wie findest du, daß sie aussieht?« fragte Axel nach kurzem Schweigen.

»Oh – sie ist natürlich von der Reise sehr abgespannt, das arme Ding.«

Axel schwieg wieder.

»*Das* meinte ich eigentlich nicht«, sagte er dann.

Torkild entgegnete nichts. Die Erbitterung gegen Axel kochte in ihm. War das alles, was der Bruder – jetzt – über ihre Schwester zu sagen hatte?

»Das hat gerade noch gefehlt!« sagte Axel schneidend.

»Das vermißte letzte Glied der Familie findet sich – in dieser Verfassung ein!«

»In dieser oder jener Verfassung!« Torkild wandte sich dem anderen zu. »Jedenfalls ist Doris keinem von *uns* Rechenschaft schuldig, wie sie sich aufgeführt hat. Nicht dem Vater, nicht dir, nicht mir. Denn keiner von uns hat je den kleinen Finger gerührt, um ihr zu helfen. Wir alle haben sie ihren eigenen Kurs steuern lassen – weiß Gott!

– Und du unterstehst dich nicht, ihr ein einziges beleidigendes Wort zu sagen, wie du auch über sie denken magst«, sagte er in der Tür.

»Bist du verrückt – du kannst dir doch denken, daß mir das nicht einfällt!«

»So! Das konnte ich allerdings nicht wissen«, schleuderte ihm Torkild ins Gesicht, indem er das Zimmer verließ.

»Gute Nacht.«

Am nächsten Morgen wanderten Torkild und Doris gemeinsam zum Krankenhaus. Der Vater schlief, und während sie bei ihm saßen, schlief er in den Tod hinüber.

Torkild wollte einen Wagen für den Heimweg nehmen, aber Doris bestand darauf zu gehen. So zogen sie Arm in Arm den alten Weg heimwärts, durch Herbstregen und Schlamm. Sie weinte unablässig.

»Er hat mich vermißt. Du kannst überzeugt sein, er hat mich vermißt. Er wußte, daß ich die einzige war, die ihn lieb gehabt hat. O Gott, wie ich es bereue – wie ich bereue, daß ich nicht früher nach Hause gereist bin – bis vorgestern nachmittag wußte ich noch nicht, ob ich wollte oder nicht. Ich wagte ja nicht. Ach, wie ich es bereue. Vater hätte mich verstanden. Er hätte sicher nichts gesagt –. Er hätte es sicher verstanden – ich habe doch das Recht, mein Leben so zu leben, wie ich will –«

Sie mußten stehenbleiben und zur Seite an den Wegrand treten. Ein Bauernwagen fuhr vorüber und bespritzte sie mit Schmutz.

»Ich habe Vater geliebt – auch deswegen, weil er den Mut hatte, sein Leben nach seinem Sinn zu leben – ohne Rücksicht auf andere. Es ist wohl das heiligste Recht eines jeden Menschen, sein eigenes Leben zu leben –«

»Nein«, sagte Torkild dumpf. »Kein Mensch hat dazu ein Recht. Niemand kann sein eigenes Leben leben, ohne in das anderer einzugreifen!«

»Denkst du dabei an mich?« fragte die Schwester kriegerisch.

»Nein.« Torkild zog ihren Arm wieder durch seinen eigenen.

»Nein. Ich dachte dabei an mich selber.«

Torkild reiste am nächsten Tag zur Fabrik zurück und kam erst zum Begräbnis wieder, ebenso Axel. Sie achteten darauf, daß sie nicht dieselben Züge benutzten.

Am Abend des Begräbnistages, als Torkild hinaufging, um sich zur Ruhe zu legen, saß Rose auf dem Sofa. Sie hatte sich noch nicht ausgezogen, es schien, als habe sie auf ihn gewartet.

»Torkild, du solltest versuchen, Doris davon abzubringen, wieder nach Kopenhagen zurückzufahren. Ich glaube, es wäre viel besser für sie, wenn sie hier bliebe – aus mancherlei Gründen.«

»Hast du mit ihr gesprochen?« fragte Torkild.

»Ja. Aber sie will nicht – oder besser gesagt, ich glaube, sie weiß nicht, was sie will. Wenn du dagegen es versuchen wolltest. Du bist immerhin derjenige, vor dem sie am meisten Respekt hat.«

»Hm.« Torkild fing langsam an, sich auszukleiden. »Du meinst natürlich nicht, daß sie hier bleiben soll –?«

»Nein. Ich habe sie eingeladen, bei uns zu wohnen – vorläufig jedenfalls. Später kann sie sich dann Schüler in Kristiania suchen – meinst du nicht? Du hast doch wohl nichts dagegen, daß sie zu uns kommt?«

»Nein, im Gegenteil. Ich freue mich, daß du von selbst darauf verfallen bist. Ich wollte dich gerade bitten, sie einzuladen –. Hat sie dir etwas erzählt?« fragte er nach einer Weile plötzlich. »Über sich selbst, meine ich?«

Rose zögerte einen Augenblick.

»Ja – das heißt, sie hat sehr viel – wilde Geschichten erzählt, von denen ich das meiste für erfunden halte. Aber eines ist wohl leider wahr, und es schadet wohl nichts, wenn ich es dir sage. Sie ist mit deinem Vetter Mogens – verlobt gewesen. Und jetzt ist er wieder mit seiner Frau zusammengezogen. Sie haben etwa ein Jahr getrennt gelebt, aber nun stellt es sich heraus, – daß die Frau ein Kind bekommt. Doris ist natürlich grenzenlos verbittert und vergrämt über diesen Betrug. Er hat es ihr monatelang verschwiegen – trotzdem er schon wissen mußte, daß er sich von Frau Lise nicht scheiden lassen konnte –«

Torkild erwiderte nichts. Und Rose fügte hinzu:

»Es ist nicht nötig, daß Doris erfährt, daß ich es dir erzählt habe.«

»Ich werde ihr nichts sagen.« Er trat auf seine Frau zu.

»Eigentlich mußt du doch denken, das ist eine hübsche Familie, in die ich hineingeraten bin!«

»Deine Familie kannte ich fast ebensogut wie du, hätte ich fast gesagt.« Sie legte ihre Hände auf seine Schultern, zog ihn zu sich herab und küßte ihn auf die Stirn. »Nur wir, du und ich, haben uns wohl nicht so gut gekannt, wie wir glaubten.«

Am folgenden Tag, als Torkild und Doris zusammen einen Spaziergang machten, sprach er mit ihr über den Plan. Aber sie erklärte sehr bestimmt, nach Kopenhagen zurück zu wollen. Und die letzte Antwort, die er auf alle seine Überredungsversuche erhielt, war, daß sie mürrisch sagte:

»Übrigens ist da unten in Dänemark ein Mann, der Jens Lihme heißt, und dem ich versprochen habe, mich im nächsten Monat mit ihm zu verheiraten.«

Torkild schwieg eine Weile. Er fragte sich, ob das wohl wahr wäre.

»Das klingt nicht gerade, als ob du stürmisch verliebt in deinen Verlobten wärst«, wagte er schließlich zu bemerken.

»Verliebt?« Doris lachte kurz auf. »Jens ist kein Mann, in den man sich verliebt. Am allerwenigsten ich. Aber, weißt du, er ist der einzige Mann, der es immer mit mir gut gemeint hat, der mich niemals belogen und der niemals versucht hat, mich zu mißbrauchen. Er hat sich von mir mißbrauchen, sich betrügen und belügen, sich von mir bis aufs Blut peinigen und quälen lassen. – Und er will mich trotzdem haben, trotz all dem, was er von mir weiß. Er will, daß ich zu ihm komme, wie ich bin, und seine Frau werde –, wenn auch nur dem Namen nach, falls ich es so will –.

O nein, in einen Mann wie Jens Lihme verliebt sich niemand – –. Aber nun muß ich halten, was ich einmal versprochen habe, und es nützt nichts, daß du weiter darüber redest –.«

»Aber«, versuchte Torkild aufs neue, »könntest du nicht hier bleiben, bis ihr heiratet – und hier oben die Hochzeit feiern?«

»Doch.« Doris schlug plötzlich um. »Wenn Jens damit einverstanden ist. Das wäre kein dummer Gedanke. Ich könnte zurückfahren und meine Schüler abbestellen – und dann könnten wir zusammen heraufkommen und heiraten.

Ich verspreche es dir – aber nun mußt du von der ganzen Geschichte nicht mehr reden. Es quält mich«, sagte sie plötzlich in jämmerlichem Ton.

Alles, was Torkild außerdem über den mystischen Herrn Lihme in Erfahrung brachte, war, daß er Privatlehrer sei und auf Christianshavn wohne.

Am nächsten Tage mußte er wieder in der Fabrik sein. Man war dahin übereingekommen, das Haus so bald wie möglich zu verkaufen. Doris und Rose sollten noch kurze Zeit dort bleiben, um zu ordnen und einzupacken. Axel versprach, ab und zu herüberzukommen und ihnen, falls nötig, behilflich zu sein.

IX

Etwa vierzehn Tage darauf standen Rose und Axel an einem dunklen Abend auf dem Bahnhof in Frederikshald und winkten Doris, die mit dem Auslandszug davonfuhr, einen Abschiedsgruß zu.

»Ja«, sagte Rose, als sie sich umwandten und durch das Stationsgebäude gingen, »wir können wohl gleich ins Hotel zurückgehen und uns schlafen legen – wir müssen ja morgen früh um sechs Uhr aufstehen.«

Axel nickte.

»Jetzt ist es still und öde bei uns draußen«, sagte er kurz darauf. »Gott weiß, was für Menschen das nächste Mal dort über die Schwelle treten werden. Und wie das Leben aussehen wird, das jetzt in Vaters Haus einzieht, wenn es seinen Eigentümer wechselt.«

»Wenn nur der Norweger aus Amerika es kaufen wollte!« sagte Rose.

Axel fuhr fort:

»Du hast das Haus ja besser gekannt als ich. Und du hast vielleicht schöne Erinnerungen aus jener Zeit bewahrt?«

»Das weißt du doch. Wir haben früher schöne Tage draußen verlebt, Torkild, Doris und ich. – Wir waren ja alle noch ganz jung. Und da ich immer meine kurzen Sommerferien dort zubrachte . . . schon das Gefühl, frei zu sein, genügte, mir alles festlich erscheinen zu lassen –.«

Als sie im Hotel angelangt und in den Speisesaal gegangen waren, fiel es Axel plötzlich ein, daß er einmal kurz nach seiner Ankunft in Norwegen an demselben Fensterplatz mit seinem Bruder gesessen und zu Mittag gespeist hatte.

Sie sprachen während des Essens sehr wenig miteinander. Als sie die Mahlzeit beendet hatten und Axel mit dem Kellner abrechnen wollte, unterbrach ihn Rose:

»Ich muß einen Tee und drei Butterbrote bezahlen.«

Da Rose nicht mit ihrer Zigarette fertig war, blieben sie noch sitzen, als der Kellner sich entfernt hatte.

»Warum wolltest du durchaus für dich bezahlen?« fragte Axel.

»Warum sollte ich nicht? Das tue ich immer.«

»Ich fragte nicht, warum du es nicht solltest. Ich fragte, warum du wolltest. Ist es deshalb, weil du weißt, daß Torkild und ich verfeindet sind?«

»Nun ja, auch deshalb.« Rose wurde rot. »Natürlich kann ich nicht dein Gast sein, wenn du aus diesem oder jenem Grund, den ich nicht kenne, nicht mehr in unser Haus kommst.«

»Torkild hat dir den Grund also nicht gesagt?«

»Nein.«

»Daß die Schuld auf meiner Seite liegt, hat er dir doch erzählt?« fragte Axel.

»Torkild hat nicht das mindeste angedeutet«, sagte sie unwillig. »Weder über den Grund noch über die Schuld.

Ich habe natürlich angenommen, daß die Schuld auf beiden Seiten läge. – Aber da Torkild mir nachdrücklich zu verstehen gegeben hat, daß er mir nichts von der Sache erzählen wollte, muß ich dich bitten, mir auch keinerlei Erklärungen abzugeben.«

Axel sah in seine Teetasse.

»Du bist ja außerordentlich loyal gegen deinen Mann.«

»Natürlich bin ich loyal«, sagte sie kurz. Sie drückte ihre Zigarette auf dem Teller aus und erhob sich. »Es ist beinahe zehn, Axel – ich glaube, ich sage gute Nacht und gehe zu Bett.«

»Ich gehe auch –«

Sie gingen zusammen bis zu ihrer Tür.

»Hast du Bescheid gesagt, wann wir geweckt werden

wollen? Na, ja, gute Nacht, Axel –«, sie reichte ihm mit einem freundlichen Lächeln und Kopfnicken die Hand und ging in ihr Zimmer.

Drinnen zog sie ihre nassen Sachen aus und setzte sich im Morgenkleid und Hausschuhen mit einem Buch und einer Zigarette an den Ofen. Eigentlich war es ein ganz gemütliches Zimmer – für ein Hotelzimmer wenigstens – altmodisch und behaglich eingerichtet.

Sie hatte etwa eine Stunde gelesen. Das Feuer im Ofen war ausgebrannt und der Raum voller Zigarettenrauch. Irgendwo im Haus schlug eine Uhr elf. Es war Zeit, sich schlafenzulegen.

Rose reckte sich im Stuhl und gähnte. Sie fröstelte ein wenig, und es graute ihr davor, sich zu erheben und das Fenster zu öffnen, um die nasse schwarze Nacht hereinzulassen. Plötzlich klopfte es an ihrer Tür.

»Rose – bist du noch auf?« fragte Axels gedämpfte Stimme.

»Ja gewiß –.«

»Könnte ich noch einen Augenblick mit dir reden?«

Sie warf einen Blick in den Spiegel. Das dunkellila Wollkleid mit dem weißen Leinenkragen und dem Lackgürtel sah für uneingeweihte Augen fast aus wie ein gewöhnliches Alltagskleid.

»Bitte schön.«

Axel öffnete die Tür und machte sie wieder leise hinter sich zu.

»Ah, du hast gelesen –. Ich fürchtete, du wärst schon zu Bett gegangen –.«

»Nein, ich war aber gerade im Begriff.«

Er blätterte in dem Buch, das sie neben sich auf den Tisch gelegt hatte. »Was liest du denn?«

»Ach, Doris hat es mir geliehen. Sie war sehr begeistert davon.«

»So. Gefällt es dir?« fragte Axel zerstreut.

»Nein. Auf mich wirkt es eher widerlich.«

»Sag einmal«, fragte Axel leise, indem er sich auf den Stuhl am Ofen setzte. »Hat nicht Doris selbst auf dich auch eher widerlich gewirkt?«

»Nein«, sagte Rose kurz und setzte vorwurfsvoll hinzu:

»Doris ist immer in einer schwierigen Lage gewesen, die Ärmste. Und jetzt war sie unglücklich und übernervös. Soviel Verständnis solltest du auch haben, meine ich –.«

»Natürlich. Aber es ist für einen Mann wirklich nicht besonders angenehm, wenn seine Schwester wie eine Halbweltdame aussieht.«

»Ich finde, du solltest nicht so von ihr sprechen, Axel.«

»Kannst du dich nicht setzen?« Rose setzte sich auf das Sofa, das Kinn auf die Hand gestützt und blickte ihn ernst an. »Weißt du etwas Näheres über ihr Verlöbnis mit – diesem Lihme? Was ist das für ein Mensch?«

»Ich weiß nicht viel mehr als du. Aber im nächsten Monat kommt er ja hierher, und dann werden wir ihn kennenlernen. Wenn es übrigens das war, worüber du mit mir sprechen wolltest, so haben wir ja morgen im Zug hinreichend Zeit dazu. Es ist schon ziemlich spät –.«

»Nein, es handelte sich nicht um Doris.« Er blieb sitzen.

»Ich wollte dich nur fragen – betrachtest du uns beide auch als Feinde, weil Torkild und ich uns entzweit haben?«

»Das ist meiner Ansicht nach eine überflüssige Frage«, sagte Rose freundlich. »Ich glaube nicht, daß ich in diesen Tagen, die wir hier zusammen verbracht haben, unfreundlich gegen dich gewesen bin. Wir haben uns ja nie viel gesehen, und da ihr nun nicht mehr zusammenkommt, außer wenn ihr müßt, so werden wir uns in Zukunft noch seltener begegnen. Offen gesagt – so wenig wie wir uns im Grunde kennen, wüßte ich wirklich nicht, wie wir uns entzweien sollten.«

»Hast du vergessen, daß ich dir einmal gesagt habe, daß ich dich liebe?« fragte Axel. »Hast du vergessen, daß ich um dich geworben habe? *Ich* entsinne mich dessen.«

Rose saß einen Augenblick da, ohne sich zu rühren. Dann fing sie an zu zittern und erschrak selbst darüber. Es schien ihr unglaublich; niemals hatte jemand das gewagt, nie hatte sie an die Möglichkeit gedacht, daß jemand so etwas *ihr* gegenüber wagen könne – und nun ahnte sie dunkel, daß Axel von Dingen sprechen wollte, die sie als Beleidigung empfinden würde.

»Hast du vergessen, daß ich verheiratet bin?« fragte sie und zwang sich dazu, gleichmäßig und ruhig zu sprechen.

»Ich meine, das dürfte dir genügen. Und ich denke, ich brauche dich nicht erst darauf aufmerksam zu machen, daß ich mit deinem Bruder verheiratet bin?«

»Meinst du wirklich«, sagte Axel gelassen, »daß Torkild und ich uns jemals als Brüder gefühlt haben? Das ist es ja gerade, Rose. – Bruder! Um alles, was dieses Wort bedeuten kann, sind wir geprellt worden. Dieselben Menschen, die uns und auch Doris in die Welt gesetzt haben, haben uns Heim und Geschwister, Vaterliebe und Mutterliebe, Schutz und Kindheitsglück verweigert. Ein gemeinsames Unglück, das ist alles, was uns drei verbindet. Als wir drei Geschwister uns kennenlernten, waren wir erwachsene Menschen. Als wir uns später im Vaterhaus wieder trafen, waren wir uns ebenso fremd – jedenfalls war ich es meinen Geschwistern gegenüber – wie drei Wölfe, die zufällig in dieselbe Wolfsgrube gefallen sind –.«

»Ich verstehe dich«, sagte Rose leise. Während er sprach, war ihr erster aufflammender Zorn einem Gefühl des Mitleids gewichen.

»Begreifst du, wie unmöglich es unter solchen Verhältnissen ist, zu verlangen, daß Torkild und ich brüderlich füreinander empfinden? Er hat es, weiß Gott, auch nie getan –«

»Darin irrst du, glaube ich«, sagte Rose leise. »Torkild besitzt sehr viel Familiensinn – trotz allem, da nicht einmal das, was du da erwähntest, dies Gefühl in ihm hat töten können. Ich bin überzeugt, Torkild hätte es sehr gern gesehen, daß sich das Verhältnis zwischen euch ganz anders gestaltet hätte. Und er hat sich immer gerade nach einem Heim gesehnt –.«

»Das habe ich auch getan, Rose«, unterbrach er sie. »Und weißt du, warum es uns unmöglich war, Freunde zu werden? Du warst der Grund! Du lebtest in der Wolfsgrube – schön und ruhig, mild und gesund. Du hattest all das, wonach wir uns sehnten, du konntest uns gerade das geben, wonach wir trachteten. Du kamst aus einem Heim, das war dir bei jeder Kleinigkeit anzumerken – wo du warst, war ein Heim; den du liebtest, der hatte die *Heimat* in dir gefunden – und wir beiden Brüder waren nun zwei Männer, die um dieselbe Frau kämpften –.«

Rose schüttelte den Kopf.

»Ich finde nicht, daß das stimmt, was du da sagst. Unter anderem aus dem Grund nicht, weil zwischen dem Tag, als du um mich warbst, und meiner Verlobung mit Torkild anderthalb Jahre gelegen haben. Und während dieser ganzen Zeit sind wir beide nicht ein einziges Mal zusammengewesen. Jedenfalls hast du Torkild den Walplatz ohne sonderlichen Widerstand überlassen –.«

»Willst du damit sagen, daß ich Aussichten hatte?« fragte Axel heiser.

»Nein. Das glaube ich kaum.« Sie versuchte, einen leichten Ton anzuschlagen, aber es kam trotzdem etwas unsicher heraus. In derselben Sekunde dämmerte es ihr, wie rein zufällig Torkild doch ihr Mann geworden war.

Axel erhob sich.

»Um deinetwillen haben wir uns entzweit!« sagte er drohend.

»Ich habe dir gesagt, daß ich keine Erklärung wünsche –.«

»Aber ich *will* es dir erklären. Du *sollst* mich anhören!«

»Wenn ich muß, dann muß ich wohl.« Rose zuckte die Achseln. »Aber dann wirst du so gut sein, bis morgen im Zug zu warten. Unter anderem, weil ich den Eindruck habe, daß du heute abend leicht dieses oder jenes sagen könntest, was du später bereuen würdest.«

»Und falls wir morgen im Zug nicht allein sind?«

»Wir können ja in Gottes Namen zweiter oder auch erster Klasse fahren. Dann haben wir wohl ein Abteil für uns allein, jedenfalls so lange, bis du dich erleichtert hast –.«

Axel stand einen Augenblick mit gesenktem Kopf da.

Dann rief er plötzlich:

»Nein! Ich will *jetzt* sprechen. Denn du hast recht. Bis morgen könnte ich mir's überlegt haben! Und sagen muß ich es dir –.«

Er ging zur Tür, schloß sie ab und steckte den Schlüssel in die Tasche.

Rose sah ihm zu. Dann ging sie zum Fenster und öffnete es.

»Was willst du tun?« Es klang wie ein erstickter Schrei.

»Lüften«, sagte sie trocken. Sie befestigte den Windhaken und wandte sich dann an ihn: »Höre jetzt mit deinem Unsinn auf, Axel, und gehe deiner Wege, damit ich zu Bett komme –.«

»Ich gehe nicht eher, als bis ich dir gesagt habe, was ich sagen will.«

Rose setzte sich wieder aufs Sofa und zündete sich eine Zigarette an.

»Du denkst dir natürlich, daß ich nicht gerade Lust habe, nach dem Hausdiener zu läuten, einen Auftritt heraufzubeschwören und mich selbst und meinen Schwager zu kompromittieren. Wenn du dir diesen Umstand zunutze machen willst, dann . . .«

»Ja, das will ich. Glaubst du nicht, ich weiß genau, daß dies die letzte Gelegenheit für mich ist, mit dir zu sprechen?«

»*Das* ist es ohne Zweifel«, sagte sie kalt.

Axel kam näher heran und stellte sich ihr gegenüber an die andere Seite des Tisches.

»Ich liebte dich, und er liebte dich, und du hast ihn gewählt. Solange ich glaubte, ihr wäret glücklich, habe ich euch, weiß Gott, nur das Beste gewünscht. Du kannst mir glauben oder nicht, wie du willst, – aber es ist so. Hätte ich gesehen, daß du mit ihm glücklich wärst, hätte ich gemerkt, daß er deine ganze Liebe gewonnen, all deine Gefühle ausgelöst hätte – Gott weiß, es ging mir gerade damals nicht allzu gut, aber ich spreche die Wahrheit, wenn ich schwöre, daß nicht ein einziger böser oder mißgünstiger oder unbrüderlicher Gedanke gegen Torkild in meinem Herzen Platz gehabt hätte. Aber als der Tag kam, an dem ich entdeckte, daß er dich nicht hatte gewinnen können, daß du aufs tiefste unglücklich warst –«

»Ich hatte gerade mein kleines Kind verloren«, sagte sie leise.

»Es hat ja nie gelebt, Rose. Und du warst wie ein Mensch, der alles verloren hat – der nicht mehr einen Funken Hoffnung auf Glück in sich trägt.«

»So ein Kind, das man viele Monate in sich getragen und wachsen und leben gefühlt hat –. Für mich hatte es ja monatelang Tag und Nacht gelebt. So ein Kind wird schließlich für eine Mutter alles, Axel. Für lange, lange Zeit jedenfalls –.«

Axel schwieg einen Augenblick.

»Dann habe ich euch hier wieder zusammen gesehen. Hätte ich gemerkt, daß ihr euch liebtet, wärest du glücklich gewesen – ich wäre zu Torkild gegangen und hätte ihn um Verzeihung gebeten. Ich weiß, daß ich das getan hätte. Aber du bist nicht glücklich, und du liebst ihn nicht –.«

»Findest du, daß diese Tage der geeignete Moment gewesen wären, unsere Verliebtheit und unser Glück zur Schau zu tragen?«

»Daran lag es nicht. Glaubst du nicht, ich hätte es gesehen und gefühlt, wenn du deinen Mann liebtest? Ich, der ich dich liebe – glaubst du, ich ließe mich in diesem Punkte täuschen? O nein, du, ich sehe sehr gut, daß du nicht glücklich bist. Wenn du abfährst, dann reist du nicht in ein Heim, wo das ganze Elend und die Trübsal des Vaterhauses, Vaters Tod und Doris' Elend und meine Erbärmlichkeit gegen dich heute abend vergessen sind und nichts mehr bedeuten. Ihr seid nicht aus einer solchen Freistatt gekommen, Torkild und du. – Darum bitte ich ihn nicht um Verzeihung, deswegen kümmerte ich mich nicht darum, daß du mit meinem Bruder verheiratet bist, wie du sagst. – Er hat kein Recht auf dich, das ich respektiere – in meinen Augen bist du frei, da du ihn nicht liebst.«

»Selbst wenn es sich so verhielte, wie du annimmst«, sagte Rose bebend, »daß ich meinen Mann nicht liebte, steht ihm meiner Meinung nach das Recht zu, mancherlei von mir zu verlangen. Ich habe Pflichten – und unter anderen die, dich nicht mehr anzuhören. Du hast mir jetzt mehr als genug gesagt und jetzt wirst du gehen.«

»Du sollst mir erst auf eines Antwort geben: Liebst du Torkild? Ich verlange die Wahrheit von dir, ehe ich gehe!«

»Und ich weigere mich, auf derartige Fragen zu antworten.«

»Danke, das ist Antwort genug«, sagt Axel triumphierend.

»Du liebst ihn also nicht. Und dann ist er in meinen Augen nicht dein Mann. Er hat dich mir geraubt – dich, das einzige auf der Welt, das mir teuer ist – und das ich nicht habe festhalten können. Er hat kein Anrecht mehr auf dich, er hat nicht mehr Anrecht auf dich als ich, und ich kämpfe mit ihm um dich. Frei bist du – ihr habt ja nicht einmal ein Kind, das euch bände. Auch er liebt dich nicht mehr; er hat jedenfalls nicht mehr den Mut, um dich zu kämpfen. Und ich ergebe mich dieses Mal nicht – du wirst sehen, Rose. Ich liebe dich, ich liebe dich, und ich werde dich erringen, das kannst du mir glauben. Du weißt es selbst – du zitterst ja – du weißt, daß ich recht habe – und hast Furcht vor mir –«

»Nein, das nicht.« Sie hatte sich erhoben und trat dicht an ihn heran. »Höre jetzt mit deinem Gerede auf. Liebe mich in Gottes Namen, so viel du willst, aber, wenn dir etwas daran liegt, daß ich noch einen Funken Achtung vor dir habe, dann sage es mir nicht. Du kannst jedenfalls überzeugt sein, daß ich deine Gefühle niemals erwidern werde – nachdem du dich heute abend so wenig passend betragen hast – selbst wenn ich ebenso bequeme Ansichten hätte wie du über das, was das gegebene Wort einer Frau und eines Mannes Heim und Ehre zu bedeuten haben.«

»Meinst du damit«, sagte Axel mit leisem Lächeln, »daß die Erklärung, die du dem Standesbeamten in Kristiania abgegeben hast – daß Heim und Ehre deines Mannes, wie du dich ausdrücktest – ein Heim ohne Kind, ohne Glück – und ein Mann, den du nicht liebst und der dich auch nicht mehr liebt – glaubst du, daß du das alles als unüberwindliche Hindernisse ansehen würdest, von denen du dich zurückhalten ließest, wenn du das Glück vor dir sähst, wenn es an deiner Tür stünde und dir winkte?«

»Ja, das meine ich.«

»Dann hast du niemals Torkild geliebt. Denn dann weißt du nicht, was Liebe ist.«

»Ich will auch nichts davon wissen – jedenfalls nichts von dieser Art Liebe. Und ich habe keine Lust, mit dir zu diskutieren – du kannst dich darauf verlassen, daß du mich diese Liebe nicht lehren kannst.«

»Du hast selbst gesagt – du wüßtest nicht, ob ich es nicht ebensogut hätte werden können wie er. Du hast ihn nicht geliebt, niemals. Wäre ich nicht so töricht gewesen, meines Weges zu gehen, als du mich das erste Mal abwiesest – so dummstolz – dann könntest du jetzt mein sein! Du hast es ja selber zugegeben.«

»Ich wüßte nicht, daß ich das gesagt hätte.« Ihre Augen funkelten. »Aber, vielleicht hast du recht. Möglich, daß ich meine Gefühle nicht recht kannte, als ich heiratete. Mag sein, daß du es ebensogut hättest werden können. Ich kannte dich ja kaum –. Ich habe nicht gedacht, daß du das, was wir – er und ich – Ehrgefühl nennen, nicht besitzest. Jetzt weiß ich es aber –«

Als er einen Schritt auf sie zu machte, beugte sie sich über den Tisch und schlug ihn auf die Wange.

»Willst du jetzt gehen? Oder soll ich läuten und dich hinauswerfen lassen?«

Axel strich sich langsam mit der Hand über die geschlagene Wange. Seine Augen bekamen plötzlich einen anderen Ausdruck – sie glichen denen eines Kindes, das gerade erwacht ist.

»Auch du schlägst mich?« sagte er leise, wie mit trauriger Verwunderung.

Rose rührte sich nicht.

Er blieb noch einen Augenblick stehen. Dann wandte er sich nach der Tür, schloß auf und ging leise hinaus, ohne sich noch einmal umzusehen.

Als sie allein war, warf sie sich über den Tisch und brach in krampfhaftes Schluchzen aus. Jetzt, hinterher, packte sie vor Aufregung ein Schüttelfrost. Ihr war, als sei ihr ein Unglück zugestoßen, dessen Umfang sie noch nicht überblicken konnte –.

Was sie am stärksten und schlimmsten empfand, war Scham. Sie hatte die unklare Empfindung, ihrem Mann untreu gewesen zu sein. Was sie selbst gesagt hatte – und was Axel gesprochen hatte – war ihr nicht genau erinnerlich. Sie wußte nur, daß sie etwas verraten hatte – aber weder genau was, noch wieviel. Aber sie hatte sich selbst und Axel eingestanden, daß sie Torkild nicht liebte, – daß ihre Ehe aus Leichtsinn – zufällig – zustandegekommen sei und ins Unglück geführt habe. Daß sie das verraten hatte, war wohl ein Treubruch – und zwar mit einem Mann, dem sie selbst ins Gesicht geschlagen, ja, den sie sich freute, geschlagen zu haben.

Und hinter der bitteren Scham, ihre Ehe derartig bloßgestellt zu haben, dämmerte ihr die Bedeutung dessen auf, was sie zugegeben hatte. Und dann kam die Angst – die Angst vor der Begegnung mit Torkild.

Nach und nach raffte sie sich endlich auf, kleidete sich hastig aus und ging zu Bett. Aber sie blieb lange wach und konnte keinen Schlaf finden. Worte und Sätze, die Axel gesprochen, und Bruchstücke ihrer eigenen Antworten fuhren fort, in ihrem Gehirn zu spuken. Er hatte ja die Wahrheit gesprochen – sie hatte Torkild nie geliebt. Diese Wahrheit war doppelt furchtbar, weil sie sie von einem Mann hatte hören müssen, den sie verachtete, und der der Feind ihres eigenen Mannes war – und sie hatte ihm nicht widersprechen können.

Als sie am Morgen geweckt wurde, stand sie nicht auf, sondern blieb den ganzen Vormittag im Hotel und fuhr erst mit dem Mittagszug, nachdem sie sich davon überzeugt hatte, daß Axel schon früh abgereist war.

Während der ganzen Fahrt wurde ein Gefühl in ihr stärker und stärker, während ihre Gedanken um den Auftritt mit Axel kreisten – die Angst vor dem Wiedersehen mit Torkild. Sie hatte die Empfindung, als sei es nach dem Vorgefallenen unmöglich, daß sie weiter zusammen lebten.

X

Rose hatte Torkild von Frederikshald aus angerufen und ihm mitgeteilt, mit welchem Zug sie käme. Er war in Kristiania auf dem Bahnhof, um sie abzuholen. Sie gingen zum Essen in die Stadt.

»Richtig«, sagte Torkild während des Essens, »Frau Lied ist heute vormittag bei uns gewesen. Sie bat Agnes, dir zu bestellen, daß du morgen früh anläuten möchtest. Sie ist jetzt auf Fensal –«

»Wieso?«

»Ach, sie ist schon seit vierzehn Tage wieder daheim –«

»Es ist doch den Kindern nichts passiert?«

»Nein.« Torkild lächelte. »Aber mit Petersen scheint etwas passiert zu sein. Ich fürchte, sie wird dir bald wieder alle Tage die Tür einrennen –.«

Frau Lied kam am nächsten Morgen sehr früh herüber – das heißt, die Uhr war zwölf, aber Rose wußte, daß sie nie vor elf Uhr aufstand.

Rose saß an der Nähmaschine, einen Korb Rollwäsche vor sich. Sie war dabei, eine neue Queder auf ein altes Wollhemd von Torkild zu setzen.

»Leg ab, Mary, du bekommst gleich Tee –.«

»Danke, ich möchte nichts.« Mary zündete sich eine Zigarette an und begann, im Zimmer auf und ab zu wandern.

»Doch, natürlich. Du mußt meine warmen Teekuchen kosten, ich habe Haferkeks draußen im Ofen stehen.« Sie riß den Faden ab, schloß die Nähmaschine und schnitt die Knopflöcher in die neue Queder. Das Mädchen kam mit dem Teebrett.

»Danke, ich möchte nichts«, sagte Mary und setzte ihre Wanderung fort.

»Wie wäre es mit einem Schluck Wermut?« Rose holte die Karaffe aus dem Eckschrank und schenkte ein. Mary leerte das Glas in einem Zuge und nahm ihren Gang durchs Zimmer wieder auf.

»Den Kindern geht es doch gut?« fragte Rose.

»Den Kindern geht es gut. – Aber mir ...« Sie hielt inne:

»Du – es ist aus zwischen Halstein und mir ...« Rose ließ ihre Arbeit in den Schoß sinken.

»Wie meinst du ...? Es ist aus?« und sie fühlte selbst, wie dumm das klang.

»Ja. Jetzt ist es aus.« Mary sank auf den Fußboden nieder und schluchzte, den Kopf gegen den Ledersitz eines Stuhles gelehnt. »Ja, es ist aus. Mein herrlicher Lebenstraum«, flüsterte sie heiser. Rose, die sich erhoben hatte und auf sie zugetreten war, fühlte ihre Teilnahme sehr zusammenschrumpfen.

»Ach, Rose, wenn du wüßtest, wie schlimm es mir ergangen ist! Wie traurig! Seit dem Sommer schon. Welche Enttäuschung ich habe erleben müssen! Du weißt, wie ich Halstein geliebt habe. Mein ganzes Selbst war ich bereit, ihm zu opfern – freudig! Und nun hat er mich weggeworfen wie ein abgenutztes Kleidungsstück. O Gott, wie verzweifelt ich bin!«

Rose strich ihr übers Haar:

»Herrgott – meine arme Mary!«

Mary Lied erhob sich und preßte Roses Hand:

»Ja – die arme Mary. Alle Träume sind vernichtet! Der armselige, graue Alltag bis in die Ewigkeit hinein liegt vor mir. Finn Lied und Fensal . . .«

»Willst du – denn wieder zurück?«

Mary weinte von neuem:

»Ich habe ja keinen Ort auf der ganzen Welt, wo ich hinflüchten könnte –.«

»Aber, du hast doch deine Arbeit, Mary. Du warst ja dabei, dir eine selbständige Stellung zu schaffen – wonach du dich immer gesehnt hast. Das wirst du doch nicht aufgeben – und zu deinem Manne zurückkehren, den du nicht liebst. Du hast jetzt deine Freiheit – das ist wohl auf alle Fälle etwas –.«

»Meine Freiheit.« Mary lächelte düster. »Meine Freiheit habe ich – um dabei zu verhungern – oder auf die Straße zu gehen. Meine Arbeit – weißt du, *wie* gemein Halstein an mir gehandelt hat? Er hat es fertig gebracht, mich aus der Zeitung zu verdrängen – und mich um meine bescheidene Arbeit zu bringen. Ich hätte freilich nicht davon leben können, ich bin ja nun einmal ein Luxusmensch, eine Künstlernatur, und seiner Natur muß jeder Mensch treu bleiben –. Aber, wie es auch war, – selbst das mußte mir genommen werden. Ach nein, du, ich habe resigniert – meine Arbeit zugleich mit meiner Liebe aufgegeben. Vorläufig wenigstens. Ich bin nicht mehr imstande, als Bettler von einem Verleger zum anderen zu gehen und von einem Kritiker zum anderen. – Der eine will, daß ich hier streiche und da verändere; der andere sagt, ich solle dies ändern und das abrunden – bis ich meine eigene Seele nicht mehr in den Arbeiten finden kann, die doch mit meinem Herzblut geschrieben sind. Und dazu sind meine Bücher, weiß Gott, zu gut. Es ist nur Feigheit, weiß du. Hierzulande hat man nämlich Angst vor einem freien, wahren und mutigen Werk, will ich dir sagen. Wenn du ahntest, wie feige diese Verleger sind – die ganze Bande! Ach, nein, du, mir stand in der ganzen Welt nur eine Tür offen – bei meinen Kindern. Und so habe ich dort Zuflucht gesucht.«

»Aber, dein Mann – ich meine Lied?« fragte Rose kühl.

»Mein Mann? Finn Lied? Weißt du – einen Augenblick glaubte ich an ihn. Ich glaubte, Finn Lied sei *größer*, als ich gedacht. Es schien so, als ich zu ihm kam und alles gestand. Alles habe ich ihm gesagt – jede geringste Kleinigkeit. Offen und ehrlich habe ich Finn gestanden, daß ich Halstein Petersen mit Leib und Seele angehört habe, weil ich ihn von ganzem Herzen geliebt hätte –.«

»Da hat ihn doch nicht weiter überraschen können«, bemerkte Rose. »Ihr habt ja beinahe ein halbes Jahr zusammen gewohnt.«

»Nein, allerdings«, Mary betrachtete sie höhnisch. »Für die guten Bürger ist ja damit alles gesagt – ein Mann und eine Frau haben ein paar Monate zusammen gewohnt – also haben sie auch zusammen gelebt. Ihr könnt euch natürlich nicht denken, daß in einem Verhältnis etwas Mystisches liegen kann. Ich könnte ... na, das hat hiermit nichts zu tun. Ich verschwieg also nichts – ich sagte, ich hätte Halstein angehört, und nach dem Wunderbaren, was ich in seinen Armen erlebt habe, sei ich nicht imstande, mich einem anderen Mann hinzugeben – jedenfalls für lange, lange Zeit nicht. Aber ich bat ihn, zu meinen Kindern zurückkehren zu dürfen, damit sie nicht ohne Heimat aufwüchsen – denn ohne die Mutter gibt es kein Heim. Die Mutter ist das Heim. Und Finn ging auf meine Bedingungen ein –.«

»Das nenne ich liberal gedacht«, sagte Rose.

»Das fand ich auch. Ich sagte dir ja, ich fing an zu glauben, er sei größer, als ich gedacht. Ich glaubte schon, es könnte vielleicht der Tag kommen, an dem ich entdeckte, daß ich ihn liebte –. Aber nun sollst du weiter hören –. Ich ließ mein Bett ins Kinderzimmer stellen und schlief dort. Aber, es war kaum eine Woche vergangen – sechs Tage, es war in einer Nacht zum Sonnabend, als Finn zu mir hereinkam. Ich wollte nicht – ich erinnerte ihn an unseren Vertrag, ich sagte, ich sei in vollem Vertrauen zu ihm gekommen, ich appellierte an sein Ehrgefühl. Schließlich ging er auch. Aber seitdem habe ich Tag und Nacht keine Ruhe gehabt, er quält mich und peinigt mich und bestürmt mich, ich solle nachgeben –.«

Sie brach in einen Tränenstrom aus:

»Heute nacht ... mußte ich ihm, um ihn überhaupt loszuwerden, drohen, die Kinder zu wecken. Ach Rose, ist das nicht fürchterlich? Ich bin wie von Sinnen, so verzweifelt bin ich. Sag mir, was ich tun soll!«

»Wegreisen«, sagte Rose.

»Ich weiß ja nicht, wohin ich fahren soll. Ich kann doch nicht hungern ...«

»Wenn er doch aber deine Bedingungen nicht annehmen kann und du nicht die seinigen ...«

»Ich werde es ja müssen«, weinte Mary Lied. »Natürlich bekommt Finn seinen Willen – ich kann nicht mehr lange Widerstand leisten. Ach, ich habe einen solchen Widerwillen gegen ihn bekommen – ich bin so verzweifelt ...«

»Mary«, sagte Rose angsterfüllt. »Du darfst nicht – im Hause, wo deine Kinder sind ...«

»Im Hause, wo meine Kinder sind, ja!« Mary nickte. »Nicht wahr? Das zeigt Achtung vor der Mutterwürde?«

»Wenn du einige Achtung vor dieser Würde hast – dann mußt du weggehn. Du mußt doch irgendwelche Arbeit bekommen können – ich an deiner Stelle nähme das erste beste – zu Anfang –.«

»Ich kann meine Kinder nicht verlassen«, schluchzte Mary.

»Du hast es ja im Frühling gekonnt«, sagte Rose kalt. »Und damals gingst du nur um deinetwillen. Jetzt finde ich, du müßtest es um der Kinder willen tun. Wie du selbst sagst, die Mutter ist das Heim. Und eine Mutter, die davon lebt, ihres Mannes – genug.«

»Ach – nun übertreibst du aber schauderhaft. Das ist überspannt – du bist doch selbst verheiratet und weißt, wie es ist. Letzten Endes ist Finn ja mein Mann – und wir haben drei Kinder. Und wenn ich nun nicht zur Arbeit tauge – und der einzige Weg, der für meine Fähigkeiten in Frage kommt, versperrt ist ...«

»Ich würde lieber auf die Straße gehen«, sagte Rose heftig. »Wenn ich zu nichts anderem tauge, als mit Männern zu leben – dann würde ich lieber irgend jemand anderes wählen als gerade den Vater meiner Kinder. Ich würde die Leichtfertigkeit lieber an allen anderen Orten betreiben als im Hause meiner Kinder –.«

»Unsinn, mein Kind. Das sind ja nur Phrasen. Du kannst mir nicht vorreden, daß du so vollkommen seist und deiner Wege gingest, sobald du Torkild nicht mehr liebtest, und es nicht mehr jedesmal bezaubernd fändest, wenn er zärtlich wird. O nein, ich glaube, du bliebest in deinem warmen Nest, wo du alles bekommst, was du brauchst, und backtest Haferkeks, machtest Rhabarberwein und fändest dich in das Unumgängliche, das man ertragen muß, wenn man einmal verheiratet ist – anstatt das Feld zu räumen und in einer Bude zu hausen, dich auf einem Büro für einen schäbigen Lohn abzuarbeiten und dafür nur das Bewußtsein einzutauschen, wie edel du wärst! Laß uns nur offen sein – wir sind alle nur Menschen. – Ich hatte erwartet, du würdest etwas Teilnahme zeigen, wenn ich hierher käme und dir erzählte, wie traurig es mir ergangen ist. Und statt dessen verhöhnst du mein Unglück. – Du solltest dich schämen, schämen solltest du dich! Ich will dir das eine sagen, mit dir bin ich fertig! – Übrigens ist es mir tödlich gleichgültig, was du von mir denkst – während du hier sitzt und deines Mannes Unterhosen stopfst . . .«

Sie riß das wollene Hemd vom Sofa, warf es auf den Boden und stieß mit dem Fuß danach. Dann nahm sie ihren Mantel und ging.

Rose las das verachtete Wäschestück wieder auf und legte es sorgfältig zusammen. Dann ging sie zum Tisch, schenkte sich eine Tasse eiskalten Tee ein und trank ihn aus. Sie empfand ihren Ekel wie eine körperliche Übelkeit.

Sie versuchte, an ihrem Saum weiter zu arbeiten, war aber nicht dazu imstande. Schließlich stand sie auf und ging durch die Zimmer.

All diese widerwärtige Vertraulichkeit, all dieser Schmutz, der vor ihr ausgebreitet worden war – das ging sie doch alles nichts an. Sie hatte ein Gefühl, als klebe das alles an ihr und sei nie wieder wegzubringen –. Aber es geht mich doch nichts an – was habe ich mit Mary oder Axel zu schaffen –?

Aus dem unklaren Drang, all das abzuschütteln, ging sie plötzlich an ihren Nähkorb. Dort lag eine Fotografie von Axel, die er ihr in dem ersten Winter nach ihrer Hochzeit geschickt hatte, als er öfter bei ihnen gewesen war. Die Fotografie war dort liegengeblieben. Nun suchte sie das Bild hervor und zerriß es in kleine Stückchen.

Es war ein kleiner wattierter Nähkorb, den Doris ihr zur Konfirmation gearbeitet hatte. Unter dem kleinen zerstochenen Seidenkissen lag ein zusammengefaltetes Babyhemdchen, das nicht ganz fertig geworden war. Rose nahm es heraus und betrachtete es.

»Ach, mein kleiner, lieber Bub, mein kleiner Bub –. Ach, Gott, wenn ich dich hätte – mein süßer, kleiner Junge, Mutters liebster Schatz –.« In ratloser Verzweiflung brach sie über ihrem Nähkörbchen in stille Tränen aus.

Nach einer Weile begann sie mechanisch, den Korb aufzuräumen. Alle möglichen Kleinigkeiten kamen zum Vorschein. Ein kleines Buch in grünem Leder – Shelleys Gedichte. Sie hatte es vor zehn Jahren von Torkild bekommen. Hier und da hatte er etwas unterstrichen:

> One word is to often profaned
> for me to profane it.
> One feeling to falsely disdained
> for thee to disdain it.

Ach, Torkild und ihre ganze Jugend! Wie sie sich nach all dem sehnte. Nach der ersten Zeit ihrer Ehe – und der Zeit, als sie das Kind erwarteten.

Eine plötzliche, erstickende Angst überfiel sie. Es *konnte* nicht aus sein – sie konnten nicht all den Reichtum verschwendet haben, den sie gemeinsam besessen hatten. Es konnte nicht wahr sein, daß er sie nicht mehr liebte – daß sie ihn nicht mehr liebte – daß es keinen gemeinsamen Weg für sie beide mehr gäbe. Es mußte sich alles wieder gutmachen lassen. Wenn sie an das Widerwärtige dachte, was sie eben gesehen hatte – fühlte sie ja, daß sie einzig und allein Torkild gehörte. *Er* war nicht so . . .

Du großer Gott – was hatte sie ihm nicht manchmal im stillen alles vorgeworfen. Es war ja Wahnsinn von ihr. Was hatte sie in ihrem Zusammenleben vermißt –? Nichts anderes, als was sie selbst nicht hatte geben können – ihm nicht hatte geben wollen. Sie hatte sich nicht anstrengen, sich nicht selbst außer acht lassen mögen. Ab und zu, wenn er sie mitgerissen hatte, war sie glücklich gewesen. Aber immer war sie in ihre alte Art zurückgefallen, sich selbst zu bespiegeln und nur von sich selbst in Anspruch genommen zu sein – gerade, was sie ihm immer vorgeworfen hatte.

War es da ein Wunder, wenn er schließlich ihrer müde geworden war? Wenn er nicht mehr imstande war, um sie zu kämpfen, wie Axel gesagt hatte? Sie war ja immer ein ganz unmögliches Menschenkind gewesen –.

Und wie hatte sie sich selbst damit zerrüttet. Wieviel mehr war sie als junges Mädchen wert gewesen – wie hatten diese Jahre ihren Wert verringert, in denen sie mit einem Mann gelebt und immer nur von ihm empfangen hatte –. Aber es war nicht möglich, daß es zu spät sein sollte, jetzt, da sie endlich begriff –.

Sie zog sich an und wollte ihm auf seinem Heimweg vom Büro entgegengehen. Sie hoffte, ihn irgendwo unten im Wald auf dem kleinen Seitenpfad zu treffen, der zu ihrem Hause heraufführte. Sie wollte seinen Arm nehmen und sagen – ja, sie wußte noch nicht, was, doch sie war überzeugt, daß es von selber kommen würde. Aber sie ging und ging und sah ihn noch immer nicht. Als sie auf die Landstraße hinauskam und ihm noch nicht begegnet war, fühlte sie sich grenzenlos enttäuscht und verzagt.

Sie kam bei dem Krämer und an den Arbeiterwohnungen vorbei; jetzt sah sie das Fabrikgebäude – in Torkilds Zimmer brannte Licht. Lange Zeit ging sie an der Brücke auf und nieder. Die rostigen Eisenspäne auf dem Weg knirschten unter ihren Stiefeln. Dunkel und träge strömte der Fluß an der Böschung des Weges dahin und spiegelte ein paar vereinzelte Lichter wider. Sie fror in dem kalten Wind und dem rauhen Nebel.

Während sie in der Dunkelheit und Kälte auf und ab ging, war es ihr, als sei all ihr Mut erloschen. Als sie schließlich in einem Gefühl von Verlassenheit und Angst, das ihr selbst sinnlos vorkam, die Tränen in sich aufsteigen fühlte, ging sie zum Fabrikgebäude hinauf.

Es war jetzt nirgends mehr Licht als in seinem Fenster. Auf dem Treppenflur war es stockdunkel. Sie wußte, daß sich irgendwo ein Kontakt befand, aber sie konnte ihn nicht finden und tastete sich nach oben bis zu seiner Tür.

Torkild saß in seinen Schreibtischstuhl zurückgelehnt und fuhr auf, als die Tür ging. Rose sah, daß er, als er sie erkannte, plötzlich blaß wurde und sein Gesicht wie in äußerster Angst erstarrte. Verständnislos blieb sie erschrocken stehen und starrte ihn an.

»Warum kommst du?« fragte er zitternd. »Rose – was ist –?«

Sie konnte nicht antworten und stand wie gelähmt.

»Was ist denn, Rose?«

»Torkild«, bat sie furchtsam. »Was ist mit *dir*? Wie siehst du aus?« Und als er nicht antwortete, setzte sie hinzu: »Ich wollte dir entgegengehen, und als ich dich nicht traf und sah, daß hier erleuchtet war, ging ich hinauf . . .«

Er schwieg noch immer, und sie fuhr fort:

»Was ist mit dir, Torkild?«

»Nichts.« Er antwortete schwer. »Ich war nur so – überrascht.«

»Aber Liebster, ich bin doch oft hergekommen und habe dich abgeholt . . .«

»Das ist so lange her«, sagte er schwach. »Mir kam gar nicht der Gedanke . . .«

»Es war spät geworden –. Und da ich heute noch nicht aus gewesen war, dachte ich, ich wollte dich abholen gehen –«

»Ach ja.« Es schien, als koste es ihn Mühe, sich zusammenzunehmen. »Ihr habt wohl auch mit dem Essen warten müssen –. Du mußt entschuldigen. Aber ich hatte heute viel zu tun.«

»Du siehst – müde aus. Du warst so merkwürdig, als ich kam. Hast du heute Ärger gehabt?«

»O nein –. Nein, wie gesagt, ich war nur so überrascht. Wir können jetzt gehen.«

Er stellte sich, als räume er auf dem Schreibtisch auf. Aber Rose sah, daß er leer war. Dann zog er sich den Mantel an. »Gehen wir also.«

Schweigsam und mutlos ging sie im Dunkeln an seiner Seite. Es kam ihr plötzlich alles so hoffnungslos vor. Sie wagte nicht einmal, seinen Arm zu nehmen und wußte nichts zu sagen. Alles, was sie sich ausgedacht, war wie weggeweht.

»Kannst du nicht etwas gegen deine Erkältung tun«, sagte sie einmal, als er so heftig hustete, daß er stehen bleiben mußte. »Wenn du doch einmal zu Meyer gehen und mit ihm sprechen wolltest . . .«

»Ich habe doch jedes Jahr im Herbst Husten gehabt. Du weißt ja, daß er von selbst wieder vorübergeht, sobald der Frost einsetzt.«

»Es gefällt mir aber nicht«, sagte sie sanft. »Du bist jetzt sicher auch recht nervös?«

»Das liegt nur an der Jahreszeit. Du weißt ja, daß es im Herbst und im Frühling immer ein bißchen Quängelei mit mir gibt.«

Nach dem Essen setzte er sich mit einem Buch ins Wohnzimmer. Rose nahm ihre Näharbeit mit hinein. Mit zusammengepreßten Lippen nähte sie Knopflöcher und stopfte und hielt dabei in Gedanken Zwiesprache mit ihm. Aber sie wagte nicht anzufangen.

Als sie einmal aufsah, begegnete sie seinen Augen. Er starrte sie so sonderbar an.

»Du siehst mich so merkwürdig an –.« Sie versuchte zu lächeln.

»Soo –?« sagte er nur. Dann beugte er sich wieder über sein Buch. Rose fühlte, daß ihr die Tränen in die Augen stiegen. Sie erhob sich, ging leise ins Eßzimmer hinüber und tat, als suche sie etwas in ihrem Nähtisch. Die Stücke von Axels Bild lagen immer noch da. Sie nahm sie und steckte sie in den Ofen. Als sie wieder ins Wohnzimmer trat, sah sie, daß Torkild auf seinem Stuhl ihr schnell den Rücken drehte. Das Buch hielt er noch immer vor sich. – Er hatte ihr unten im Wohnzimmer schnell und flüchtig gute Nacht gesagt, während sie das Teebrett hinaustrug. Als er oben in seinem eigenen Zimmer die Tür hinter sich geschlossen hatte, kam es ihm vor, als sei er hierher geflüchtet.

»Ich glaube es ja nicht«, flüsterte er vor sich hin. »Nicht einen Augenblick habe ich es geglaubt. Niemals, niemals werde ich auch nur eine Sekunde daran glauben –«

Aber woher kam das unsinnige Grauen, das ihn gepackt

hatte, als sie heute nachmittag plötzlich in sein Büro getreten war? Es war ihm durch den Kopf geschossen, daß sie gekommen sei, um ihm etwas zu sagen – etwas, was er nicht ertragen würde –.

Aber er glaubte es nicht. Nein, nein, gewiß nicht. Das wilde Aufblitzen eines Verdachts in einem Moment, wo er nicht Herr über sich selbst war – das bedeutete noch keinen Zweifel an ihr. Bei ruhiger Besinnung würde er nicht einen einzigen Augenblick glauben, daß sie etwas – etwas Verräterisches an ihm begangen habe.

Wenn in den gemeinen Zeilen ein Funken Wahrheit war, dann hatte sich wohl Axel pöbelhaft benommen.

Er hatte ein zerrissenes Bild von ihm vorhin unten im Eßzimmer gesehen. Sie hatte es nachher, als sie sich am Ofen zu schaffen machte, verbrannt – es war weg, als er zum Tee hineingekommen war.

Es war also am wahrscheinlichsten, daß sie Axel aus irgendeinem Grunde zürnte –. Soviel war wohl an der Sache, daß sie eine Unterredung gehabt hatten, die er vielleicht wirklich nicht hatte hören sollen. Aber er war überzeugt, daß Axel allein die Schuld trüge – sie hatte *nichts* getan, was sie sich vorzuwerfen hätte.

– Warum drängte sich ihm nur immer wieder die Möglichkeit auf, daß sie etwas bereute, daß sie das Bild in Erbitterung über das zerrissen habe, wozu er sie verleitet hätte –.

»Ich glaube es ja nicht – ich glaube es ja nicht . . .« Er biß stöhnend die Zähne aufeinander.

Du ewiger Gott – kann denn so etwas geschehen, ohne daß ein Mann sich dagegen wehren kann? – Ein ehrloser Schuft oder mehrere setzen sich hin, schreiben einen anonymen Brief, den sie einem Mann schicken – und er kann sich dagegen nicht wehren. Er kann nicht sein Weib gegen die Verleumdungen unbekannten Gesindels schützen, kann die Burschen nicht zu fassen bekommen und sie kurz und klein schlagen. Er kann sich nicht dagegen wehren, daß sie ihm mit ihrer feigen Missetat weh tun, er kann die Gemeinheit nicht aus seinem Gehirn verbannen – er verbrennt den Brief, aber die Worte haben sich in seine Seele gefressen – sie zehren, peinigen, vergiften, erzeugen Gedanken, deren er sich selber schämt, gegen seinen Willen sieht er Bilder vor sich ... Herrgott im Himmel, ist es denn nur möglich –? Er hatte auf seinem Pult gelegen, als er heute morgen ins Büro gekommen war. Zwischen all den Geschäftsbriefen ein kleiner Umschlag mit der Aufschrift »Privat«:

»Freunde, die Ihnen wohlwollen und es schändlich finden, einen Mann hinter seinem Rücken zu betrügen, möchten nicht unterlassen, Ihnen mitzuteilen, daß Ihr Bruder heute nacht um halb zwölf Uhr Ihrer Frau einen Besuch in ihrem Hotelzimmer abgestattet hat. Sie sind über eine Stunde bei verschlossener Tür zusammengewesen, ehe er in sein eigenes Zimmer zurückschlich. Anstatt, wie erst verabredet, mit dem Frühzug nach Kristiania zu fahren, ist das Paar bis gegen Mittag im Hotel geblieben und dann getrennt in die Stadt zurückgereist.

Ein aufrichtiger Freund.«

Er schämte sich, daß er das ganze schmutzige Produkt durchgelesen hatte. Er hätte es verbrennen sollen, sobald er die Unterschrift gesehen. Als ob es nicht genügte, daß ein Brief anonym war – folglich von einem ehrlosen Menschen stammte. Es konnte also gleichgültig sein, was darin stand. Oder – einmal gelesen, hätte er ihn *nicht* verbrennen, sondern versuchen sollen, den Absender festzustellen, um ihn dann durchzuprügeln, bis er windelweich war.

Statt dessen hatte er das Geschreibsel zerknüllt, war aufgesprungen und hatte, da ihm einfiel, daß in seinem Büro Zentralheizung war, ein Streichholz angesteckt und den Brief verbrannt, bis nichts von ihm übrig war als ein wenig Asche im Aschenbecher.

– Und seitdem war er ihm nicht aus dem Kopf gekommen. Er hatte sich vorgehalten, daß Rose und Axel dies oder jenes zu besprechen gehabt haben mochten – vielleicht etwas wegen des Hausverkaufs oder zum Beispiel wegen Doris. Es war rücksichtslos von Axel, gedankenlos von ihr, eine solche Konferenz mitten in der Nacht abzuhalten. Aber selbstverständlich hatte keiner von beiden im entferntesten an die Möglichkeit gedacht, daß irgend jemand es beobachten, geschweige denn auf so gemeine Weise auslegen würde –. Aber jetzt, nachdem er die zerrissene Fotografie gesehen hatte –.

Aber ich zweifle ja nicht an ihr. Wenn ich sie fragte ... ich weiß, sie könnte mir eine Erklärung geben, die dem unerträglichen Zustand ein Ende machte. Aber das tue ich niemals. Zu Rose gehen und sagen – ich habe einen Brief bekommen von einem, der seinen Namen nicht zu nennen wagt – erkläre dich, reinige dich von dieser Beschuldigung, die dir ein solcher Lump anhängt – in alle Ewigkeit nicht. Die Qual gibt es auf der ganzen Welt nicht, von der ich mich um diesen Preis loskaufen möchte.

Wenn ich es täte, müßte sie denken, ich hätte auf solches Gesindel gehört, einen einzigen Augenblick an ihrer Ehrenhaftigkeit gezweifelt – dann wäre es ganz aus.

Ebenso sicher aus, wie alles vorbei sein müßte, wenn sie mich wirklich betrogen hätte.

Es gab also keinen Ausweg.

Aber dann –. Ich glaube ihr also nicht *ganz*, wenn ich so fürchterlich darunter leiden kann. Hätte ich diesen Brief vor zwei Jahren bekommen, ja nur vor einem Jahr – ich wäre ebenso erbittert gewesen, aber ich hätte diese wahnsinnige Angst nicht gespürt und diese Ohnmacht.

Gewiß glaubte er an sie. – An die Rose, die er gekannt, die er geliebt, seit er erwachsen war – er könnte ebensogut daran zweifeln, daß die Sonne scheine, als daran, daß Rose ohne Fehl und Makel sei –.

Aber er kannte sie nicht mehr wie damals. Die Frau, zu der er hineingehen, die er heute nacht in seine Arme nehmen konnte, wenn er wollte, – die kannte er nicht. Sie war während ihres Zusammenlebens anders geworden – und er wußte nicht, wie sie jetzt war. Jetzt, wo sie ihm ihren herrlichen Körper hingab, so oft ihn danach verlangte, schien es, als habe sich ihr Gemüt vor ihm verschlossen; ihm war, als habe sie ihr Wesen, Tür auf Tür, vor ihm verriegelt, bis er ganz draußen stand und nicht mehr wußte, wie es in ihrer Seele aussähe, – nur daß er manchmal ahnte, es sei viel in ihr zerstört. Ihm schwindelte –.

Rose – seine Geliebte – sie hatte er gekannt und würde seinen Leib und seine Seele dafür zum Pfand setzen, daß sie rein und gut sei wie der Morgen. Sie dort drinnen – sein

Weib – o ja, sicher, er glaubte an sie. Nur, daß er sich unter dem einen quälenden, verzehrenden Gedanken ward –

Er vertraute auf sie. Aber nicht wie in alten Zeiten, wo jeder Schatten von Zweifel ihm wie ein widerwärtiger, lächerlicher Wahnsinn vorgekommen wäre. – Ich glaube an sie. Aber ich kenne sie nicht mehr –.

Es klopfte leise an seine Tür, Rose öffnete und trat ein. Sie blieb einen Augenblick wie zweifelnd stehen und blickte ihn an. Er hatte sich erhoben, rührte sich aber nicht, um ihr entgegenzugehen.

Sie trat rasch auf ihn zu.

»Du hast mir nicht ordentlich gute Nacht gesagt, Torkild.« Sie wurde rot und legte ihm die Hände auf die Schultern. »Ich glaubte, du wolltest noch zu mir kommen. Es ist so lange her seit dem letzten Male –«, sagte sie leise und senkte den Kopf.

Torkild sah, daß sie nur ein Nachthemd unter dem Morgenkleid trug. Das Haar hing in Flechten über ihren Rücken. »Torkild, bist du mir aus irgendeinem Grunde böse?« flüsterte sie, als sie keine Antwort erhielt.

»Nein«, sagte er ebenso leise wie sie. »Warum sollte ich dir böse sein?«

Er legte seine Hände auf ihre Arme. Einen Augenblick blieben sie so stehen – der eine hielt den anderen gleichsam von sich ab, und sie sahen sich forschend an.

»Du könntest viele Gründe haben, unzufrieden mit mir zu sein«, sagte Rose und senkte den Kopf.

»Ich wüßte nicht welche.«

»O, ich weiß sehr wohl, daß ich bei weitem nicht so gegen dich gewesen bin, wie du es wünschen könntest. Ich weiß, daß es nicht so zwischen uns geworden ist, wie du es erwartet hast, als wir heirateten.«

»Glaubst du, ich werfe dir vor, daß du nicht so gegen mich hast sein können, wie ich es mir gewünscht hätte?« Er nahm ihre Hände von seinen Schultern. »Eigentlich weiß ich nicht, ob ich jemals erwartet habe, daß es anders werden sollte, als es jetzt geworden ist . . .«

»Meinst du«, sagte Rose langsam, »daß du mit dem Zustand, wie er jetzt herrscht, zufrieden bist? Meinst du, daß es, sobald man erst verheiratet ist, im großen und ganzen niemals – vollkommen wird? Oder findest du, daß du – trotz allem – glücklich bist?«

Torkild lächelte schwach:

»Wenn wir glücklich wären, ständen wir kaum hier und stellten uns solche Fragen. Aber wenn man einmal verheiratet ist, so sind wohl entweder beide glücklich oder – keiner.«

»Du bist also nicht glücklich?«

Torkild zögerte einen Augenblick, ehe er antwortete:

»Ich bin es also wohl nicht. – Ich mache mir jedenfalls keine Illusionen darüber, daß du dich sehr glücklich fühltest –.« Er blickte während seiner Worte zu Boden.

»Meinst du damit, daß du im voraus erwartet hast – es würde so kommen?« Als er nicht antwortete, fuhr sie fort:

»Dann verstehe ich nicht, warum du mich geheiratet hast.«

Torkild lachte kurz:

»Verstehst du das nicht? Ich meine, du müßtest es jetzt verstehen können – nachdem du über zwei Jahre verheiratet bist.«

Sie wurde glutrot, ihre Augen waren unsicher. Ein Zittern lief über sein Gesicht, während er sie betrachtete.

Rose wandte sich von ihm ab und setzte sich in den Korbstuhl neben seinem Bett.

»Wenn der Junge gelebt hätte«, sagte sie nach einer Weile mit undeutlicher Stimme, »dann wäre alles anders geworden . . .«

»Ja, dann wäre es wohl anders geworden.«

»Aber«, fragte Rose ganz leise, »warum hast du nie gewollt, daß ich noch mehr Kinder bekommen sollte?«

»Ein Kind«, fügte sie nach einer Weile hinzu, als er nicht antwortete, »wäre ein festes Band zwischen uns gewesen –«

»Ja, das ist wahr. Kannst du nicht verstehen«, sagte er schwer und langsam, »ich habe dich Jahre und Jahre hindurch geliebt und konnte dich nicht erringen. Schließlich schien es, als sollte es mir doch gelingen – wir heirateten. Aber ich merkte es fast sofort. Ich hatte nicht die Fähigkeit, dich festzuhalten oder ganz zu gewinnen. Das Band, das *ich* zwischen uns sehen wollte – das Gefühl, daß wir beide unauflöslich zusammengehörten, daß du mich so innig liebtest, daß du nur bei mir und nirgend sonst auf der ganzen Welt sein wolltest – ob wir Kinder hätten oder nicht – das fehlte. Ich weiß, es ist für dich nicht das größte Glück, das du dir auf der Welt vorstellen kannst, daß wir beide immer beisammen wären – und es ist es nie gewesen. Kannst du nun verstehen, daß ich dich nicht mit jenem anderen Band gefesselt sehen wollte? Ich wollte kein Kind mit dir haben, mit dem ich gerechnet, spekuliert hätte, noch ehe es da war –, während du es ungeboren in dir trugst. Jedesmal, wenn ich es angesehen hätte, hätte ich denken müssen: es ist nicht auf der Welt, weil wir beide uns liebhaben, sondern weil es mir helfen sollte, dich festzuhalten. – Verstehst du, was ich meine –?«

»Ich verstehe, was du meinst. Aber ich verstehe nicht, daß du – in Wirklichkeit darauf Rücksicht genommen hast. Ich konnte ja nicht ahnen, daß du so dachtest – und hätte es nie zu erfahren brauchen –. Ich kann auch nicht verstehen, daß es so wichtig für dich war, daß du so konsequent verhindert hast . . .«

»Das verstehst du nicht«, sagte er mit unterdrückter Heftigkeit, »daß es einige Bedeutung für mich hat, mit welchen Augen ich mein Kind betrachten soll? Ob ich mich innerlich schämen müßte, wenn es treuherzig und niedlich zu mir käme und seinen Vater lieb haben wollte? Und ob ich, wenn ich dich mit dem Kind sähe, nicht denken dürfte: du und das Kind seid der schönste Anblick der Welt, und ich bin ein glücklicher Mann – sondern denken müßte: das Rechenexempel ist aufgegangen –«

»Ach Torkild, du kannst sicher sein, daß du alle deine Gedanken vergessen hättest, wenn das Kind erst dagewesen wäre –.«

»Mag sein. Aber das habe ich schließlich gelernt: – man muß seine Handlungen danach einrichten, was man fühlt, und nicht danach, was man selbst oder jemand anderes möglicherweise späterhin fühlen könnte . . . Im übrigen –«, er lachte kurz und hart. »Ich bin nicht konsequenter gewesen, als daß, wenn das Schicksal gewollt hätte –. Und dann wäre ich dem Schicksal sicher sehr dankbar gewesen –«

Rose hatte sich erhoben:

»Und ich? Hast du nie an mich gedacht –? Obgleich du weißt, wie ich mich gefreut und mich nach dem Kinde gesehnt habe und wie grenzenlos verzweifelt ich war, als es starb! Meinst du das Recht zu haben, mich um das Beste zu betrügen, das das Leben einer Frau bieten kann –? Ich bin nicht dazu geschaffen, verheiratet zu sein, ohne ein Kind zu haben – so gut mußt du mich eigentlich kennen. Ich müßte eine ganze Schar von Kindern um mich haben –.«

»Du solltest doch wissen«, sagte Torkild matt, »daß ich – bis ganz zuletzt – gedacht – oder gehofft – habe, es würde anders zwischen uns werden .«

»Findest du, daß irgend etwas darauf gedeutet hat?« fragte sie spöttisch.

Torkild erblaßte:

»Nein.«

Wieder standen sie einander gegenüber und starrten sich in die Augen:

»Ja, Rose. Ich gebe zu, du hast das Recht, mir Vorwürfe zu machen, unendlich viele Vorwürfe.«

»Ich bin nicht hergekommen, um dir Vorwürfe zu machen«, sagte sie plötzlich in ganz anderem Ton. »Es kann ja sein, daß du berechtigt warst, so zu denken und zu fühlen, selbst wenn ich es nicht ganz verstehe. Ich begreife jedenfalls, daß du Ursache gehabt hast, mich daran zu erinnern, daß auch deine Gefühle etwas bedeuten –. Das ist es ja eben, was ich jetzt einsehe – das war es, was ich dir sagen wollte – ich bin während unserer ganzen Ehe egoistisch gewesen.

Ich verstehe jetzt, daß du mit mir nicht hast glücklich sein können. Ich hätte daran denken müssen – du bist so empfindlich, ich bin wohl robuster in meinen Gefühlen. Ich war von mir selbst so ganz in Anspruch genommen – und darum hat es diesen Ausgang genommen. Ich hätte statt dessen an dich denken sollen, hätte versuchen sollen zu verstehen, wie du die Dinge ansiehst, wie du fühlst –.

Aber ich glaube, so bin ich nicht mehr. Ich bin fest überzeugt, daß es nun ganz anders zwischen uns werden wird ...« Sie ging zu ihm und legte ihm die Hände um den Nacken.

»Nicht wahr? Das glaubst du doch auch? Ich weiß, ich kann dir versprechen, ganz, ganz anders zu werden. Ich *will* es jetzt – mit aller Kraft will ich daran arbeiten, daß wir beide glücklich werden.«

Er löste behutsam ihre Hände von seinem Hals und behielt sie in den seinigen, während er mit einem schmerzlichen Lächeln fragte:

»Glaubst du wirklich, daß es helfen wird, wenn du es *willst?*«

»Ja, das glaube ich.« Sie sprach fest und ernsthaft. »Denn ich glaube, daß man kann, was man will. Und ich glaube, keine Ehe geht gut, wenn nicht beide es *wollen* und daran arbeiten. Und wenn sie einander noch so sehr liebten...«

»Nein«, sagte er wie vorher. »Darin magst du recht haben. Es gibt keine Liebe, die eine Ehe überdauert, wenn man nicht daran arbeiten und sie bewachen will. Und man kann auch das meiste, was man will. Nur lieben kann man nicht wollen, Rose. Wenn du mich nicht liebst, dann hilft es wohl nicht viel, daß du mich jetzt lieben *willst.*

Du kannst auch nicht deswegen verstehen, wie ich die Dinge betrachte, weil du es verstehen *willst.*

Man kann seinem Mann treu sein, weil man will. Unwahrheit, Betrug und Gemeinheit von seinem Hause fernhalten – das kann man *wollen.* Man kann verhindern, daß es zu häßlichen, erniedrigenden Szenen und bitteren, bösen Worten kommt – wenn man es *will.* Nur lieben kann man nicht, weil man es *will* ...«

Sie entzog sich ihm mit einer fröstelnden Bewegung.

»Ich weiß wohl, Rose – hast du dich erst dazu entschlossen, so gibt es nichts auf der Welt, was du nicht für mich zu tun imstande wärest. Und glaubst du nicht, daß ich dir dafür dankbar bin? Ich weiß nicht, ob du es mir damit leichter – oder schwerer machst. Aber du kannst dich nicht dazu zwingen, mich zu lieben.«

»Torkild, du weißt doch, daß ich dir so gut, so gut bin.«

»Ich weiß, daß du auf deine Art mich lieb gehabt hast.«

»Aber das tue ich doch immer noch. Ich habe nie einen anderen lieb gehabt – das weißt du ganz genau.«

»Kannst du dir auch nicht denken, daß du jemals einen

anderen Mann – auf eine andere Weise – lieben könntest?«

»Nein.« Sie warf den Kopf zurück. »Da ich nun einmal mit dir verheiratet bin. Wie du selbst sagst, kann man seinem Mann jedenfalls die Treue halten, wenn man *will.*«

»Ach ja, ich weiß.« Er nickte vor sich hin. »Untreu würdest du sicher niemals werden, – denn du *willst* es nicht. Und wenn du keinen anderen Grund hättest, treu zu sein, würdest du es um deiner selbst willen bleiben.«

»Ich finde, daß das kein schlechter Grund ist«, sagte sie stolz.

»Das finde ich auch. Vielleicht ist es der beste, wenn man es recht besieht. – Nur ich wünsche mir, du hättest noch einen anderen Grund –.«

»Ah so. Ich weiß, du wolltest hören, ich könnte dir niemals untreu werden, weil ich dich so heiß, so grenzenlos liebte, daß es für mich undenkbar wäre, daß je ein anderer und so weiter –.«

»Aber das sagst du nicht.«

»Oh, wie kann ich denn wissen ... Was willst du überhaupt damit?« Sie wandte sich plötzlich heftig gegen ihn.

»Warum wühlst und zerrst du auf diese Weise in allem herum?! Immer und immer hast du es getan, mich vor mir herabgesetzt, nach Beweisen gespürt, daß ich dich nicht so liebe, wie du behauptest, daß du mich liebtest –. Wie sollen wir denn in Frieden miteinander leben können, wenn du immer so bist? Das ist ja die reine Manie – das ist ja geradezu krankhaft.

Ich komme zu dir herein, um mit dir zu sprechen, ich komme, um dir zu bekennen, daß ich nicht so gegen dich gewesen bin, wie ich hätte sein sollen – ich verspreche, mich zu bessern ...«

»Ach Rose! Verstehst du denn nicht, daß es für mich nicht darauf ankommt, daß du dich besserst ...«

»Ich glaube, du liebst mich nicht mehr«, sagte sie plötzlich.

»Ach Herrgott, Rose«, er lächelte schwach.

»Nein, ich glaube es wirklich. Denn sonst hättest du wohl nicht so große Angst davor, ein unlösbares Band zwischen uns zu knüpfen. Dann müßte wohl das, was unser Haus zu einem wahrhaften Heim machen könnte, dein innigster Wunsch sein. Aber ein Heim hast du ja gar nicht haben wollen –«

Sie nahm sich zusammen und sprach jetzt ziemlich beherrscht: »Du verlangst Sensationen. Weiß Gott, ich glaube, solche Szenen wie diese heute abend verschaffen dir eine Art krankhafter Befriedigung. Du stellst uns auf wie Gestalten in einem Theaterstück und siehst zu, wie wir unsere Rollen spielen –. Wenn es dann nicht so ausgeht, wie du es dir ausgemalt hast, machst du mir Vorwürfe. Und jetzt bist du es müde –.«

»Ich bin müde«, flüsterte er fast unwillkürlich.

»Aber du mußt mich genug kennen, um zu wissen, daß es mir unmöglich ist, ein solches Dasein auszuhalten. Ich bin ein frischer, gesunder Mensch. Du kannst mich nicht aufziehen wie ein Spielzeug, und ich will mich nicht entzweireißen lassen, damit du sehen kannst, was inwendig ist.«

Einen Augenblick schwiegen sie beide.

»Wie hast du dir denn gedacht, daß es enden würde?« fragte sie plötzlich. »Woran hast du die ganze Zeit über, die du dich gegen ein Band zwischen uns gewehrt hast, gedacht? An Scheidung?«

Er fuhr zusammen, bebend. Es war also soweit – das Wort war gefallen, das er niemals auszudenken gewagt hatte.

»Ich wollte nicht –«, sagte er leise, mit abgewandtem Gesicht, »wenn ich daran dachte, daß der Tag kommen könnte, an dem du bereutest, an dem du mit Sehnsucht an die Freiheit dächtest, weil du dich so wenig glücklich bei mir fühltest – ich wollte nicht, daß du dann zu bleiben gezwungen wärst, weil noch andere außer uns beiden da wären – die du nicht verlassen könntest . . .«

»Glaubst du, ich hätte mich hier fortgesehnt, wenn noch andere außer dir und mir dagewesen wären? Du hast also wirklich unser Zusammenleben längst als – etwas Vorläufiges angesehen? Du hast also in aller Stille vorausgesetzt, daß ich eines Tages den Wunsch äußern würde, zu gehen? Und inzwischen haben wir wie Mann und Frau miteinander gelebt –!«

Torkilds Blick hing eine Sekunde an ihr – sein Gesicht zitterte.

»Aber jetzt bist du deines Spielzeugs müde – und nun willst du der Geschichte gern ein Ende machen?«

»Rose«, flüsterte er fast unhörbar.

»Rose ja. Du bist fertig mit mir. Wenn ich an einem Abend zu dir hereinkomme und dich fühlen lasse – willst du, ich soll glauben, daß du mich so empfangen hättest, wenn du mich liebtest – ah! Nein, ein wenig habe ich doch begreifen gelernt in den Jahren, die wir verheiratet sind –.

Du gingst nicht ruhig umher und erwögest die Möglichkeit, daß ich vielleicht von dir – zu einem anderen – gehen könnte.«

»Du gehst zu weit«, murmelte er undeutlich.

»Aber du fragst sehr teilnehmend an, ob ich mir nicht denken könnte, einen anderen auf eine andere Art zu lieben –.

Du kannst dir also ganz ruhig vorstellen, daß ich in den Armen eines anderen liege, so abgetan bin ich für dich!«

»Geh in dein Zimmer –. Du weißt nicht, womit du spielst!«

»*Ich* habe nicht gespielt!« Sie hielt inne, fühlte, wie eine erstickende Flut von Tränen in ihr aufstieg, wollte ihr aber nicht nachgeben. In verzweifeltem Trotz warf sie den Kopf zurück und versuchte zu lachen:

»Ich darf also jetzt gehen?!« Sie riß unwillkürlich an ihrem Morgenkleid, so daß es etwas zurückglitt und das weiße Nachthemd darunter sichtbar wurde.

»Willst du es auf diese Art erzwingen?« sagte er zwischen den Zähnen.

»Oh, gib dir keine Mühe mit dem Versuch, mich von deiner Liebe zu überzeugen – Torkild!« Sein Name klang nur noch wie ein erstickter Angstschrei, als er sie an seine Brust preßte.

Er hob sie hoch – packte sie rücksichtslos, als ob sie ein Gegenstand wäre. Sie kam gar nicht dazu, Widerstand zu leisten – erschrocken vor der Wildheit, die sie nie in ihm geahnt, schloß sie nur fest die Augen und lag unbeweglich unter seinen rasenden Liebkosungen –

Als sie nach langer Zeit aufzublicken wagte, lag er unbeweglich neben ihr, das Gesicht in die Kissen gepreßt. Von Zeit zu Zeit hörte sie seine stöhnenden Atemzüge.

Drüben in der Ecke brannte auf der Truhe die kleine Lampe mit dem grünen Glasschirm. Es wunderte sie plötzlich, wie unendlich friedlich das kleine, einfach ausgestattete Schlafzimmer aussah.

Torkild rührte sich nicht, als sie sich vorsichtig aus seinen Armen stahl, aus dem Bett schlüpfte und zur Tür schlich. – In ihrem eigenen Zimmer angekommen, hielt sie einen Augenblick den Schlüssel mit den Fingern umklammert. Sie bebte vor Angst, und ihre erste Eingebung war, die Tür abzuschließen. Aber gleichzeitig stieg ein unklares Gefühl irgendwo in ihrem aufgewühlten, verwirrten Herzen auf – wenn er ihr nachkäme und die Tür verschlossen fände –. Dunkel begriff sie, daß er es als eine Kränkung auffassen würde – und sie wollte ihn nicht kränken. Sie erinnerte sich undeutlich, daß sie auf ihn erbittert gewesen war, daß sie ihn hatte verletzen wollen, so tief sie konnte. Aber jetzt war die Erbitterung gewichen, und auch der Wunsch, ihm wehzutun, war nicht mehr in ihr.

Sie tastete sich in ihr Bett, ohne Licht anzuzünden. Als sie sich in dem kühlen Leinen ausstreckte, fühlte sie, daß ihr Körper wund war wie nach einer Mißhandlung. Und ein leises Staunen war in ihr darüber, daß sie nicht einen Schatten von Zorn gegen Torkild fühlte.

Ihr Gehirn vermochte keinen klaren Gedanken zu fassen. Ihr schien es so herrlich, heute nacht nicht denken zu brauchen.

Die Tränen strömten still und unaufhörlich. Es tat unsagbar gut, so liegen und weinen zu können. Sie preßte das gute, kühle Kissen an ihre Wange und weinte sich in Schlaf.

XI

Als sie am nächsten Morgen erwachte und die Erinnerung an das Vorgefallene zurückkehrte, überfiel sie eine übermächtige Angst. Einen Augenblick hatte sie ein fast unwiderstehliches Verlangen, sich wieder hinzulegen, zu versuchen, sich vor dem Tage, den sie fürchtete, in Schlaf und Nacht zurückzuflüchten.

Das Licht im Zimmer wirkte so ungewohnt, so merkwürdig blendend. Nach der langen Regenzeit war klares Wetter eingetreten. Sie erhob sich und trat an die Verandatür – draußen war Nebel, doch er war mattgolden, und der Himmel schimmerte blaßblau hindurch. Die kleinen Apfelbäumchen standen wie Schatten da, aber ihre letzten zerzausten Laubreste leuchteten so gelb, der Rasen glänzte so grün durch den Morgendunst.

Torkild war bereits zur Fabrik gegangen, als Rose ins Eßzimmer hinunter kam. Sie setzte sich an den Tisch und schenkte sich Kaffee ein. Dort stand seine leere Tasse, an seinem Messer war noch etwas Butter, und die Serviette hatte er auf den Stuhl neben seinem Platz geschleudert.

Das Wohnzimmer war von Sonne überflutet. Rose konnte von ihrem Platz aus die ganze Reihe blühender Chrysanthemen in den Fenstern drinnen überblicken und bildete sich ein, ihren feinen exotischen Duft bis zu sich herüber zu spüren. Im Augenblick kam ihr alles, was in den letzten Tagen geschehen war, so sonderbar unwirklich vor. Es war, als müsse sie es von sich abschütteln können – als sei alles nicht wahr. Das Wirkliche waren diese friedlichen Stuben hier, die vielen kleinen Pflichten, die zu allen Tagesstunden ihrer harrten, die stillen, kleinen Beschäftigungen, die sie liebte und die in ihrer bestimmten Reihenfolge jeden Tag auf sie warteten –.

Aber tief in ihrem Innern saß die Gewißheit und preßte ihr das Herz zusammen. Die Wirklichkeit war etwas anderes.

Es war etwas geschehen, was nicht wegzuleugnen war. Menschen, die ihr gleichgültig und fremd waren, hatten ihr zufällig Dinge gesagt, die ihr plötzlich die Augen öffneten, hatten sie gezwungen, anders auf ihr ganzes Leben zu blicken. Es nützte ihr nichts, sie von sich stoßen zu wollen – sie waren gegangen, aber sie hatten ihre Arbeit getan –. Und Torkild. Sie könnten ja versuchen, weiter miteinander zu leben wie früher. Aber es würde unmöglich sein. Diese Nacht hatte alles verändert. Schweigend waren sie hier im Hause nebeneinander hergegangen. Das war jetzt nicht mehr möglich, nachdem sie sich heute nacht gegeneinander gewandt, nachdem sie sich heute nacht in die Augen geschaut, sich ausgesprochen hatten wie heute nacht –.

Sie sehnte sich nach ihm in einer Weise, wie sie es bisher noch nie getan hatte. Es war ihr, als habe sie halb und halb Angst vor ihm – und doch fühlte sie sich zu ihm hingezogen wie nie zuvor. Sie hatte hinter den ihr vertrauten Zügen, die sie für die ihres Mannes gehalten hatte, etwas wie ein fremdes Gesicht auftauchen sehen – das er ihr noch nie gezeigt hatte, und es war ein schneidender Schmerz, zu denken, daß sie es nie kennenlernen würde. Sie fühlte, wie unsagbar viel das hätte sein können. Jetzt war es zu spät. Bald würde der Tag kommen, wo die vielen kleinen Pflichten nicht mehr auf sie warteten. Sie würde sie nicht einer anderen überlassen, sie würden einfach aufhören zu existieren. Ihr Heim würde sich auflösen – wie ein Blendwerk würde es vergehen und vertilgt werden.

Sie ging ins Wohnzimmer hinüber und betrachtete ihre Chrysanthemen, roch an ihnen und nahm eine Blüte nach der anderen in die Hand. Es waren rosa, braune, gelbe und weiße Chrysanthemen – im ganzen sechzehn Töpfe, Ableger, die sie selbst von den Pflanzen großgezogen hatte, die Torkild ihr im vorigen und im vorvorigen Herbst aus der Stadt mitgebracht hatte. Unten in der großen, hellen Rollstube im Keller standen ihre Rosen und Pelargonien auf Gestellen; die Hyazinthenzwiebeln lagen unter umgestülpten Kästen auf der Erde. Die kleinen Pariser Zwiebeln hatte sie in der nächsten Woche zum Treiben mit heraufnehmen wollen. Die Krokus- und Scilla-Töpfe waren im Garten eingegraben und mit Laub bedeckt worden, sie mußten bald in den Keller kommen. Oben in ihrem Schlafzimmer standen die Knollenbegonien unter dem Bett, trocken und geschützt, bis es wieder Zeit wäre, sie hervorzuholen. Sie besaß etwa hundert Blumentöpfe, die alle in diesen Jahren ihre Pfleglinge gewesen waren, die sie von den Fenstern in den Garten, von dem Garten in den Keller getragen und zur Zeit des Keimens wieder hervorgeholt hatte.

Sie fühlte tief, was es für ein Schmerz sein würde, auch nur den Rahmen ihres Zusammenlebens zu zerbrechen. Sie dachte an Mary Lieds Worte, – auch sie hatte keinen Mut, ihr Heim zu verlassen, in einem einzigen Zimmer zu hausen, täglich ins Büro zu gehen, nur weil sie Torkild nicht mehr liebte. Gedemütigt und traurig gestand sie sich selbst – Mary hatte recht.

Es war ein Sonnabend, und Torkild war heute auf der Fabrik schon um drei Uhr fertig. Als er kam, stand sie im Eßzimmer am Fenster, und als er sie begrüßte, wandte sie sich um und wünschte ihm guten Tag, vermochte aber nicht, ihn dabei anzusehen. Als sie sich zu Tisch gesetzt hatten und sie die Suppe auf die Teller tat, merkte sie, wie ihre Hand bebte.

Torkild tat jedenfalls, als sähe er es nicht. Er war furchtbar blaß mit dunklen Ringen unter den Augen.

»Ich habe heute einen Brief von Doris bekommen«, sagte er plötzlich leise. »Du kannst ihn selber lesen.« Er suchte ihn hervor und reichte ihn Rose.

»Mit einer deutschen Briefmarke?«

»Ja, er kommt aus Hamburg, wie du siehst.«

Der Brief war auf einem Hotelbriefbogen geschrieben und lautete folgendermaßen:

»Lieber Torkild,

nur einige wenige Worte, um Euch wissen zu lassen, daß ich meinen Entschluß geändert habe. Meine Verlobung mit Jens ist gelöst, und ich bin auf dem Wege nach Paris. Ich habe nämlich ein glänzendes Angebot von der berühmten Madame Lappalainen bekommen, Schüler vorzubereiten, die bei ihr singen sollen, und du wirst begreifen, daß man sich etwas Derartiges nicht entgehen läßt. Aber ich mußte sofort abreisen. Ich würde nie wieder Gelegenheit haben, in die Welt hinauszukommen, und jedenfalls nie unter solchen Umständen. Ich bin so müde von der Reise, daß ich heute abend nicht mehr schreiben kann. Sobald ich wohlbehalten in Paris angekommen bin, schreibe ich einen vernünftigen Brief und schicke Dir meine Adresse.

Viele Grüße an Rose und Dich selbst

Deine treue Doris.

PS. Mme. L. hat mir Empfehlungsschreiben an verschiedene Familien mitgegeben, so daß Du Dich meinetwegen nicht zu

beunruhigen brauchst. Ich werde durch sie amüsante Menschen kennenlernen und in Künstlerkreise usw. kommen. Wie ich mich freue! D. O.
PS. Übrigens habe ich die ganze Sache Dir zu verdanken, und ich bin Dir auch sehr dankbar dafür. Wenn du nicht so lieb gewesen wärst, mir das Geld zu geben, hätte ich nicht reisen können. Nochmals herzlichen Dank.
D. O.«

Rose reichte ihm den Brief zurück.

»Ich weiß, daß sie Madame Lappalainen im vorigen Jahr in Kopenhagen kennengelernt hat«, sagte sie dann. »Sie erzählte sehr viel davon.«

Und als er nicht antwortete, fuhr sie fort: »Daß die Verlobung gelöst ist, ist vielleicht das allerbeste. Ich hatte nicht den Eindruck, daß sie sich besonders viel aus ihm machte.«

»Das kann wohl kaum der Fall gewesen sein, wenn sie einer Pariser Reise wegen auf ihn verzichtet hat. Und darum ...« Er schwieg, und ihre Augen trafen sich. Rose sah weg, während sie sprach:

»Hast du keine Bekannten in Paris, denen du schreiben könntest, sie möchten sich Doris' etwas annehmen?«

»Nein.« Nach einer Weile sagte er: »Man könnte sich natürlich an das Konsulat wenden und bitten, daß es sich vergewisserte, bei was für Leuten sie wohnt – oder daß es ihr eine gute Unterkunft verschaffte. Aber, ich will damit warten, bis ich Näheres von ihr höre.«

»Weißt du, was ich dir vorschlagen möchte?« sagte Rose plötzlich. »Du hast in diesem Jahr keine Sommerferien gehabt, könntest du nicht gegen Weihnachten Urlaub bekommen und dann selbst hinreisen?«

»Erstens kann ich mich nicht frei machen –.« Torkild schüttelte den Kopf. »Wir haben zur Zeit viel zu tun. Außerdem bin ich wegen Vaters Tod öfter weggewesen. Und zweitens habe ich kein Geld. Ich habe Doris bei ihrer Abreise sechshundert Kronen gegeben – für ihre Aussteuer. Sonst hätte ich dir nämlich den Vorschlag gemacht hinzufahren.«

»Es würde dir sehr gut tun, einmal hinauszukommen, glaube ich. Auch um deinetwillen«, sagte Rose leise.

Sie standen auf und gingen ins Wohnzimmer, wo das Mädchen den Kaffee bereitgestellt hatte.

Wieder war es Nachmittag geworden, und sie saßen wie gewöhnlich in ihrer Wohnstube. Torkild nahm kein Buch, und Rose hatte ihr Nähzeug nicht mitgebracht.

Sie tranken ihren Kaffee und rauchten, sprachen aber nicht miteinander. Dann trug Rose das Tablett mit dem Geschirr hinaus, wie jeden Tag. Als sie zurückkehrte, stand Torkild am Fenster.

Sie ging zu ihm, legte ihr Gesicht an seine Schulter und brach in Tränen aus.

Er legte den Arm um sie. Als ihr Schluchzen nachließ, sagte er leise und fest:

»Ja, Rose, nun mußt du für uns beide bestimmen.«

»Ich kann nicht –«, schluchzte sie von neuem.

»Wie es bisher gewesen, kann es ja nicht weitergehen«, sagte er wie vorher. »Was wir heut nacht gesprochen haben und was zwischen uns geschehen ist, kann wohl keiner von uns beiden vergessen.«

»Ich weiß nicht –«

»Ich kann es nicht, Rose.«

»Dann mußt du bestimmen«, sagte sie still und verzweifelt.

»Ich glaube, es bedeutet mehr für dich als für mich.«

»Allerdings.« Er legte sanft den Arm um sie und führte sie zu einem Stuhl. Dann setzte er sich ihr gegenüber.

»Willst du wissen, warum? Warum alles, seit wir verheiratet sind, immer weit mehr für mich bedeutet hat als für dich?«

»Ich weiß es. Weil du viel empfindlicher bist als ich«, unterbrach sie ihn.

»Nein, das ist nicht allein der Grund, Rose. Oder ich bin immer viel empfindlicher gewesen, wie du sagst, weil ich gewußt habe, daß die ganze Verantwortung auf mir allein lag. Denn eigentlich war es mir schon, ehe wir heirateten, klar, auf wie schwankendem Boden das Gebäude aufgebaut war –. Als du dich mit mir verlobtest, siehst du, da sah ich in Wirklichkeit schon ein, daß es nicht deine Gefühle für mich waren, die plötzlich eine Veränderung durchgemacht hatten. Es *war* nicht so – du wünschtest nur, daß es so wäre. Denn du warst so unzufrieden mit deinem damaligen Leben und sehntest dich so sehr nach einer Veränderung, daß du dir schließlich einbildetest, sie sei da –«

»Damals, als ich dir sagte, daß ich dich liebte – und es selber glaubte – da glaubtest du es also nicht? Du wußtest, daß ich mich selbst betrog?«

»Oh, du weißt ja, ich war mir dessen nicht so bewußt wie jetzt. Es war nur ein Instinkt – ich empfand das Glück nicht als etwas Selbstverständliches, ich sah es als eine Chance an – die einzige, die ich hatte und jemals haben würde – dich ganz zu gewinnen, meine ich. Ich liebte dich ja grenzenlos, das weißt du. Und ich glaubte, daß es vielleicht anders würde, wenn wir erst verheiratet wären –.

Hätte ich mich darauf verlassen können, daß du mich damals liebtest, wäre es vielleicht anders gekommen. Denn wenn ich nicht immer und ewig im Innern einen leisen Zweifel – oder eine Furcht – gehabt hätte, wäre ich niemals so empfindlich geworden, wie du es nennst. Es ist wohl wahr, was du heute nacht sagtest – ich bin immer wieder dem krankhaften Trieb unterlegen, die Erde aufzuwühlen und nachzusehen, ob es Wurzeln geschlagen hätte. Obgleich ich genau wußte, daß dort nie etwas gedeihen könnte –. All die vielen Jahre, die ich dich vergebens geliebt hatte, waren ja nicht spurlos an mir vorübergegangen, siehst du. Eigentlich hat es mir wohl immer an Selbstvertrauen gefehlt, wenn es darauf ankam.«

»Aber, Torkild«, sagte Rose leise. »Und die Zeiten dazwischen – wenn alles so harmonisch zwischen uns schien – ich wenigstens hatte dann den Eindruck, daß du vollständig glücklich wärest. Und ich hielt mich dann auch selbst dafür und – glaubte, ich liebte dich. Hast du das vergessen?«

»O nein, durchaus nicht. Ja, ich war mitunter glücklich. Aber nie so, daß ich selbst davon überzeugt war, daß ich dich nun ganz besäße, verstehst du. Die Reaktion kam immer früher oder später. Ich fühlte, daß du mir wieder entglittest.«

»Ich weiß es«, sagt sie leise. »Das meinte ich ja auch, als ich sagte, ich *wollte* anders werden. Ich weiß nicht – ich glaubte, es war eine Art geistiger Trägheit von mir – vielleicht Nachlässigkeit. Wenn du einmal das Leben nicht froh und festlich für mich machtest – dann tat ich nichts dazu, das, was wir hatten, zu erhalten. Das meine ich, wenn ich sage, daß ich jetzt auch meine ganze Kraft einsetzen will, damit du mit mir glücklich wirst –.«

»Ich verstehe dich. Aber du hättest es nicht können, Rose.« Sie merkte, daß er davon als von einer Möglichkeit sprach, die niemals erprobt werden würde, und das gab ihr einen Stich ins Herz. »Man kann das, was man besitzt, verwalten, mit etwas arbeiten *wollen,* was vorhanden ist. Aber aus einem Nichts kannst du nichts in dir erstehen lassen. Das einzige, was mir auf dieser Welt etwas bedeutet, ist deine Liebe – und die habe ich nicht gewinnen können.«

»Liebst du mich noch?« fragte Rose still.

Torkild lächelte schmerzlich:

»Wie kannst du das fragen!«

»Auch wenn ich bei dir bleiben will«, sagte sie langsam, »macht dich das also nicht glücklich? Du wirst dich selbst und mich mit Zweifeln und Fragen quälen – ausgesprochenen und unausgesprochenen. Du hast kein Vertrauen zu unserer Zukunft?«

»Ich habe kein Vertrauen zu mir selbst. Wie ich dir sagte, Rose, du mußt bestimmen. Ich wage nicht, die Verantwortung dafür zu übernehmen, daß wir auf diese Weise fortfahren. – Manchmal glaube ich ja, ich bin etwas gestört«, sagte er leise. »Man sollte ja meinen, daß wir in unserer Familie alle etwas geistesgestört wären.«

Sie saßen eine Weile stumm da. Dann sagte er wieder:

»Wenn ich an alle die Kleinigkeiten denke, die dich an unser Heim ketten sollten – von denen ich glaubte, daß sie dir lieb würden – der Garten und die Wirtschaft und vieles andere –. Ich wußte ja, daß dir das alles ans Herz wachsen und dir Freude machen würde. Als ich aber sah, daß du so ganz darin aufgingst, da quälte es mich – manchmal jedenfalls. Es kam mir vor, als wolltest du eine endlose Leere damit ausfüllen. Ich sah wohl, wie schön das Heim um dich her gedieh, aber ich fühlte, daß wir beide nicht zu eins verwuchsen. Und als dann –«

»Hattest du das gleiche Gefühl, als ich den Jungen erwartete?« flüsterte Rose.

»Nein«, sagte er ebenso leise.

Lange saßen sie wieder still da. Dann sagte Rose plötzlich:

»Ich will eine Zeitlang verreisen, Torkild. Ich fahre zu Brita – sie hat mich so oft eingeladen. Und wenn du mich rufst, komme ich zu dir zurück. Denke daran. Und denke daran, daß ich dich so lieb habe, wie ich es nach meiner Natur kann. Und daß ich jetzt reifer bin als zu Beginn meiner Ehe. Ich weiß jetzt vielleicht, was in meiner und was in deiner Natur gefährlich ist. Und bittest du mich zurückzukehren, so komme ich mit dem guten Willen, das beste aus der letzten Chance, wie du sagtest, zu machen.«

Sie erhoben sich beide, und er ergriff ihre Hände und küßte sie. Sie nahm seinen Kopf zwischen die Hände und küßte sein Gesicht, das von Trauer und Müdigkeit wie verwelkt war. Auch unter ihren Küssen blieb es wie erstorben. Dann ging sie.

Torkild wanderte durch die Stuben. Sein Gehirn war leer und sein Herz wie gelähmt.

Einmal kam ihm zum Bewußtsein, daß er am Eßzimmerfenster stand und hinausblickte. Die Sonne ging eben hinter dem Hügel jenseits des Hofes unter – ein glühendes rotgoldenes Licht flutete über sein Gesicht. Es sah aus wie eine Feuersbrunst, die kleinen, dünnen Tannen verschwanden im gleißenden Licht, als brennten auch sie in dem Flammenmeer mit. Auf dem Hügel bewegte der Abendwind leise die Flaggenleine, die gegen die Stange schlug. Er horchte auf das schwache Geräusch, das er bisher nicht beachtet hatte, denn es erklang fast immer, stärker oder schwächer. Tag und Nacht, solange sie hier lebten, hatte die Leine gegen die Stange geklappert.

»Jetzt ist es aus«, flüsterte er leise. Und er wunderte sich darüber, daß er nicht mehr litt. Aber es war, als sei er nicht mehr fähig, etwas zu fühlen.

XII

Torkilds Zustand änderte sich auch nicht. Sein Gemüt war matt und stumpf. Als Rose nach Schweden fuhr und sie zu Hause Abschied voneinander nahmen, war es nicht wie ein Lebewohl für immer. Sie waren beide sehr ruhig. Sie schien fast froh und hoffnungsvoll. So stand sie auch am Coupéfenster auf dem Bahnhof in Lilleström und nickte ihm zu. Er grüßte mit dem Hut und winkte, als der Zug davonfuhr, mit dem Taschentuch. Alles kam ihm so unwirklich vor – vielleicht war er auch halb bewußtlos und konnte den Schmerz nicht erfassen.

Erst als er heimwärts fuhr, wurde ihm klar, was geschehen war. Sie war wirklich weg, sie war nicht mehr daheim in ihrem Haus, kam vielleicht nie mehr wieder. Und er selbst hatte sie weggeschickt –.

Jetzt erschien es ihm plötzlich sinnlos, wahnwitzig. Er hatte ja gehandelt wie ein Irrsinniger. Er wollte ihr schreiben und sie bitten zurückzukehren – gleich heute abend. Die Zukunft – alle Gedanken daran schob er von sich – er wußte nur, er mußte sie wiederhaben. Als er nach Hause kam, ging er geradeswegs in ihr Zimmer hinauf, tastete sich im Dunkel zu ihrem Bett und warf sich darüber. Auf der Decke lag ein kleines Wäschestück, dünn und weich. Ein schwacher Duft ihres Körpers haftete noch daran – es war ihr Nachthemd. Er bohrte sein Gesicht hinein:

»Du wirst wohl zu deinem Jungen zurückkehren müssen, Rose – er wird nicht ohne dich leben können –.«

Aber als er sich zur Ruhe gelegt hatte, begannen seine Gedanken ihre ewige Wüstenwanderungen durch Vergangenheit und Zukunft.

Die Tage vergingen. Sie wechselten Briefe, berührten aber die Frage der Scheidung nicht. Sie schrieben sich, als ob Rose zu einem gewöhnlichen Besuch weggereist sei. Torkild berichtete über Doris, von der er einige lange Briefe erhalten hatte. Sie war begeistert von ihrem Pariser Aufenthalt, wohnte bei einer Professorenwitwe, hatte viel zu tun, war aber auch oft eingeladen. Sie hatte viele liebenswürdige

Menschen kennenglernt, sowohl Franzosen wie Finnen und andere Ausländer.

Rose und Torkild hatten beide gedacht, ob das mit der Reise nach Paris wohl auch wirklich alles so zusammenhinge, wie Doris erzählte, oder ob es mehr oder weniger erfunden sei. Torkild hatte sogar an die Möglichkeit gedacht, daß sie gar nicht nach Paris gefahren wäre. Aber da jetzt so oft Briefe von ihr kamen, glaubte er nur zu bereitwillig an alle ihre Erzählungen. Todmüde und zerquält, wie er sich fühlte, konnte er sich nicht denken, daß er noch mehr zu tragen oder auch noch die Sorge für seine Schwester aufgebürdet bekommen sollte.

Er schrieb auch an Rose, wie tüchtig Agnes, das Mädchen, sei und wie er Roses Pflanzen pflege. Und ein einziges Mal, mit klopfendem Herzen und brennenden Wangen, wagte er zu schreiben: »Deine Pariser Zwiebeln habe ich noch nicht abgedeckt. Ich möchte gern, daß sie blühten, wenn du Weihnachten nach Hause kommst.«

Dann geschah das, was den Ausschlag gab.

Eines Morgens, während er sich ankleidete, entdeckte er nach einem heftigen Hustenanfall, daß im Auswurf Blut war. Nicht viel, nur einige kleine rote Fäden. Aber als er unwillkürlich das Taschentuch zum Mund führte und es dann betrachtete, waren ein paar kleine hellrote Flecken darauf.

Er legte es in die Waschschüssel, holte Karbolwasser aus dem Arzneischränkchen in Roses Zimmer und goß es über das Taschentuch in den Toiletteneimer – aus Rücksicht auf das Mädchen. Dann zog er sich fertig an, ging hinunter, um seinen Kaffee zu trinken und machte sich dann auf den Weg zum Büro.

Er hatte ein merkwürdig prickelndes Gefühl im Körper. Die kleinen Blutflecken brauchten nichts zu bedeuten – und sie konnten den Tod bedeuten.

Ein sonderbarer Schauer durchrann ihn, als strömte ihm eine unendliche Kältewelle entgegen. Er mußte an das große Eishaus oben im Walde denken, an dem er und Rose im Sommer oft vorbeigegangen waren, und an den Strom von Kälte, der von ihm ausging. Torkild lächelte bei dem Gedanken über sich selber.

Den Tod fürchtete er nicht, das wußte er jetzt – wo der Tod plötzlich etwas Wirkliches für ihn bekommen hatte. Es war nur sehr merkwürdig.

Er entsann sich der Todesphantasien, die er in der Verzweiflung seiner früheren Jugend gehabt hatte. Es wurde ihm plötzlich klar, daß es ihm wohl niemals ernst gewesen war, wenn er davon träumte, seinem Leben selbst ein Ende zu machen. In diesen weichen, melancholischen Träumen lag nichts von dem wirklichen Ernst des Todes. Mit einem in sentimentales Mitleid mit sich selbst weich eingelullten Gemüt konnte wohl kein Mann in den Tod gehen.

Er erinnerte sich an die Tage, wo er ihn wirklich gesehen hatte. Als seine Mutter sich erschossen hatte. Da war im Tod etwas Entsetzliches gewesen, das Fürchterliche, daß ein Mensch sein eigenes Leben für verwirkt erklärte. Er entsann sich Frau Wegners Tod – ihrer Trauer darüber, das Leben lassen zu müssen. Sie hatte es verstanden, Schätze auf Erden anzuhäufen, und ihr Herz hing an ihnen. Aber sie war mutig und voll Trost gestorben. Denn jeden Menschen überleben seine Taten, sie werden nie vergehen, obgleich niemand die Gabe verliehen ist, zu ergründen, wie sie ihr Leben fortsetzen, bis sie von den Taten anderer gekreuzt werden, mit denen sie sich vereinigen, durch die sie sich verändern, ohne doch jemals in ihrem Wirken aufzuhören. Und Frau Wegner konnte man an ihren Taten erkennen, sie starb im Herrn – in Liebe und Schönheit und Ehre – in dem, was die meisten Menschen im Leben zur Herrschaft bringen möchten, obwohl es nur die Stärksten vermögen. – Und er besann sich auf seines Vaters Tod, der gnädig zum ewigen Leben hatte hinüberschlummern dürfen. Für seine Taten war besser, daß sie so schnell wie möglich auf den Grund des Stromes, den die menschlichen Taten bilden, niedersanken und überspült, vermischt und unkenntlich gemacht wurden.

Jetzt war vielleicht die Reihe zu sterben an ihm. Sein Wirken – das war es – die Eiseskälte, die er spürte. Sein Leben würde keine besonderen Spuren hinterlassen. Der Tod würde ihn mit sich führen, wie der Gletscher auf seiner Wanderung den unfruchtbaren Stein in seinen Schutz nimmt. War es das Unüberwindliche – nun wohl, so wußte er genau, er vermochte ihm ohne Furcht zu begegnen; er sah jetzt selbst mit resigniertem Schmerz – eigentlich war alles im Leben ihm gleichgültig gewesen außer der einen Frau. Und darum war es nur gerecht, daß das Schicksal ihn zu den überflüssigen Menschen schlug. Jahraus, jahrein hatte er immer nur ein einziges Ziel gekannt, das Ziel, sie zu gewinnen, die für ihn das Glück verkörperte. Ob er für sie das Glück wäre – er mußte jetzt erkennen, daß er danach nie gefragt hatte. Gewiß, er hatte sie um jeden Preis glücklich machen wollen, das war ja eine Voraussetzung für sein eigenes Glück gewesen. Aber er wußte auch, daß er sie hatte besitzen wollen – selbst auf die Gefahr hin, daß sie unglücklich würden; auch für diesen Preis hätte er sie besitzen wollen. Im Grunde hatte er immer wissen müssen, daß es nicht anders kommen könnte, als es gekommen war – ihr Widerstand all die Jahre hindurch war Beweis genug. Nichts in ihm kam Roses eigentlichen Lebensinstinkt entgegen. Er war nicht der Mann, der sie zum Weibe und zur Mutter machen konnte. Als er sie sich schließlich wirklich errungen hatte, war es nur natürlich, daß sie durch das Leben mit ihm verpfuscht wurde, und daß sie beide sich unglücklich fühlten. Er hatte das alles längst eingesehen. Und doch wußte er, daß er sie bald gebeten hätte wiederzukommen – wenn das nicht passiert wäre. Nicht weil sein Glaube an die Zukunft fester geworden wäre, nicht weil er ernstlich erwartet hätte, daß ihr gemeinsames Leben verinnerlichter und reicher werden würde – sondern, weil er es hatte fortsetzen wollen. Er hatte gedacht: laß uns Kinder bekommen, laß uns sehen, ob es dann nicht besser geht, vielleicht können die Kinder eine Brücke über die Kluft schlagen, die nicht ausgefüllt werden kann. Er hatte gewußt, daß sie durch ihn nie das wahre Glück des Weibes kennenlernen könnte, und hatte gedacht: sie hat etwas vom Glück der Geliebten gefühlt, und wenn sie nun das Mutterglück kennenlernt, gibt sie sich vielleicht damit zufrieden.

Ja, schon ehe sie reiste, war er fest entschlossen gewesen, sie zurückzurufen.

Nun hatte das Schicksal entschieden. Nun mußte er sie

aufgeben. Und in der neuen, eisigen Luft, die ihn jetzt umgeben würde, mußte er die Kraft dazu suchen.

Er konnte nicht hindern, daß weichliche Vorstellungen voll wollüstiger Wehmut in ihm auftauchten. Rose an seinem Sterbebett –. Noch einmal durfte er ihr von seiner grenzenlosen Liebe sprechen. Und da verstand sie vielleicht zuletzt, wie sie seine ganze Seele immer in ihren kleinen harten Händen gehalten hatte.

Er schüttelte diese Gedanken unwillig ab.

Ein Mann hatte seine Seele in seinen eigenen Händen zu halten. Er hatte sich selbst darüber Rechenschaft abzulegen, was er aus ihr machte. Ob er so lebte, daß bei seinem Tode noch Lebenskraft in ihr sein würde. Oder ob nur das große Eis sein erloschenes Leben bedecken sollte. Das war es, was er jetzt lernen mußte: daß er der ewigen Kälte nahe war. Er mußte lernen, sie aufzugeben – wie er alles aufgeben mußte, woraus er nicht etwas Schönes und Gutes machen konnte. Er mußte lernen, sein Leben rechtschaffen und gerecht zu leben, weil das Leben eines rechtschaffenen und gerechten Mannes niemals vergebens gelebt ist – damit er dereinst sterben könnte, wie Roses Mutter gestorben war, falls das Leben ihm für diesmal noch für kürzere oder längere Zeit zurückgegeben werden sollte.

Vom Büro aus ging er zu Dr. Meyer. Der Arzt nannte es Spitzenkatarrh. Beide Lungen waren angegriffen, aber nicht schwer. Er riet Torkild, sobald wie möglich in ein Sanatorium zu fahren.

Torkild wanderte durch den klaren, weißbereiften Winterabend heimwärts. Der ewige dünne, weiße Frostnebel lag über den welken Wiesen zu beiden Seiten des Flusses, der Himmel war vom Sonnenuntergang noch mattrot.

Er wunderte sich selbst über die klare Stille, die in seinem Gemüt herrschte, während er seinem verödeten Heim zuschritt.

Am Abend schrieb er an Rose. Er schrieb viele Briefe, die er wieder zerriß. Der, den er schließlich absandte, lautete folgendermaßen:

»Liebe Rose!

Ich bin nun schließlich zu der Überzeugung gekommen, daß ich ein untauglicher Mensch bin; ich glaube jetzt, es war Deine eigene gesunde Natur, die Dich immer vor mir warnte – ich taugte nicht dazu, Dein Mann zu sein, ich durfte keine Kinder in die Welt setzen.

Ich würde lügen, wenn ich sagte, ich wünschte, wir hätten nie geheiratet. Ich weiß, daß es für Dich besser gewesen wäre – *vielleicht* auch für mich – aber besser oder schlechter, ich kann es nun einmal nicht sicher sagen. Es ist unendlich viel, weswegen ich Dich um Vergebung bitten muß – vielleicht kommt der Tag, wo Du unser Verhältnis so ansiehst, daß Du mir nicht verzeihen kannst, obwohl ich weiß, daß Du es jetzt tust. Es wäre nur gerechtfertigt, wenn Du eines Tages mit Bitterkeit an mich dächtest.

Ich halte mich nicht für einen Mann, der berechtigt ist, Kinder in die Welt zu setzen. Und damit ist alles gesagt. Ich wage es nicht, Dich zu bitten, zu mir zurückzukehren, da unsere ganze Ehe doch nur dazu geeignet ist, Deine Natur zu verkümmern. Ich liebe Dich ebenso innig wie bisher, aber ich habe meine Liebe zu Dir als ein sehr selbstsüchtiges Gefühl erkannt. Und wenn ich selber diese Empfindung habe, so weiß ich, daß ich weniger denn je dazu imstande bin, mir Dich zu erringen. Und daher will ich weder Deinetwegen noch meinetwegen, daß wir unser Zusammenleben fortsetzen. Ich reise eine Zeitlang weg. Von meinem Aufenthalt werde ich Dir dann schreiben. Es werden wohl eine ganze Reihe praktischer Dinge zu regeln sein, und alles wird natürlich so geordnet, wie es Deinen Wünschen entspricht – z. B. ob Du gesetzliche Trennung wünschst usw.

Es ist fast lächerlich zu schreiben, daß ich Dir das Allerbeste auf der Welt wünsche, da ich weiß, daß ich die beste Zeit Deines Lebens zerstört habe. Aber ich könnte mein Leben für Dein Glück hingeben. Daß ich Dir dies alles schreibe, ist für mich fast schlimmer als der Tod, und ich weiß, daß es Dir weh tun wird, aber ich tue es, weil ich glaube, daß es zwischen uns viel schlimmer werden würde, wenn Du zu mir zurückkehrtest.

Dein Torkild.«

Er las das Schreiben noch einmal durch. Es klang so nichtssagend, fand er selbst. Aber es gab ja so vieles, was er ihr nicht sagen konnte. Und das erste, war er lernen mußte, war ja, von dem zu schweigen, was er kein Recht mehr hatte, ihr anzuvertrauen, selbst wenn es ihn noch so erleichtert hätte, sich auszusprechen.

Nun war er müde und wollte es hinter sich haben. So sandte er den Brief denn ab.

Er hatte sich entschlossen, nicht ins Sanatorium zu gehen. Vor allen Dingen, weil Rose nicht erfahren durfte, daß seine Lungen angegriffen waren. Das hätte ausgesehen, als wollte er sich in ihren Augen eine allzu billige Märtyrerkrone verschaffen. Höchstwahrscheinlich wäre sie dann zu ihm gekommen, ohne sich um seinen Widerspruch zu kümmern. Und dann kam etwas anderes hinzu: wenn er nicht so gesund werden könnte, daß er das alltägliche Leben aushielte, sondern sich wie ein Schwächling pflegen müßte – dann sollte es lieber den anderen Weg gehen.

Daher reiste er, nachdem er vier Monate Krankenurlaub erhalten hatte, auf einen Bauernhof im Gudbrandsdal, den ein Bekannter von ihm besaß. Dort blieb er ein paar Monate, lebte einfach, gesund und vernünftig, nahm an der Landarbeit teil, ging auf Jagd und machte Skifahrten in die Berge. In den ersten Wochen spuckte er noch ein paarmal Blut, aber nach ganz kurzer Zeit merkte er, daß er wieder gesund wurde; er fühlte ordentlich, wie die Lebenskraft in seinen Körper zurückkehrte.

Kurz nach seiner Ankunft erhielt er Roses Abschiedsbrief:

»Lieber Torkild!

Da es Dein Wunsch ist, müssen wir uns also Lebewohl sagen. Es schmerzt mich, aber ich hege keinen Groll gegen Dich – jedenfalls nicht jetzt. Ob es später einmal der Fall sein wird, wie Du voraussagst, kann ich ja nicht wissen. Aber ich hoffe, daß es niemals dahin kommen wird. Lieber Freund – ich kann mich auch nicht entschließen, Dir Glück für die Zukunft zu wünschen, denn ich weiß, Du glaubst selbst nicht daran. Aber mögest Du jedenfalls jetzt Frieden in Deinem Innern finden.

Da es sowieso aus sein soll, ist es wohl das beste, daß unsere Ehe auch nach außen hin aufgelöst wird. Natürlich will ich Dein Angebot, mich zu unterstützen, annehmen, aber ich brauche nicht so viel, wie Du schreibst, und Du kannst Dir denken, daß ich das nicht möchte; ich kenne ja Deine Verhältnisse. Ich will selbstverständlich auch nicht länger unterstützt werden, als bis ich selbst eine Stellung gefunden habe, aber bis dahin nehme ich es mit Dank an.

Um eines möchte ich Dich noch bitten. Sorge dafür, daß meine Pflanzen gepflegt werden. Sie sind für mich wie lebende Wesen, so daß es mich schmerzen würde, wenn sie aus Mangel an Pflege eingehen müßten. Glaubst Du nicht, daß Inge Vik und Frau Stranden oder vielleicht auch Frau Norby einige davon haben möchten? Wenn ich selbst erst eine Wohnung gefunden habe, nehme ich so viele zu mir, wie ich unterbringen kann. Ich finde es so unsagbar traurig, daß dies das Ende sein soll. Und mich verläßt nicht der eine Gedanke: wenn unser kleiner Bub gelebt hätte! Ich trauere so sehr um ihn und habe die ganzen Jahre täglich an ihn gedacht. Aber Du hast gewiß recht – jetzt wäre es zu spät.
Gute Nacht, mein lieber Junge. Leb' wohl.

Deine Rose.«

Im März, als der Frühlingswind kam, zog Torkild auf die Berittjernsenne und blieb dort über Ostern, bis sein Urlaub zu Ende war.

Er kehrte an seine Arbeit zurück, sonnenverbrannt wie nie zuvor in seinem Leben – und er wußte selbst, daß er gesünder an Leib und Seele war, als er sich seit der ersten Zeit der Ehe mit Rose gefühlt hatte.

XIII

Ende Juni, einige Monate nach seiner Rückkehr, fand Torkild im Büro einen Brief an seine Adresse vor. Die Schrift kam ihm bekannt vor, ohne daß er sich darauf besinnen konnte, wem sie gehörte. Als er das Schreiben öffnete, sah er zu seinem ungeheuren Erstaunen, daß es von Axel kam. Es lautete:

»Lieber Torkild!
Ich kann nichts anderes erwarten, als daß Du über meinen Brief an Dich sehr erstaunt sein wirst, und ich ahne nicht, ob Du auf meinen Vorschlag eingehen willst. Es kommt mir natürlich nicht in den Sinn, Dich zu bitten, alles zu vergessen, was zwischen uns liegt, aber vielleicht willst du mir trotzdem Gelegenheit geben, Dich zu sprechen? Es wird wohl das letzte Mal sein, da ich eine Stellung bei einer englischen Grubengesellschaft in Chile bekommen habe – in einer Stadt, die St. Theresa heißt, oben im Gebirge an der Grenze von Bolivien. Ich reise am nächsten Sonntag nach Buenos Aires, und es ist sehr ungewiß, ob ich Norwegen je wiedersehen werde.
Wenn ich vorher mit Dir sprechen könnte, wäre ich Dir dafür sehr dankbar. Ich hatte mir gedacht, daß wir uns, wenn es Dir paßt, vielleicht morgen abend um 7 Uhr in der Sportsstue auf dem Holmenkollen treffen könnten, oder an irgendeinem anderen Abend. An Werktagen sind dort selten viele Menschen. Würdest Du mich, bitte, wenn es Dir recht ist, anläuten und mir Bescheid geben?
Die Telefonnummer meiner Wirtin ist 18 00 18.

Axel.«

Torkild betrachtete eine Weile den Brief. Dann rief er die Nummer an:

»Wollen Sie bitte Ingenieur Christiansen grüßen und ihm bestellen, daß sein Bruder morgen abend gegen halb acht in der Sportsstue sein würde.«

Als Torkild am nächsten Abend zur Sportsstue hinaufging, sah er schon von unten aus Axel auf der Veranda sitzen. Während Torkild die Treppe hinaufging, erhob sich der Bruder und ging ihm entgegen. Er sah verlegen und niedergedrückt aus und streckte ihm halb die Hand hin, schien aber zu erwarten, daß Torkild sie nicht nehmen würde. Aber der andere drückte sie, und ohne etwas zu sagen, gingen sie an Axels Tisch. Eine Flasche Rotwein und zwei Gläser standen bereit, Axel wollte ihm das zweite einschenken.

»Nein, danke.« Doch gleichzeitig kam es Torkild etwas lächerlich vor, seine Würde dadurch zu behaupten, daß er nicht mit dem Bruder trank, und er fügte hinzu: »Ich bin durstig, ich werde mir erst ein Glas Bier kommen lassen.«

Tief unter ihnen lag der Fjord, spiegelblank und blau, mit kleinen, weißen Segeln übersät und bauschte sich zwischen den waldigen Küsten wie ein ausgespanntes Tuch. Über der Mitte der Stadt lag feiner, heller Sonnendunst, aber die Hügelrücken, die sie umringten, hoben sich klar ab, und die Villen darauf sahen, von der Abendsonne überflutet, in dem dunkelgrünen Tannenwald wie kleine goldene Steine aus.

»Ich habe lange hier gesessen und das Bild betrachtet«, sagte Axel mit gedämpfter Stimme. »Wie unendlich schön es hier ist! Ich habe daran gedacht, daß dieses Land – ja mein Vaterland ist. Und doch habe ich niemals hier festen Fuß fassen können – mich niemals heimisch gefühlt, sondern immer nur ein dunkles Gefühl gehabt, daß hier der einzige Ort auf der Welt wäre, wo ich meine Heimat finden könnte. Und nun reise ich wohl für immer von hier weg.«

»Du wirst schon einmal wiederkommen«, sagte Torkild etwas verlegen. »Heutzutage ist selbst Südamerika nicht –«, er brach ab, weil er selbst hörte, wie dumm es klang.

»Ich glaube nicht. Vielleicht, wenn ich ein alter Mann bin – auf Besuch –.« Axel blickte eine Zeitlang in die Ferne.

»Ich danke dir, daß du gekommen bist«, sagte er plötzlich leise. »Ich hatte nicht erwartet, daß du es tun würdest.«

»Nun, ich hätte es wohl später doch übelgenommen, wenn ich erfahren hätte, du wärest bis ans Ende der Welt gereist, ohne mir Nachricht gegeben zu haben.«

»Gewiß, das verstehe ich. Aber das ist ja etwas anderes.« Axel lächelte ein wenig. »Das, was du hättest übelnehmen können, ist ja, daß ich mich derart betragen habe, daß es am natürlichsten gewesen wäre –«

Torkild konnte keine Antwort finden und sagte nur:

»Fährst du über Kopenhagen und sagst Doris Lebewohl?«

»Nein –. Ist sie wieder in Kopenhagen? Ich habe zu Neujahr einen Brief und später eine Karte von ihr bekommen, die im Regence geschrieben war. Ich dachte, sie wäre noch in Paris.«

»Nein, sie ist seit April wieder in Kopenhagen.«

»Dann sei doch so gut und gib mir ihre Adresse, damit ich

an sie schreiben kann. Wir fahren nämlich direkt nach England. – Ja, richtig, ich habe am Freitag Hochzeit.« Axel schlug die Augen nieder.

Der Schreck preßte Torkild die Kehle zu. Nur eine Sekunde lang – dann besann er sich. Es war ja unmöglich, allein der Zeit wegen; sie waren ja nicht einmal getrennt.

»Ich heirate eine Dame namens Agda Waage«, sagte Axel wie vorher. »Es ist ein junges Mädchen, das ich seit mehreren Jahren kenne.«

»Nun, dann wünsche ich dir Glück«, sagte Torkild. Er fühlte, daß es etwas gezwungen herauskam, und hatte die deutliche Empfindung, daß die Phrase nicht zur Situation paßte.

»Danke«, sagte Axel. Und nach einigem Zögern fügte er hinzu: »Ja – es wäre zweifellos besser und richtiger von mir gewesen, wenn ich schon früher geheiratet hätte. Jetzt hat sie sich nämlich in den Kopf gesetzt, daß ich die Sache nicht vorher in die Wege geleitet habe, weil mir nichts daran gelegen hätte, sie meinen Angehörigen hier als meine Frau vorzustellen – während sie mir für draußen, wo uns niemand kennt, gut genug sei.«

Er machte eine Pause.

»Aber es wird vielleicht besser gehen, als ich manchmal denke. Draußen sind wir ganz aufeinander angewiesen. Ich will wenigstens alles tun, was ich kann. Und Agda ist im Grunde sehr lieb – ein tüchtiges Menschenkind und ein absolut achtbares Mädchen, verstehst du.«

Torkild schwieg verlegen.

Axel schenkte sich Wein ein und trank. Dann sah er plötzlich Torkild gerade in die Augen:

»An dem Abend, weißt du, als ich das letztemal bei Rose und dir war – da kam ich gerade von Agda. Sie hatte mir die heftigsten Vorwürfe gemacht. Ein paar Tage vorher hatte sie mir erzählt, daß sie ein Kind erwartete. Ich versprach ihr natürlich, sie zu heiraten – so bald wie möglich. Aber es war vorher dies und das zu regeln – vor allen Dingen meine Geldangelegenheiten. Ich hatte ja immer noch Schulden aus meiner Hochschulzeit und mußte eine Anleihe aufnehmen. Das hatte ich Agda gerade erklärt, und so war es zu einer Szene gekommen. – Das wollte ich dir gern vor unserer Abreise erzählen. Vielleicht kannst du verstehen –.«

»Ich verstehe«, sagte Torkild still.

»Nun – als ich meine Angelegenheiten so weit in Ordnung hatte, daß ich ein ganz bescheidenes Heim einrichten konnte, kam Agda und erzählte mir, daß sie sich geirrt habe. Sie sagte, sie wolle mich nun nicht heiraten – sie hätte es in gutem Glauben erzählt und nicht, um mir ein Eheversprechen abzuschwindeln. Sie hat seitdem auch nie wieder daran gerührt, daß ich sie heiraten sollte. Du mußt nicht denken, daß sie keinen Stolz hätte –. Sie sagte, es sei nur des Kindes wegen gewesen, daß sie damals so leidenschaftlich verlangt habe, ich solle das Verhältnis auf der Stelle legitimieren. Und das stimmt auch und war durchaus berechtigt von ihrem Standpunkt aus, finde ich. Sie ist sehr gut und sie weiß, was es bedeutet, denn sie ist selbst ein uneheliches Kind. Ihr Vater hat sich benommen, wie es gewisse Leute – anständig finden: er hat bis zu ihrem fünfzehnten Jahre für sie monatlich fünfunddreißig Kronen an eine achtbare Handwerkerfamilie bezahlt und der Mutter den Laufpaß gegeben. Jetzt ist die Mutter tot – gänzlich zugrunde gegangen. Als es mit ihr zu Ende ging, schrieb Agda an den Vater, den sie nie gesehen hatte, und bat ihn zu helfen. Agda war kaum siebzehn Jahre alt – sie war Laufmädchen bei Steen & Ström gewesen und ging damals in eine Nähstube. Als Antwort erhielt sie zwanzig Kronen und einen brutalen Brief, worin er sie unter anderem wissen ließ, daß er alles nur aus Gutmütigkeit getan hätte, obgleich er glaubte, daß er gar nicht ihr Vater sei.

Mein hochachtbarer zukünftiger Schwiegervater ist der alte Konsul Vandamm in Bergen, der Besitzer von Monplaisir, weißt du? Erinnerst du dich, daß wir vor vielen Jahren auf einem Tanzabend bei Ramms eine Tochter von ihm kennenlernten, die mit Rittmeister Hölen verheiratet ist? Du fandest sie sehr hübsch, wie ich mich entsinne. Agda gleicht ihr aufs Haar – sie sind auch ungefähr gleichaltrig. Agda war in einem Friseursalon angestellt in demselben Hause, wo mein Büro lag. Dadurch lernten wir uns kennen. Als ich eines Tages zum Essen ging, begegnete ich ihr auf der Treppe, und wir gingen zusammen. Sie war sehr erregt, und als wir in den Park kamen, zog sie mich auf einen kleinen Seitenpfad und fing dort an zu weinen. Ihre Halbschwester, Frau Hölen, war im Geschäft gewesen, um sich das Haar waschen und färben zu lassen, und Agda hatte sie bedient. Frau Hölen war unzufrieden gewesen und hatte sich äußerst unangenehm und pöbelhaft gegen die arme Agda benommen. Und da erzählte sie mir von ihren Familienverhältnissen.

Danach wurde Agda meine Geliebte. Vorher hatten wir nur ein wenig geflirtet, waren zusammen spazierengegangen und hin und wieder in einem Café gewesen.«

»Armes Mädchen«, sagte Torkild weich.

»Das war erst im Herbst desselben Jahres, in dem du geheiratet hast.« Axel stützte das Kinn auf die Hände und saß einen Augenblick schweigend da.

»Ich weiß sehr gut, ich hätte sie damals trotzdem heiraten sollen, da ich ihr ja gesagt hatte, daß ich sie liebte – was ich auch tat und heute noch tue. Jetzt *muß* sie ja meine Gefühle anders beurteilen –. Außerdem habe ich die ganze Zeit gewußt, daß ich mich im Herzen immer an Agda gebunden fühlen würde –. Was auch geschehen war, was ich auch getan hatte – niemals würde ich vergessen haben, daß ich Agda mein Wort gegeben hatte.«

Er wandte sich plötzlich Torkild zu:

»Du weißt, was vergangenen Herbst zwischen Rose und mir vorgefallen ist?«

»Nein.«

»Sie hat mich auch ins Gesicht geschlagen«, sagte Axel fest und ruhig. »Und darum reise ich jetzt. Ich kam mir gewissermaßen weggejagt vor.«

Torkild sah seinen Bruder einen Augenblick an.

»Sie hat ganz recht getan«, fuhr Axel in demselben Ton fort. »Ich glaubte, du wüßtest es. Ich hatte das Empfinden, als *müßte* ich versuchen, dir den Grund meiner Handlungsweise zu erklären – soweit es mir möglich wäre. Du weißt, daß ich sie geliebt habe?«

Torkild senkte bejahend den Kopf.

»Das war eben das Fürchterliche. Ich habe Agda gern – habe sie immer gern gehabt. Und trotzdem empfand ich mitunter eine Erbitterung gegen sie, die grenzenlos ungerecht war, denn sie konnte ja nichts dafür. Sie ist immer lieb und gut gegen mich gewesen auf ihre Art – sie ist ja etwas oberflächlich. Das hat sie werden müssen, sonst wäre das Leben zu hart für sie gewesen. Aber an mir nagte immer das Gefühl, daß ich nur eine minderwertige Liebe für sie übrig hätte, und daß eine andere lebte, die ich auf eine ganz andere Art lieben könnte, viel reicher und tiefer und feiner. O Gott, ist das ein Gefühl, zu sehen, daß die besten Möglichkeiten in einem nie zur Entfaltung kommen können –. Jetzt denke ich natürlich anders darüber. Ich glaube jetzt bestimmt, daß ich Agda – und besonders den Kindern, wenn wir welche bekommen, und ihr als Mutter – Gefühle entgegenbringen kann, die von ebenso großem menschlichen Wert sind.«

Sie saßen still da und blickten über den Fjord, der sich an dem taghellen Abend blaßviolett vor ihnen ausbreitete. Auf die Veranda, wo sie saßen, kam eine Schar kleiner Mädchen, im Alter von zwölf bis dreizehn Jahren – mit aufgelösten Zöpfen, staubigen Kleidern und Stiefeln, heißen, roten Wangen und mit Blumen und jungem Laub beladen; die bunte Last hing ihnen von Armen und Rucksäcken herab.

»Kinder, ich glaube, ich sterbe vor Durst«, riefen sie alle durcheinander.

Eine setzte sich nicht hin, sondern blieb stehen, da sie hineingehen und für die ganze Gesellschaft bestellen wollte. Es dauerte lange, bis sie sich geeinigt hatten, ob sie rote Brauselimonade, Zitronenlimonade oder Ingwerbier bestellen sollten. Schließlich schienen sie sich entschlossen zu haben. Das Mädel verschwand im Innern des Hauses.

»Und dann noch für zehn Oere Schokolade«, rief eine andere hinter ihr her. »Sahneschokolade mit Nuß! Vergiß nicht, mit Nuß, Margit.«

»Ich glaube, ich bin heute wenigstens drei Meilen gelaufen«, sagte eine dritte.

»Na, drei Meilen, soviel war es doch mindestens –«

»Ach, was bin ich müde –.« Die Kinder schüttelten ihre Rucksäcke aus, bis schließlich die Tische und Bänke voll Veilchen, Maiblumen und Himmelschüsselchen lagen und voll Butterbrotresten, die in Papier mit dunklen Fettflecken eingewickelt waren.

»Bitte, gib mir jetzt etwas Rotwein«, sagte Torkild.

Axel goß ein. Sie tranken schweigend aus.

»Ich war zu Anfang weder neidisch noch böse. Ich meine, als ihr euch heiratet. Ich glaubte ja, ihr wäret glücklich«, fuhr Axel fort. »Mein Gefühl für sie versuchte ich zu etwas Schönem zu gestalten. Und dich hatte ich sehr gern – obgleich es dir sicher schwer wird, daran zu glauben. Eigentlich hatte ich immer das instinktive Gefühl, daß du trotz allem der Lebensfähigste von uns drei Geschwistern wärst – derjenige, der noch das Beste aus den unmöglichen Verhältnissen herausgeholt – oder sich am besten gegen die Vernichtung gewehrt hätte. Wir suchten wohl alle drei nach einem Heim. Ich weiß nicht, ob du mich verstehst – aber wenn ich gesehen hätte, daß ihr beide, Rose und du, glücklich geworden wäret, daß ihr euch ein harmonisches Heim geschaffen hättet – dann hätte ich mich für meine Person in mein Schicksal ergeben können. Für dich Rose und das Beste vom Erbe – für mich Agda und ein minderwertiges Stück Land zum Bebauen; aber ich hätte gearbeitet, damit auch wir beide gut und schön zusammen hätten leben können.

Als ich aber zu bemerken glaubte – ich weiß nicht recht, wie ich mich ausdrücken soll –. Ich hätte mich gern mit einem Winkel in eurem Haus begnügt, mit einem kleinen Almosen von dem Reichtum, von der Wärme und der Liebe, die sie, wie um ihren Lebenszweck zu erfüllen, um sich her verbreitete, – mit einem ganz geringen Anteil, um ihn mit nach Hause zu nehmen und mich daran zu erfreuen. Ich kann es dir nicht richtig erklären –.«

»Doch, ich weiß, was du meinst.«

»Nun ja. Und da fuhr der Teufel in mich. Und nachdem ich mich an dem Abend so gegen dich betragen hatte, bin ich die ganzen Zeit mehr oder weniger wie von Sinnen gewesen. Das Ende war, daß ich, nachdem wir Vaters Haus abgeschlossen, Doris an die Bahn gebracht hatten und für die letzte Nacht ins Hotels zurückgegangen waren, in Roses Zimmer eindrang und einen verzweifelten Auftritt veranstaltete. Ich war ja damals in einer Gemütsverfassung, in der ich alle haßte, dich, Agda und mich – mich sogar sicher am meisten. Sie machte der Szene ein Ende, indem sie mir die Türe wies – sie hatte mich übrigens vorher mehrmals darum gebeten, sie zu verlassen – und als ich dennoch stehenblieb, gab sie mir eine Ohrfeige.«

Axel schwieg, als erwarte er, daß der Bruder etwas sagen sollte. Als Torkild aber nichts erwiderte, fragte er:

»Hat sie dir nichts davon erzählt?«

»Nein. – Aber ich bekam am darauffolgenden Morgen einen anonymen Brief, der von euch handelte«, sagte Torkild kurz darauf etwas leiser.

Axel blickte seinen Bruder an. Torkild starrte über den Fjord.

»War das der Grund, weswegen –?« murmelte Axel ganz leise.

»Du meinst, ob das etwas mit unserer Trennung zu tun hatte? Nicht direkt. Sie ahnte natürlich nichts von diesem Brief. Aber er hatte zur Folge, daß ich über dies und jenes nachzudenken begann. Es kam zu einer Auseinandersetzung, und wir kamen dahin überein, daß jeder seines Weges gehen sollte.«

Nach einer Weile fragte Torkild plötzlich mit gedämpfter Stimme:

»Damals – in Frederikshald, als du mit Rose sprachst – hast du da etwas über das erwähnt, was du auch mir gesagt hattest – in bezug auf den Tod des Kindes?«

Axel wurde blutrot.

»Nein. So weit war es mit mir doch noch nicht gekommen.«

»Entschuldige«, sagte Torkild leise.

»Bitte. Du hast ja das Recht, mir alles mögliche zuzutrauen.«

»So hatte ich es nicht gemeint.«

»Es war ein Unglück«, sagte Axel wieder still, »daß ihr das Kind nicht behalten durftet.«

»Ach. Das kann niemand mit Sicherheit sagen«, antwortete Torkild niedergeschlagen.

Die beiden Männer blickten zu dem kleinen Tisch am Ende der Veranda hinüber, wo die Mädchenschar rote und weiße Brauselimonade in den Gläsern mischte – inmitten eines Walls von Frühlingslaub und Blumen.

»Von der Sorte sollte man drei oder vier haben«, sagte Axel mit einer Kopfbewegung nach dem Tisch der Kinder.

»Ich habe bei meinen Bekannten, die Familie haben, bemerkt, daß die Mädchen fast immer zum Vater und die Jungen zur Mutter halten.«

»Ach, das ist wohl verschieden.«

»Ich glaube, es gibt vieles, was ein Mann erst lernt, wenn er selber Töchter hat«, sagte Axel gedankenvoll.

Sie hatten hier oben zusammen zu Abend gegessen und saßen noch lange in der hellen Sommernacht draußen auf der Veranda, tranken Kaffee und rauchten.

Plötzlich sagte Axel:

»Ich wollte dich gern um etwas bitten, Torkild – könntest du nicht einmal mitkommen und Agda guten Tag sagen? Du verstehst, sie würde sehr großen Wert darauf legen, meinen Angehörigen vorgestellt zu werden, und außer dir habe ich ja keine Verwandten.«

Torkild blickte weg. In Axels Haltung und Stimme lag etwas, was ihn eine endlose Reihe kleiner peinlicher Szenen und verletzender Vorwürfe ahnen ließ. Er wurde verlegen, wie ein Mann sich für einen anderen, selbst für einen wildfremden, schämen kann, wenn er sieht, daß dieser sich vor der Zunge einer Frau fürchtet.

»Du kannst dir denken«, sagte er hastig, »daß ich den ganzen Abend daran gedacht habe, dich zu bitten, mich deiner Braut vorzustellen. Wenn es euch recht ist – könnten wir uns vielleicht morgen abend treffen und dann zum Beispiel in die Oper gehen und hinterher zusammen essen?«

»Ja gewiß.« Es klang so erfreut, daß Torkilds Mitleid mit ihm wuchs. »Das würde ausgezeichnet passen – eine vorzügliche Idee.«

»Schön, dann bleibt es bei unserer Verabredung. Bestimme bitte, wann und wo wir uns treffen –.«

XIV

Zehn Tage später, an einem leuchtenden, lichtblauen Sonntagmorgen, stand Torkild unten auf der Landungsbrücke und sprach zu seinem Bruder und seiner Schwägerin hinauf, die sich weit über die Reling lehnte, hoch oben über der graugestrichenen Eisenwand des Dampfers.

Axel blickte über die Stadt und die Berge hin, über denen ein feiner, perlmuttglänzender Morgennebel lag. Agda hatte die Arme auf die Reling gestützt und lehnte sich weit vor. In den Händen hielt sie nachlässig die beiden Rosensträuße von Torkild und von Kandidat Bruun, dem zweiten Trauzeugen. Torkild beobachtete, wie absichtlich kleidsam, ungezwungen und sicher ihre Haltung, ihre Stimme und ihr Lächeln waren.

»Vergiß nun nicht, was du mir versprochen hast, Torkild – und schreibe uns fleißig.«

»Ja – aber dann höre ich doch hoffentlich auch von euch hin und wieder etwas!«

»Darauf kannst du dich verlassen. Axel ist ja kein großer Briefschreiber, wie du weißt. Aber ich werde fleißig schreiben und dir erzählen, wie es uns ergeht.«

Sie sah gut aus, obgleich ihr etwas zu volles Gesicht eine graue Haut mit großen Poren hatte und ihm ausgesprochene Züge fehlten. Aber sie hatte ein frisches, liebliches Lächeln. Mit dem eleganten Hut auf dem goldblond gefärbten Haar, der etwas vollen Gestalt in einem sehr geschmackvollen, einfachen Reisekostüm, mit ihrem absichtlich korrekten Wesen hatte Frau Agda genau das, was, wie sich Torkild erinnerte, Betzy früher immer mit »Verkäuferinnenschmiß« bezeichnet hatte.

Torkild war seit dem Wiedersehen auf dem Holmenkollen jeden Abend mit Agda und Axel ausgewesen. Er fand seine Schwägerin sehr nett; Gott bewahre, es war nichts an ihr auszusetzen, auch nichts an ihrem Leben. Er hatte vielleicht nur nach dem, was Axel ihm über die Schicksale erzählt hatte, unwillkürlich erwartet, daß irgendwie etwas Besonderes an ihr sein müsse. Das war aber nicht der Fall. Sie war liebenswürdig, hatte die Eitelkeit der alltäglichsten Frauen, und ihre Weise, den Mann, der ihr beschert worden war, gleichzeitig zu verhätscheln und zu tyrannisieren, war die für das Gros der Frauen in allen Gesellschaftsklassen typische. Torkild war überzeugt, daß sie, auch schon bevor sie mit Axel bekannt geworden war, ihre – verhältnismäßig – unschuldigen Erlebnisse gehabt hatte. Das wußte Axel sicherlich auch. Aber keiner der beiden Männer nahm ihr das im geringsten übel. Wie das Leben sie nun einmal behandelt hatte, war es das beste, daß sie war, wie sie war, oberflächlich und leichtsinnig. Solange die meisten Menschen schlecht behandelt werden, ist es ein Segen, daß sie weder auf das Gute noch auf das Schlechte sonderlich feinfühlend reagieren. Agda war genau wie hundert andere, und man konnte nicht umhin, das ein Glück zu nennen, da ihr Schicksal auch so war wie das hundert anderer.

Aber Torkild hatte dennoch Mitleid mit seinem Bruder.

Er blieb stehen und winkte, solange er noch das Gewimmel kleiner weißer Pünktchen unterscheiden konnte, das sich an der Reling des großen Dampfers auf und ab bewegte. Er dachte an den Fjord, der hell und zart im Sonnenschein glänzte, umrahmt von niedrigen Bergkuppen, nackten grauen Felshängen und dunklen, schützenden Wäldern, in denen rote und weiße Häuschen lagen, aus deren Schornsteinen der Rauch gerade in den stillen Sonntagmorgen aufstieg. Er glaubte zu wissen, wie es Axel zumute war, während er an dem allem vorüberfuhr. Sie saßen jetzt wohl in den Korbstühlen auf dem obersten Deck. Er stellte sich die kleine Agda vor, die ihren großen Federhut mit der kleinen englischen Reisemütze und dem grünen Schleier vertauscht hatte, der neulich in seiner Gegenwart probiert worden war. Sie hatte sicher das nagelneue Plaid über ihre Knie gelegt, lächelte dem Mann zu, der sie zu einer verheirateten Frau gemacht hatte, und war darauf erpicht, Bekanntschaften zu schließen, voller Erwartung für die Reise und ihre Zukunft. Nichts ließ sie in dem alten Land zurück, nicht einmal Erinnerungen. Sie hatte sicher alles aus ihrem Gedächtnis gelöscht, was vor dem Tag lag, an dem sie Frau Christiansen geworden war. Hier verdankte sie niemand etwas, nur das nackte Leben hatte man ihr gegeben, und da war es wohl gut, daß sie sich so durch all die Jahre gebracht hatte, daß sie nun ohne Erinnerungen und Narben ein neues Dasein beginnen konnte. –

Unten auf dem schmutzigen Wasser an den Pfählen der Landungsbrücke, zwischen Kork, Holzstücken und Papierfetzen wippte eine große hellrote Rose auf und nieder. Sie war sicher aus Agdas Brautbukett gefallen –.

Eine Woge demütiger Liebe zur Heimat stieg plötzlich in Torkild auf – eine zärtliche Dankbarkeit dafür, daß er hier war und hier bleiben durfte, ein Dank für alle glücklichen und schmerzlosen Erinnerungen aus der Kindheit, der Jugend und dem Mannesalter, die ihn hier gefesselt hielten. Und eine Sehnsucht erwachte in ihm nach dem Wald dort oben hinter den Bergrücken, wo jetzt die Bäume mit hellgrünen Schößlingen an den äußersten Spitzen der Zweige standen, wo üppiges grünes Heidelbeerkraut und kleine Frühlingsblumen zwischen den roten Stämmen wuchsen und wo das Wollgras mit seinen weißen Büscheln kleine Wasserlöcher umrahmte, in denen sich der Sommerhimmel spiegelte.

Auf dem Bahnhofsplatz sprang er auf die erste Straßenbahn, die ihn zur Majorstue bringen konnte – er wollte nach dem Moorhof hinauf.

Es war Jahr und Tag her, seit er zuletzt in der Nordmark gewesen war. Und obgleich er erst vor ganz kurzer Zeit aus dem Hochgebirge gekommen war und obwohl er von seinem Haus aus immer durch Wald und Feld gestreift war – durch stille Wälder, in die kein Städter kam –, war es ihm doch, als sei er diese ganzen Jahre niemals richtig im Wald gewesen. Der Weg, den er eingeschlagen hatte, war breit und ausgetreten von den Fußspuren der ganzen Stadtjugend – der dieser Wald ja gehörte. Hier oben lernten die Knaben und die Mädchen Kristianias den Duft der Tannennadeln und des Moorbodens kennen, hier sahen sie zum erstenmal, wie die Sonne den roten Stamm und die dunklen Nadeln einer einsamen Föhre auf einem Hügel im Moor vergoldete und sahen die weißen, waldumsäumten Schneeflächen mattrot leuchten, wenn die blasse Wintersonne untergegangen war. Für Torkild gab es keinen anderen Wald auf der Welt.

Er bog vom Weg ab und ging in der Richtung seiner eigenen alten Hütte. Als er auf die Anhöhe kam, blieb er lange stehen und sah hinab. Glatt und blank lag der Teich zwischen Erlengestrüpp und Tannenwald vor der braunen Hütte mit dem grünen Torfdach auf der steinigen Böschung.

Die Fensterläden waren geschlossen, es war also niemand da. Nein, Lund und Helsing waren wohl heute beim Segeln.

Auch auf dem Moorhof war augenscheinlich niemand. Es war nichts zu sehen als Mittagssonne und Mittagsstille über den kleinen grauen Gebäuden mit der grünen Weide ringsum, dem blanken Wässerchen davor und den endlosen bewaldeten Bergen, die auf allen Seiten die Aussicht einschlossen.

Torkild streckte sich in dem hohen, saftigen Gras unter den Stachelbeersträuchern aus und zog zum Schutz gegen die Sonne den Hut halb übers Gesicht. Er hatte wohl ein wenig geschlummert, als er es dicht neben sich rascheln hörte. Plötzlich sagte eine Kinderstimme:

»Nicht die Blüten anfassen, Kaja – das werden einmal Erdbeeren, weißt du, die dürfen wir nicht pflücken!«

Torkild lugte unter der Hutkrempe hervor. Es waren zwei ganz kleine Mädchen, die Hand in Hand durch das Gras stapften. Drei bis vier Jahre mochte die eine alt sein, die andere war höchstens zwei. Beide ganz gleich putzig und niedlich, mit Stumpfnäschen, großen, runden, himmelblauen Augen, roten Wangen und schmutzigweißen Seidenschleifen in dem flachsblonden, strähnigen Haar. Sie waren auch ganz gleich gekleidet in blauem Sweater und Rock, beiden hing ein Hosenbein übers Knie, und beiden ringelte sich der eigene Strumpf um den Knöchel.

»Mann«, sagte die kleinere und wies auf Torkild.

»Mann – schlafen –« Sie beugte sich nieder und riß wieder ein paar Erdbeerblüten ab.

»Du darfst nicht«, sagte die große Schwester und schüttelte sie. »Kannst du denn nicht hören, es sind doch Erdbeerblüten!«

»Vielleicht mag Kaja keine Erdbeeren«, schlug Torkild vor und schob den Hut zurück.

Die Kinder blieben stehen und blickten den fremden Mann ernsthaft an.

»Guten Tag«, sagte Torkild und nickte ihnen zu, »Guten Tag, Kaja und Maja.«

Die größere betrachtete ihn eine Weile verwirrt.

»Ich heiße ja gar nicht Maja.«

»Aber natürlich, du heißt doch Maja? Und deine Schwester, die heißt Kaja. Das weiß ich ganz genau.«

»Nein, das weißt du gar nicht richtig. Ich heiße überhaupt Ningeborg. Und die da heißt nicht mal Kaja, wir nennen sie bloß so. Sie heißt Katarina.« – Das letzte Wort sprach Ningeborg sehr ernst und deutlich aus.

»Und dann weiß ich noch, daß ihr gern Schokolade eßt.« Er holte aus seiner Tasche ein Tüte Theaterkonfekt, die Agda ihm einmal zur Aufbewahrung gegeben hatte, brach für jedes Kind ein Stück von der zusammengeklebten Masse ab und reichte es ihnen.

Das große Mädchen dachte daran, danke zu sagen. Beide standen da und starrten Torkild mit großen Augen an und lutschten und kauten, bis es anfing, ihnen braun am Kinn hinunterzulaufen.

»Die Küken sind da drüben«, sagte die Große plötzlich und zeigte zum Haus hinüber. »Wir haben sie gesehen. Wirklich!«

»Kogel«, sagte die Kleine und lief über die Wiese hinauf.

»Du kannst mitgehen und sie dir ansehen«, sagte Ningeborg zuvorkommend. »Kaja sagt Kogel, sie meint aber Vogel«, erklärte sie, als Torkild sich erhob, um der Einladung Folge zu leisten. »Unsere Mama liegt drinnen und hält Mittagsschlaf«, teilte sie weiterhin mit. »Du – wie heißt du denn?«

»Torkild.«

»Den Namen finde ich mal hübsch«, sagte sie freundlich. »Ich glaube aber, ich kann ihn nicht behalten.«

Oben beim Haus war hinter einem Drahtgitter ein Huhn mit einer ganzen Kükenschar – winzig kleine, helle Wollknäuel, die sich piepend unter den Flügeln der Mutter versteckten, als die kleinen Mädchen herbeistürzten und die Finger durch die Maschen des Drahtzaunes steckten.

»Gebt auf eure Finger acht, Kinder, die Glucke pickt nach euch.«

»O du, dies Küken hat keine Angst vor uns, das ist das netteste.« Wirklich war unter den Tierchen ein kleines, braunes, das keinen Fluchtversuch machte, sondern nur mit einem leisen Piep den Kopf duckte und den Kinderfingern auswich.

Torkild sah plötzlich, daß dem Küken ein kleines gelbrotes Stück Darm aus dem Bauch hing. Das kleine Geschöpfchen hatte sich an einem vorstehenden Stück Draht des Zaunes verletzt. Eines seiner Geschwister hatte den ersten Schreck vergessen und pickte an dem heraushängenden Eingeweide.

Torkild steckte die Hand durch das Gitter, griff nach dem Tier und drehte ihm den Hals um.

»Ach – darf ich es mal streicheln – Oh–oh–oh!!«

Ningeborg fing laut zu heulen an, »was hast du ihm getan – oh-oh, du bist schlecht gegen das Küken gewesen –.« Sie hüpfte an ihm hoch und versuchte, seine Hände zu fassen. Die kleine Kaja, die nichts von alledem begriff, sondern nur die Schwester schreien hörte, setzte sich ins Gras und brüllte mit, so laut sie konnte.

Torkild war ratlos, wie er die Kinder beruhigen sollte. Im selben Augenblick erschien eine große, umfangreiche Dame in der Haustür und lief mit wiegenden Schritten auf den Kükenstall zu.

»Was ist denn los, Kinder – du großer Gott, bist du es, Torkild! Warum schreien meine Gören so gottsjämmerlich?« Er erkannte Betzy Helsing wieder, Betzy Løkke hieß sie ja nun, die jetzt vor den beiden heulenden Kindern hockte und sie an ihren üppigen mütterlichen Busen zog. »Himmel nein, ist das aber eine Überraschung, dich wiederzusehen – so, so ihr Schäfchen, nicht weinen, erzählt der Mama, was geschehen ist.«

Torkild zeigte ihr die Kükenleiche.

»Das Tierchen hatte sich verletzt. Es sah so jämmerlich aus, daß ich es lieber gleich umgebracht habe – ohne daran zu denken, daß ich erst die Kinder hätte wegschicken sollen.«

»Das wäre dir doch nicht gelungen«, sagte Betzy trocken. »Meine Kinder sind so veranlagt, daß es unmöglich ist, sie loszuwerden, wenn man es gern möchte. Still jetzt, Mamas kleine Mädchen weinen nicht. Das kleine Küken war krank, und da hat der gute Onkel es genommen und totgemacht, und ihr wißt ja, daß heute nacht ein Engel kommt und es mit in den Himmel nimmt. Da macht Jesus es wieder gesund, und dann fliegt es durch den ganzen Himmel und singt allen kleinen Engeln ›Kikeriki‹ vor.«

»Können wir es nicht mit nach Hause nehmen, Mama«, sagte Ningeborg eifrig. »Dann bleibe ich auf, bis der Engel kommt und es holt.«

»Nein, es ist besser, wenn es hier bleibt, du weißt ja, wir wohnen fünf Treppen hoch, und da muß der Engel zu viel Stufen steigen und denk mal, wenn er nebenan klingelte und Frau Pedersen störte, die immer so böse wird, wenn jemand bei ihr läutet und nach etwas fragt –. Ja, du lachst, Torkild, aber man muß seine Zuflucht zum Himmel und zu den Engeln nehmen, wenn die Kinder einen so fragen –. So, lauft jetzt und spielt. Hast du je so etwas Süßes gesehen?« Sie lächelte Torkild strahlend an. »Du großer Gott, wie nett ist es doch, dich wiederzusehen – mein verflossener Bräutigam! Wie geht es dir, Torkild?«

»Danke gut – und du – aber danach brauche ich nicht zu fragen.«

»Nein, ich bin schauderhaft dick geworden. Hätte ich geahnt, daß ich dir begegnete, hätte ich mich heute dazu aufgerafft, ein Korsett anzuziehen«, sie wollte sich kugeln vor Lachen. »Aber ich bin wahrhaftig nicht darauf gekommen, daß hier jemand sein könnte, und es ist so mühsam, die beiden hier heraufzuschleppen.«

»Ich finde es großartig, daß du ein solches Unternehmen überhaupt zuwege bringst.«

»Ach gewiß. Ich kann die Nordmark nicht entbehren – und einen ganzen Tag von meinen Kindern gehen, mag ich auch nicht. Ja, ich weiß ganz genau, du und die anderen Jungen, ihr dachtet früher immer, ich ginge nur euretwegen in den Wald, aber das stimmte nicht. Wir haben unsere Große im Kinderwagen hier heraufgefahren, als sie erst dreizehn Monate alt war – aber zurück mußten wir sie tragen, und wir konnten uns nicht darüber einigen, ob es der Mühe wert wäre, den Kinderwagen oder besser, das, was von ihm übrig war, mit zurück in die Stadt zu nehmen. Die Kinder und ich sind jetzt oft hier oben. Finn ist heute mit einigen Freunden zusammen nach dem Kobberhaug hinübergegangen, er kommt um vier Uhr hierher und dann tragen wir die Kleine zurück. Ningeborg geht fast den ganzen Weg allein – du kannst dir gar nicht denken, wie gut das Mädel zu Fuß ist. Nein, wie freue ich mich, dich wiederzusehen, Junge. Wir wollen jetzt essen – komm mit hinein und iß etwas mit.«

Sie faßte ihn unter. Betzy schien ihrer äußeren Erscheinung gegenüber herzlich gleichgültig zu sein: auf dem zerzausten Haar saß ein zu kleiner, hellroter Filzhut, an der weißen Bluse fehlten auf der Brust einige Knöpfe und der blaue Sportrock war viel zu eng für ihre korsettlose Üppigkeit, so daß er über dem Magen und hinten Falten schlug. Aber sie sah doch lieb aus: von ihren früheren Reizen war zwar nichts weiter übrig als das Lächeln, aber das hatte all seinen alten Glanz behalten.

»Komm und setz dich – jetzt wollen wir wieder einmal gemütlich zusammensein und uns ordentlich unterhalten. Aber erst lauf schnell mal hinunter und hol die Kinder, sei so lieb.«

Als Torkild mit den beiden Mädchen zurückkehrte, hatte Betzy über einen kleinen Tisch auf der Veranda ein Tuch gelegt und war im Begriff, eine Masse äußerst einladender Eßwaren aus ihrem Rucksack auszupacken. Die Bäuerin vom Moorhof brachte Kaffee und gekochte Milch herbei und begrüßte Torkild herzlich. Sie blieb stehen und plauderte mit ihm, während Betzy für die Kinder Kakao kochte, sie auf eine Kiste neben der Verandatreppe setzte und sie fütterte.

Als sie damit fertig war, griff sie zum Schluß mit der Hand jeder der Kleinen unters Kinn, hob ihr das Gesichtchen hoch und lächelte sie an. Torkild sah es und mußte plötzlich mit einem stechenden Schmerz an Rose denken – genauso hatte sie immer ihre Blumen angelächelt. Ach, wie arm hatte er ihr Leben gemacht – –

In diesem Augenblick sagte die Bäuerin:

»Ihre Frau war zu Pfingsten hier – sie und eine andere Dame. Ich fragte nach Ihnen, und da sagte sie, sie wären jetzt geschieden. Ich hatte ja schon im Winter davon gehört, wissen Sie, aber ich wollte es nicht glauben. Jesus, ist das denn wirklich möglich, Christiansen?«

»Ja, es ist wahr.«

»Nein aber auch, was die Leute heutzutage alles machen. Ich finde, es wird immer schlimmer. Norbys sind auch geschieden, müssen Sie wissen. Aber es ist doch wirklich nett, Sie wiederzusehen, Christiansen!«

Betzy kam wieder auf die Veranda zurück, setzte sich zu ihm und schenkte Kaffee ein.

»Ja, du lieber Himmel, daß ihr euch scheiden lassen wollt, Rose und du! Iß doch, – selbstgebackenes Brot, ich backe immer selbst. Nie im Leben bin ich so erstaunt gewesen, wie als ich das hörte. Ich dachte freilich immer, daß es noch einmal so kommen würde, aber ich habe doch nie an die Möglichkeit geglaubt, daß ihr es wirklich tun würdet!«

Torkild lächelte etwas gezwungen:

»Wieso hast du es geglaubt – und dir die Möglichkeit doch nicht denken können?«

»Oh, ihr seid beide so nett und merkwürdig und müßt euch das Leben durchaus so verwickelt und künstlich und romantisch machen. Aber ihr könnt einander doch nicht missen, davon bin ich überzeugt, und ein Dritter kommt euch auch nie ins Gehege. Das heißt, schwören kann man darauf ja nie, aber es ist kaum wahrscheinlich, daß jemand anders auf die Dauer euren hochtrabenden Stil mitmachen kann. Ich muß immer an meine eigenen Erfahrungen mit dir denken –«, sie lachte aus vollem Halse. »Gott, Torkild, dein Gesicht eben war Geld wert! Nein, ehrlich gesagt, ich glaubte, ihr wäret beide zu empfindlich um es zu einer gesetzmäßigen Scheidung mit Rechtsanwalt und so weiter kommen zu lassen. Aber ihr seid nun geschieden, erzählte Rose mir –«

»Hast du sie gesehen?« fragte Torkild leise.

»Ja, sie war in der vorigen Woche bei mir. Seit sie wieder in der Stadt ist, war sie öfter bei uns. Ich traf sie im vergangenen Winter zufällig einmal auf der Straße und ließ ihr keine Ruhe, bis sie zu mir kam. Du kannst glauben, meine Kinder und Tante Rose sind gute Freunde, sie ist auch ganz begeistert von ihnen –.«

»Das kann ich mir denken.«

»Ich habe ihr dasselbe gesagt wie dir. Übrigens bekommt euch ein bißchen Scheidung sicher sehr gut. Ihr habt natürlich beide an zu tiefem Seelenleben gelitten. Aber selbstverständlich zieht ihr später wieder zusammen –«

»Das werden wir wohl nicht tun«, sagte Torkild ruhig. Er

wunderte sich allmählich darüber, daß er Betzy nicht böse wurde, wie sie so nach Herzenslust in Dingen herumwühlte, die ihm fast die Seele aus dem Körper gequält hatten.

»Ich will mit dir wetten!«

»Nein du – dazu bin ich nicht aufgelegt«, sagte er und lächelte ein wenig.

»Wie du willst. Du kannst mir jedenfalls eine kleine goldene Kette für jedes meiner Mädel versprechen, sobald du deine Liebste wieder in die Arme schließt. – Mädel, wißt ihr, was ihr von diesem Onkel hier bekommt? Eine feine, feine Halskette, sagt er – ist das nicht ein lieber Onkel?«

»Wie geht es ihr?« fragte Torkild leise.

»Richtig, ihr verkehrt ja nicht einmal freundschaftlich miteinander, wie geschiedene Leute heute sonst zu tun pflegen. Hat man je so altmodische Menschen erlebt? Aber natürlich, die Kur wirkt auf diese Weise ja radikaler! Ja, sie hat also eine sehr gute Stellung in einem Büro und wohnt bei einer Witwe, die sechs Kinder und ein Seifengeschäft hat. Rose führt ihr sicher in ihrer freien Zeit die Bücher und geht sonntags mit den Kindern spazieren –. Um zum Schluß ein ernstes Wort zu reden: Torkild, sie hat dich grenzenlos lieb!«

Er schüttelte schwach den Kopf.

»Mir hat sie natürlich nichts erzählt, kannst du dir wohl denken, aber ich weiß bis ins kleinste, wie das Ganze gekommen ist. Du hast sie einhundertsiebenunddreißigmal am Tage und in der Nacht gefragt ›liebst du mich, liebst du mich, wie ich dich liebe, liebst du mich zum Sterben, liebst du mich wirklich, wagst du deine Hand dafür ins Feuer zu legen‹ –. Und dann denkt das arme Ding darüber nach, bis sie ganz wirr im Kopf ist, und sagt schließlich ›ach, ich weiß nicht‹, und dann fällst du auf einen Stuhl und sagst ›ach Gott, ich sterbe‹. Ja. Torkild, es gibt wirklich Menschen, die so lange darüber nachgrübeln ob sie sich lieben, bis sie selbst nicht mehr glauben, daß sie es tun. Genau wie meine Schwiegermutter – wenn die nachts eine Stunde wach liegt, denkt sie nur an ihre Schlaflosigkeit, und schließlich bildet sie sich ein, sie hätte drei Monate lang kein Auge zugetan. Dabei schläft sie fast die ganze Nacht wie ein Murmeltier. – Solche Menschen wie Rose, die dauernd umhergehen und herauszufinden suchen, was sie selber fühlen, wissen bei Gott nie über sich selbst Bescheid.« Torkild saß nachdenklich da. Mit dem Ausblick auf die fernen Waldhügel unter dem sommerblauen Himmel, den sonnenbeschienenen grünen Hang zu seinen Füßen, mit dem Klang einer einsamen Kuhglocke aus dem Wald und dem Geplauder der Kinder auf der Treppe im Ohr, war er nicht abgeneigt, auf Betzys Reden, ihre Prophezeiungen und ihre harmlose Philosophie zu hören. Und er lächelte leise.

»Man liegt hier im Leben genauso, wie man sich bettet«, dozierte Betzy, »sofern man nicht in Armut und Elend geboren oder krank ist. Dann kann man ungücklich sein und braucht sich doch nicht zu sagen, daß man es selbst so gewollt hätte. Sonst hat man aber nicht das Recht dazu. Ich habe oft darüber nachgedacht, wie es gegangen wäre, wenn wir beide uns geheiratet hätten. Du hättest es sicher gut gehabt. Aber ich verspreche dir, nicht gekränkt zu sein, wenn du mir antwortest, daß es dir so lieber ist, wie du es jetzt hast.«

Torkild lächelte verlegen.

»Da siehst du es selbst. Du hast es genauso, wie du es haben wolltest. Und wenn du nicht wieder zu deiner Frau gehst und dich mit ihr versöhnst, so ist es nur, weil ihr es nicht anders wollt. Ihr lauft lieber umher und schmollt jeder für sich in einsamer Größe, anstatt euch zusammenzutun und das Böse mit dem Guten hinzunehmen – *etwas* gibt es ja immer, wenn zwei beständig zusammen sein sollen; wir sind nun einmal nur Menschen. Du kannst dich damit trösten, daß es viel leichter geht, wenn es mehr als zwei werden. – Nimm doch ein Beefsteak, es sind genügend da, wie du siehst. Und ein Stück Wurst, ich habe sie selber geräuchert, und darauf bin ich sehr stolz. – Was mich am meisten in meinem Leben gewundert hat, das ist, daß Rose eine so gute Köchin geworden ist. Von der englischen Linsensuppe mit Milch, die sie mich gelehrt hat, ist Finn ganz hingerissen – findest du sie nicht auch großartig? Nun darfst du mir eine Zigarette geben, – so, danke. Ich habe fast ganz mit dem Rauchen aufgehört – einfach aus Mangel an Zeit. Aber die soll mir jetzt schmecken.«

»Ich bestreite natürlich nicht«, sagte Torkild leise, »daß ich meine ganze Lage mir selbst zu verdanken habe –«

»Das hätte dir auch nichts genützt – mir gegenüber!« Betzy lachte hell auf. »Nun mußt du nur daran denken, daß es jetzt bei dir steht, ob du es besser haben willst. Es kommt nur darauf an, ob man gut miteinander leben *will* – das habe ich Finn auch erklärt. Du hättest den Spektakel hören sollen, der darauf folgte! Es war kurz nach unserer Hochzeit, als er erfahren hatte, daß wir verlobt gewesen wären – ich meine, du und ich. – Aber Ningeborg, was muß Mama sehen – nimmst du Kaja den Keks weg? Nein, nein, gib ihr kein Fleisch, du weißt doch, daß Schwesterchen das nicht verträgt – so, seid nun gut und brav. Kommt mit euren Tassen, wenn ihr mehr Kakao haben wollt. – Aber ich erklärte Finn natürlich – daß ich ihn unter einer ganzen Reihe anderer ausgewählt hätte, die ich hätte bekommen können, und er könnte sich doch unmöglich einbilden, daß er in jeder Hinsicht vollkommener sei als all die anderen. Er mußte sich eben damit begnügen, der eine zu sein, den ich erwählt hatte.«

»Gab er sich denn mit dieser Erklärung zufrieden?«

»Ja, nachdem ich ihn dazu bekommen hatte, das Vernünftige in meinen Darlegungen einzusehen – daß wir Menschen die Gabe der Vernunft erhalten haben und wir nicht erwarten können, unter irgendwelchen Umständen glücklich zu werden, wenn wir nicht unsere Vernunft gebrauchen.«

»Und du bist glücklich?« fragte Torkild leise.

»Ja, und ich müßte mich schämen, wenn ich es nicht wäre. Wir haben unser gutes Auskommen – denn ich verstehe es, mit dem auszukommen, was wir haben und wünsche mir nie mehr, als ich mir leisten kann. Gesellschaften mitmachen und dergleichen können wir nicht, wie du weißt. Und wenn ich mich hin und wieder etwas danach sehne, dann predige ich mir selber Vernunft. Außerdem, wenn ich Gesellschaften mitmachen wollte, müßte ich ja meine Kinder immerzu fremden Leuten überlassen, so aber bin ich fortwährend bei ihnen, und es ist im Grunde viel amüsanter, auf sie achtzugeben, als in Gesellschaften zu gehen. Ich habe immer vollauf zu tun und einen guten Mann, der zu mir aufsieht und mich liebhat, und den ich auch liebe. Und dann die entzückendsten Kinder von der Welt.« Das letzte klang wie ein Jubelschrei.

»Wohl!«

»Danke. Trink noch ein Glas – hast du je einen so wunderbaren Hagebuttenlikör bekommen – im Herbst wird er zwei Jahre alt, also trinke ihn mit Andacht! – Und dabei weiß ich ganz genau, daß du nicht mit mir verheiratet sein möchtest. Ich übrigens mit dir auch nicht. Obgleich ich dich furchtbar gern habe, du. Ich habe beinahe Lust, dir einen kleinen Kuß zu geben – nanu, Herr des Himmels, ich glaube gar, der Mann wird rot!«

Torkild lachte etwas verlegen. Aber nach einer Weile sagte er, während er mit einem Zündhölzchen den Tisch bearbeitete:

»Wie faßt Rose es eigentlich auf, wenn du so mit ihr sprichst – ich meine, über uns –«

»Genauso wie du.« Betzy sprühte vor lauter Schelmerei.

»Sie findet mich gewöhnlich und aufdringlich und meint, ich verstände euch Äolsharfen nicht. Ist das nicht etwas Feines, was so heißt? Aber tief im Innern findet sie es herrlich, deinen Namen zu hören und ihn in den Mund nehmen zu dürfen – wenn auch nur mir gegenüber!«

Sie sprang auf, lief um den Tisch herum und nahm sein Gesicht in beide Hände. Dann küßte sie ihn auf den Mund. Ihre Lippen waren noch genauso weich wie früher.

»So, siehst du – das hat nicht weh getan, nicht wahr? Der Kuß, meine ich. Cheer up, old boy! Das war ein mütterlicher Kuß, mußt du wissen. Wenn du aber glaubst, es einstmals Rose erzählen zu müssen, so darfst du gern sagen, er schmeckte schwiegermütterlich –«

»Betzy, Betzy – du bist die alte – Gott sei Dank!«

»Nur viel dicker«, rief sie lachend; dann sprang sie die Treppe hinab, um zu sehen, wo die Kinder steckten.

Er lächelte, als er am Abend nach Hause ging und an ihre Küsse dachte – den mütterlichen von heute und die anderen von früher. Sicher hatte sie recht, die kleine, liebe, vernünftige, gute Betzy – auf eine Art wäre er sicher glücklich mit ihr geworden.

Er mußte an Agda und Axel denken.

Kann man nicht die eine bekommen, so begnügt man sich mit der anderen – oder mit mehreren anderen – es kommt auf eins heraus – zunächst. Ein vorsichtiger Mann verteidigt seine polygamen Instinkte. Alles auf eine Karte zu setzen, ist hohes Spiel.

Während er jetzt in der hellen Sommernacht durch den Wald heimwärts wanderte, war sein Herz erfüllt von einem wilden, tanzenden Übermut. Wie herrlich es doch gewesen war – das hohe Spiel – welch verzehrend süßes Glück hatte er erlebt – es hatte Tage und Nächte gegeben – so köstlich –! Wenn er daran dachte, erschien es ihm jetzt beinahe gleichgültig, ob er zum Schluß das Spiel verloren hatte, und ob es nun aus war –.

Was war es doch, was er an sie geschrieben hatte –? Daß er nicht mit Gewißheit sagen könnte, ob er das, was zwischen ihnen gewesen war, ungeschehen wünschte, aber daß er wünschte, er könnte es –. Unsinn, Unsinn! Ach, er war krank an Leib und Seele, als er das geschrieben hatte. Kein einziger Mann auf der Welt, der seinen vollen, gesunden Verstand besaß, hatte solche Wünsche. Das bedeutete ja soviel, als zu wünschen, man wäre ein anderer –. Geliebte, Geliebte, flüsterte er vor sich hin, zu den dunklen Tannen und dem blaßblauen Nachthimmel hinauf. Er ahnte selber kaum, was sein Herz aus Betzys Geplauder erlauscht hatte –.

XV

Schon als zu Ostern Nachricht von Doris gekommen war, daß sie wieder in Kopenhagen sei, hatte Torkild sich entschlossen, in seinen Sommerferien hinunterzufahren und die Schwester zu besuchen. Er schrieb ihr aber nichts davon. Warum er sie gerade überraschen wollte, darüber vermied er es, sich Rechenschaft abzulegen. Er versuchte, sich einzubilden, daß er deswegen nicht vorher schreiben wollte, weil er sich möglicherweise anders entschließen und in diesem Jahre auch wieder auf Jagd gehen könnte – oder weil Doris vielleicht eine Reise nach Norwegen beabsichtigte.

Erst im August bekam er Urlaub und fuhr mit dem Dampfer nach Kopenhagen. Als er morgens ankam, ging er zuerst ins Hotel, zog sich um und frühstückte. Dann machte er sich nach ihrer Wohnung in der Holsteinsgade auf.

Es war ein strahlender Sommertag. Die Fahrt durch den Sund war wunderschön gewesen – ein ewiges Gewimmel von weißen, sonnenbeschienenen Möwen, die kreischend in der Luft kreisten und jäh in die lichte, glitzernde See niederschossen, hatte den Dampfer begleitet. Ein perlmutterglänzender Dunst hatte über der flachen Küste gelegen, über den Windmühlen auf den Hügeln und den grünen Äckern zwischen dunklen Baumgruppen, hinter denen hin und wieder ein schlanker Fabrikschornstein in den silbrigen Himmel ragte. In Torkilds Ohren sang der Seewind noch immer sein ewiges dänisches Lied.

Wie jedesmal in Dänemark, fiel ihm auch diesmal wieder die Helligkeit der Stadt auf, als er auf der Straßenbahn stand und nach Oesterbro hinausfuhr. Alles war so licht und leicht, überall ein Reichtum an Grün und an Blumen, – grüne Anlagen, Gärten und Vorgärten, Blumenbalkons und Blumenkästen an den grauen Flächen der Mietskasernen entlang. Die kleinen Seen von Oesterbro lagen wie Spiegel da und leuchteten weiß im Sonnenlicht, inmitten ihres Rahmens von Häusern und Bäumen.

Er sprang auf dem Triangel ab und fragte sich weiter, bis ihm ein junges Mädchen, die ihr Rad aufpumpte – ein schmächtiges, mageres Ding mit dunkelblauer Radfahrermütze und einem rosa Sommerkleid, das im Winter als Ballkleid gedient haben mochte –, auf seine Frage mitteilte, daß die Holsteinsgade »die erste Querstraße rechts« wäre.

Er ging nun durch eine endlos lange Straße mit staubgrauen, hohen Häusern – den typischen Kopenhagener Mietskasernen aus unverputzten Backsteinen, die ursprünglich gelb sind, in der Stadtluft aber bald lavagrau werden. In dieser Straße gab es weder grüne Bäume noch Vorgärten; alles war nur aus kleinen viereckigen grauen Steinen: zwei endlose Häuserreihen, die aus Millionen dieser kleinen häßlichen Steine aufgeführt waren, und kleine graue Steine, die das Straßenpflaster bildeten. Wenn der muntere Wind von den großen Verkehrsadern der Stadt her einen Abstecher in diese Straßen machte, hatte er hier nichts anderes zum Spielen als Staub und Abfall aus den Rinnsteinen.

Torkild fand das Haus und stieg durch ein Treppenhaus, in dem es nach Gas roch, bis zum fünften Stockwerk hinauf, wo sie wohnen sollte. Es waren zwei Türen da, jede mit einem kleinen Messingschild. Auf dem einen stand Holter Jörgensen, Grünkramhändler, auf dem anderen Magister Jens Lihme.

Torkild blieb einen Augenblick zögernd stehen. Er fühlte ein merkwürdiges Zittern im Herzen –. Durch den ganzen Wirrwarr von Gefühlen, durch die Unsicherheit, wie er seine Schwester vorfinden würde, die Furcht vor dem, was er jetzt erfahren könnte, spürte er eine kleine lächerliche Angst – die Angst vor der Lage, in die er selbst kommen würde, Angst davor, eine komische Rolle zu spielen. Einen Augenblick dachte er daran, umzukehren – zum Hotel zurückzugehen und sie erst durch einen Brief wissen zu lassen, daß er in der Stadt sei. Aber dann entschloß er sich plötzlich und läutete rasch.

Ein ziemlich unordentlich aussehendes Dienstmädchen öffnete ihm.

»Ach, Verzeihung, können Sie mir nicht sagen, ob hier ein Fräulein Christiansen wohnt?«

»Ja, gewiß.«

»Ist das Fräulein zu Hause?«

»Ja, aber sie schläft.«

Torkild überlegte. Die Uhr auf dem Triangel war beinahe zwölf gewesen.

»Würden Sie vielleicht so freundlich sein und ihr sagen, daß ihr Bruder aus Kristiania hier wäre?«

Jetzt schien das Mädchen zu überlegen.

»Wenn der Herr vielleicht mitkommen würden –«

Sie führte ihn in eine kleine Wohnstube.

»Das Fräulein hat eine sehr schlimme Nacht gehabt«, sagte sie unsicher. »Der Herr Magister ist bei ihr. Ich glaube, er schläft auch. Aber ich könnte ihm vielleicht Bescheid sagen –?«

»Bitte, seien Sie so gut.«

Er fühlte vor lauter Nervosität eine Trockenheit im Hals. Unwillkürlich kam ihm zum Bewußtsein, daß die lange, schmale, einfenstrige Stube gemütlich war – auf eine eigene altmodische dänische Art. Am Fenster standen Blumen hinter einem großen Schreibtisch mit vielen Fotografien von seiner Schwester. Vor dem größten Bild war eine Vase mit weißen Kletterrosen aufgestellt, deren Ranken um den Rahmen gelegt waren. Im Zimmer standen altmodische, geschnitzte Mahagonimöbel, und an einer Wand zogen sich Efeuranken hinauf, zwischen denen Reproduktionen nach Volksliederbildern von Agnes Slott-Möller hingen, neben einigen Radierungen aus der Geschichte Dänemarks von Lorens Frölich.

Die Tür zum Nebenzimmer wurde sehr leise geöffnet und wieder geschlossen. Vor Torkild stand ein junger Mann, dessen Gesicht fast unheimlich weiß gegen die dunkle Portiere hinter ihm abstach.

»Sie sind Doris' Bruder?« fragte er ganz leise. »Ich bin Jens Lihme.«

Er machte einen Schritt vorwärts, und Torkild sah, daß der andere zwar nicht gerade verwachsen war, aber doch beinahe – nämlich rundrückig, hochschultrig und sehr schief. Sein Gesicht war unregelmäßig und bestand überhaupt nur aus Haut und Knochen. Er hatte eine flache Nase und vorspringende Backenknochen; sein Kinn war von alten gelben Bartstoppeln überwuchert. Aber aus den eingesunkenen Augenhöhlen leuchteten unnatürlich große und strahlend blaue Augen.

»Sie müssen entschuldigen«, sagte Jens Lihme und blickte an sich hinunter. Er trug einen alten, abgetragenen hellen Sommeranzug und hatte rote Pantoffeln an den Füßen.

»Sie war heute nacht sehr krank; ich bin nicht aus den Kleidern gekommen.«

An der Wand, gerade hinter Lihmes bleichem, magerem Kopf entdeckte Torkild eine kleine Malerei – Doris in einer Art blutrotem Karnevalskostüm. Sie saß auf einer Tischkante und ließ ihr eines Bein, in schwarzem Seidenstrumpf und Goldkäferschuh, fast bis zum Knie sehen. Eine Hand schwang ein Champagnerglas, die andere lag im Schoß und hielt eine schwarze Maske. Eine rohe, ordinäre Schmiererei – und oben unter dem Rahmen stand in großen, roten Buchstaben: »Der kleinen Doris von ihrem zärtlichen Laps.«

In seiner erstickenden Angst und Scham tauchten vor ihm Bilder und Szenen auf aus dem Leben seiner Schwester – und des Mannes, der dort vor ihm stand –. Er fragte leise:

»Ist meine Schwester krank?«

»Ich glaubte, Sie hätten es vielleicht – von anderer Seite erfahren. Und daß Sie aus diesem Grunde gekommen wären –«

»Nein, ich bin auf einer Urlaubsreise. Ich hatte plötzlich den Einfall, diesmal hierher zu fahren. Ist es etwas – Ernstliches?«

»Ja«, sagte Lihme ruhig.

»Wollen Sie mir – wollen Sie mir nicht alles erzählen?«

»Doch. Sie müssen es ja erfahren, ehe Sie sie zu sehen bekommen. Ich habe immer gefunden, daß sie es Ihnen hätte mitteilen – oder mir wenigstens hätte erlauben müssen, es zu tun. Schon im Frühjahr, als wir beide – als es offensichtlich wurde, wie es um sie stand. Aber sie widersetzte sich dem auf das bestimmteste. Ich war ja auch der Meinung, sie hätte in ein Sanatorium geschickt werden müssen – vielleicht nach Norwegen. Ich fand, man dürfte nichts unversucht lassen. Aber sie bat und bettelte darum, hier bleiben zu dürfen – in Ruhe und Frieden. Da konnte ich es ihr nicht verweigern –.« Er machte eine Pause.

»Sie hat es in der Brust, wissen Sie. Die war ja schon mehrere Jahre angegriffen – und sie hat niemals darauf Rücksicht nehmen wollen. Ich – ich habe nie Einfluß auf sie gehabt – im Gegenteil. Ich weiß gut, wie furchtbar es ist, daß ihre Angehörigen nichts erfahren haben – es wäre meine Pflicht gewesen, es Ihnen mitzuteilen. Sie hätte ja nie im Leben alleinstehen dürfen – aber ich habe niemals gewagt, etwas gegen ihren Willen zu tun. Und jetzt handelt es sich höchstens um einige Wochen –.«

Einen Augenblick starrten die beiden Männer einander an. Torkild wünschte, er hätte hingehen und Lihmes Hand ergreifen können – statt dessen blickte er nur nieder und sagte undeutlich:

»Sie ist also ganz verlassen gewesen – von allen anderen außer von Ihnen?«

Lihme sah auf – mit einem wundersamen, ekstatischen Lächeln:

»Für mich ist es ein unsagbares Glück gewesen, wie Sie sich denken können – auf seine Art. Ich hätte ja nie hoffen können, daß sie mir auf andere Weise gehören würde, nicht wahr? Jetzt, meine ich ja, gehört sie mir, und keinem, keinem anderen –«

»Sie wird also nicht leben?« fragte Torkild und senkte wieder den Blick.

Lihme schüttelte den Kopf.

»Heute nacht – dachte ich, jetzt wäre das Ende gekommen. Augenblicklich schläft sie, und es geht ihr verhältnismäßig gut. Aber es kann sich jede Minute ändern.«

»Seit wann wohnt sie hier bei Ihnen?« fragte Torkild nach einer Pause.

»Seit Ende Mai. Nach ihrer Rückkehr aus Hamburg war sie eine Zeitlang bei einer Familie in Nyholte draußen. Als sie dann aber selber merkte, daß es mit ihr zu Ende ging – bat sie mich, sie hierher zu holen. Jetzt liegt sie seit fünf Wochen fest –«

»Darf ich sie nicht sehen?« fragte Torkild nach einer Weile.

»Sie hat einen so leichten Schlaf«, sagte Lihme zögernd. »Sie fühlt es, wenn man sie nur ansieht –. Und dann wacht sie gleich auf. Außerdem glaube ich, es ist besser, wenn sie darauf vorbereitet wird – daß Sie hier sind.«

Torkild nickte.

»Wenn Sie aber gegen vier Uhr wiederkommen würden –«

»Ja, danke. Sie wollen wohl auch schlafen. Soll ich Sie nicht bei ihr ablösen – während Sie sich hinlegen?«

»Nein, vielen Dank.« Lihme lächelte. »Wenn Doris erwacht und Sie entdeckte, würde sie das natürlich aufregen – sie ist ja etwas sonderbar«, sagte er zärtlich – »und sie liebt es, mich zu sehen, wenn sie die Augen aufschlägt.«

»Haben Sie keine Krankenschwester?«

Lihme errötete.

»Wir hatten mehrere. Aber Doris kommt mit keiner aus.

Das Mädchen, daß Sie gesehen haben, ist sehr nett und tüchtig, sie stammt aus der Gemeinde meines Vaters und ist früher bei uns auf der Pfarre gewesen. Und jetzt während der Ferien ist es für mich eine Kleinigkeit, mit ihrer Hilfe durchzukommen.«

Torkild reichte Lihme die Hand:

»Dann komme ich also um vier Uhr wieder. Kann ich Ihnen in nichts behilflich sein?«

»Nein, vielen Dank.« Lihme lächelte sanft. Er begleitete den anderen bis zur Korridortür. Draußen blieb Torkild stehen und fragte noch einmal:

»Hat sie Ihnen jemals *gesagt*, warum sie nicht wollte, daß ich etwas von ihrer Krankheit erführe?«

»Oh, sie hatte wohl Angst –«

»Hm. Nein, ich kann mich nicht gerade rühmen, ihr jemals ein – guter Bruder gewesen zu sein. Aber trotzdem. Ich hätte nicht geglaubt, daß sie so von mir dächte und Angst vor mir hätte.«

»Sie war ja wie ein armes, kleines, gehetztes Tier.« Lihmes Stimme zitterte leicht. »In der letzten Zeit wie ein zu Tode gehetztes Wild. Vielleicht hatte sie keine Angst und war nur müde. Als ich sie im Frühjahr von Hamburg heimholte ...« Er brach ab. »Sie hat einen Brief an Sie geschrieben, den ich für Sie aufbewahre – er sollte noch nicht abgeschickt werden – wenigstens vorläufig nicht.«

Torkild wandte sich zum Gehen. Aber dann fragte er noch einmal:

»Ist es wahr, daß sie im vergangenen Winter in Paris gewesen ist?«

Lihme schüttelte den Kopf:

»Sie war die ganze Zeit in Hamburg. Eine Freundin von ihr, die in Frankreich war, besorgte den Briefwechsel.«

»Ich hatte so eine Ahnung«, sagte Torkild leise. »Ich hätte mich wohl genau danach erkundigen müssen. Aber ich war nicht dazu imstande – vielleicht wagte ich es auch nicht. Und da sie so ausführlich schrieb, so viel erzählte und in so überzeugendem Ton – war ich nur zu willig, mich überzeugen zu lassen.«

Über Lihmes Gesicht huschte ein Zug unsäglichen Leidens:

»Ja, sie ist so ... Alles, was sie sich an Rührendem und Lustigem und Schauerlichem ausmalt, wird für sie Wirklichkeit. Sie glaubt gewissermaßen ja selbst an die Abenteuer, die sie erzählt und die ihre Phantasie erfunden hat, als hätte sie sie erlebt.« Er hielt einen Augenblick inne und atmete tief auf. Eine Sekunde lang war es Torkild, als sähe er den Leiden des Mannes, der Doris liebte, bis auf den Grund.

»Ich glaube, das hat ihr über den letzten Winter geholfen, als sie dort unten in der schauderhaften Pension war – daß sie diese Briefe an Sie und den anderen Bruder schreiben konnte, von Ausflügen und Atelierfesten und Konzerten in Paris. Mir hat sie ja alles erzählt – auch von den Karten, die sie vom Regence und anderen Cafés geschickt hat, und auf die sie die Mädchen in der Pension Namen schreiben ließ, die sie sich ausgedacht hatte. Und gleichzeitig – der Gegensatz zwischen dem, was sie Ihnen erzählte und den Verhältnissen, unter denen sie wirklich lebte – ich glaube, das Grauenvolle, das darin lag, war ihr eine Art krankhafter Befriedigung.«

»Was war es für eine Pension?« fragte Torkild schließlich mit gewaltsamer Überwindung.

Als Torkild den Augen des anderen begegnete, begriff er, daß dieser seine Gedanken erriet. Lihmes weicher, gefühlvoller Mund verzog sich zu einem kleinen Lächeln. Er sagte ruhig:

»Es war eine private Entbindungsanstalt – wo es nicht viel kostete, und wo die Mädchen ein fürchterliches Dasein führten. Es ist ja eigentlich ganz gleichgültig – ich weiß, daß Ihnen Doris alles in dem Brief auseinandergesetzt hat, aber es ist doch besser, daß ich es Ihnen erzähle, ehe Sie sie sehen. Sie hat einen kleinen Jungen von drei Monaten. Mir hat sie ja immer ganz offen geschrieben, wie es ihr ging – bis zum März. Da merkte ich plötzlich, daß irgend etwas vorgefallen sein mußte, was ihre Lage verschlimmert hatte – es kam so viel in ihren Briefen vor, was meiner Meinung nach – Phantasie war. Ich habe ja allmählich gelernt, bei ihr das Echte vom Unechten zu unterscheiden. Ich machte mich also in den Osterferien auf den Weg und reiste zu ihr nach Hamburg. Es zeigte sich, daß ihr Geld zu Ende war – einen

Monat, ehe sie ihre Niederkunft erwartete. Ich nahm sie mit mir zurück und brachte sie bei einer Hebamme in Nyholte unter. Dort kam ihr Knabe zur Welt – und dabei erfuhr ich vom Arzt, daß sie nicht mehr lange leben würde –.«

»Das Kind lebt aber?«

»Ja. Merkwürdigerweise scheint es ein recht gesunder kleiner Kerl zu sein. Er ist jetzt hier in der Stadt und wird ihr jeden Tag für einige Augenblicke gebracht. Sie hat das kleine Wesen unbeschreiblich lieb!«

Torkild zögerte einen Augenblick.

»Sie sollen jetzt Ruhe vor mir haben, Lihme. Leben Sie wohl – und haben Sie Dank.«

»Keine Ursache. Auf Wiedersehen – heute nachmittag.« Torkild saß in einem Park auf der Bank, bis es Zeit war, wieder hinzugehen.

Diesmal öffnete ihm Lihme selbst.

»Es ist doch gut, daß Sie gekommen sind«, sagte er in freudigem Ton. »Sie war ganz entzückt, als sie es hörte.« Er lächelte liebevoll: »Immer wieder ist man erstaunt; sie faßt alles anders auf, als man erwartet.«

Er führte Torkild durch die kleine Wohnstube in ein ziemlich großes, helles Eckzimmer, zu dessen offenen Fenstern die Sonne hereinschien. Der Raum sah so blank und reingescheuert aus und war so sparsam möbliert, daß er einem Krankenhauszimmer glich. In die Stube hinein stand ein großes eisernes Bett mit von der Wäsche gelb gewordenen Wolldecken; mitten darin schimmerte ein Fleck tiefvioletter Seide. Es war Doris, die über ihr Nachthemd einen goldgestickten, japanischen Seidenkimono gezogen hatte.

»Guten Tag, guten Tag, Torkild!« Sie versuchte, laut und freudig zu rufen, aber die Stimme gehorchte ihr nicht, sondern sank zu einem durchdringenden Flüstern herab.

Als er an das Bett trat und sich über sie beugte, schlang sie die Arme um seinen Hals und zog ihn zu sich herunter. Dann bohrte sie den Kopf in seine Brust und brach in ein herzzerreißendes Weinen aus.

Plötzlich ließ sie Torkild los und sank in die Kissen zurück.

»Wo ist Jens?«

Torkild schluckte einige Male, ehe er antworten konnte:

»Er ist wohl in das andere Zimmer gegangen.«

»Ach, bitte ihn doch, hereinzukommen. – Jens, willst du dich nicht anziehen und eine Stunde spazierengehen? Torkild und ich wollen gern ein wenig allein miteinander plaudern, weißt du. Dann können wir essen, wenn du wiederkommst. Armer Kerl –«, sie strich ihm über die Wange, »du bist weder gestern noch heute eine Minute draußen gewesen. Und gehe noch zu Frau Jespersen und bitte sie, gegen sechs mit Ivar zu kommen, sei so lieb. Vielen Dank.«

Torkild empfand es merkwürdig schmerzlich, zu hören, wie sie in einem nachlässig befehlenden Ton mit dem Mann sprach, der sie als kleines Menschenwrack aufgelesen und in sein Heim gebracht hatte, damit sie in Frieden sterben könnte. Und Jens Lihme sagte Ja und ging, gewohnt, ihr zu gehorchen.

»Wie findest du ihn?« fragte Doris.

»Oh, du kannst dir doch denken, wie er mir gefällt«, sagte Torkild. Seine Stimme war noch schwer von verhaltenen Tränen.

»Ja –. Ich pflege ihn den kleinen Gottesfreund zu nennen – du weißt, nach den Fioretti – hast du sie gelesen? Jens hat mir daraus vorgelesen – er liest mir immer des Nachts vor, wenn ich nicht schlafen kann. Und den Mönch auf dem Anger nenne ich ihn, wenn er mir Blumen bringt. Als ich in Holte war, brachte er mir immer Buchenlaub, Anemonen und Primeln mit. Aber jetzt kommt er ja gar nicht mehr hinaus, der Ärmste. Hast du gesehen, wie schöne Augen er hat?«

Torkild nickte.

»Ach, Doris, du kannst dir doch wohl denken, daß ich mir neben einem solchen Mann erbärmlich klein vorkomme.«

»Ja, dasselbe empfinden wir alle«, sagte Doris, aber in ihrer schwachen, verbrauchten Stimme lag ein merkwürdig nachlässiger Klang. »Er ist übrigens katholisch«, fügte sie hinzu.

Torkild hatte ihre Hand zwischen beide Hände genommen. Sie fühlte sich klamm und kalt an. Ihr Gesicht war so gelb und mager, daß ihre Haut wie blankes Elfenbein war, und auf jedem Backenknochen schimmerte ein roter hektischer Fleck. Unter dem Kinn war der Hals eingesunken und bildete ein tiefe Grube.

»Doris«, sagte Torkild leise und liebevoll. »Warum habe ich nicht wissen dürfen, wie es dir wirklich ging?«

»Ach«, sie lächelte ein wenig. »Ich bin nun einmal so – ich kann nichts dafür, daß ich immer einen so unüberwindlichen Abscheu dagegen gehabt habe, die Wahrheit zu sagen, solange es mir irgendwie möglich war, eine Lüge zu erfinden. Und so ist es eben immer gewesen. Ich weiß nicht, woher es kommt – immer erfinde ich Geschichten, die ich erzählen muß. Außerdem – habe ich doch voriges Jahr, als ich zu Vaters Tod daheim war, gewußt, wie schrecklich du es finden würdest, wenn ich dir erzählte, daß ich schwanger wäre. Du hättest es doch furchtbar gefunden, nicht wahr?

Als ich in diesem Winter einmal in einer ganz verzweifelten Lage war, hatte ich wirklich die Absicht, dir zu schreiben und dich um Hilfe zu bitten. Aber ich wußte, daß du gerade von Rose geschieden warst – da wollte ich dir nicht noch mehr aufbürden. Ich habe dich immer auf meine Art lieb gehabt, Torkild –.«

»Ach, Doris, hättest du doch nur geschrieben!«

Sie schüttelte in ihren Kissen den Kopf.

»Nein –. Und dann kam Jens ja gerade zur rechten Zeit.« Sie lachte. »Wenn ich wirklich ernst gemacht und mich in die See gestürzt hätte – ich bin überzeugt, daß Jens es durch irgendeine mystische Fernwirkung erfahren und sich zur rechten Zeit am rechten Ort eingefunden hätte, um mich herauszufischen –. Du weißt, daß ich ein Kind habe?« fragte sie plötzlich mit gänzlich veränderter Stimme.

»Ja, Lihme hat es mir erzählt.«

»Es ist aber nicht sein Kind«, sagte Doris schnell. Wieder fühlte sich Torkild merkwürdig schmerzlich berührt – nicht einen Augenblick war ihm die Möglichkeit eingefallen, daß Jens Lihme der Vater sein könnte.

»Mogens ist der Vater«, sagte sie hart. »Er weiß nichts davon. Und du wirst mir schwören, daß du ihm kein Wort erzählst, wenn du ihn sieht. Und daß du ihn nicht aufsuchst. Er darf den Knaben nicht zu sehen bekommen, und wenn er auf den Knien angekrochen käme und darum bäte.

Und daß du nie etwas von ihm für das Kind annimmst! Willst du mir das versprechen?«

»Ja.«

»Er weiß es nämlich sehr gut.« Doris lachte leise. »Sowohl, daß ich ein Kind von ihm habe, als daß ich hier im Sterben liege. Er ist an der Tür gewesen, und Jens hat ihn weggejagt. Er hat mir die jämmerlichsten Briefe geschrieben – und ich habe geantwortet, es ginge mir ausgezeichnet, ich sei fröhlich und vergnügt und hoffe, es ginge ihm und Lise und den Kleinen ebenfalls gut.«

Plötzlich nahm ihre Stimme wieder einen anderen Klang an: »Ist es nicht eigentlich über alle Maßen entsetzlich, daß zwei Menschen wie Mogens und ich ein Kind in die Welt setzen? Wir gehören doch beide dem Teufel –. Mogens hat auch die Schwindsucht, es dauert wohl nicht mehr lange, dann krepiert er. Vetter und Kusine – pah – es ist der niederträchtigste Zufall, von dem ich je gehört habe! Herrgott im Himmel, was soll aus einem solchen Kinde werden, Torkild!

Und ich habe meinen kleinen Buben so wahnsinnig lieb. Du kannst mir glauben, er ist entzückend – und sieht aus wie die Gesundheit selbst, rund und wohl, frisch und rosig. Er schläft die ganze Nacht, sagt Frau Jespersen, und ist gefräßig wie ein junger Löwe. Elf Pfund wiegt er jetzt – und hat knapp sechs gewogen, als er geboren wurde. Wenn ich daran denke, was aus ihm werden soll, ist mir, als stünde mir das Herz still. Willst du den Jungen zu dir nehmen, Torkild?«

»Ja, Doris, das will ich.«

»Du mußt ihn aber bei dir behalten, hörst du? Nicht ihn zu fremden Menschen geben – und wenn es noch so gute und liebe Leute wären. Du mußt ihn selbst erziehen und ihn in deinem Hause aufwachsen lassen, du mußt versuchen, ein Vater für ihn zu sein.«

»Das werde ich, Doris. Ich will versuchen, an dem Jungen wieder etwas von dem gutzumachen, was ich – an dir – versäumt habe.«

»Glaubst du nicht, daß es zwischen Rose und dir wieder gut werden kann? Ich wäre so beruhigt, wenn ich wüßte, daß Rose meinen kleinen Jungen hätte.«

»Ich weiß nicht. Ich glaube es eigentlich nicht.« Die übermütigen Hoffnungen und Träume der letzten Monate schienen ihm vor all dieser Reue und Verzweiflung verblaßt und verflogen.

»Du darfst dir meinetwegen nichts vorwerfen, Torkild«, sagte Doris sanft. »Herrgott, auf mich aufzupassen, das wäre freilich eine Aufgabe gewesen, die weit über deine Fähigkeiten – ich hätte fast gesagt, über deinen Verstand gegangen wäre. Erinnerst du dich an die Zeit, als wir bei Vater in Frederikshald wohnten – du hast mich wahrhaftig treu genug zu erziehen versucht – und du ahnst nicht, wie ich dich hinters Licht geführt und betrogen habe – ich war schon damals ziemlich wurmstichig, will ich dir nur sagen. Ach ja, sogar schon viel früher, schon als wir in der Theresenstraße wohnten. Du fühltest dich am wohlsten oben bei Wegners – du und Mutter; ihr ahntet nie, wer meine beste Freundin war: Olga Paulsen, die Schwester der Signora, weißt du? Wenn ich sagte, ich ginge zu Dagny, um mir die Schulaufgaben zu holen, so war ich meistens bei Paulsens – und das Interessanteste für mich war, Signora oder einige ihrer Freundinnen zu treffen und zuzuhören, wie sie sich unterhielten. Olga hatte bereits angefangen, ehe wir wegzogen, und ich lockte alles mögliche darüber aus ihr heraus. Einmal war da ein alter deutscher Agent Heinrichs – und als ich eines Abends mit Olga spazierenging, trafen wir ihn. Er belästigte mich dann auch, aber ich bekam Angst; ich fand ihn so abscheulich, daß mich das für lange Zeit auf den Pfad der Tugend zurücktrieb. Aber gerade der Gedanke an das Abscheuliche fuhr fort, mich aufzureizen und zu erregen, – und immer wieder habe ich das Widerwärtigste aufgesucht – wie um zu ergründen, ob es mir denn nie zu viel werden könnte – so daß Leib und Seele auseinanderfallen müßten.«

»Doris, Doris«, Torkild strich ihr über Haar und Wangen.

»Du darfst nicht so viel sprechen.«

»Ah bah – bei mir ist nichts mehr zu schonen. Ich will, daß du erfährst, was du auf dich nimmst, wenn du mein Kind erziehen willst. Du sollst wissen, wie Ivars Mutter ist.«

Torkild beugte sich herab, küßte die Schwester und sagte dann:

»Du hast es immer schlecht gehabt, Doris. Ich will versuchen, deinem Kleinen eine gute, sorglose und schöne Kindheit zu bereiten. Friedlich und gesund.«

»Ja, das ist eben so wesentlich«, sagte sie leise. »Ich besinne mich auf die Zeit, als wir in der Theresenstraße wohnten. Auf die Nachmittage, wo ich allein in unseren dunklen, halbleeren Zimmern umhertrippelte. Mutterseelenallein. Du warst draußen und Mutter lag auf dem Bett in unserem Zimmer. Oder sie kramte in der Küche herum. Du mußt bedenken, so wie gegen dich war sie nie zu mir – sie sprach nie ein Wort mit mir, lief nur umher und schielte zu mir hin, als sei sie bange –. Und ich stand am Fenster und stierte auf die schmutzige Straße und die häßlichen grauen Steinhäuser gegenüber. So sah für mich die ganze Welt aus, und alle Menschen erschienen mir armselig und müde und unfroh.

Ich hatte ein Gefühl, als sollte ich mein Leben lang in diesen Stuben und in dieser Einsamkeit eingesperrt bleiben. Das war das einzige, was in meinem Dasein Wirklichkeit war. Ich paßte ja gar nicht zu Wegners – alles da oben war mir eigentlich fremd und unnatürlich – ihre ganze Lebensanschauung. Der einzige Grund, weswegen ich gern zu Rose ging, war der, daß ihre Mutter den ganzen Nachmittag weg war. Ich konnte dort oben in Ruhe und Frieden Theater spielen, so viel und was ich wollte, all meine Träume und Dichtungen, und Rose fügte sich und spielte so wie ich es verlangte. Für mich selbst aber erfand ich endlose Geschichten, die ich mich gehütet habe, ihr zu erzählen. Und wenn ich meiner eigenen Phantasien müde war, schlich ich mich zu Olga. Das war Wirklichkeit, in der etwas geschah, und daß es so roh und gemein war, tat mir geradezu wohl – es war wie ein roter Faden in dem grauen Einerlei.

Und wenn ich jetzt hier liege, Torkild, und an alle meine Erlebnisse denke – all das Gemeine und Ekelhafte, durch das ich freiwillig gewatet bin, – ich weiß nicht, du, es ist beinahe, als sei es gar nicht wahr, daß ich das erlebt habe – als hätte ich alles nur zusammenphantasiert. Das einzige, was ich bestimmt erlebt habe, das sind die Nachmittage daheim in Mutters Stuben in der Theresenstraße. Und dann, daß ich ein Kind habe. Das mich niemals kennen wird. Das ich nicht an meine Brust pressen und zu küssen wage, aus Angst, ich könnte es anstecken.«

Blaß und starr sah Torkild in das kleine ausgezehrte Gesicht seiner Schwester. Um die Nase und um den Mund war sie so mager geworden, daß die ganze Linie des Oberkiefers zu sehen war. Das schwarze Haar war aus der Stirn gestrichen und mit einem Paar großer gelber Babyschleifen zusammengehalten, der elende, sterbende Körper war in ein buntes Karnevalsgewand gehüllt.

»Ich verstehe es nicht«, flüsterte er, vor Grauen erstarrt. »Ist es denn möglich. Meine kleine Schwester – Jahr für Jahr sind wir nebeneinander hergegangen, während wir Kinder waren – und später – und ich habe nichts geahnt!«

»Du hast immer Menschen gehabt, die du liebtest. Du hattest Mutter lieb und Frau Wegner und dann Rose – du warst anders als ich. Ich sehnte mich auch danach, Liebe zu geben – aber es schien, als hörte mein Herz auf zu wachsen, weil es zu wenig Nahrung erhielt. Ich wollte so gern lieben – aber ich konnte nicht, wenn nicht ein Mensch zu mir kam und mir zuerst sagte, daß er mich lieb hätte. Außer Jens ist keiner gekommen. Und das konnte mir nichts helfen. Hätte er mich ein einziges Mal hart angepackt – ja, wenn er gesund und stark gewesen wäre! Aber er ist ja ein Krüppel, und daher wagte er es nicht. Wiederum – wäre er ein frischer, starker Mann gewesen, überzeugt, sich in dieser Welt ein Glück erringen zu können, so hätte er mich nie so viele Jahre lang geliebt. Ich habe ihn fast zu Tode gequält. Aber die gesunden, lebensfähigen Männer, die nehmen sich nicht das Leben eines solchen Wesens wegen, wie ich bin. Die nehmen sich ganz einfach eine andere.« Sie lachte leise. »Das heißt, solche wie mich nehmen sie natürlich auch – solange es ihnen gefällt. Es geht ihnen genau wie uns Frauen mit einem billigen Verkauf in einem Warenhaus; weil es so billig ist, können wir nicht anders, als die unglaublichsten Dinge zusammenkaufen, für die wir nicht die geringste Verwendung haben. Die meisten Männer können der Versuchung auch nicht widerstehen und nehmen solche wie mich mit, wenn sie uns treffen, selbst wenn sie uns streng genommen gar nicht brauchen können – sie tun es nur, weil sie uns fast umsonst bekommen.

Für Jens und mich ist es wohl auch so am besten. Ich habe ihm ja niemals angehört, weißt du! Aber so kommt es ihm vor, als gehörte ich ihm doch. Er kann sich ja in dieser Welt das Seinige nicht erkämpfen – sondern muß sich damit begnügen, das aufzulesen, was die anderen in den Rinnstein geworfen habe. Darum könnte mir seine Liebe nie fürs ganze Leben genügen. Wohl aber für den Tod –. Hast du das häßliche Bild von mir gesehen, das drinnen im Wohnzimmer hängt?« fragte sie plötzlich lachend.

Torkild nickte gequält.

»Ich habe es Jens geschenkt – zur Erinnerung an mich.«

»Doris«, bat der Bruder schaudernd, »du darfst nicht – laß mich es verbrennen.«

»Bist du verrückt?« sie lachte – ein fürchterliches Gespenst eines gemeinen Dirnenlachens. »Jens *braucht* es. Begreifst du nicht, daß es sein Tod wäre, wenn sich seine Wundmale jemals schließen würden? – Torkild«, fragte sie plötzlich angstvoll, »könntest du dir vorstellen, daß du jemals in deinem Leben Rose nicht mehr liebtest?«

»Nein, das kann ich nicht.«

»Liebe sie ja immer und immer – was auch geschieht. Das kommt dem kleinen Ivar zugute, wenn er bei dir ist.«

Sie hörten Lihme die Flurtür öffnen, und als er eintrat und einen großen Rosenstrauß auf das Bett legte, schlang Doris ihre Arme um seinen Hals und küßte ihn:

»Hast du einen schönen Spaziergang gemacht? Ich finde, du siehst jetzt weniger müde aus, nicht wahr, Torkild? Du kannst nun Ellen bitten, das Mittagessen hereinzubringen – wir pflegen hier zu essen, Jens und ich –, du hast doch keine Angst vor Ansteckung, Torkild?«

Sie war während des Essens in strahlender Laune, trank Rotwein und wollte unablässig in durchdringendem Flüsterton mit den beiden Männern plaudern, die da saßen und zu essen versuchten. Und als das Mädchen den Tisch abgedeckt und den Kaffee hereingebracht hatte, verlangte Doris, daß sie rauchten.

»Ich habe seit dem Winter das Rauchen ganz aufgegeben«, log Torkild.

»Nun, so mußt du eben wieder anfangen. Ihr könnt euch ja dort ans Fenster setzen. Nein, ich bekomme keinen Husten – und Gott weiß übrigens, was das ausmachte. Glaubt ihr denn, ich will hier liegen und zusehen, wie zwei lange Mannsleute Kaffee trinken wie kleine Mädchen, ohne dazu zu rauchen – was heutzutage sogar nicht einmal die kleinen Mädchen mehr tun? Bitte, Jens, gib mir heute Kaffee – sei brav – hörst du –.«

Es klingelte. Doris flüsterte mit ganz veränderter Stimme:

»Das ist Bübchen.«

Jens Lihme ging zur Kommode, zog eine frischgewaschene weiße Wolldecke aus einer Schublade und breitete sie vor Doris über das Bett. In der Tür erschien eine dicke, rotwangige Frau, die ein schreiendes Bündel langer weißer Tücher im Arm hielt.

»So–so, kleiner Bub, jetzt nicht mehr weinen, jetzt soll er doch seiner Mama guten Tag sagen. Nein, wie wohl sieht Fräulein aber heute aus!« Sie legte das Paket quer übers Bett vor Doris hin und schielte neugierig zu dem Fremden hinüber, der sich im Zimmer befand.

»Das ist mein Bruder aus Norwegen, Frau Jespersen. Ach bitte, nehmen Sie doch Ivar die Mütze und den Mantel ab, damit sein Onkel ihn ordentlich zu sehen bekommt. Wollen Sie nicht eine Tasse Kaffee trinken? – Jens, sei so freundlich und sorge dafür, daß Frau Jespersen Kaffee bekommt – drinnen im Wohnzimmer.«

Torkild und Doris waren wieder allein – mit dem Baby, das quer über der Mutter Bett lag. Das Gesichtchen war feuerrot und vom Schreien in tausend kleine Fältchen zusammengezogen.

»Ach, Bübchen, Bübchen, nicht so schreien – Torkild, zeig ihm deine Uhr – siehst du, er greift danach! Er ist schon sehr weit für sein Alter, weißt du! Hast du je etwas Süßeres gesehen – guckguck, Mamas Goldkind – siehst du, er lacht! Ist er nicht entzückend? Ja, guck den Mann an, das ist Ivarchens Onkel, und er hat Bübchen lieb und will hübsch auf ihn achtgeben, wenn die Mama nicht mehr da ist. Ach, Torkild, glaubst du nicht, du wirst ihn sehr liebhaben können?«

»Doch, Doris. Das werde ich bestimmt.«

»Findest du ihn nicht hübsch?«

»Doch. Hat er nicht sehr viel Haar für sein Alter?« versuchte sich Torkild.

»Ja, furchtbar viel.« Doris strich mit den Fingerspitzen über das schwarze flaumige Köpfchen. »Jens wollte mich heiraten – schon im Herbst, du weißt, als ich sagte, ich wäre mit ihm verlobt, und jetzt im Frühling, kurz ehe Ivar geboren wurde. Und der Kleine sollte als sein Kind gelten, weißt du. Findest du es falsch von mir, daß ich das nicht angenommen habe – er wäre dann ja kein uneheliches Kind geworden?«

»Nein, ich finde, du hast ganz richtig gehandelt«, sagte Torkild gequält. Hatte sie denn nie einen Gedanken für Lihme –?

»Ich hatte auch das Gefühl, als würde sich Jens nie mit dem Kind abfinden können. Er hat Ivar nicht gern. Ich weiß nicht, aber vielleicht hatte er geglaubt, daß er mich in dieser letzten Zeit mit niemandem zu teilen brauchte. Ich meine nicht, daß er häßlich gegen den Jungen sein würde. Aber er taugt nicht dazu, mein und Mogens Kind zu erziehen. – Wie lange hast du Ferien, Torkild?«

»Drei Wochen.«

»Das ist gut. Ich lebe wohl kaum noch drei Wochen. Dann kannst du den Jungen mitnehmen, wenn du nach Hause fährst. Nimm eine Krankenschwester mit, die ihn auf der Reise wartet.«

Sie hatte, während sie sprach, unter dem langen Kleid des Kindes Söckchen und Strümpfe von den Beinchen gezogen.

»Heb ihn zu mir auf«, flüsterte sie, und ihre Augen nahmen einen fiebrigen Glanz an. »Seine Hände wage ich nicht zu küssen, denn er liegt immer und saugt an ihnen. Aber manchmal küsse ich seine Füße.«

Torkild nahm den Kleinen hoch. Ihm fiel ein, daß er zum erstenmal einen lebenden Säugling im Arme hatte. Und er hielt Doris die kleinen, nackten Füßchen hin.

Sie fuhr mit den Lippen an den kleinen Gliedern entlang

und schmiegte ihre Wange dagegen. Und sie richtete ein Paar wilder hungernder Augen auf ihren Bruder.

»Begreifst du – habe ich eine Höllenstrafe für meine Sünden verdient – so ist diese grausam genug. Ich, die ich alles, was ich auf der Welt nicht besitze, hingeben möchte, wenn ich dafür meinen Jungen an die Brust pressen, ihn herzen und jeden kleinen Fleck seines Körperchens küssen dürfte – ach nur ein einziges Mal – ich darf es nicht!«

Sie ließ die Füße des Kindes fahren und sank in die Kissen zurück.

»Küß du ihn, so daß ich es sehen kann.«

Torkild gehorchte und drückte vorsichtig seine Lippen auf das kleine, weiche Köpfchen.

»Auf den Mund«, befahl Doris. Und Torkild hielt seine Lippen einen Augenblick dicht an den Kindermund.

»Leg ihn hin – dort an das Fußende«, flüsterte Doris erregt – »und komm her zu mir.«

Sie warf die Arme um seinen Hals, zog ihn zu sich herab und biß ihre Zähne in seinen Lippen fest. Und während sie ihn wie eine Rasende küßte, murmelte sie:

»Das ist der Kuß meines Jungen – verstehst du, meines Jungen Kuß, den ich von deinen Lippen nehme –.«

Eine Woche darauf starb sie. – Torkild war die ganze Zeit in der Holsteinsgade geblieben und hatte sich mit Jens Lihme in die Nachtwachen geteilt; Nacht für Nacht hatte er bei ihr gesessen und ihren häßlichen Geschichten zugehört, die sie erlebt zu haben behauptete. Einiges war wohl Wahrheit und anderes Phantasie. Mitten darin hatte sie dann angefangen, von ihrem Kinde zu sprechen –.

Sie wußte es selbst, als das Ende kam. Das letzte, was sie zu Torkild sagte, war:

»Du darfst nicht denken, daß du etwas zu bereuen hast, was mich betrifft. Denke nur daran, daß du mir versprochen hast, Ivar an meiner Statt zu erziehen.«

Dann bat sie ihn und den Arzt, ins Wohnzimmer hinüberzugehen.

»Ich habe es Jens versprochen, zum Schluß mit ihm allein zu sein.«

Sie gingen hinaus – und sie starb – allein mit der großen Liebe, die sie nie verstanden hatte.

Acht Tage später reiste Torkild mit seinem kleinen Neffen nach Hause. Eine dänische Rotekreuz-Schwester begleitete ihn, um den Kleinen auf der Reise zu pflegen; sie sollte so lange bei ihm bleiben, bis Torkild sich mit dem Kinde eingerichtet hätte.

XVI

An einem Sonnabend, Anfang Mai, war Torkild eines Vormittags zu einer geschäftlichen Konferenz nach Kristiania gekommen. Er aß in der Stadt zu Mittag, aber es war seine Absicht, mit dem Zug 4.30 nach Hause zu fahren. Er wollte auf die Jagd und mußte daher frühzeitig zurück, zumal da er sich unterwegs einen Hund leihen wollte. Es war herrliches Wetter, ein milder, grauverschleierter Himmel, aber hohe, stille Luft, die nicht auf Regen schließen ließ. Als er quer über den Eidsvolds-Platz schritt, sah er, daß die Hecke von jungen Blättchen grünlich schimmerte, die Pappeln rotbraun und die Fliederbüsche gelb von Knospen waren, die eben aufspringen wollten. Er freute sich auf den Ausflug in die Berge – auch dort sproß und keimte es wohl jetzt allmählich am Rande der wäßrigen Schneeflecken.

Während er an der Erlöserkirche vorbeiging, sah er, daß er den Zug nicht mehr erreichen konnte. Es dauerte etwas über eine Stunde bis zum nächsten. Er machte kehrt und wollte solange ins Grand-Hotel gehen.

Als er an Günthers Fenster vorüberkam, klopfte jemand heftig an die Scheibe, und als er sich umdrehte, erblickte er Betzy Lökkes Gesicht unter einem riesigen Frühjahrshut. Sie winkte ihm energisch zu.

Als er aber die Konditorei betrat, entdeckte er in dem einen Sofa Betzy mit ihrem kleinsten Mädchen und in dem anderen Rose mit dem ältesten.

Betzy rief überlaut »guten Tag, guten Tag!« und gab ihm die Hand. Er ergriff sie und reichte dann Rose die Hand, wagte aber nicht, sie den kurzen Augenblick lang anzusehen, den er ihre Hand hielt.

»Ach richtig, ich gratuliere«, sagte Betzy obenhin. Torkild sah sie erstaunt an.

»Zu eurer Scheidung natürlich. Ich hatte eigentlich die Absicht, euch zu Ehren eine kleine Gesellschaft zu geben; du weißt doch, daß man das heutzutage bei solchen Gelegenheiten tut, aber wie du siehst, bin ich durch die Umstände verhindert, größere Gesellschaften zu veranstalten. Wenn ihr beide aber in aller Einfachheit einen Abend zu mir kommen wollt –«

»Nein«, sagte Torkild. Er kochte vor Wut – an einem Sommertag oben auf der Veranda des Moorhofes zu sitzen und ihrem Gerede zuzuhören, war etwas ganz anderes, als hier zu stehen und ihr Geschwätz über sich ergehen zu lassen – während Rose gerade gegenüber auf dem Sofa saß.

»Torkild, was bist du für ein Ochse geworden«, sagte Betzy kaltblütig. »Bitte, nimm dir einen Stuhl und setz dich zu uns. Du mußt doch zeigen, daß du ein zivilisierter Mensch bist und mit deiner geschiedenen Frau natürlich und ungezwungen verkehren kannst, wenn ihr euch im gesellschaftlichen Leben trefft. Hübsch guten Tag zu Onkel Torkild sagen, Kinder – ich glaube, da war ein kleines Mädchen, das keinen Knicks gemacht hat – so ist's recht, Kaja. Willst du Kaffee trinken?«

»Danke, ich habe eben getrunken. Ich muß zur Bahn.«

»Ach was, zur dir hinaus verkehren ja den ganzen Tag Züge, hat Rose gesagt, wie ich mich erinnere. Im übrigen gingst du ja die Straße hinauf. Du wolltest irgendwo hin und einen Whisky trinken, glaube *ich.* Setz dich also. Du hast wohl keine so große Eile.«

»Willst du zur Jagd?« sagte Rose gedämpft, ohne ihn anzusehen – sie ordnete gleichzeitig Ingeborgs Haarschleife. Es war das erste Wort, das sie überhaupt gesprochen hatte.

»Ja. Ich wollte gern den Zug 5.36 erreichen – und habe vorher ein paar Besorgungen zu machen.« Er bereute es im selben Augenblick, als er es sagte. Jetzt, wo er sie zufällig getroffen hatte, wollte er für sein Leben gern mit ihr sprechen. Wie unsagbar süß und mädchenhaft jung sah sie aus in dem glatten, mausgrauen Kostüm und dem kleinen weißen Filzhut auf dem goldenen Haar.

»Ach, es kommt wohl nicht so genau darauf an, mit

welchem Zug du fährst«, fing Betzy wieder an. »Die Nächte sind jetzt lang. Das heißt, es ist ja möglich, daß du einen besonderen Grund hast, keine Stunde der Nacht zu verlieren. Vielleicht sind dort Sennerinnen, deren Sonntag du in deinen Jagdgründen versüßen willst?«

Torkild würdigte sie keiner Antwort.

»Sind da welche, Rose – weißt du, ob es da oben hübsche Mädchen gibt?«

»Nein, weißt du was, Betzy, jetzt halt aber bitte den Mund. Jedes Gewäsch muß seine Grenzen haben – sogar für dich.«

»Aber Torkild«, sagte Rose erschrocken.

Eine Welle heißer Freude durchflutete ihn. Ihr kleiner erschrockener Ausruf bei seinem unbeherrschten Ton verriet gleichsam, wie innig sie noch miteinander verbunden waren. Unwillkürlich betrachtete sie ihn als ihren Mann in dem Augenblick, als sie fürchtete, er könne zu weit gehen. Als ob alles, was geschehen war, seit er auf dem Bahnhof in Lilleström gestanden und ihr nachgewinkt hatte, nur ein böser Traum gewesen wäre.

Er wußte, daß er nicht gehen würde. Aber wie um Zeit zu gewinnen, trat er an den Ladentisch heran. Er hörte, wie Betzy hinter ihm herlachte. Torkild kaufte eine Schachtel Konfekt für jedes der Kinder und kam damit zurück.

»Ich muß gestehen, Betzy, du nimmst weiß Gott nicht viel Rücksicht auf deine kleine Brut. Es scheint, daß diese Kinder im Laufe der Zeit allerlei Hübsches zu hören bekommen.«

»Ah bah, jetzt sind sie noch so klein, daß sie nichts verstehen. Nein, Kinder, ihr habt so viel Kuchen gegessen, daß Mama jetzt das Konfekt aufbewahren muß. Ingeborg! Hörst du nicht, was Mama sagt? Das schöne Händchen, Kaja, so ist's recht. Und wenn sie groß werden, so daß sie es begreifen, dann kannst du glauben, hören sie es von anderer Seite. Nein, wir müssen jetzt machen, daß wir nach Hause kommen.«

Rose ging an den Tisch und bezahlte.

»Rose hat uns heute eingeladen, weißt du.«

Betzy erhob sich in all ihrer blauen kugligen Rundlichkeit. Sie befand sich in weit vorgeschrittenem Zustand der

Schwangerschaft, und in diesem Frühling, in dem die glänzenden Taftmäntel Mode waren, war gewiß der ihrige der gewaltigste und blaueste und glänzendste Taftmantel, den es in der Stadt gab.

Torkild hatte Betzy die Kinder auf die Straßenbahn hinaufgereicht. Nun blieben er und Rose mitten auf dem Egermarkt zurück. Sie sahen beide die Straße hinab, und Torkild hoffte innigst, daß *sie* etwas sagen würde. Da Rose es aber nicht tat, mußte er anfangen:

»Welchen Weg gehst du – in welcher Richtung wohnst du?«

»Die Straße hinunter – ich wohne auf dem Bogstadweg.«

»Nennst du das hinunter?« Torkild klammerte sich an den dünnen Gesprächsfaden. »Es ist doch eigentlich hinauf über die Carl-Johann-Straße – die Nummern beginnen, glaube ich, unten am Bahnhofsplatz – nicht wahr?«

»Ich weiß es nicht genau – mag sein. Ich meinte nur hinunter, weil es hier bergab geht.«

»Ja, gewiß, aber nachher geht es doch wieder bergauf nach dem Schloß zu.« Ihre Augen trafen sich, und beide mußten lachen. Dann sahen sie sich mit einem unsicheren, verlegenen Lächeln an und erröteten, er wie sie.

»Nun ja, hinauf oder hinunter – hast du etwas dagegen, wenn ich dich ein Stück begleite?«

»Nein«, sagte Rose gedämpft. »Aber – hast du Zeit?«

»Ich kann mit einem anderen Zuge fahren. – Nein, ich habe mich nur vorhin über Betzys Taktlosigkeit geärgert, ich habe keine Eile.«

Sie schlenderten langsam unter den Bäumen die Carl-Johann-Straße hinauf.

»Bist du für heute mit dem Büro fertig?« fragte Torkild.

»Ich habe meine Stellung aufgegeben«, sagte Rose leise, »und gehe seit dem ersten April auf eine Kochschule. – Du weißt, ich habe die Büroarbeit nie leiden mögen. Eigentlich hatte ich Lust, Krankenpflege zu lernen – um möglicherweise später einmal Leiterin eines Altersheims oder eines Kinderasyls oder dergleichen zu werden. Aber ich war zu alt. Es hätte zu viel Zeit erfordert, und außerdem ist es ja sehr ungewiß, ob ich jemals eine solche Stellung bekäme, wie ich sie mir wünsche. Aber ich war fest entschlossen, einen Beruf zu ergreifen, der mich interessierte. So wählte ich dies. Ich mache also ein Examen, auf das hin ich eine Anstellung durch die Stadt oder den Staat bekommen kann – als Haushaltungslehrerin an einer Mädchenschule oder Kochschullehrerin, oder vielleicht auch als Wirtschafterin in einer Anstalt –.«

Torkild rechnete sich aus, daß sie diesen Entschluß gleich nach der Scheidung gefaßt haben müßte. Wie sie jetzt nebeneinandergingen hatte der Gedanke, daß sie geschieden waren, etwas so Merkwürdiges und Unwirkliches.

»Mitunter habe ich wirklich daran gedacht, mich als Kochfrau niederzulassen«, sagte Rose und lachte ein wenig.

Torkild versuchte, in das Lachen einzustimmen:

»Was, glaubst du, daß seine Mutter dazu gesagt hätte?«

»Ach, Mama war in Wirklichkeit nicht die Spur hochmütig. Sie schien nur manchmal so. Es war vielleicht Papas Einfluß – er war es vermutlich in hohem Grade, denn seine Verwandten sind grenzenlos hochmütig –«

»Bist du manchmal mit ihnen zusammen?« fragte Torkild.

»Nein – niemals.«

Sie waren in den Schloßpark gekommen und bogen in einen kleinen Seitenweg ein. Als sie an eine einsame Bank kamen, fragte Torkild:

»Wollen wir uns ein wenig setzen?«

Rose nahm Platz. Torkild setzte sich neben sie und fing an, mit seinem Spazierstock in der Erde zu stochern. Keiner von ihnen sagte etwas. Sie hatten beide die Augen auf die Stockspitze geheftet, die im Kies Streifen und Kreise zog. Plötzlich sagte Rose:

»Du hast Doris' kleinen Jungen bei dir?«

»Ja, woher weißt du das?«

»Ich habe neulich Helsing getroffen«, antwortete sie etwas zögernd. »Er erzählte, du hättest einen kleinen Neffen zu dir genommen. Und dann habe ich einem Brief, den Tante Bera im vergangenen Winter an mich schrieb, entnommen – – sie schrieb, daß man sich erzählte, Doris habe ein Kind hinterlassen –.«

»So? Ich glaubte, es wären nur zwei oder drei Menschen außer mir, die davon etwas wüßten –.«

»Du hast den kleinen Jungen wohl sehr lieb?« fragte Rose leise. »Ist er niedlich?«

»Ja, es ist ein ganz kecker kleiner Brusche. Du kannst dir wohl denken, daß ich ihn lieb habe.«

»Wie alt ist er?«

»Er ist vorige Woche ein Jahr geworden.«

»Wie heißt er?«

»Ivar. Meinetwegen könnte er ebensogut einen anderen Namen haben – im Grunde hat das ja nichts zu sagen.«

»Erzähl mir ein bißchen von ihm«, bat Rose. »Wie hast du dich eingerichtet? Du wohnst wieder bei Frau Stranden, wie Helsing sagte?«

»Ja, ich bin zu ihr gezogen, als ich aus dem Gebirge zurückkam. Und als ich mit Ivar nach Hause kam, ging sie darauf ein, ihn aufzunehmen, wenn ich für den Jungen ein Kindermädchen nähme. Aber jetzt tut das Mädchen fast alle andere Arbeit, und Frau Stranden besorgt den Kleinen. Sie verwöhnt ihn schrecklich.«

»Geht er?« fragte Rose. »Kann er schon sprechen?«

»Ach ja, er plappert ein bißchen und schiebt die Stühle vor sich her. Aber sagen kann er noch nichts außer bla bla und grr und so etwas. Frau Stranden behauptet zwar, er sagte Papa, wenn er mich sähe, aber ich finde, es hört sich nur an wie bababe, und das sagt er auch sonst.«

»Glaubt Frau Stranden, daß es dein eigener ist?«

»Ja, das tut sie sicher.« Torkild lächelte ein wenig. »Bei allen guten Eigenschaften, die sie hat, ist Frau Stranden ja etwas – redselig, wie du weißt. Ich habe ihr also keine Erklärung darüber abgegeben, woher das Kind käme. Es gleicht sehr seiner Mutter – und folglich auch mir.«

»Es ist wohl dort oben ziemlich viel darüber geredet worden? Glauben die Leute vielleicht, daß wir uns deshalb hätten scheiden lassen?« Es war ein heftiger Ton in ihrer Stimme.

»Wahrscheinlich. Ist der Gedanke dir – peinlich?«

»Ja«, sagte sie bestimmt. Und fuhr etwas ruhiger fort: »Es empört mich. Du weißt, ich habe Ehebruch immer für das Lumpigste und Häßlichste gehalten, was es gibt. Und daß die Leute das von dir glauben –«

»Du kannst dir denken, daß es mir auch nicht gerade – angenehm ist, daß die Leute glauben, ich sei dir untreu gewesen. Aber trotzdem. Es ist doch besser, Doris darf in Frieden in ihrem Grab ruhen.«

Sie schwiegen jetzt beide. Dann begann Rose wieder:

»Ist der Junge denn dunkel, da er dir ähnlich ist?«

»Ach – das Haar ist noch ganz blond. Aber es wird wohl dunkel werden. Er gleicht uns wie gesagt – über den Augen und so. Und im Ausdruck –.«

»Wieviel Zähne hat er?«

»Ach, wenn ich das wüßte«, er lachte wieder ein leises Lachen. »Einige hat er schon.« Dann sagte er, während er zu Boden sah: »Du kannst ja herauskommen und ihn dir ansehen, wenn du magst.« Es entstand eine kleine Pause. »Du kannst ja vormittags kommen – während ich auf dem Büro bin.«

»Darf ich nicht kommen, wenn du daheim bist?« fragte Rose sehr leise; auch sie hatte den Blick gesenkt.

Torkild beugte den Kopf noch tiefer. Er wurde brennend rot.

»Gewiß, wenn du gern möchtest.«

»Als ich nach Doris' Tod an dich schrieb –«, sagte Rose leise, »ich wollte es dir nicht direkt vorschlagen – aber ich glaubte, du würdest es auch so verstehen – daß ich dich gern gesehen hätte. Ich hatte den großen Wunsch – dir etwas zu sein. Aber das hätte ich vielleicht doch nicht gekonnt?«

»Nein«, sagte Torkild fast unhörbar und setzte kurz darauf hinzu: »Denn da gab es keinen Trost, Rose.«

»War es ihr so furchtbar traurig ergangen?« fragte Rose behutsam.

»Ja. Und das kannst du dir wohl selber denken –. Damals, als sie schrieb, sie reiste nach Paris, erinnerst du dich, daß wir beide, du und ich – nicht daran glaubten, daß es wahr wäre. Und ich ließ es hingehen – machte keinerlei Versuche, in Erfahrung zu bringen, in welcher Lage meine Schwester wirklich wäre. Ich hätte ja wissen können, daß sie vielleicht ihres Bruders bedürfe, um ihr zu helfen. Und ich rührte nicht einen kleinen Finger – wie ja auch niemals vorher.«

»Ich dachte damals ja auch daran, daß vielleicht etwas dahinter stecken könnte. Und das hätte ich dir gern sagen wollen. Sowohl direkt als auch indirekt trage ich die meiste Schuld daran, daß du – damals – nicht eingriffst. Ich wollte dir klarmachen, daß die Verantwortung ebensogut mir zuzuschreiben wäre wie dir.«

Torkild schüttelte den Kopf:

»Das ändert für mich nichts an der Sachlage, Rose. Wer fühlt, daß er die Pflicht hat, etwas zu tun, muß dieser Pflicht nachkommen. Die Verantwortung liegt auf ihm und wird nicht geringer dadurch, daß dieser oder jener andere auch etwas hätte tun können.«

»Glaubst du eigentlich, daß du etwas hättest ausrichten können? Ich meine, glaubst du, daß du irgend etwas an Doris' Schicksal durch dein Einschreiten hättest ändern können?«

»Es mag sein, daß es nicht in meiner Macht gelegen hätte. Aber auch das ändert meiner Ansicht nach nichts an der Sache. Man hat zu tun, was man für seine Pflicht und Schuldigkeit ansieht, ganz gleichgültig, ob man an einen Erfolg glaubt oder nicht.«

Nach einer Weile sagte Torkild leise:

»Etwas möchte ich dir gern noch erklären. All das, was mit Doris' Tod zusammenhing, war der Grund dafür, daß ich – jetzt im Winter, nachdem die gesetzliche Trennungspflicht verstrichen war – sofort Schritte unternahm, unsere Ehe endgültig aufzulösen. Meine ganze Familie schien mir so durch und durch ungeeignet dazu, sie mit dem Schicksal lebensfrischer Menschen zu verknüpfen. Teils nahm ich auch Rücksicht auf den Knaben – wie ich dir sagte, es war mir ganz lieb, daß er für mein Kind gelten konnte. Der Hauptgrund war indessen der, daß ich mich und meine Familie allmählich im rechten Lichte sehen lernte und daher zu der Ansicht gelangte, daß es besser sei, wenn jedes Band zwischen uns zerrissen würde. Da wir uns einmal getrennt hatten, war es ja schließlich auch nur eine natürliche Folge. Aber unter anderen Umständen wäre ich wohl kaum so weit gegangen. –

In gewisser Beziehung hatte ich jedoch Befürchtungen, daß es dich verletzen könnte – wenn ich die Scheidung mit solcher Eile herbeiführte. War das der Fall?«

Über Roses Gesicht lief ein Zittern. Aber dann sah sie ihm offen ins Gesicht und antwortete: »Ja.«

Er stand auf, und auch sie erhob sich. Dann fragte er unsicher:

»Hast du etwas dagegen, daß ich dich noch ein Stück begleite?«

Sie schüttelte den Kopf. Aber sie sprachen nicht mehr miteinander und wechselten höchstens hin und wieder eine gleichgültige Bemerkung über das Wetter, während sie durch Homansby gingen.

Rose blieb vor einem kleinen, alten, zweistöckigen Haus weit oben auf dem Bogstadweg stehen:

»Ja – hier wohne ich.«

Torkild frage wieder unsicher:

»Hättest – hättest du nicht Lust zu einem kleinen Spaziergang mit mir?«

»Gewiß, gern«, antwortete sie ebenso gedämpft.

Als nähme sie sich zusammen, begann sie, ihn nach Menschen und Verhältnissen oben in ihrer alten Gegend auszufragen: wer jetzt in ihrem ehemaligen Haus wohne, wie es Apothekers und Lieds gehe. Und er antwortete und erzählte – aber sie sprachen zögernd, ohne daß das einen Zusammenhang mit dem, was sie sagten, gehabt hätte. Und als sie an der Kirche von Vestre Aker vorbeigekommen waren und die Landstraße entlangschlenderten, schwiegen sie beide still.

Der Himmel hatte sich mit grauweißem Dunst überzogen, wölbte sich aber seltsam hoch über den niedrigen, dunklen Bergkuppen. Über den kleinen Gruppen von kahlem Gestrüpp auf den Feldern lag ein eigentümlicher blauer Schimmer. Hie und da trug eine alte Eiche noch immer ihr welches, braunes Laub vom vorigen Jahr, und an manchen Hecken wollten die gelben Knospen schon aufspringen. Die großen, ausgedehnten Felder, die sich bis zu den waldigen Hügeln hinzogen, schimmerten noch immmer blaß graugrün – es war dies Jahr ein später Frühling. Die Landstraße zog sich wie ein schön geschlungenes, lichtgraues Band durch das Kirchspiel, endlos lang, bis sie den alten Hof am Waldrand erreichte und verschwand. Seltsam, wie unendlich öde dieser Weg dalag, auf dem an Frühlingsabenden immer ein Heer von Jugend wanderte, allein oder zu zweit, mit ihrer Einsamkeit und der Sehnsucht ihrer Herzen. Für sie alle lag der Weg da, der öde und endlos zwischen grünen Feldern auf die dunklen Wälder zulief. An der großen alten Eiche hinter dem ersten Aufstieg des Weges bogen sie ab und gingen durch die Felder, nach Gaustad hinauf.

»Ich weiß nicht, wie viele Jahre es her ist, seit ich hier gewesen bin«, sagte Torkild einmal.

»Nein, ich bin auch die ganze Zeit über nicht hier gewesen.«

Sie dachten beide dasselbe. In ihrer Erinnerung hatte es hier anders ausgesehen. Der steile Hügel zum Fluß hinab war so zusammengeschrumpft – und der Fluß war nur ein schmutziger Bach. Wo es früher ein abenteuerliches Wagnis gewesen war, hinüberzugelangen ohne hineinzufallen, traten sie jetzt nur auf ein paar Steine und bekamen nicht einmal nasse Stiefel. Und dann der Teppich von Gänseblümchen, das Gewimmel schimmernder Blütensterne, die sie gierig an sich gerissen hatten, um sie mit nach Hause zu nehmen! Es standen zwar einige Gänseblümchen zwischen den graugrünen Stämmen der Erlen, und am Abhang wucherten sie an einigen Stellen, aber ein Teppich für die Füße war nicht mehr zu sehen, nur noch ein ausgetretener, lehmgrauer Pfad, an dem Flaschenscherben und altes Butterbrotpapier in dem spärlichen Gras lagen.

»Hier ist es trotzdem schön«, sagte Torkild.

»Ja, hier ist es trotzdem schön.«

Sie gingen ein Stückchen. Dann fragte er mit leiser Stimme:

»Du – sag mir eines. Ich weiß nicht – ich habe niemand anders fragen wollen, weißt du. Wie – wie nennst du dich?«

»Frau Christiansen. Hast du etwas dagegen?« fragte sie leise.

»Nein. Ich hatte nur erwartet ... Wegner ist doch schöner. Der andere Name ist so allgemein –«

»Nein. Wenn du es erlaubst, möchte ich am liebsten deinen Namen beibehalten.« Ihr Atem ging rasch und kurz. »Denn Rose Wegner war eine andere als die, die ich jetzt bin.«

»Wie meinst du das?« fragte er, mit einem bangen Ton in der Stimme.

»Ich meine –. Wie ich jetzt bin, so haben mich die Jahre, die ich mit dir zusammen verlebt habe – umgeformt und geprägt. Ich finde, – ich glaube das jetzt bei jeder Gelegenheit zu bemerken, seit ich Verständnis dafür bekommen habe. Wir Frauen werden das, wozu ein Mann uns macht. Entweder, indem wir einen wählen und uns ihm hingeben – oder mehreren – oder indem wir keinen von denen erwählen, die zu uns kommen, weil wir fühlen, daß keiner von ihnen etwas Schöneres und Besseres aus uns machen könnte. Die das letzte Teil erwählt haben, sind mir meist die liebsten. Aber die unter ihnen, die inneren Frieden haben und dazu taugen, im Leben etwas auszurichten, haben, glaube ich, alle einen Mann getroffen, dem sie ihr Bestes hätten geben können, ohne daß daraus etwas geworden wäre. So können sie sich denn – in Ruhe fügen und an anderen Dingen arbeiten, da sie wissen, daß ihr Schicksal bestimmt ist.«

»Aber du selbst?«

»Ich? Ich habe das Schlimmste getan, was ich tun konnte – ich habe blindlings den ersten besten genommen, als ich des Wartens müde war. Das tun die meisten von uns – und gehen dann oft so oder so zugrunde. Mir wäre es wohl auch so gegangen, wenn du nicht ständig über mir gewacht hättest. Du hast immer gemerkt, wenn an mir etwas unecht war, und hast mir nie verlogene Zärtlichkeiten durchgehen lassen, sondern mir immer gezeigt, was echte Liebe ist. Gott helfe mir, daß ich das erst verstanden habe, als es zu spät war. Ich war ja nur ein grünes, unreifes, junges Ding. Und weil ich nun sehe, daß ich von meiner eigenen Leichtfertigkeit so davongekommen bin, daß ich glaube, jetzt ein besserer und tüchtigerer und liebevollerer Mensch werden zu können, als ich von Natur war, und dadurch auch ein glücklicherer Mensch, als ich eigentlich verdiene, möchte ich am liebsten deinen Namen tragen dürfen – ach Torkild – du weinst?«

»Ja.« Er wandte sich heftig von ihr ab.

Sie trat zu ihm und legte ihre Hände auf seine Arme. Ihr Gesicht war kreidebleich. Mit einem krampfhaften Schluchzen zog er sie an sich, und als sie sich an ihn klammerte, fühlte er, daß sie sich ihm jetzt eigentlich zum erstenmal hingab.

Sie weinte stürmisch, während sie sich umschlungen hielten. Er hatte nie gewußt, daß sie so weinen könnte. Und zwischendurch flüsterte sie nur:

»Ich verstehe es nicht, Torkild. Ich kann es nicht begreifen, daß du mich noch immer liebhast. Daß du mich immer hast lieben können. So ein unmögliches Menschenkind, wie ich war –.«

»Ich liebe dich. Ich liebe dich.«

»Das muß daher kommen, weil du so grenzenlos gut gegen mich gewesen bist. Das muß deshalb sein, weil du das Beste aus dir genommen und mich damit umgeschaffen hast. Ach Torkild, Torkild, ich kann nicht verstehen, daß ich nicht alles verscherzt habe –«

»Ich liebe dich –. Sag du es auch«, flüsterte er nach einer Weile.

»Ja, Gott im Himmel, wie ich dich liebe, Torkild –!«

Sie schmiegte sich dicht an ihn. »Ach, daß ich es dir sagen darf! Und daß du mir glauben kannst!«

Noch immer gingen sie, Hand in Hand, zwischen den Hügeln.

»Ich wußte es, als ich dich verließ. Aber ich wagte nicht, es dir zu sagen. Ach, ich wußte es vielleicht auch nicht genau – während unserer ganzen Trennung. Ich hoffte ja immer, du würdest mich zu dir zurückrufen. Aber als wir geschieden waren – als ich Rose Christiansen – neben deinen Namen setzte, auf das Papier, das uns völlig voneinanderreißen sollte, da wußte ich, daß ich endlich dein Weib geworden war. Und da entschloß ich mich, einen Beruf zu wählen, den ich ausfüllen könnte – ein guter und tüchtiger, treuer und nützlicher Mensch unter Menschen zu werden, weil ich zu dir gehörte und nie etwas anderes werden könnte als dein Eigentum.«

»Ging es dir damals schlecht?« fragte er weich.

»Ach. – Du weißt ja, ich sehnte mich so grenzenlos nach dir. Nachts habe ich oft nach dir geweint. Aber es ging mir nicht allzu schlecht. Ich wußte ja nun, daß ich dich liebte, und das war mehr, als ich verdient hatte. Erinnerst du dich, daß ich einmal gesagt habe, wenn ich einen Mann liebte, müßte ich das Gefühl haben, ihm zu gehören wie ein Gegenstand – wie ein Ring an seinem Finger. Ob er mich nun trüge oder mich bewahrte oder mich vergäße –, sein würde ich dennoch bleiben. So bin ich jetzt dein –.«

»Hast du geglaubt, daß ich dich vergessen könnte?«

»Nein, aber ich dachte nicht, daß du mir glauben würdest.«

Sie gingen immer noch weiter; es war jetzt fast dunkel.

»Wir bleiben doch heute nacht zusammen?« flüsterte er ihr zu.

»Ja.« Sie preßte sich an ihn. »Darf ich mit dir nach Hause fahren?«

»Aber du, wir müssen erst etwas essen«, fiel ihm schließlich ein. »Und dann müssen wir uns beeilen. Die Leutchen haben den Fahrplan geändert – der letzte Zug geht jetzt pünktlich um zwölf Uhr. – Wir könnten ja auch irgendwo in der Stadt bleiben.«

»Nein, nein«, flüsterte sie heftig. »Wir wollen zu dir nach Hause fahren.«

Sie gingen der Stadt zu. Aber große Eile hatten sie nicht.

»Mir war es manchmal«, sagte er gedämpft – »manchmal – schwer – daran festzuhalten. Ich fühlte freilich, daß es das Rechte sei. Trotzdem es nicht so zwischen uns geworden war, wie es hätte sein sollen. Wenn ich aber dann an all die Zeiten dachte, wo ich glaubte, wir wären glücklich miteinander –. Als du mein und ich dein und wir beide froh darüber waren –«

Rose hielt den Kopf gesenkt:

»Erinnerst du dich der letzten Nacht – als du – mich nahmst?«

Er antwortete still:

»Ich versuchte zu wünschen, es wäre nicht geschehen. Aber Rose – ich muß dir sagen, das konnte ich nicht. Immer, wenn ich daran dachte, stieg etwas wie – ein wilder Triumph in mir auf.«

»Wovon du eben sprachst – von der Freude, wenn du mein warst und ich dein und auch ich mich darüber freute – dieses Gefühl war doch das einzig natürliche, da wir beide junge, gesunde Menschenkinder waren. Und manches Mal sah ich diese Freude für Liebe an – zu anderen Zeiten ahnte ich im tiefsten Innern, was es war, und das erbitterte und beschämte mich – und ich versuchte, die Erbitterung gegen dich zu wenden – aber wenn ich dich dann von mir wies, so war es nur deshalb, weil mein Gewissen mir sagte, du hättest mich lieb und ich ließe nur das Tier in mir los.«

»Nicht so sprechen«, bat er hastig mit weher Stimme.

»Ja, Torkild, so war es aber. Ich verstand es nicht, denn ich hatte immer geglaubt, das Tier im Menschen sei etwas Rohes, Brutales, Häßliches. Ich wußte nicht, daß es bei einigen nur wie ein kleines, junges Kätzchen sein könnte, welches spielt, ohne zu wissen, womit es spielt, was es zerreißt und blutig zerfleischt, nur um seines Vergnügens willen. Und das ist weit gefährlicher, denn das Tier ist lieb und hübsch und drollig – und weiß nichts von Verantwortung. In jener Nacht, du weißt – lernte ich, daß eines Menschen Liebe der wildeste Ernst ist –.«

»Ich muß hineingehen und einige Toilettensachen holen«, sagte sie, als sie an dem Haus ankamen, in dem sie wohnte.

»Und meiner Wirtin sagen, daß ich wegfahre –.«

Torkild ging mit ihr hinauf. Sie hatte zwei kleine Stübchen mit schrägen Wänden. Er stand in ihrem kleinen Wohnzimmer, während sie einige Sachen in ihre Handtasche packte. Die Fenster waren dicht über dem Fußboden; die Fenstersimse standen voller Blumen.

»Einige deiner alten Rosen stehen bei mir in meinem Schlafzimmer«, sagte er zu ihr.

»Ach wirklich? Welche sind es, kennst du sie?«

»Die Malmaison und Louise Odier.«

»Das waren meine Lieblingsblumen«, sagte sie froh.

»Ich wußte es und habe sie deswegen nicht verschenkt.«

Sie ging zu ihm und küßte ihn. »Jetzt bin ich bereit.«

Sie kehrten irgendwo ein und nahmen in Hast etwas Tee und Butterbrot zu sich, und blieben dann schließlich so lange sitzen, daß sie zur Straßenbahn laufen mußten. Als sie hinkamen, stand in der Stortingstraße eine ganze Reihe Straßenbahnwagen, die sich nicht vom Fleck rührten. Sie nahmen ein Auto.

»Ach richtig«, sagte Torkild, als sie bei Tostrup vorübersausten. »Ich habe Betzy eine goldene Kette für jedes ihrer Mädel versprochen.«

»*Wie?*« Rose lachte. »Von mir hat sie sich je ein goldenes Kreuzchen versprechen lassen –.«

»Betzy sorgt für die Ihrigen«, sagte Torkild, »und Gott segne Betzy dafür.«

»Nein, Torkild – laß das – bist du toll – mitten auf der Carl-Johann-Straße –!«

Sie stürzten durch die Bahnhofshalle, auf den Bahnsteig und in ein Abteil zweiter Klasse. Im nächsten Augenblick öffnete der Schaffner die Tür und schob eine Anzahl Frauen mit Körben und Männer mit Rucksäcken und Tabakspfeifen hinein. Es war ein Raucherabteil, und der Zug war überfüllt.

Torkild und Rose traten auf den Gang hinaus, standen dort am offenen Fenster und ließen sich die heißen Wangen vom Luftzug kühlen. Sie hielten einander bei den Händen, und ab und zu blickten sie sich an und erzitterten unter dem Blick.

»Hast du deine alten Hunde noch?« fragte sie plötzlich.

»Rex habe ich im vorigen Jahr umbringen lassen müssen«, sagte Torkild. »Er wurde eines Tages, als ich ihn mit in der Stadt hatte, von der Straßenbahn überfahren, und es war nichts mehr zu machen, als einen Tierarzt zu holen und das arme Tier töten zu lassen.«

»Oh wie traurig – weißt du noch, wie gut Freund ich mit Rex war?«

»Ja, es hat mir sehr leid getan. Jetzt habe ich einen neuen Hühnerhund – Lewellyn – nur ein Jahr alt, aber ich glaube, er wird sich gut entwickeln. Die kleine Tösa erfreut sich jedoch des besten Wohlbefindens – hat augenblicklich Junge, so daß sie immer eingesperrt ist. Ich habe nämlich Ivars wegen etwas Angst – er ist ganz wild auf die Köter.

Weißt du noch, wie sie dich einmal gebissen hat, als sie Junge bekommen hatte?«

»Glaubst du, sie wird mich wiedererkennen?« fragte Rose. Aber wovon sie auch sprachen, ihre Stimmen bebten vor Freude.

Dann waren sie daheim. Eine einsame Bogenlampe brannte vor dem Bahnhof. Die schwarzen Gestalten, die dem Zug entstiegen, verliefen sich in allen Richtungen und verschwanden im Dunkel. Torkild und Rose gingen zum Fluß hinab, wo die Lagerplätze mit ihren Holzstapeln durch die Nacht schimmerten und einen frischen, säuerlich-feuchten Duft ausströmten.

»Aber du«, sagte Rose plötzlich. »Was wird Frau Stranden morgen sagen – da wir doch jetzt nicht mehr verheiratet sind?«

»Ach, Frau Stranden«, Torkild lachte leise. »Sie ist sicher der Meinung, wenn man einmal verheiratet ist, dann bleibt man es auch – auf was für Teufelszeug die Leute heutzutage auch kommen mögen.«

Sie gingen über die Brücke und gelangten auf den kurzen Weg zwischen den Fabrikgebäuden und dem Fluß, wo die rostigen Eisenspäne unter den Stiefelsohlen knirschten.

»Ach, der Laut«, sage Rose still. »Ich habe in all der Zeit so viel an ihn gedacht.« Und sie schmiegte sich an ihn.

»Torkild, Torkild, ich kann es nicht begreifen, daß es wahr ist – daß ich heim soll!«

Als sie sich erst daran gewöhnt hatten, war es im Wald nicht so dunkel. Der Himmel über den Tannenkronen leuchtete fahl, der Fluß spiegelte ihn wider und schimmerte glitzernd durch das Erlengestrüpp am Weg. Es roch kalt und nach Frühling – nach feuchter Erde und neuem Gras, nach Bäumen, in denen der neue Saft steigt.

Endlich sahen sie das kleine Haus grauweiß durch die Nacht leuchten, mit erloschenen, schlummernden Scheiben – die Nebengebäude erschienen unnatürlich groß und wuchtig in der Dunkelheit unter den alten Bäumen auf dem Hof.

Sie blieben einen Augenblick stehen und blickten den

Weg hinunter, wo er sich wieder im Wald verlor, in der Richtung, wo ihr altes Heim gelegen hatte.

Ein seltsamer Laut klang durch die Luft, hoch oben über ihren Häuptern.

»Zugvögel«, sagte Torkild.

Sie hielten sich mit den Armen umschlungen und blickten in den lichtgrauen, bewölkten Himmel, an dem nichts zu erkennen war.

Und dann gingen sie, dicht aneinander geschmiegt, zum Haus hinauf. Torkild schloß die Tür zu dem kleinen Korridor auf, in dem es nach Großreinemachen roch. Und während er sie an sich zog, versuchte er, seiner Stimme einen ruhigen, stillen Ton zu geben, als er sprach:

»Ja – nun sind wir wieder daheim.«